남은 자들의 말

남은
자들의
말

오월 광주의 순수한 현시,
그 무릎씀에 대하여

전성욱 지음

오월의봄

사랑은, 가고 없는 그대의 잔향殘響을 오래 듣는 것.

— 황지우

차례

결정함으로써 가능한 만남

진상 규명과 책임 추궁을 엄중히 요구하면서도, 결국에는 스스로 재현의 불가능을 토로할 수밖에 없는, 바로 그 격렬한 항의와 무능한 자각의 역설 가운데서 사건 이후의 말은 적나라하게 그 모습을 드러낸다. 진실이나 화해는 언제나 모호함 속의 격론 끝에 기약 없이 유예되거나 방기되고 말았다. 따라서 책임과 용서는 실행되지 못하는 격동의 목소리로 떠돌았다. 진실의 해명이 화해를 위한 수단이 아닌 바와 같이, 용서하기 위해서 먼저 책임지라고 요구할 수는 없는 것이다. 어떠한 조건도 내걸지 않는 순수한 용서를, 데리다는 왜 '도래할 유일한 것'이라고 했던 것일까. 그는 아마도 사건 이후의 모든 행위를 정의의 실현이라는 목적의 수단으로 만들어버리는 세속의 정치, 그러니까 그 도덕적 강박을 견딜 수 없었던 것이 아닐까.

묵념이 말 없는 사념인 것처럼, 남은 자들의 추념은 애통하고 경건한 침묵일 수밖에 없다. 여러 시편에서 광주의 참혹한 날들을 더듬거렸던 황지우는 〈묵념, 5분 27초〉라는 시에서 겸허한 공백으로 그 침묵을 표현했다. 그 하얀 공백은 부재하는 것들의 현전을 착잡하게 일깨운다. 그러나 기억과 증언, 애도와 추념이 침묵을 초극하려는 어떤 오연한 말들로 요란한 것은, 말과 침묵 사이의 그 심오한 역설 때문이다. 침묵과 공백으로써만 상실과 부재에 근접할 수 있다는 것은, 언어가 삶을 대신할 수 없다는 이치와 서로 내통한다. 남은 자들의 말이 아무리 유능하다 할지라도, 그것으로 그들이 감당해야 할 삶의 몫을 대신할 수는 없다. 결국 남은 자들은, 말함으로써가 아니라 살아냄으로써만, 그렇게 사건 이후의 시간을 버티고 견뎌낼 수 있다.

칼 슈미트는 《정치신학》이라는 위험한 책으로 '결정Entscheidung'에 대한 주목할 만한 견해를 남겼다. 그는 한스 켈젠으로 대변되는 근대적 공법학을 내파하고, 신의 '기적'을 주권자의 '결정'으로 전유함으로써, 근대의 법학적 사유와 체계를 탈구축하는 특유의 주권론을 구상했다. 5월 광주의 인민들은 법치를 내세운 군부의 폭력을 '예외상태'로 '결정'함으로써 '주권자'의 자리로 올라섰다. 주권자는 그에게 부여된 지고한 권능에 의해서가 아니라, 바로 그 결정의 실행을 통해서 권력을 창안한다. 슈미트는 예외의 결정을 통해 법치를 초극하는 주권자의 자리를 총통이라는 인격적인 독재자에게 헌납했지만, 오늘날의 정치철학은 그 자리를 다시 인민의 것으로 돌려놓으려 한다.(이른바 법치를 넘어 인민의 자치로!) 규범의 치안 아래에 있는 비속한 일상을 비범한 혁명의 순간으로 역전시키는 것이 예외상태에 대한 결정이고, 그렇게 단호하게 결정함으로써 통치의 대상이었던 인민은 주권자로 비약한다.

정합적인 체계인 법치의 '규범'이 가변적이고 차이화하는 역동적인 '예외'에 의해 지양되는 것이 혁명이다. 그러나 5월 광주의 인민들이 내린 결정은, 이들을 폭도로 발명해낸 또 다른 결정에 의해 이내 잠식되고 말았다. 그런 반동적인 역전에 의해 예외상태는 정상상태로 순치되었다. 그러나 1980년 5월 27일에 도청에 남기로 결정한 자들의 숭고한 패배는, 정상체제의 규범으로 회수되지 않는 영원한 주권성의 표지로 남았다.

먼저 간 자들의 그 결단이 이룩해놓은 것들에 의존하여 사는 것이 남은 자들에게 주어진 당연한 몫은 아닐 것이다. 그러나 지금까지 남은 자들이 쏟아낸 무수한 말들은, 먼저 간 자들의 그 목숨을 건 결정에 대한 평온한 '주석'에 지나지 않았을지도 모른다. 나무와 그 타고 남은 재를 분석하는 화학자로서의 '주석가'와 타오르는 불길의 비밀을 엿보는 연금술사로서의 '비평가'를 대비했던 벤야민의 예리한 구분은, 남은 자들의 삶과 언어가 역사의 잔재Sachgehalt(사실 내용)를 더듬는 것이 아니라 그 내밀한 역사의 비밀Wahrheitsgehalt(진리 내용)에 근접하는 것임을 생각하게 한다. 내가 이 책에서 하고 싶었고, 또 하려고 했던 것이 바로 그 비평가의 일이었다. 그러나 나의 순진한 의욕은 글을 쓰는 내내 타고 남은 재를 이리저리 뒤지는 주석가의 일로 배반되기 일쑤였다. 그럼에도 우리는 주석과 비평을 넘어 예외적인 상황을 결정하는 역사적 인간에 대한 의지를 포기할 수 없다. 그렇게 우리는 그 모든 우발적인 예외의 상황들을 결정함으로써만 자기 삶의 주권자로 살 수 있는 것이다. 그리고 오직 그것만이 남은 자들이 먼저 간 자들과의 연합을 실현하는 유일한 방법이다. 그러니까 우리는 결정에 대한 논평으로 비켜서지 않고 스스로 결정함으로써만, 먼저 결단한 자들의 그 숭고한 권능과 비로소 만날 수 있다.

2014년의 4월 16일은 그런 결단을 회피했던 우리들에게 찾아온 가장 가혹한 역사의 반복이자 보복이었다. 결정하지 못하고 억압해버렸을 때 '두려운 낯섦Unheimlich'은 내습한다. 그것은 죽은 자가 살아남은 자들의 세계로 되돌아오는 것과 같은, 낯익은 것의 기묘한 귀환이다. 나는 한강의 소설 〈눈 한송이가 녹는 동안〉을 읽으며, 두려운 낯섦의 기이한 귀환을 어떻게 환대할 수 있는가에 대하여 생각해볼 수 있었다. 여자는 어떤 부분에 이르러 더 이상 글을 써내지 못하고, 마감이 한참 지난 글을 붙잡고 있다. "더 쓸 수 없었다. 고통 때문이 아니었다. 내가 그 고통의 바깥에 있다는 사실이 무섭도록 생생했기 때문이다." 그러니까 고통의 감각은 삶과 죽음, 여기와 저기, 안과 밖의 경계로 날카롭게 차단되어 있다. 여자는 고통 그 자체가 아니라 고통의 '바깥'에 있다는 자각 때문에 더 이상 글을 써낼 수가 없었다. 남은 자의 말이 먼저 떠난 자들의 고통에 가닿지 못하고 그 외부를 맴돌고 있는 한, 그런 글쓰기는 언제나 애도에 실패할 수밖에 없다. 소설에서 "이 재미없는 이야기를 난 날마다 생각해"라는 말이 계속 되풀이될 때, 그 재미없음이란 경계 너머의 세계로 가닿지 못하는 무능에 대한 자책이며, 그 반복은 천도薦度하지 못한 망자의 원혼이 살아남은 자에게로 되돌아오는 '두려운 낯섦'의 내습인 것이다. 고통이 그렇게 재미없는 이야기로 끝없이 반복 회귀할 때, 그 고통의 이야기를 모방하고 재현하려 했던 여자의 기획은 마찬가지로 끝없이 좌절될 수밖에 없다. 그 대본의 끝을 길 잃은 여자가 실은 관음보살이었으며, 승려들은 황금부처가 되었다는 식의 작위적인 완성과 완결의 이야기로 미봉할 수는 없으니까. 여자가 더는 진전되지 않는 이야기를 붙잡고 있을 때 죽은 남자가 찾아왔고, 죽은 경주 언니의 기억이 찾아왔다. 죽기 전 그들의 삶은 '결정'함으로써 고단했으나, 또 그래서 자기의 삶을 주인으로 살 수 있었다. 그것은 "다른 사람들이 보기에는 까다롭고 유난하고 피곤한 선택들로, 그러나 자신으로선 다른 방법을 생각해낼 수 없었던 유일한 선택들로 이루어진 것"이었다. 그들과 다르게 여자는 어떤 선택과 결정의 순간을 머뭇거리면서도 "나만 살았어"라고 생각할 수밖에 없는,

죄의식과 함께 어쩌면 살아남아서 다행스럽다는 그 마음을 갖고 살 수밖에 없는 사람이다. 그래서 여자는 글쓰기의 결말을 유예하는 것으로써 그런 세속의 자기를 단죄한다. "눈 한송이가 녹는 동안"의 시간이란, 끝을 내지 못하는 글을 붙잡고 있어야만 하는 그 고통의 시간을 가리킨다. 채워질 수 없는 결말의 공백을 안고 살아가기, 말로써 채우지 못하는 공백을 그 무능에 대한 자각으로써 살아내기, 그것이 바로 '남은 자들은 말함으로써가 아니라 살아냄으로써만, 그렇게 살아갈 수가 있다'는 말이 가리키는 바의 진짜 의미이다. 사람이란 그렇게 말 속에서 살 수밖에 없지만, 또한 그 말 너머의 세계에 대한 희구와 절망 속에서 살아갈 수밖에 없다. 그러니까 살아간다는 것은, 말 속에서 말을 넘어서는 그 도약으로써만 가능한 희망이다.

생전 남자의 꿈속에서 어린아이가 되어 그 남자의 무릎에 앉아 있었던 여자, 그리고 죽어서 돌아온 남자와 함께 창밖의 내리는 눈을 바라보다가 서로 눈을 맞추는 애틋하고 숭고한 시간…… 여기와 거기, 삶과 죽음, 남은 자와 먼저 떠난 자의 완고한 경계는, 그 미묘한 시간이 흐르는 동안—눈 한송이가 녹는 동안—에 조금씩 녹아서 허물어진다. 삶과 죽음이, 꿈과 깨어남이, 그러니까 그 완고한 단절이 어느새 눈송이처럼 녹아내린다. 그리고 이야기가 그 시간을 가로지른다. 문학이란 다름 아닌 '바로 그 시간'을 결정하는 예술이다. 남은 자가 사건 이후의 삶을 견뎌낸다는 것과, 문학으로 효력이 정지된 언어 너머의 표현에 도달한다는 것은, 그 '살아냄'과 '표현함'이 예외적인 순간을 결정하는 것이라는 점에서 매한가지다. 위대한 문학은 그렇게 살아내는 것에 육박하는 표현으로써 건널 수 없는 경계를 넘으려는 무모한 의욕이다.

1980년 5월 18일 이후에도, 아니 2014년 4월 16일 이후에도 일상의 시간은 법치의 위엄을 훼손하지 않고 지엄하게 흐른다. 사건 이후의 시간을 예외로 결정하려는 이들이 있었으나, 언제나 완악한 규범이 그 결정을 완강하게 가로막았다. 그렇게 4월 16일은 5월 18일을 반복했고, 5월 18일은 다시 4월 16일의 그날로 반복되었다. 감정의 격동으로 짐승처럼 울부짖었던 노상路上의 날들 속에서도, 유가족의 눈물은 끝내 그 편파적인 규범을 넘어서지 못했다. 정상상태의 보존을 위해 법치의 규범을 원칙으로 내세우는 이들이, 사실은 온갖 비방과 모욕으로 법의 권위마저 훼손했다. 평범했던 사람들을 비범한 싸움으로 내모는 세상은 아프고 슬프다. 그러나 그런 치욕과 모욕의 시간들이 평범한 사람을 비범하게 만든다.

나의 박사학위 논문을 모태로 한 이 책은 글과 몸으로 싸운 그 불온한 월경越境의 기도企圖들에 대한 헌정이다. 그 시대를 함께 살아내지 못했던 나는 그들이 내렸던 그 어려운 '결정'의 순간을 떠올리는 것만으로도 힘이 들었다. 이 글을 쓰기로 결정하고 난 뒤에, 나는 그 결정의 필연적인 힘겨움을 느끼며 광주를 찾았다. 옛 도청을 찾아갔으나 가림막이 가로막고 있었고, 망월동의 묘역은 생경한 이념의 구호들이 쓸쓸하게 나부끼고 있었다. 물질(가림막)과 관념(이념)에 에워싸인 5월의 그날은 지금 우리에게 무엇으로 남았는가? 그것을 심미적으로 표현하는 것은 윤리적으로 악하고, 정치적으로 신성화하는 것은 미학적으로 추하다. 그들의 '결정'에 기대어 살지 않고 스스로 '결정'을 내리는 것으로만, 우리는 부채감 없는 마음으로 그들과 하나로 연합할 수 있다. 봄이 오기 직전의 차디찬 길 위에서, 그렇게 제헌하는 권력pouvoir constituant의 간절한 염원으로 제정된 권력pouvoir constitué의 농단에 맞섰던 촛불의 찬란한 광휘光輝는 오래도록 기억되어야 하리라. 책을 출간하기로 결정해준 '오월의봄'에 감사드린다.

I. 서론

1980년 5월의 그 10여 일 동안 광주에서 일어났던 일들은, 두 번 다시 되풀이될 수 없는 유일한 사건이면서 언제나 또 반복될 수밖에 없는 영원성의 사건이다. 그러니까 5월은 진부한 일상의 시간과 비범한 역사의 시간이 가로지르는 자리에 우발적인 필연으로 피어난 '꽃'[1]과도 같다. 숱한 언어들이 5월의 봄날을 바로 그 '꽃'의 은유로 애도deuil했으나, 그 말들은 끝내 피우지 못한 꽃봉오리처럼 애틋할 뿐이었다. 그래서 말로 옮겨진 5월은 기의를 겉도는 기표처럼 의미에 가닿지 못하고, 늘 그렇게 결렬된 웅얼거림으로 어긋나기만 했다.

　식민지 규율권력과 냉전체제의 이데올로기 속에서 주조된 한국의 근대성은, 지배와 저항의 각축 속에서 지극히 폭력적인 사건들로 그 부조리를 현상했다. 광주의 5월은 바로 그 근대화의 모순이 어떤 임계점에서 폭발한 사건이었다. 그러므로 그것은 국가의 어느 한 지역에서 일어난 고립적 사건으로 축소될 수 없으며, 근대성에 내재하는 구조적 모순이 어떤 역사적 순간의 굴절을 거쳐 발현된 사건으로 이해되어야 한다. 그러나 광주의 5월은 분단체제하의 이념적 대립 속에서 번번이 고답적인 담론투쟁을 되풀이해왔다. 그래서 그것은 민중의 숭고한 항쟁으로 신성화되거나, 아니면 북괴로부터 사주받은 폭도들의 반란으로까지 조장되어야 했다. 그렇게 이념의 지향에 따른 내러티브들이 난무하는 그 자체가, 어쩌면 분열된 진실의 어떤 진상일지도 모르겠다.

그러나 가치중립을 표방하는 학술적 연구의 대상으로서, 5월은 정념과 신념과 이념의 굴레에 너무 단단히 얽혀 있는 주제였다. 대체로 5월에 대한 학술적 접근에서, 연구자의 정치적인 의지는 그들의 학문적 열의와 쉽게 구분되지 않았다. 그 연구들은 1980년 광주의 복잡한 사건성을 진보적 이념의 매개를 거쳐 단순하게 연역함으로써, 그 역사적 고유성을 정치적 운동의 차원에서 해소시켜버렸다. 그 연역화의 과정에서 타락한 권력과 숭고한 희생이라는 상투적 구도는, 투박한 논리에도 불구하고 논증의 대전제로서 강력한 영향력을 발휘해왔다. 예컨대 "5·18민주화운동에 대한 보수세력의 전방위적 왜곡 시도에 맞서는 진실의 총람總攬을 확보·구축해야 한다"[2]는 식의 도저한 신념의 밑바탕에는, 진실을 왜곡하는 타자에 맞서 진실을 사수해야 한다는 정치적인 응대의 논리가 선명하다. 이런 주장 앞에서 '진실'은 그 규명 가능성을 검토받기도 전에 서둘러 '진실의 총람'으로 확언되어야만 했다.

광주의 5월은 '항쟁'이 아니라 '사태'이며 심지어 북한 특수부대의 개입으로 이루어진 무장반란이라는 따위의 주장들도, 역시 '진실'이라는 이름으로 진지하게 제기되곤 했다.[3] 이를 두고 '보수세력의 전방위적 왜곡 시도'라고 비판하는 것은 충분히 납득 가능한 일이다. 그러나 왜곡함으로써 무효화하려는 것이 보수세력의 정치적 술수이듯이, '진실의 총람'을 내세워 그 술수에 대항하는 것 역시 진실과 관계없는 정치적 행동일 뿐이다. 그러니까 5월의 그 시간들은 진실의 여부와는 무관하게, 진실을 둘러싼 정치적 이념투쟁의 수단으로써 이용되어왔던 것이다.

희생자를 대변한다는 정의로움에 사로잡힌 진보주의적 해석의 도덕주의적 편견은, 광주의 5월에 대한 수정주의적 해석들과 마찬가지로 맹목일 수 있다. 진보주의적 해석의 어떤 맹목에 대한 성찰은, 그래서 그 진보적 해석의 언술을 구사하는 주체의 성찰로 이어져야 한다. 5월의 광주를 민주화투쟁의 성소로 구축하려는 의지는 5월을 그 투쟁의 기원적 사건으로 전유함으로써, 그것에 진보적 정치의 시원적 정체성을 부여하려는 의욕과 깊이 연루되어 있다. 이른바 집단적 주체성으로서 한국의 진보진영은 그렇게 5월의 광주에 집착하고 탐닉하는 가운데 그들의 정치적 정체성을 구축하고 또 강화해왔다. 이처럼 특정한 입장으로 과거를 호명함으로써 자기를 구성하는 주체화의 과정에는, 5월을 전유하는 그 해석에 굴절된 정치적 무의식이 징후적으로 드러나 있다.

압도적인 힘의 우위를 앞세워 거의 일방적으로 행사된 국가폭력은 가해와 피해, 희생과 탄압이라는 선명한 구도로 서사화되어왔다. 조금은 과장된 표현일지도 모르지만, 김현의 말마따나 "처음에는 분노와 비탄과 절망, 그리고 침묵으로 점철되었던 광주는, 그 뒤에는 일종의 원죄의식으로 변화하여, 그것에 어떤 식으로든 반응하지 않고서는 살 수 없는, 물론 육체적으로는 살 수 있겠으나, 정신적으로는 살기 힘든, 그런 장소가 된다".[4] 다시 말해, 남은 자들에게 5월의 광주는 숭고한 속죄의 공간이 된 것이다. 바로 그 윤리적 죄의식이 도덕적 책임으로 전회하여 남은 자들을 압박하게 될 때, 그들의 말은 예의 그 진보적 신념과 결합하여 어떤 맹목을 발설하게 된다.

살아남은 자들의 죄의식과 민중 수난의 역사에 대한 도덕적 책임감이 이른바 재현의 기획과 결합하게 되면, 대체로 그것은 희생의 숭고함에 대한 비장한 감수성으로 가해의 난폭함과 희생의 비참함을 폭로한다. 그리고 그 희생은 역사적인 차원에서 영웅화되고 이념적인 차원에서는 신화화된다.[5] 그 영웅화와 신화화가 바로 5월의 권력화다. 한편으로 재현의 서사에 드러난 지배적 정서는 희생자에 대한 연민과 가해자에 대한 분노, 그리고 살아남은 자의 부끄러움과 죄의식으로 가득 차 있다. 5월에 대한 재현의 자의식은 이렇게 압도적인 정념으로 텍스트를 지배함으로써, 사건 이후의 말들을 정형화된 통념들에 굴복시켜왔다. 이처럼 남은 자의 죄의식은 부재하는 희생자들의 그 침묵이 말하는 것들을 대의하고 재현하겠다는 도덕적 의지로 출현한다. 따라서 도덕적 강박에 사로잡힌 재현의 열망은 이미 진정한 대의는 아니다. 다시 말해 그들은 죽은 자를 위해 말하는 것이 아니라 스스로의 죄의식을 견디기 위해 말하는 것이다.

지배체제에 대한 적의와 대항세력에 대한 호의는 지극히 간결한 적대의 서사를 구성한다.[6] 선명한 선악의 갈등선은 적대의 두 축을 변증법적 지양의 대상으로 설정함으로써, 그 서사를 갈등의 해소라는 선명한 목적을 향해 직선적으로 끌고 간다. 이때 그 명료한 적대의 지양을 '매개'하는 것이 이른바 '역사 주체성의 위기'[7]에 대한 자의식이다. 그것은 식민주의와 냉전체제로 이어진 제국적 통치의 피지배국으로서 한국의 파행적 근대화에 대한 의식이며, 이후 전개되었던 탈제국적 기획의 쓰라린 실패를 반성하는 자의식이다. 따라서 파행적 근대화와 탈제국적 기획의 실패를 극복하는 것이야말로, 1960년대 이후 진보적 지성의 정치적 무의식을 지배하는 역사적 대의로 각인되었던 것이다. '민중'이라는 연합적 주체성과 그들의 장구한 민족적 전통을 통해 '역사 주체성의 위기'를 극복해야 한다는 당위와, 또 그렇게 할 수 있다는 도저한 신념이 1970~80년대 운동권 지식인들의 망탈리테mentalites를 규정했다. 그리고 주체성의 위기 극복이라는 역사적 과제를 지연시키고 가로막아온 반동세력으로, 미국을 필두로 한 외세와 개발 근대화의 악랄한 주역인 재벌, 그리고 이 모두를 견인했던 군부독재를 지목함으로써, 정치적인 것의 적대는 선명한 대결의 내러티브로 구성될 수 있게 되었다. 정치적으로 진보를 표방하는 그 숱한 담론들이 민중을 수난의 주체로 배치하면서, 역사를 이처럼 '역사 주체성의 위기' 극복이라는 목적론적 서사로 재구성해왔다. 해방 이후의 좌우 대립과 건국 이후의 전쟁에 이어, 5월의 광주를 바로 그 민족 수난사의 계보에 등록함으로써, 5월은 이제 수난의 극복 뒤에 올 메시아적인 구원의 시간을 예비하는 사건으로 자리매김된다.[8]

최근 들어 "5월의 광주는 더 이상 '반미민족주의'나 '탈국민의 선언'과 같은 저항적 주체 구성의 계기로 서사화되지 않는 다".[9] 대상을 동일성의 논리로 표상하는 재현의 기획은, 이미 대상 그 자체를 명백한 것으로 동일화한 것이기에 저런 질문들을 필요 로 하지 않는다. 바로 여기서 동일성으로 환수되거나 제거되기 이 전의 차이들에 대한 고려로써, '사건으로서의 5월'에 가닿으려는 언어의 전위가 개시된다. 그것이 바로 재현에 대한 가능한 질문들 로부터 시작하는 표현expression의 기획이다.[10] 들뢰즈에 따르면, 아 직 드러나지 않은 차이들의 잠재적 실재는 감싸고envelopper 펼치는 expliquer 것으로써 '표현'된다.[11] 함축하면서(감쌈) 드러내는(펼침) 표현 의 역설은 표상의 대상을 초월적인 실체로서 인정하지 않는다는 점에서 내재성의 형식이다. '사건으로서의 5월'(잠재성의 실재)을 표 현한다는 것은, '단독성'에 내재하는 '차이'를 동일성으로 환수하 는 것이 아니라, 다만 그 동일성의 외부에 있는 차이와 변이들과 의 마주침rencontre에 대한 지향으로써 실현될 따름이다. 발터 벤야 민이 상품물신의 판타스마고리아에 대한 유물론적 분석에서 19 세기의 문화적 현상들을 당시의 경제적 토대에 대한 단순한 반영 Abspiegelung이 아니라 꿈의 형식과도 같은 표현Ausdruck으로 이해한 것도, 바로 그 차이와 변이들에 대한 고려 때문이었다.[12] 따라서 표현은 단지 재현이 아닌 것으로써만 정의될 수 없는 고유하고 경 이로운 실천이다. 그것은 재현의 반대 개념도 아니고 표현주의의 일종도 아닌 미학적이면서 동시에 정치적인 실천인 것이다.

광주의 5월은 형이상학적 본질도 초월적인 실체도 아니다. 들뢰즈의 개념을 빌려 말한다면, 그것은 존재하지만 아직 드러나 지 않은 '잠재적 실재réalité virtuelle'이다. 그리고 좋은 예술은 차이를 훼손하지 않는 전체로서 바로 그 잠재성을 드러내는 아상블라주assemblage의 운동이다. 그러니까 "예술은 형태의 표현이나 체험된 것의 재현이 아닌, 형태를 살아 움직이게 하는 힘들—이제껏 지각할 수 없었던, 다시 말해 감각의 문턱을 넘어서지 못했던—을 표현하는 것이다".[13] 5월은 결코 도달할 수 없는 요원한 진실처럼 보이지만, 그럼에도 많은 작가들이 문학이라는 언어의 특수한 용법으로 그 잠재된 진실에 가닿으려는 의욕을 쉬이 거둬들이지 않았다. 그렇다면 아직 드러나지 않은 잠재적 실재로서의 5월은 어떻게 언어의 배치 안으로 들어올 수 있는가? 5월을 문학적으로 증언하거나 증명하려 했던 지금까지의 모든 기획들은 바로 이 물음과 정면으로 마주하지 않을 수 없었다. 우회하거나 비켜갈 수 없는 이 난제에 대한 사유의 밀도는 곧 그 작품들의 강도intensiteintensité를 가늠하게 해줄 것이다.

광주의 진상을 규명함으로써 어떤 입장을 옹호하거나 비판하려는 것이 이 글의 목적은 아니다. 이 글은 규명 가능한 진실이란 무엇인가에 대한 의문 속에서, 예의 그 비판과 옹호의 논리가 어떻게 재현과 표현의 정치로 관철되는가를 살피는 데 있다. 진실 규명과 책임자 처벌이 역사와 정치의 의제였다고 한다면, 그것을 재현하고 표현하는 것의 방법에 대한 고뇌와 실험들은 미학적 차원에 걸쳐 있다. 재현의 기획은 대체로 정치적인 진보와 연루되어 있다. 5월의 광주가 타락한 지배체제에 저항했던 숭고한 항쟁이라는 것이 진보의 정치적 견해라면, 재현의 기획은 그것을 민족·민중 수난의 서사로 재구성한다. 정치적 의식이 미학적 형식에 대한 고뇌를 앞지를 때 재현은 고답적인 반영론을 넘어서지 못한다. 5

월은 그 배치의 조건에 따라 끊임없이 재해석되어야 하고, 이로써 그것은 상투형의 유기체적 '기관'이 아니라 비유기적인 의미 생성의 '기계'가 될 수 있다. 그러나 재현의 기획은 이른바 정치적 진보의 고형화된 해석을 유기적으로 조직함으로써 5월을 박제된 서사의 틀 안에서 재구성하곤 했다. 표현의 기획은 정치적 견해의 노출보다는, 역사의 기억과 그 재현의 가능성을 탐문하면서 언어의 한계에 대한 자의식을 서술하는 데 치중한다. 그것은 사건의 기술보다는 내성적인 심리묘사에 치밀하고, 교차 시점 등의 서술적 기교에 탐닉한다. 감싸고 펼치는 '표현'은 그 역설의 힘으로 사건(내용)과 구성(형식)을 구부리고 접어서 언어의 한계를 돌파하려 한다. 문광훈은 꿈과 기억, 그리고 각성에 대한 발터 벤야민의 사유를 성찰하다가 '표현'이라는 개념에 이른다. 그에 따르면 "표현은 단순한 감각만의 일도 아니고, 사고나 언어만의 일도 아니다. 그것은 대상을 우선 느끼고, 이렇게 느낀 것을 생각하며, 이런 생각을 언어로 드러내는 일련의 의미화 과정이다. 그렇다면 그것은 대상을 기억하고 이 기억된 대상에 형식을 부여하는 것이며, 이 형식부여를 통해 스스로 깨어나는 각성의 실천이 된다".[14] 기억과 각성은 표현 속에서 비로소 완성된다. 따라서 5월은 해명되기에 앞서 질문되어야 하고, 해석되기 이전에 각성되어야 한다. 그 선부른 해명과 해석을 넘어서는 경이로운 각성은 피로한 질문들의 고단한 축적 속에서 이루어진다. 그러니까 '매개'하는 재현과 구분되어야 하는 표현이란 바로 그 고단한 '축적'이다. "신은 그 어떤 매개나 결정, 재현이나 전달을 허용하지 않는다. 왜냐하면 매개나 재현 속에서 대상은 제한되기 때문이다."[15] 매개하고 전달하는 재현의 기획은 5월의 광주를 질문의 대상으로 만드는 것 자체를 불경하게 여기지만, 표현은 그런 도덕률의 속박으로부터 자유롭다. 5월에 대한 정치적 신념이 5월을 본질의 형이상학으로 재현해야 한다는 도덕적이고 미학적인 강박으로 나타난다. 그러나 지성을 앞세운 낭만주의적 표현 역시 때로는 관념화의 경향을 노출한다. 속류적인 '표현'은 자아의 과잉으로 '잠재적 실재'의 '현실성'을 초월한다. 하지만 도래하기를 바라는 규제적 이념으로서의 표현은, 형이상학적인 초월성의 5월을 거부하고 그것을 '내재성의 평면plane of immanence'으로 가져온다. 그때 5월은 무한한 생성의 장소가 될 수 있는 것이다.

한국의 근대화 과정에서 축적된 여러 모순들은 크고 작은 봉기들을 불러일으키다가, 마침내 1980년 5월의 광주에서 가장 비극적인 모습으로 폭발했다. 그 사건을 불러일으킨 세계체제의 어떤 조건에 대한 분석을 비롯해, 왜 하필 1980년 5월의 그 시점에, 다른 곳이 아닌 광주(와 그 밖의 인근 도시)라는 특정 지역에서 그런 일이 벌어지게 되었는지에 대해서는, 이미 여러 갈래의 연구들이 수행되었다. 신군부와 보안사에 의한 정치적인 조작은 사건 직후부터 다각도로 이루어졌고, 광주의 일들은 그들의 수중에 있던 언론들에 의해 왜곡된 형태로 편집되어 세상에 알려졌다. 진상 규명의 의지는 바로 이런 조작과 왜곡에 대한 저항의 과정에서 크게 고양되었다. 그러나 광주의 진상은 국회 청문회라든가 5·18특별법에 따른 수사나 사법처리와 같은 제도적인 절차를 통해서도 완전하게 규명될 수 없었다. 바로 그런 한계를 넘어서기 위하여 법학적인 차원의 검토에서부터 사회학과 정치학, 신문방송학(언론학),

여성학, 종교학, 의학에 이르기까지, 5월의 광주는 여러 방면의 분과학문에서 다각도로 연구되어왔다.[16] 그러나 5월은 이런 근대적 분과학문의 차원을 초과하는 사건이다. 5월은 정합적인 방법론으로 환원되지 않는 부조리이며, 일방적인 분석의 의지를 거부하는 성찰의 여백이고, 해석으로 길들일 수 없는 애매한 대상이다. 5월이라는 분열적인 사건의 진실에 근접하는 새로운 사유란, 그 자체로 합리의 차원을 넘어선 부조리의 영역을 응시할 수 있는 것이어야 한다. 5월의 사건성이란, 이처럼 그 안에 새로운 이론과 사상을 창안할 수 있는 잠재적 역량이 내재하고 있다는 것으로도 충분히 진취적이다.

문학을 비롯해 미술, 영상, 음악 분야에서도 그 미학적 표상과 재현에 대한 연구가 꾸준하게 이루어져왔다. 문학을 중심으로 여타의 예술에 대한 주요 연구들은 5·18기념재단이 엮은 《5·18민중항쟁과 문학·예술》(2006)이라는 학술논문집에 얼마간 정리되어 있기도 하다. 그러나 지금까지 문학 분야의 학술적 논의는 대단히 간소하고 빈약한 실정이다. 방민호의 말마따나 "이는 5·18이 80년대 문학, 그리고 현재의 한국문학에 던진 무거운 부담에 비추어보면 무척이나 기이한 현상이라 하지 않을 수 없다".[17] '기이한 현상'이라고까지 할 수 있는 연구의 이런 빈약은, 아마도 그 주제가 환기시키는 노골적인 정치성 때문일지도 모른다. 광주와 관련한 지금까지의 연구들은 학술활동이라기보다는 진보운동의 차원에 기울어, 그런 선입견을 스스로 조장해온 측면이 없지 않다. 예컨대 이런 언술들, "5월 광주가 보여준 치열한 저항의 계기들을 살려내어 신자유주의와 보수 우익에 포위되어버린 당대의 삶에 활력을 주는 일이 5월 광주의 증언이나 감상적인 회상보다 오늘날 우리들에게는 더 필요하다"[18]는 따위의 문장이 그렇다. 이런 유의 주장들에는 자기의 자의적 신념에 불과한 것을, 마치 모두가 받아들여야 하는 절대적 당위인 것처럼 계몽하려는 의지가 담겨 있다.[19]

5월의 문학에 대한 지금까지의 학술적 연구들은 그 작품들을 통시적으로 개관하거나 분류하는 작업들이 주류를 이루었다.[20] 이 중에서도 정명중의 작업은 중요한 분기점을 이룬다. 그는 "소설 속의 사건은 사건 '그 자체'가 아니라 '사건-이야기'이며 그것은 이미 사건의 변형·왜곡"[21]이라는 전제 아래, "하나의 사건으로서 1980년 5월을 소설이 어떤 방식으로 재구성하고 의미화하는가를 고찰"[22]하려는 의도에 따라, 그 소설들의 주제를 세밀하게 검토함으로써 비교적 세부적으로 작품들을 분류했다. 이 연구는 대상 작품의 방대함이나 분류의 정치함에 있어 여타의 분류작업들과는 분명하게 구별된다. 하지만 그보다 원사건으로서의 5월이 소설이라는 매개를 통해 현전하는 방식을 '사건의 재구성'과 '그 의미화 방식'에 대한 탐구로 접근한 점은 5월 소설의 문예학적 연구에서 일종의 '인식론적 단절'의 지점을 형성한다. 그럼에도 거시적인 접근에 따른 당연한 결과인지는 모르겠지만, 스스로도 인정하고 있는 바와 같이 "각 개별 텍스트들에 고유한 문학적 기법이나 문예미학적 자질들은 상대적으로 비중 있게 처리"[23]하지 못했다. 그러나 세부의 연구로 전면화하는 작업의 길을 열어놓았다는 점에서도 정명중의 연구는 다시 한 번 주목을 요한다.

김형중은《봄날》을 분기점으로 1990년대에서 2000년대에 이르는 시기에 출간된 몇몇 소설들을 검토했다. 그는 그 검토를 통해 "'오월'이 갖는 본질, '오월의 정신', '오월의 참의미' 등으로 명명되는 그 실체를 가정하는 이상, '오월'은 언제나 체계화되고 분류되고 폐쇄된, 그래서 안정적인 구조 속으로 갇히고 만다"는 소중한 인식에 도달한다. 그리고 "그간 '오월' 기념사업의 주된 방향이 그러했고 진보적인 논자들이 '오월'을 논하는 방식도 그러했"음을 비판하는 가운데 "사건을 역사화하려는 시도들(만)이 성공할 경우, 대개 그러한 성공은 의도와는 무관하게 한 사건의 기념비화, 제도화, 화석화에 기여했다는 점"을 정당하게 지적하고 있다.[24] 5월의 서사화에 걸쳐 있는 진실 복원의 형이상학과 그 정치성의 문제를 제기했다는 점에서 그의 문제의식은 대단히 예민하고 날카롭다.

　　연구가 축적됨에 따라 작품의 분류와 정리는 주제의 경향에 따른 작품들의 계열화로 이어졌다. 예컨대 하정일은 5월 소설의 계보를 연대감을 주된 경향으로 한 '항쟁사'와 죄책감이 도드라진 '수난사'의 두 계열로 정리했으며, 전자에 해당하는 작품으로 정도상의 〈십오방 이야기〉, 홍희담의 〈깃발〉, 송기숙의 〈우투리〉를 꼽았고, 후자의 작품들로는 윤정모의 〈밤길〉, 임철우의 〈동행〉과 《봄날》, 이영옥의 〈남으로 가는 헬리콥터〉, 최윤의 〈저기 소리 없이 한 점 꽃잎이 지고〉를 들었다.[25] 방민호는 기존의 논쟁 구도 속에서 작품들의 정치적 맥락(정치 우위론적 문학의 정치화)과 문학적 의의(문학의 미학적 정치화)를 재검토하는데, 시 쪽에서는 《시와경제》나 《오월시》 같은 동인지 운동을 중심으로 펼쳐진 채광석과 남진우의 논쟁을, 소설에서는 〈깃발〉과 〈저기 소리 없이 한 점 꽃잎이 지고〉를 둘러싼 민족문학 주체 논쟁을 검토했다.[26] 시 쪽에서는 채광석의 논리에 동조하면서 남진우의 이른바 '상상의 문학론'이 가진 자아 몰입적 경향을 비판하고, 소설 쪽에서는 〈깃발〉의 정치 과잉을 지적하면서 동시에 〈저기 소리 없이 한 점 꽃잎이 지고〉의 탈역사화 경향을 비판했다. 그러나 하정일과 방민호의 계열화 작업은 진영논리에 따른 정치색이 노골적으로 드러났으며, 따라서 그것은 김형중이 지적했던 바의 그 "체계화되고 분류되고 폐쇄된, 그래서 안정적인 구조"를 답습하는 것으로 귀결되고 말았다.

5월의 광주에 대한 문학적 연구의 또 다른 형태는 주제론적 접근이다. 테러와 폭력이라는 측면에 주목한 정경운은 소설에 드러난 폭력의 양상(객관)과 그 결과로서의 심리적 상흔(주관)을 천착했고,[27] 김정숙은 5월의 서사적 재현을 기억과 치유의 문제로 검토하면서 그 소설들이 '치유의 형상화'보다는 '고통의 현재화'에 기울어 있음을 지적했다.[28] 장일구는 '트라우마의 양상과 치유 모색의 사례들'을 살피는 가운데, 한국 전통 굿의 해원解寃의 원리를 5월 소설의 치유 기능과 연결시켰다.[29] 주제론적 연구들이 대체로 폭력과 치유에 치우쳐 있는 사정을 고려한다면, 더 다양하고 세분화된 관점의 도입을 통해 그 해석의 지평을 넓혀나갈 필요가 있다.

5월 소설의 연구에서 가장 많은 비중을 차지하는 개별 작품론들은 특정 작품에 대한 쏠림 현상이 뚜렷하다. 〈깃발〉(《창작과비평》, 1988년 복간호)은 〈저기 소리 없이 한 점 꽃잎이 지고〉(《문학과사회》, 1988년 여름호)와 함께 많은 작품론을 생산했다. 두 작품은 비슷한 시기에 서로 다른 문화정치적 성향의 여성 작가에 의해, 역시 성격이 서로 달랐던 두 개의 매체에 각각 발표되었다. 두 작품이 발표되고 난 후에 있었던 한 좌담회에서는 〈깃발〉의 정치성을 옹호하는 김명인과 〈저기 소리 없이 한 점 꽃잎이 지고〉의 미학적 가치를 고평하는 홍정선·정과리가 치열한 논전을 펼쳤다.[30] 노동자해방문학론이 세를 떨치던 당시의 진보주의적 담론의 흐름과, 이런 분위기를 배경으로 펼쳐졌던 노동자계급 당파성에 관련한 논쟁은 〈깃발〉을 문제적인 작품으로 만들었다. 특히 임규찬은 홍희담의 소설집 《깃발》의 작품해설에서 〈깃발〉을 〈이제금 저 달이〉, 〈그대에게 보내는 편지〉, 〈문밖에서〉 등의 작품들과 관련지으며, 그 소설들의 현재적 의미를 "도덕적 정당성을 향한 강한 의지로 두려움을 극복해나가는 굳건하고 확고한 민중의 행동 역량"[31]을 그려낸 데서 찾는다. 사념을 초극한 윤리적 차원의 인물 형상화가 귀하게 여겨진다는 이런 평가는 5월이라는 사건을 괄호치고 예의 그 '당파성'에 주목하는 계몽주의적 시각의 반영이라고 할 수 있다. 그런 의미에서 지식인 작가가 노동자의 시각을 대리할 때 빠질 수 있는 함정을 지적한 최원식의 논의는 예리했다.[32] 노동자계급을 혁명의 주체로 세우는 그 환원주의적 관념성에 대한 비판은 이후로도 여러 차례 반복적으로 지적되었고, 김형중은 홍정선, 정과리와 거의 같은 입장에서 〈깃발〉과는 여러 모로 대조적인 최윤의 〈저기 소리 없이 한 점 꽃잎이 지고〉를 '오월에 대한 여성적 글쓰기의 절정'이라 평했다.[33] 이런 식의 견해차는 그 자체로 5월을 둘러싼 해석의 정치성을 함축한다.

임철우의 《봄날》(전5권) 역시 그 방대함과 사실에 대한 복원 의지의 치열함으로 평단의 이목을 끌었다. 《봄날》에 대한 일종의 참고서를 집필한 양진오[34]와《봄날》에 이르는 임철우의 작가적 도정을 탐색한 서영채,[35] 그리고 서사구조와 인물의 성격 및 시점과 더불어 불의 이미지 등 작품의 내재적인 분석이 섬세한 성민엽의 연구[36]에 이르기까지,《봄날》에 대한 크고 작은 여러 편의 평문들은 다른 여타의 작품들을 압도하는《봄날》의 연구사를 형성하고 있다. 그리고 특별히 한강의《소년이 온다》의 출간 이후에, 광주의 5월은 여전히 문학적 탐구의 주제로 가능할 뿐 아니라, 역사와 서사의 문학적 난제를 고뇌하는 한국문학사의 유력한 결절점이라는 것이 상당한 분량으로 논의되었다.

　1980년 광주의 그날 이후 결코 적지 않은 작품들이 발표되었지만, 여전히 현전의 아포리아를 꿰뚫는 언어의 도전들은 절실하고, 그 담론화의 쟁론적 진지함은 절박하다.[37] 이런 사정은 역시 5월의 광주에 대한 어떤 정치적 편견들이 그 표현의 가능성을 가로막고 있기 때문이다. 그것은 무엇보다 "광주민중항쟁 이후 항쟁의 의미, 개념 등이 80년대 변혁운동의 특정 범주 및 관점에 의해 재구성"[38]되어버린 것에서 기인한다. "말하자면 계급투쟁 담론의 중심성으로 '광주'를 호출하고 또 그 범역으로만 환원하고자 하는 태도와 방법으로 인해 그 범역 밖의 것은 부차적인 혹은 부분적 변수로 방치해버렸다는 것이다."[39] 그러므로 5월의 광주를 다채로운 해석의 가능성으로 열어젖히기 위해서는, 먼저 1980년대 변혁운동의 논리가 독과점해온 5월담론을 비판적인 시각으로 탈구축하는 것은 물론, 항쟁의 의미를 범법적인 반란으로 왜곡하거나 사회구조적 모순에서 비롯된 울분을 5월에 대한 모욕을 통해 보상받으려는 이상증후적인 준동들 ― 예컨대 '일베'들의 혐오발화 ―

에 대해서도 진지한 응대가 필요하다.

　이른바 '실재'를 견뎌낼 수 없는 우리는 '언어'를 통해 구성해낸 어떤 거짓된 환상, 다시 말해 '상징계'의 구축으로써 삶을 견딘다. 광주의 5월이란 우리의 삶을 지탱해왔던 그 언어적 환상의 장막이 거둬지면서 견딜 수 없는 실재가 발작적으로 틈입한 순간이었다. 이 글에서 논의의 초점은 통상적으로 '5·18'[40]이라 불리는 역사적 사건과, 그 사건을 서사화한 소설들에 맞춰져 있다. 5월의 서사화는 실재의 내습으로 인해 발생한 상징계의 혼란을 수습하는 하나의 방법이다. 내러티브의 구축은 무너진 언어적 환상을 언어를 통해 다시 복원하는 일이며, 트라우마의 발생과 함께 대상으로 내려앉은 주체를 또 다른 환상의 구축을 통해 다시 일으켜 세우는 일이다. 그렇게 다시 주체로 일으켜 세우는 일을 일종의 '치유'라고 할 수 있다면, 5월에 대한 그 숱한 서사화의 시도들이란 역사적 트라우마를 극복하려는 문학적 실천이라고 하겠다. 그러나 물론 그 서사화의 열의만으로 역사의 정신적 상흔은 완전한 치유에 이를 수 없다. 결국은 언술을 통한 표상화를 넘어 그 정신적 상흔을 자기의 삶 속으로 가져와 그 고통과 더불어 살아야 한다.[41] 역사적 사건을 문학이 궁리하는 방법, 그러니까 언어를 매개로 이야기를 꾸며내는 것은, 견딜 수 없게 된 삶을 견뎌낼 수 있게 하는 방법인 동시에, 그 견딜 수 없는 고통의 증상들과 더불어 트라우마 이후의 새로운 삶이 가능할 수 있도록 길을 열어주는 것이다.

　대체로 광주의 5월은 전남대 앞에서 공수부대의 유혈진압이 시작된 5월 18일부터 도청 소탕작전이 완료되는 5월 27일까지의 시간을 일컫는다. 하지만 이와 같은 시간의 범주화는 상당 부분 진압 주체의 입장을 편파적으로 적용한 것이라고 할 수 있으며, 그 사건의 발생 조건과 맥락, 그리고 사후적으로 제기되는 여러 문제들을 간과하게 만든다. 5월의 시작은 그 견해들에 따라 여러 가지로 제기될 수 있지만, 특히 박정희가 피살된 1979년 10월 26일은 결정적이다. 그러나 그 계기적인 맥락은 더 넓게는 한국의 자본주의가 이제 막 신자유주의로 이행하기 시작했던 1979년을 전후로 한 시간으로까지 거슬러 올라갈 수 있다. 부마항쟁을 비롯해 사북 광산노동자들의 반란과 YH 여성 노동자들의 투쟁에 이르기까지, 신자유주의로의 이행 과정이 불러일으킨 산업의 재구조화는 집단적인 봉기의 가능성을 배가시켰던 것이다. 광주의 5월이란 바로 그런 봉기의 가능성이 잠재되어 있다가, 폭력적인 유혈진압을 계기로 어느 순간에 그것이 현실화되어버린 사건이다. 5월은 분명 특정 입장의 견해들로 종합될 수 없는 단독성의 사건이지만, 부득이 II장에서는 5월의 역사적 의미를 정치적으로 구조화하는 역설을 드러낼 수밖에 없다. 5월을 완벽하게 증언될 수 없는 기술 불가능한 사건이라고 규정하려는 것이 이 글의 목적은 아니다. 그것은 기술 불가능한 사건이기 이전에 기억될 수밖에 없는 사건이며, 또한 증언의 아포리아 속에서도 지속적으로 증언되고 있는 사건이다. 그러므로 II장의 서술은 5월의 단독성을 훼손하는 구조적 환원의 차원이 아니라, 벤야민적인 의미에서 여러 견해들의 단속적인 조각 모으기라고 한다면 고려될 여지가 없지는 않을 것이다.

5월의 항쟁을 폭동으로 규정하는 지배 이데올로기에 대하여,

진보진영은 나름의 대항담론을 구성하는 것으로 맞섰다. 그것은 1980년 5월 광주의 역사적 왜곡에 대한 해석의 투쟁이기도 했다. 특히 관제와 어용의 담론들을 분식하기 위해, 5월의 역사적 의의를 민족주의적 봉기의 계보에 등록했으며, 역사적 변혁의 주체로서 민중을 찬미했다. 이런 대항적 담론의 구성은 진상의 규명이라는 목적을 달성하기 위한 일종의 정치적 전략이었다. 학살의 참상을 규탄하고 투쟁의 진상을 부각시키기 위한 공공의 행사가 기획되었고, 기념과 추념의 제의들을 통해 집합적이고 대항적인 기억을 재구성하기도 한다. '타인의 고통'의 재현을 고뇌하는 자리에서 수전 손택은 기억의 의미를 이렇게 되새겼다. "기억은 이미 죽은 사람들과 우리가 공유할 수 있는 가슴 시리고도 유일한 관계이다."[42] 바로 그 가슴 시리고도 유일한 관계를 보존하고 지속하기 위하여 남은 자들의 언어는 지칠 수가 없었고 쉬어서도 안 되었다. 항쟁의 현장을 기록한 다큐멘터리 상연회와 사진 전시회에서부터, 이미 하나의 전통으로 자리 잡은 '5월 전야제'의 여러 부대 행사들에 이르기까지, 민중적 저항의 기억을 새로이 전유하고 재생산하는 기념의 의례들은 교묘한 방해와 부당한 간섭 속에서도 끊어지지 않고 지속되어왔다.[43] 이 밖에도 5월은 시와 르포르타주로, 판화를 비롯한 민중미술로, 그리고 사진과 영화와 연극, 판소리, 민중가요와 교향악 등으로 거듭 재현되어왔다. 그러나 여기서는, 다른 무엇보다 소설이라는 서사체에 각별히 주목한다. 기억을 증언하는 언어의 여러 매체 가운데서도 "서사는 언어적 구성의 본질적 원리이며, 연행이 갖는 의사소통 가치를 위해서뿐만 아니라, 기억의 발전에 기여하는 본질적인 요소로서, 생각의 성공적인 소통과 학습 과정의 긴요한 성분으로서도 중요하다".[44] 영화와 음악, 그림이나 무용에서도 드라마틱한 서사화가 이루어지지만, 무엇보다 소설은 그 직접적인 언어 매체의 물질성으로 서사의 통사론적 배열을 가시화한다. 이른바 '언어적 전회linguistic turn'에 근거해 "진리란 결국 언어와 실재의 관계가 아니라 언어(문장)와 언어(문장)의 관계로 전환될 수밖에 없다"[45]고까지 한 어떤 의견을 참조하더라도, 소설은 서사화의 징치적 메커니즘을 탐구하기에 대단히 유용한 텍스트이다.

5월의 소설에는 기억과 증언의 정치적 무의식이 징후와 흔적으로 남아 있다. 그리고 그 징후와 흔적들은 결국 잉여나 결여의 형태로 텍스트의 동일성을 훼손한다. 바로 그 훼손에 주목할 때 징후와 흔적으로 드러나는 정치적 무의식은 비로소 분석적인 언어로 설명될 수 있다. 이때 훼손이란 부정적인 의미의 파손이 아니라, 잠재적 실재를 가시화하려는 주체의 욕망이 남긴 흔적이다. '재현'이 어떤 실체의 완전한 반영을 기도함으로써 오히려 잠재적 실재를 억압하는 것과는 달리, '표현'은 언어의 한계에 대한 숙고와 함께 형식의 실험으로써 그것을 드러내려고 한다.[46] 전형성의 창출을 통해 총체성을 반영할 수 있다는 재현의 기획은, 그 '총체성'이라는 개념에 투영된 과도한 현실 개입의 의지로 인해, 의도와는 전혀 다르게 오히려 관념성을 극대화하고 만다. 다시 말해, 바로 그 정치성의 과잉이 오히려 사실(잠재적 실재)의 상투화와 추상화를 불러일으키는 것이다. 언어에 대한 메타적 물음이나 서사 구성의 형식적 실험을 통해 재현의 불가능성을 극복하려는 표현의 기획 역시, 때로는 지나친 지성의 개입으로 주지주의적 관념성을 과잉 노출하기도 한다. 그러나 진정한 표현은 잠재적 실재에 가닿으려는 열정으로, '있는 것'의 반영이 아니라 '있어야 할 것'에 대한 '생성'[47]의 힘으로 드러나야 한다.

III장에서는 임철우의 《봄날》을 중심으로, 5월의 기억이 부과한 죄책감이 사실(진실) 복원의 형이상학에 대한 엄중한 도덕률로 작동함으로써 '재현'의 서사를 가동시키는 메커니즘을 비판적으로 검토한다. 이와 달리 말로 나타내기 불가능한 진실로서의 5월을 탐문하면서, 언어에 대한 예민한 자의식으로 그 진실에 대한 '표현'의 열망을 드러내고 있는 정찬의 《광야》와 〈슬픔의 노래〉를 살펴볼 것이다. 여기에 더해 2인칭의 서술로 된 유서로의 《지극히 작은 자 하나》와 알레고리의 형식으로 된 김신운의 《청동조서》를 대상으로, 서사적 기교를 통해 모사적인 '재현'을 넘어서려는 '표현'의 의지를 확인해볼 수 있다. 더불어 진실의 형이상학을 질문의 형식으로 내파하고 있는 박솔뫼의 〈그럼 무얼 부르지〉는 특별히 주목할 필요가 있는 작품이다.

5월 소설이 대체로 폭력과 치유의 문제에 착근하고 있음을 알 수 있는데, IV장에서는 선행연구들에서 이미 자주 다루어졌던, 예의 그 죄의식과 심리적 상흔 그리고 치유에 대하여 검토한다. 프로이트와 라캉의 정신분석학을 참조하면서 증상과 치유의 복잡한 관계들을 그 유형에 따라 분류할 것이다. 이를 통해 심리적 상흔을 다룬 소설들에서 자주 반복되는 서사의 어떤 상투형들을 확인할 수 있다. 진정한 '치유'가 아니라 상처와 아픔을 그저 봉합하고 은폐하는 '치료'의 서사는, 마치 인과론적인 필연성처럼 고통의 기억과 함께 죄의식과 부끄러움을 자동적으로 불러온다.

원외상으로서의 상처는, 마치 잠재적 실재로서의 5월이 재현 불가능한 것과 마찬가지로 치유 불가능하다. 다시 말해 치료가 재현이라면 치유는 표현이다. 그러므로 치유 불가능한 원외상은 진정으로 치유될 수 있는 것이 아니라, 현재의 고통 속에서 다만 환기될 뿐이다. 5월의 고통이란 외부의 처방에 따라 치료되어 사라질 수 있는 질병이 아니다. 치유는 외부로부터 이루어지지 않으며, 주체가 스스로 자기를 조절하는 가운데 겨우 가능하게 되는 것이다. 그러니까 원외상의 당사자가 스스로 그 고통을 받아들일 수 있는 것으로 만드는 것, 다시 말해 고통과 함께 살 수 있는 정신의 근력을 수양하는 것이 치유다. 그래서 고통의 제거를 목적으로 하는 치료의 서사는, 불가능한 재현의 기획처럼 언제나 치유에 실패할 수밖에 없다. 그러므로 치유의 서사는 고통의 제거가 아니라 고통의 표현에 주력해야 한다. 이때 고통 그 자체는 일종의 언어로 기능하며, 그것은 비명이나 신음에 가까운 형태로 5월의 원외상을 증언한다. 다시 말해, 훼손된 신체가 곧 증언의 언어가 되는 것이다.

V장에서는 이른바 여정의 서사를 '순례의 형이상학'이라는 관점에서 다룬다. 치료와 봉합으로 귀결되거나 주체의 정체성 형성으로 매듭지어지는 목적 지향성의 여정을, 기존의 정체성이 파열되는 주체 분열의 여정과 대비해볼 수 있다. 그 대비를 통해 화해와 청산의 여정이 서사를 정합적으로 만드는 불가능한 애도의 길임을 살펴볼 것이다.

II. 5월의 역사학과 정치학

1.
역사의 정치성과 사건으로서의 5월

조지 카치아피카스는 광주의 5월을 아르키메데스가 말한 지렛대의 고정점에 빗대며 그것을 "남한에서 독재가 민주주의로 전환된 결정적 순간이었다"고 진술한 바 있다.[1] 5월은 박정희의 죽음(1979. 10. 26.)을 계기로 형성된 힘의 공백상태에서 빚어진 일종의 내전이었다. 이른바 '서울의 봄'이란 그 힘의 공백을 지칭하는 것이며, 이는 사실 따뜻한 봄날이 아니라 폭풍 전야의 고요에 비유될 수 있을 것이다. 이 고요한 공백 속에서 결전을 앞둔 세 개의 입장과 태도가 숨을 고르며 기회를 엿보고 있었다.[2]

1960년대 이후 가속화된 한국의 산업화는 노동자들의 일방적인 희생으로 고도의 성장을 이룰 수 있었다. 하지만 자본주의의 파상적인 이윤 축적에 따라 계급모순은 점점 심화되어갔으며, 드디어 그것은 1970년 전태일의 분신을 계기로 한국사회의 주요 모순으로 일반화되었다. 이에 따라 1970년대 이후의 변혁운동은 정치적 민주화의 요구와 함께, 노동조건의 개선과 민주노조의 설립을 주창하게 된다. 1979년의 부마항쟁은 겉으로는 박정희의 유신독재에 반대한 민주화투쟁이었지만, 실제는 1960년대 정부의 중화학공업 육성책으로 성장한 마산과 창원 지역 노동자들이 정부의 경제정책 전환에 항거한 사건이었다.[3]

이른바 10·26으로 생긴 힘의 공백은 신군부가 12·12 군사쿠데타를 통해 실질적인 권력을 접수함으로써 사라지는 듯했다. 하지만 국민들은 신군부를 인정하지 않았고, 신군부는 비상계엄의 확대를 통해 그들의 권력의지를 관철하려 했다. 그런데 뜻밖에도 광주에서 그 정치적 적대가 격렬하게 폭발했던 것이다. 다시 말해 "신군부의 사명이 박정희 정부 말기의 신자유주의적 정책개혁을 완수하는 것이었다면, 부마항쟁을 계승하는 광주항쟁도 신자유주의적 정책개혁에 대한 최초의 항쟁"[4]으로서 의미를 갖는다. 그 적대의 정치가 한국의 정치·경제적 맥락에서 얼마나 중요한 의미를 갖는가는 내전의 치열한 양상, 그러니까 공수부대를 투입한 신군부와 시민군을 조직해 맞선 광주 시민들의 격렬한 전투의 양상을 통해 충분히 가늠할 수 있다.

5월 27일 전남도청에서의 결사 항전은 결국 시민군의 패배로 돌아갔다. 그것은 신자유주의적 체제를 수호하려는 호헌세력의 승리이자, 그것에 반대해 새로운 세계를 열망했던 제헌세력의 패배를 의미한다. 이른바 1987년의 6월항쟁이 중간계급의 적극적 참여를 바탕으로 호헌파에 대한 개헌파의 승리로 귀결되었다면, 5월의 광주는 철저한 고립 속에서 제헌세력의 외로운 항전으로 끝이 났다. 이 쓰라린 패배는 복합적인 원인들로 설명될 수 있겠지만, 무엇보다 '수습'으로 기울었던 중간계급의 미온적 태도가 패배의 결정적 요인이었다. 박정희의 경제정책을 통해 산업화의 결과로 주어진 달콤한 보상을 누린 중간계급에게, 저 비루한 것들의 반란이란 얼마나 위험천만하게 여겨졌겠는가. 노동자계급의 당파성을 선명하게 드러낸 홍희담의 〈깃발〉도, 실은 5월의 역사적 의미를 바로 이 같은 맥락에서 형상화하려는 시도였다. 신군부와 중간계급에게 5월의 봉기와 항쟁은 히드라의 괴기스러운 형상처럼 사악하고 부조리한 것이었고, 헤라클레스에게 참수된 히드라처럼 제거되어야 할 악이었으며 폭동에 지나지 않았다.[5] 결국 "87년 체제는 1980년 5월항쟁에서 등장했고 80년대의 정치를 비가시적인 방식으로 규정했던 제헌권력의 힘을 개헌의 방식으로 흡수함으로써 성립한 체제"[6]라는 점에서 그 중간계급의 계급의식이 가진 한계를 그대로 반영하고 있다고 할 수 있을 것이다.

5월의 시위와 항쟁에서는 황금동의 술집 아가씨들과 대인동 사창가의 여인들은 물론, 노동자, 목공, 공사장 인부, 구두닦이, 넝마주이, 날품팔이, 부랑자에 이르기까지, 지금까지 한 번도 자기의 몫을 가져본 적 없는 이들이 참가해 처음으로 자기들의 몫을 요구했다. 남루하고 비루한 마이너리티들의 울분에 찬 목소리는 안온한 일상에 젖어 있던 사람들에게는 자못 이색적인 것으로 비춰졌을 것이다. 때로 그들의 불결하고 불온한 행색과 언동은 위험한 것으로 받아들여졌다. 항쟁지도부의 내부에서 총기를 비롯한 무기 회수를 주장하는 '수습파'와 이에 맞섰던 '항쟁파'의 갈등이 첨예화되었을 때, 수습파 중간계급의 엘리트들에게 저 위험한 존재들의 손에 무기가 쥐어져 있다는 사실은, 위태로움을 넘어 공포스러운 것으로까지 여겨졌다. 정부와 계엄군 그리고 주류 언론도, 일반 시민과 폭도를 구분하는 언술을 통해 광주 공동체를 분열시키고 그 혁명의 에너지를 불식하려 하던 참이었다.

5월의 항쟁주체는 전위적인 지도부도 없고 혁명의 중심기구나 조직도 없는 익명의 공동체였다. 그 속에는 무장 시민군과 학생수습위원 그리고 시민수습위원을 비롯해 계엄군과 경찰의 첩자까지 포함되었을 가능성이 충분했고, 그야말로 그 익명의 공동체는 하나의 정체성으로 동일화될 수 없는 이질성의 집합체였다. 21일 이후엔 드디어 얼굴을 가린 복면부대가 등장하는데, 이는 '나'라는 개인의 정체성을 익명화함으로써 '우리'라는 공동체의식을 전면화하는 봉기의 한 국면을 표현한다. 그러나 정부와 계엄군은 항쟁에 참가한 시민들을 의도적으로 분리하고, 항쟁의 진행과 더불어 소수로 재편된 항쟁세력을 외부의 불순세력에게 사주받은 폭도들로 규정함으로써, 항쟁주체를 동일화된 특정의 집단으로 추상화시켰다.

항쟁의 힘은 바로 저 규정될 수 없는 이질성의 이합과 집산에서 비롯되는 활력이었으므로, 신군부의 진압은 곧 그 이질성의 난장을 폭력적인 방법으로 동일화하는 것이었다. 진압군이 전략적으로 퇴각한 21일 이후, 공동체는 내분을 겪고 이탈자가 속출하는 가운데 그들은 점차 동일성의 집합체로 변질되어간다. 중간계급은 항쟁을 무정부주의로 인식하고 질서와 수습을 내세움으로써 공동체의 동일화를 재촉했다. 특히 중간계급의 엘리트들로 구성된 수습위원회의 부르주아적 태도는 '수습'이라는 그 언명 속에 고스란히 담겨 있다. 그들은 질서의 회복을 명분으로 '소수적인' 항쟁의 폭발적 잠재력을 말 그대로 '소수'의 것으로 축소시켰고, 결국은 항쟁을 패배로 이끌었다.

1980년 5월 27일의 표면적인 패배는 그 이면에 진정한 승리의 잠재력을 숨기고 있다. 열흘간의 숨 막히는 경험들, 고통과 고독과 연대와 투쟁과 해방과 환희의 시간들은, 대중들에게 새로운 세계를 상상하고 만들어갈 활력을 불어넣었다. 그 영원한 시간 속의 광주는 사람들에게 '절대공동체'라는 놀라운 경험을 갖게 해주었다.[7] 여기서 말하는 '절대공동체'는 사실 신비로운 그 무엇이 아니라 코뮌의 이상과 열망에 닿아 있다. 조지 카치아피카스가 "광주는 한국 역사에서 오로지 프랑스의 파리코뮌과 러시아의 전함 포템킨과 비교할 수 있는 의미를 지니고 있다"[8]고 한 것은 바로 그런 봉기의 역사적 공통성을 가리킨 것이었다. 5월 22일부터 5월 27일까지 진압군이 물러간 해방 광주에서 시민들이 보여준 자치와 협력은 "인간이 본질적으로 사악하므로 질서와 정의를 유지하기 위해 강한 정부가 필요하다는 널리 알려진 신화"[9]를 무색하게 한다. 이처럼 5월은 공적 폭력에 대항해 싸운 봉기의 역사에서 항전의 윤리를 실천한 위대한 전례로 남았다.

군부독재의 변증법적 부정이 광주민중봉기였고, 그것은 혁명적 열망과 행동의 급속한 확산, 전투의 열기 속에 창출된 사랑의 공동체의 빛나는 모범이었다. 민중들의 상호 지원, 공적 공간의 에로틱한 점거, 도시가 거의 모든 사람을 단결시킨 부드러운 포옹 등 자연스런 연쇄반응은 20세기에 수백만 명의 보통 사람들이 아름답고 우아하게 스스로 통치할 수 있는 역량을 가장 분명하게 표현한 사례 중 하나였다. 그토록 많은 사람들이 그렇게 단결해서 생동할 수 있었던 곳은 별로 없었다. 기존의 가치(계급 구분, 계층, 소유)가 역전됨과 동시에 보편적 이익이 일반화되었다.[10]

최정운의 '절대공동체'를 떠올리게 만드는 조지 카치아피카스의 이 서술에는, 그 연합의 숭고함에 대한 놀라움과 찬탄이 배어 있다. 이는 마치 프랑스 내전의 역사적 의미를 격정적이며 수사적으로 웅변했던 마르크스의 섬세한 문장들을 닮았다.[11] 그러나 과도한 파토스는 그 선량한 의도와는 다르게 광주의 5월을 관념적인 과잉으로 내몰 수 있다. 따라서 5월의 사건성과 그 주체성에 대한 정의는 사유의 절제와 감정적 인내를 요한다. 최정운의 '절대공동체'를 '만남의 철학'과 '서로주체성'의 입론을 원용해 '초월적 항쟁공동체'로 재정립한 김상봉은 "5·18민중항쟁이 참된 나라의 진리를 계시"[12]하는 진리의 사건이라고 서술했다. 이런 서술들의 저변에 공통되는 것은, 5월의 광주에서 직접민주주의의 이상이 실현되는 정치적 유토피아를 발견하려는 열망이다. 정교한 논의를 위해서, 그 열망에 기초한 사건성과 주체성의 규명은 좀 더 치밀하게 보충되어야 한다. 예컨대 민중신학자 김진호의 의견이 그러한데, 예의 그 형이상학적 초월공동체가 오클로스(민중: 법 안에 살지만 법 밖의 존재로 간주된 자) 대 라오스(시민: 법 안의 백성)의 미묘한 문제를 너무 간단하게 처리해버린다는 지적이 그것이다. 그러니까, "일부 학자들이 '절대공동체'라고 불렀던 그런 나눔과 섬김의 체험공동체가 전형적으로 작동되고 있는 그 순간에도 편견과 배제의 문화는 충분히 지양되지 않았을 것이라는 얘기다. 그렇다면 이 공동체의 균열을 들춰보지 않고 '절대공동체'라는 '어마무시한' 용어로 부르는 것은 시민사회의 시선이었을 것이고, 시민사회의 시선에 흡수된 비시민의 하위주체적 자의식의 반영일지 모른다는 것이다. 즉 시민의 인정과 지지는 타자의 입장을 내면화하여 편견이 해소된 결과가 아니라, 국가와 시민의 균열이 격렬하게 드러났을 때, 시민의 시각에 흡수된 민중을 향한 정치적 동지의식의 발로였고, 그러는 중에서도 문화적 배타성은 여전히 해소되지 않았다는 얘기다."[13] 이처럼 5월에 대하여 말하려 할 때, 그 안에 있었던 미묘한 질적 차이들에 대한 섬세한 고려는 물론이거니와, 어떤 미묘한 균열과 비열한 편견들에 대해서도 주의하지 않으면 안 된다.[14] 지도부의 구성에서 배제되어 주로 조력자의 역할을 떠맡아야 했던 여성에 대한 젠더적 성찰을 비롯해, 그 사건성과 주체성을 검토하며 소수적인 것들의 존재론적 위상은 새로운 시각의 창안과 더불어 정교하게 궁리되어야 할 것이다.

1980년 5월의 광주는 피와 절규, 폭력과 사랑, 적대와 연대, 항쟁과 진압이 교차하는 역사의 현장이었다. 그리고 그것은 진부한 일상의 시간에 잠복해 있던 억압과 분노의 에너지가, 그 어떤 정치적 계기들에 의해 격발함으로써 비범한 역사의 진리를 구성하는 돌발적인 '사건'이었다.[15] 그러나 여전히 사건으로서의 5월은 모호한 역사의 시간으로 남아 있다. 광주의 5월은 14만 페이지, 모두 117권에 달하는 방대한 양의 수사기록을 남겼지만, 아직까지도 우리는 최초의 발포 명령권자나 정확한 사망 인원을 알지 못한다. 역사의 진상이란, 어쩌면 규명되는 것이 아니라 추정 속에서

만 해석되는 불완전한 텍스트인지도 모르겠다. "만약 진리가 어떤 유의 오류에 내포된 체계적 성격을 재인식하는 것이라면, 진리는 전적으로 앞서 존재하는 이 오류에 의존하고 있는 셈이다."[16] 그렇다면 진리는 차라리 오류 그 자체로부터 발생하는 그 어떤 것일지도 모른다. 그러니까 진리란 텍스트의 균열과 내상으로 홈이 파인 그 빈틈의 적극적인 오해와 오독에 근거한 능동적인 편견의 산물이다. 그런 의미에서 상대주의적인 '해석의 지평' 위에서 펼쳐지는 해석의 기투는 예의 그 '능동적 편견'을 구성하는 정치적 주관의 쟁투를 반영한다. 따라서 14만 페이지의 수사기록을 "'국가안보'를 신봉하는 군부軍部와 '민주화'를 존재 근거로 삼는 문민文民 정치집단의 대결 기록"[17]으로 보는 시각은 지극히 자연스럽다. 이렇게 5월이라는 단독성의 사건은, 저마다의 정치적 무의식과 이데올로기적 편견으로 전유되어 일반화된 담론의 형태로 정립된다. 그리고 이제 5월은 하나의 표준적인 해석으로 권력화되기에 이르렀다.

그리고 입에서 입으로 전해지며 해석되고 전파되던 '광주의 진실'은 어느덧 표준적인 해석에 의해 역사 속에 자리 잡게 된 듯하다. 군부독재의 폭력적 탄압과 그에 저항하며 일어선 광주 시민들의 저항, 그리고 무참한 폭력에 의한 희생이 일반적 해석의 색채를 형성하고 있는 것처럼 보인다. 거룩한 희생과 비극적 이미지 안에서 광주 시민의 저항은 군사적 폭력에 대한 '반작용reaction'으로 위치지어진다. '다시는 반복 되지 말아야 할 비극', 그것이 광주항쟁을 요약하는 이미지가 되어버린 듯하다.[18]

표준적인 역사 해석의 내러티브로 일반화된 5월은, 항쟁의 시간에 현존했던 고유한 느낌들을 정형화된 관념으로 추상화시킨다. 이런 식의 추상적인 일반화는 표준적인 해석의 동일성으로 회수되어버릴 수 없는 환원 불가능한 이질성의 지대를 말끔하게 제거해버린다. 그러므로 그 많은 엇비슷한 5월의 담론들 속에서, 다시 '5월'이라는 고유명을 애써 발견해내려는 것은, 5월의 그 사건적 단독성에서 역사석 보편성을 드러내기 위해서이다.[19] 어쩌면 그것은 '발견'이 아니라 '발명'이며, 수없이 많은 오류의 가능성 속에서 5월이라는 진리를 구성하는 덧없는 노력일 것이다.

5월의 트라우마는 기억과 망각, 누락과 기입, 은폐와 규명, 침묵과 항변 사이에 기거한다. 그 트라우마는 공적 기록과 사적 구술이라는 역사기술로, 혹은 재현과 표상의 문화정치를 통해 담론화되어왔다. 이 담론화의 과정은 곧 5월이라는 단독성의 사건을 일반화된 정체성으로 구축하는 신화 만들기(신성화)의 과정이었다. 민주화 이후, 그러니까 '87년 체제'의 도래를 자극했다는 '5·18'은 그 이래의 민주화 과정에 영감을 불어넣은 기원의 서사로 자리 잡았다. 그러나 이런 우악스런 담론화(일반화)의 과정도 역시 망각되고 누락된 것들을 남기게 마련이다. 5월을 단독성의 사건으로 사유하는 일은 이제 그 기원의 서사를 탐문하여 5월의 일반화된 담론을 탈구축하는 것으로부터 시작될 수 있다. 그러므로 담론화되지 못하고 남은 그 잔여야말로, 일반화된 5월의 정체성을 다시 사유할 수 있게 해주는 탈구축의 통로가 되어줄 것이다.

5월은 기존의 구조를 탈구축하는 열망 속에서 출현한 사건이다.[20] 다시 말해, 5월은 해석을 기다리는 하나의 정태적 구조가 아니라 탈구축의 능동적 사건으로 도래한 것이다. 그렇다면 우리는 어떤 근거에 입각하여 그 잔혹한 봄날, 광주에서의 민중봉기를 '탈구축의 능동적 사건'이었다고 말할 수 있는가? 5월의 광주는 무엇보다 가시적으로 감각되는 잔혹한 폭력의 공포, 그 강렬한 두려움의 감정sentiment을 이겨내는 정념affect의 공동체였다. 누군가는 그것을 '절대공동체'(최정운)라 하고, 또 다른 이들에게 그것은 '흐름의 구성체'(이진경·조원광) 혹은 '제헌권력으로서의 자치공동체'(조정환)로 이해되었다.

> 절대공동체는 군대와 같이 누군가 투쟁의 목적을 위해 개인들을 억압하여 만든 조직이 아니었다. 그것은 폭력에 대한 공포와 자신에 대한 수치를 이성과 용기로 극복하고 목숨을 걸고 싸우는 시민들이 만나 서로가 진정한 인간임을, 공포를 극복한 용기와 이성 있는 시민임을 인정하고 축하하고 결합한 절대공동체였다. 시민들이 공포를 극복하고 투쟁하며 추구하던 인간의 존엄성은 이제 비로소 존엄한 인간끼리의 만남 그리고 바로 이 공동체에서 서로의 인정과 축하를 통해 객관화되었다. 절대공동체에서 시민들은 인간으로서의 정체성identity을 찾았고 그들은 다시 태어난 것이다.[21]

이 특이한 공동체는 군대와 같은 조직적인 구성의 집합체가 아니라 특이성singularity이 난무하는 가운데 혼돈의 질서Chaosmos를 만들어내는 어떤 흐름이 있었다는 점에서 분명 '흐름의 구성체'라고 부를 수 있다. 뒤늦게 항쟁지도부가 구성되긴 하지만 항쟁 대부분의 시간 동안 그곳엔 유기적인 조직이나 구심적인 하나의 중심이 없었다. 이 새로운 공동체의 출현은 이른바 10·26 이후, 아니 그전부터 전개되어왔던 신자유주의로의 자본의 세계적 재편이 한국이라는 지정학적 조건 속에서, 호헌파(전두환 중심의 신군부)와 개헌파(김대중·김영삼 중심의 재야정치권)의 정치적 갈등으로 표출되던 이면에 잠재하는 어떤 흐름의 실체적 계시epiphany를 의미한다. 그 흐름의 실체는 다수적인 두 권력에 눌려 비가시적인 잠재성으로 존재하던 이른바 '제헌권력'이다.

> 이제 시위와 항쟁은 자신의 존엄을 선언하기 위해 모인 다중의 봉기로 변모한다. 존엄을 선언하는 투쟁에서 각자는 직업이나 신분을 벗어나며, 어떠한 이해관계에서도 자유로운 전인全人으로 다시 태어난다. 혁명은 부르주아 사회가 강요하는 정체성을 지키는 행동이 아니라 그 주어진 경계들을 넘어서면서 공통됨을 구축하는 행동이었던 것이다. 그 순간 각자는 바로 자신의 지도자이자 모든 사람에 대한 지도자이다. 그 순간 각자는 법적 인간의 권리로서의 인권을 달성하는 데 머무르지 않고 초인을 달성한다. 이것이 만인의 만인에 대한 자기지배로서의 절대적 민주주의이자 초인들의 공동체이다. 초인들의 공동체는 특이성들의 절대적 협동으로서의 사랑에 의해 조직된다.[22]

'위대한 혁명적 사건'으로서 5월의 숭고한 의미는, 대부분 이 새로운 공동체의 출현에 헌정된 것이었다. 하지만 이 새로운 공동체에 대한 해석은 여전히 민감한 논쟁들을 불러일으킨다. 역사에 대한 '해석의 쟁투'(해석의 정치)는 이념적 편견에 따라 5월을 전혀 다른 맥락에서 바라보게 만든다. 예컨대 누군가에게 5월은 숭고한 혁명이 아니라 불순한 세력에 의해 조장된 무장폭동이다.

> 우리는 좌와 우의 어느 한쪽이나 입장에서 다른 일방을 매도하기 위한 목적으로 광주 문제를 거론하는 것이 아니라 제3자의 시각과 공정한 논리를 기준으로 사실에 기초한 객관적 견해를 피력할 뿐이다. 억울하게 희생당한 사람들의 이름값에 밥그릇과 명분을 걸고 그들을 욕보이기 전에 진정 그들의 장거와 민주화 정신을 후대에 기리고 싶다면 살아 있는 사람들만큼은 광주학살의 주범이 김정일 정권임을 똑바로 인식하고 김정일 정권에게 광주의 책임을 물어야 한다. 지금은 그런 자세가 필요하고 또 그렇게 노력할 때 억울하게 희생당한 사람들도 안심하고 편히 눈감을 수 있을 것이다.[23]

북한군 출신 탈북자들의 '증언'에 기대어, 5월이 김일성 정권에 의한 북한군 특수부대의 개입으로 이루어진 사건이라고 하는, 이런 억지스런 견해들마저 '공정한 논리'를 내세우기는 마찬가지다. 이것은 옳고 그름의 문제로 쉽게 환원할 수 없는 입장들의 차이를 드러내며, 그것은 결국 역사적 사실을 받아들이는 해석들의 차이를 표현한다. 예컨대 조정환[24]에게 '제헌권력'이 5월의 혁명주체로서 역사의 시간을 창조하는 존재라면, 조문숙[25]에게 그들은 대한민국의 헌법을 파괴한 불순한 세력(위헌세력)에 불과하다. 역사의 진상에 대한 욕망은 이렇게 늘 엇갈리는 견해doxa들의 난투극을 연출한다. 과거의 역사는 현재를 합리화하려는 욕망들에 이끌려 격렬한 분쟁의 장소가 된다. 과거사를 현재라는 동일성의 시간으로 환수하려는 해석집단의 정치적 야욕에 따라, 역사의 진상은 언제나 정치적 참상을 반복한다. 과오를 들추어 책임을 묻고, 희생의 의미를 되새겨 원통한 마음을 푸는 일은 반드시 필요한 역사적 과업이다. 하지만 책임과 면피, 원통한 마음을 푸는 일과 복수가 역사 해석의 본원적인 목적으로 전도될 때, 그 진상에 대한 이성적인 탐구열은 절제를 모르고 정념으로 들끓게 된다.

'항쟁'과 '사태', '봉기'와 '폭동'이라는 호명의 차이는 5월에 대한 해석의 격차를 표현한다. 5월 당시 공적 폭력의 당사자들인 신군부와 진압군의 입장에서, 그것은 폭도들이 일으킨 소요사태였다. 그래서 그들은 '광주사태'라는 말로 그 일련의 사건들을 정리했고, 당시의 언론은 이를 그대로 추수해 보도했다. 하지만 항쟁의 당사자들에게 그것은 생명의 존엄성을 지키기 위한 정당한 자위의 행동이었으며, 민주주의를 수호하는 거룩한 투쟁이었다. 그러므로 그들의 편에 선 이들에게 그 항전은 '무장봉기'이거나 '시민의거'가 아니라면 '민중항쟁'이었다. 또 살아남은 자들에게 그 잔학한 죽임들은 오로지 무자비한 학살일 뿐이었기에, 그들은 그 만행을 '광주학살'이라는 이름으로 고발하고자 했다. 그리고 지금 정부는 '민주화운동'[26]이라는 말로 항쟁의 투쟁적 의미를 온건하게 순치한다. 5월은 이렇게 다양한 입장과 견해들이 충돌하는 해석의 전장이었다.[27] 지금도 5월은 저마다의 견해에 따라 서로 다르게 호명되고 있지만, 학계의 주류화된 해석은 그것을 맞서 싸운다는 뜻의 '항쟁抗爭'으로 명명한다. 공적 폭력의 부당한 행사에 항

거하여 민중들의 활력으로 맞서 싸운 것이 5월이라는 데 동의하
는 주류 담론들은, 그것을 '5·18광주민중항쟁'이라는 이름으로
부르고 있다. 호명의 정치에서 5월의 역사적 해석을 '특수성'에서
'단독성'으로 되돌려 가져와야 하는 것은, 그 사건에 담긴 환원 불
가능한 이질성들을 보편적인 해석의 잠재성으로 보존하기 위해서
이다. 그것은 또한 5월이라는 하나의 사건을 특정한 의미로 적분
되는 특수성의 사건으로 일반화하는 것에 저항하는 것이기도 하
다. 고유명을 통해 드러나는 '단독성'[28]이란 초역사적인 구조로 환
원되지 않는, 이 세상에 오직 하나뿐인 일회적인 사건의 보편성을
함축한다.

> 아아 우리들의 도시/ 우리들의 노래와 꿈과 사랑이/ 때로는 파도
> 처럼 밀리고/ 때로는 무덤만 뒤집어쓸망정/ 아아 광주여 광주여/
> 이 나라의 십자가를 짊어지고/ 무등산을 넘어/ 골고다 언덕을 넘
> 어가는/ 아아 온몸에 상처뿐/ 죽음뿐인 하느님의 아들이여
> ─김준태, 〈아아, 광주여! 우리나라의 십자가여!〉

바로 그 5월이 지나고 6월 2일 《전남매일신문》에 실린 이 시
는, 항쟁의 격정을 영탄의 호소로 표현하면서 '광주'와 '무등산'
이라는 고유명을 전면에 내세운다. 여기서 광주와 무등산은 그저
하나의 지명이 아니라, 예외적 사건으로서의 5월을 함의하는 메
타포이다. 그것은 '골고다'라는 이방의 지명과 겹쳐지면서, 잔혹한
폭력으로 죽었다 되살아나는 부활과 재림의 종교적 초월성을 함
축한다. 이처럼 "지명이라는 고유명사는 단독성을 본질로 하는

'사건'을 이야기하는 가장 짧은 서사일지도 모른다".[29] 하지만 저 시처럼 자아의 정념이 현상하는 세계를 압도하면서 넘쳐흐를 때, 단독성은 휘발되고 덩그러니 남은 고유명은 다만 특수성의 한 표지로 일반화된다.

국가의 남용된 공권력과 이에 저항한 국민의 자위권이 맞붙은 이 내전에서 엄청난 사상자와 기물파손은 불가피한 것이었다. 그러나 사후의 법적 처리는 불완전했고, 특별법과 특례법까지 발효되었지만 법적인 논란은 여전히 현재진행형이다.[30] 김영삼 정권은 보수 우익 단체들의 격렬한 반발과 공소시효에 대한 법적 논란에도 불구하고 '5·18민주화운동 등에 관한 특별법'(1995년 12월 21일 공포)과 '헌정질서파괴범죄의 공소시효 등에 관한 특례법'(1995년 12월 21일 공포)을 제정·공포함으로써 전두환과 노태우 등 신군부 핵심세력들을 내란죄로 구속하여 역사의 법정 앞에 세웠다. 이로써 내란과 소요의 폭도로 규정되었던 5월의 당사자들은 이른바 민주화운동의 유공자로서 명예회복을 이루었고, 그들을 폭도로 내몰았던 학살의 책임자들은 '내란죄'라는 법적 판결을 받게 되었다. 유가족과 피해자들에 대한 일정 정도의 보상금 지급과 이들에 대한 취업 알선이 이루어졌고, 묘지 성역화(5·18국립묘지 지정)와 위령탑 건설, 그리고 '5·18기념재단'의 설립 등에 이르기까지 일련의 실질적인 조치들이 함께 이루어졌다. 하지만 국가적 차원의 보상은 그 실질적인 내용과 실행에 있어 한계를 갖지 않을 수 없다.[31] 가해의 주체인 국가가 과거사 청산historical rectification의 주체로 다시 등장하는 역설 위에서 진정한 애도는 가능한 것일까?

국가는 5월을 '항쟁'이 아닌 '민주화운동'으로 격하하고[32],

공식적 보상과 기념화를 서둘러 시행함으로써 살아남은 자들의 슬픔을 기민하게 봉합했다. 그리하여 항쟁의 산화자들은 남은 자들의 슬픔과 함께 애도 속에서 하나가 되는 것이 아니라, 보상의 수혜자 혹은 박제된 기념의 대상으로 전락한다. 공적 폭력의 수행자였던 국가는 그 정권의 교체에 따라 미묘한 입장의 차이를 드러내긴 했지만, 근본적으로 그 '항쟁'과 결코 화해할 수 없다. 국가에 맞서는 폭력을 용납할 때, 유일한 공적 폭력의 실행자이기를 자처하는 국가로서는, 그 합법적 폭력의 정당성을 위협받기 때문이다. 따라서 국가는 그들의 폭력 행사를 '신군부'라는 불법적 세력에 전가하고, 그 폭력적 진압의 단초가 된 군부의 권력 탈환을 내란으로 규정했다. 그 역사적 의미를 국가에 대한 항쟁이 아니라 신군부에 저항한 민주화운동의 일부분으로 제한함으로써, 국가는 5월의 그 혁명적 불온성을 합법적인 것으로 순치시킨다.

비상계엄이라는 예외적 상황하에서 주권의 폭력, 그것은 유신체제를 수호하려는 호헌적 권력으로서, 벤야민이 말했던 바로 그 '법 보존적인 폭력'의 '신화적 폭력'이라고 할 수 있겠다.[33] 물론 군부 통치는 문민정부(김영삼), 국민의정부(김대중), 참여정부(노무현)로 이어지는 민주적 정권 교체를 통해 점진적으로 지양되었다. 하지만 그것은 1987년 민주화투쟁의 결과로써 호헌권력이 개헌권력으로 전환된 것이었을 뿐, 더 급진적인 의미에서 새로운 삶의 질서, 혁명의 잠재력이 분출하는 '지금시간jetztzeit'의 도래는 아니었다. 10·26 이후의 시간을 비상적인 예외상황으로 규정한 군부의 결정에 대해 민중의 활력Conatus으로 대항한 5월은, 법 보존적(호헌)이고 법 정립적(개헌)인 폭력에 맞서 출현한 제헌권력의 '신적 폭

남은 자들의 말·오월 광주의 순수한 현시, 그 무릅씀에 대하여

력'이었다. 그러나 이른바 과거사 청산의 주체가 호헌세력에서 개헌세력으로 바뀌었을 뿐이고, 결국 5월의 고유한 사건성은 고답적인 국가의례로 제도화되었다. 국가에 의해 제도화된 기념과 추모는 5월에 담긴 혁명의 잠재성을 가식적인 의례의 형식으로 포섭하고 진정한 애도를 유예시킨다. 그러므로 저 국가주의적 의례는 타자의 상실로 인한 슬픔을 국가가 추서追敍함으로써 보상하겠다는, 일종의 정치적 허례의식에 불과하다.

좁은 의미에서 5월항쟁은, 1980년 5월 18일부터 5월 27일까지의 열흘 남짓한 시간에 걸쳐 광주에서 벌어진 사건을 가리킨다. 5월은 이처럼 특수한 시공간에서 벌어진 '단독성'의 사건이면서, 동시에 공적 폭력의 사악함에 대항해온 세계 봉기의 역사에서 '보편성'의 지평 위에 있다. 시간이 지나 사람들의 기억 속에서 5월이 점차 흐릿해질 때, 그것을 다시 지금의 시간으로 불러들여 사유해야만 하는 것도, 5월이라는 바로 그 역사의 시간 속에서 그 단독성의 보편적 의미를 되새기기 위해서이다.

> 5·18은 1980년 5월에 광주에서 한 번 일어난 사건이었다. 하지만 우리는 그것을 기억하고 기념함으로써 그것을 그때의 일회성에서 해방시켜 지금의 일로 만들고 또 앞으로의 일로 만든다. 그리고 동시에 그것을 광주라는 공간적 한계에서 해방시켜 지금의 일로 만들고 또 앞으로의 일로 만든다. 그리고 동시에 그것을 광주라는 공간적 한계에서 해방시켜 한국에서 그리고 세계 어디에서나 의미를 갖는 보편적인 사건으로 만드는 것이다. 그렇게 일회적 사건이 보편성을 얻을 때, 사건은 역사가 된다.[34]

아직도 많은 이들이 5월의 기억 속에서 몸과 마음의 후유증을 앓고 있다. 항쟁의 생존자들(구속자, 부상자, 구속자나 부상자의 가족, 희생자의 유족) 중 많은 이들이, 지금도 여전히 악몽에 시달리거나 술에 의존하고, 폭력 성향을 드러내거나 자살 시도를 되풀이하고 있다. 이 때문에 가정이 붕괴되고 일상적인 사회생활이 불가능하게 된 사례가 적지 않게 보고되었다.[35] 5월은 이처럼 이미 완료된 사건이 아니라, 지금 이 순간에도 누군가의 육체와 기억 속에서 생생하게 지속되고 있는 현재적 사건이다.

2.

적대의 정치와 폭력의 형식

군집하는 인간에게 갈등과 분쟁은 불가피하다. 그러므로 갈등과 분쟁의 적극적인 형태라고 할 수 있는 폭력은 지극히 자연스러운 삶의 한 표현이다. 폭력은 다만 파괴하는 힘이 아니라, 가려내고 나누어 포함하고 배제하는 힘이다. 그것은 무너뜨리기도 하지만 일으켜 세우기도 한다. 그래서 폭력은 그것의 작용으로 드러난 가시적인 비참함마저도 정치적인 것으로 만든다. 관계 속에서 구성되는 힘의 배분은, 그 힘의 역학 안에서 폭력을 전유하는 쪽에 권력을 부여한다. 정치는 권력의 이전투구 속에서 극적인 합의를 도출하거나, 아니면 결렬을 해소하기 위해 폭력적인 수단으로써 동의나 복종을 강제한다.

　　칼 슈미트는 '정치적인 것the political'을 적과 동지의 구별로 정의한다. '정치politics'와 구분되는 '정치적인 것'이란 더 역동적인 적대의 투쟁을 함의하며, 슈미트에게 그것은 곧 전쟁의 형태로 출현한다. 그러므로 그에게 합의를 통한 평화적 공존이라는 의회제의 이상은, 진정한 민주주의를 가로막는 자유주의의 기만에 불과하다. 전쟁이라는 예외적인 상태를 결정할 수 있는 자가 주권자이며, 따라서 그 '결단'을 내릴 수 있는 권능이야말로 정치적인 것의 본질이다. 그에 따르면 "'전쟁을 추방한다'는 것은 전혀 불가능하며, 추방할 수 있는 것은, 단지 특정한 사람들, 국민, 국가, 계급, 종교 등등에 불과하며, 이러한 것들은 '추방'에 의해서 적이라고 선언되는 것이다".[36] 그러므로 주권자의 추방령으로 행사되는 폭력은 정치적인 것의 본질에 육박한다. 샹탈 무페는 이 같은 칼 슈미트의 '정치적인 것'의 개념을 이어받아, 그것을 다시 '경합적 다원주의' 혹은 '다원적 민주주의'의 정치이론으로 재구성했다.

> 내 목표는 슈미트와 함께 생각하고 슈미트에 반대하여 생각하고 슈미트의 비판에 맞서 그의 통찰을 자유민주주의를 강화하는 데 사용하는 것이다.[37]

무페는 '적대antagonism'를 정치적인 것의 본질로 수용하면서도, 전쟁으로 표현되는 그것의 극단적 투쟁성을 '경합agonism'이라는 개념으로 절충한다. 자유민주주의를 적극적으로 비판했던 슈미트와는 달리, 무페는 그것을 급진적으로 강화하고자 하는 것이다. 그리하여 슈미트의 '적'은 무페에게서 '반대자'로 새롭게 정의된다. 이렇게 파괴해야 할 적과 경쟁해야 할 반대자의 구분으로, '정치적인 것'의 개념은 훨씬 온건한 것으로 정리된다. 하지만 일견 자유민주주의의 옹호로 여겨지는 무페의 정치이론은, 사실 자유민주주의의 지지가 아니라 그것의 탈구축deconstruction을 지향한다. 무페의 급진민주주의론은 현실사회주의의 붕괴(냉전체제의 해체)에 대한 마르크스주의자의 적극적이고 능동적인 대응으로 볼 수 있다. 어쨌든 우리는 현실사회주의의 붕괴 이후 진보진영의 이론적 고투 속에서 적대적 폭력의 역사를 되돌아볼 유효한 시각을 얻을 수 있다.

5월이라는 사건에서 표면적인 적대의 당사자는 광주 시민과 계엄군이다. 이른바 10·26 이후의 비상계엄 정국은 주권의 쟁탈을 두고 벌어지는 정치적 경합의 치열한 전장이었다. 신군부로 대표되는 호헌세력은 개헌파를 탄압하고 제헌권력을 봉쇄하는 전략으로 일관했다. 5월은 신군부가 개헌파를 탄압하는 과정에서 역설적으로 제헌권력의 구성을 촉발한 사건이다. 결국 "그것은 권위주의 국가에 반하는 운동으로서 시민사회가 부활하는 결정적 계기를 마련했다. 광주민중항쟁은 유신체제뿐만 아니라 5공 그리고 모든 권위주의에 대한 진정한 안티테제인 것이다".[38] 발리바르의 논지를 따른다면 '모든 권위주의에 대한 진정한 안티테제'란 근본적 폭력에 대항하는 게발트Gewalt(불법적인 폭력과 적법한 권력,권위를 동시에 뜻하는 단어)이며, 광주의 인민들은 역사적 변혁의 주체성을 말소하려는 '근본적 폭력'에 대한 '반폭력'으로 맞선 것이고, 이른바 반폭력의 정치는 이성의 역능으로 폭력을 통제하는 시민다움의 역량, 그러니까 '폭력의 문명화'를 일깨웠다.[39] 그러니까 1987년의 민주화는 5월의 게발트에 대한 자각을 밑절미 삼아, 그런 시민다움의 역량이 혁명을 문명화하고 정치를 문명화한 사건이었다.

시위대와 대치하던 경찰을 대체해 계엄군으로 투입된 군 병력은 20사단과 3개 여단(3, 7, 11여단)의 공수부대였다. 계엄군의 지휘체계는 이희성 계엄사령관에서 진종채 2군 사령관으로, 다시 소준열 전투교육사령부 사령관에서 정웅 31사단장으로 내려오는 계통이 확립되어 있었지만, 정웅 사단장은 21일을 기점으로 지휘권에서 제외되고, 지휘권이 없던 이른바 신군부 출신의 특전사령관 정호웅이 실질적인 지휘권을 장악한다. 신군부가 장악한 진압군은 '흐름의 구성체'라고 할 수 있는 시위 대중과는 달리, 엄격한 위계에 따른 고답적이고 체계적인 구성체였다.

시위대는 학생 중심에서 19일 오전을 기점으로 일반 시민으로까지 확대되었고, 시위의 내용도 공세적으로 전환된다. 80만 광주 시민 중 30여 만 명의 시민이 집회에 참여했으며, 낫과 각목, 파이프, 삽 등으로 대항하던 초기의 시위는, 일방적인 희생을 치르고 난 뒤에 무장의 필요성을 깨닫고 격화되는 양상을 보인다. 시위대는 총과 폭발물을 탈취하고 장갑차와 군용 트럭을 징발했다. 그러나 총을 든 시민군이 조직되자, 학생과 지식인을 비롯한 부르주아계급은 혁명의 흐름에서 이탈해 공동체의 분열을 촉발한다. 이들은 민중의 혁명적 카니발에 동참할 수 없는 그런 계급이었다. 서민 대중과 부르주아계급의 반목, 학생 및 지식인계급과 기층 민중의 대립, 항쟁파와 수습파의 적대로 항쟁의 공동체는 10여 일의 짧은 시간 동안 이합과 집산을 거듭하는 가운데 흥망성쇠를 다한다. 계엄군과 시민군의 적대는 이처럼 그 전선들이 복잡하게 뒤얽혀 있었다.

적대의 전투적 양상은 1차적으로 계엄군과 시민의 물리적 충돌로 드러났으며, 그 결과는 참혹했다. 공수부대는 특수 제작한 곤봉과 착검한 M16 소총으로 무장하고, 심지어 화염방사기까지 동원해 시위대를 무자비하게 진압했다. 가시적인 폭력의 잔혹함은 희생된 주검의 끔찍함으로 표현되었다. 이에 시위대는 점차적으로 정비된 무장 시민군으로 조직되었고, 26일에는 도청 지휘부의 유일한 시민군 조직인 기동타격대가 결성되기에 이른다. 1차적인 적대의 양상이 이처럼 물리적이고 직접적인 '기동전'의 형식을 띠고 있었다면, 2차적인 적대는 계엄군과 시위대 간의 담론적 경합의 '진지전'으로 전개되었다. 계엄군은 선무방송과 유인물을 통해 시위대를 회유하고 압박하면서 분열을 조장했다. 시위대 쪽에서는 주로 '들불야학' 팀과 문화선전대 '광대'가 5월 당시 거의 유일한 언론매체 역할을 했던 《투사회보》[40]를 발간했으며, 가두방송과 대자보 부착, 유인물 배포와 궐기대회 등의 행사를 이끌었다. 시위대의 담론은 주로 계엄군의 만행을 규탄하고 전두환에 대한 적개심을 적나라하게 드러내면서 시민의 단결을 촉구하는 것이었다.

5월의 적대는 30여 년이 지난 지금까지도 진보와 보수의 각축 속에서 계속되고 있으며, 심지어는 5·18구속부상자회(구속부상자회)에서부터 5·18민주유공자유족회(유족회)와 5·18민주화운동부상자회(부상자회)까지 5월의 계승과 단체 통합의 이런저런 공리를 두고 서로 경합을 벌이고 있다. 특히 도청 건물의 철거 여부와 5·18민주유공자회(공법단체) 설립을 두고 벌어졌던 논란들은 5월의 사후적 갈등에 내포된 적대의 현재성을 여실하게 드러내고 있다.

갈등과 분쟁과 적대의 적나라한 표현인 폭력은 언제나 법과 대립한다. 촛불집회와 용산참사, 그리고 쌍용자동차 노조에 대한 강경진압 등의 사례를 통해 충분히 확인되었던 것처럼, 공권력은 대중의 저항을 불법으로 규정함으로써 그들을 폭도로 발명한다. 그것은 이른바 3·1(1919), 4·3(1948), 4·19(1960), 5·18(1980) 등 그 모든 민중항쟁을 다수적 체제의 논리로 정의하는 국가의 전형적 수법이다. 도미야마 이치로는 니코스 풀란차스의 이론에 기대어 국가의 그런 야비함을 다음과 같이 조롱한다.

> 풀란차스에게서 법의 외부는 국가의 '비합법성'의 영역이고, '국가의 비합법성은 항상 국가가 설정한 합법성 안에 새겨져 있다'. 법은 법을 설정한 국가의 합법화되지 않는 폭력에 둘러싸인 감옥이며 "법은 조직된 공적 폭력의 코드이다".[41]

법을 제정하는 의회의 탄생 그 자체가 실은 피의 혁명이라는 폭력의 기원을 은폐하고 있다. 법의 제정과 법의 보존은 모두 폭력에 의지한다. 그러므로 법과 폭력은 사실 대립하는 것이 아니라 하나다. 그럼에도 그 둘을 마치 별개의 것처럼 구분하는 동시에, 그것을 비식별적으로 적용함으로써 통치해온 것이 서구 정치의 역사였다. "벤야민의 독창성은 법-폭력이 '벌거벗은 삶'을 대상으로 삼음을 지적한 점, 그리고 거기에 '죄'와 '구원'의 문제 설정을 도입"했다는 데서 찾을 수 있을 것이다.[42] 그리하여 우리는 폭력은 죄고 평화는 구원이라는 소박한 인도주의를 넘어, 죄악으로서의 폭력(신화적 폭력)에 대항하는 구원으로서의 폭력(신적 폭력)이라는 사유를 거쳐, 드디어 폭력을 파괴하는 생성의 힘으로 재인식할 수 있게 된다.

합리적인 대화와 논리적인 토론을 통한 합의, 그리고 비폭력의 평화주의, 이런 것들을 통해 정치적 분쟁을 조정할 수 있다는 소박한 믿음은 인간에 대한 지나친 낙관, 그리고 세계에 대한 지극히 순진한 태도를 반영한다. 9·11테러에 대해 아프가니스탄 침공으로 응답했던 미국처럼, 폭력을 용납할 수 없다는 염결한 도덕주의가 실은 가장 잔혹한 폭력을 불러온다. "더구나 종종(특히 오늘날) '폭력을 행사하는 자'는 '폭력을 행사할지도 모르는 자'로까지 확대되어 현실적으로는 폭력이 발생하지 않은 곳에 폭력이 발생할 것 같다는 이유로 폭력이 행사되는 기묘한 사태마저 생겨나고 있다."[43] 예컨대 태평양전쟁기의 총력전 체제에서 일제가 치안 유지의 명분으로 '사상범예비구금령'이나 '사상범보호관찰령'을 통해 잠재적인 반체제의 대항폭력을 예방하려 했던 것처럼, 5월에 앞서 신군부는 이미 계엄령하에서 대대적인 예비검속을 통해 '폭력을 행사할지도 모르는 자'들을 미리 구속함으로써 저항의 잠재력을 해소하려 했다.

근대 국민국가에서 정치적 삶이란, '원폭력'과 '대항폭력', 혹은 '반폭력'[44]의 대결과 투쟁 속에서 승리하거나 패배하고 투항하거나 저항하는 것이었다. 실존은 자유를 얻기 위한 투쟁을 불가피하게 하고, 이 때문에 즉자와 대자의 결투는 필요악이다. 헤겔에게서 주인과 노예의 변증법이라는 인정투쟁의 논리를 가져와 특유의 폭력론[45]을 전개했던 사르트르는, 프란츠 파농의《대지의 저주받은 사람들》의 1961년판 서문에서 "오직 폭력 자체만이 폭력을 부술 수 있는 것"이라고 말하면서 폭력의 존재론적 정당성을 호소한다. 억압이 항존하는 세계에서 비폭력 구호는 어떤 면에서는 순진함을 넘어 사악한 것이라고까지 할 수 있다.

> 만약 오늘 저녁에 폭력이 시작되었고 지금까지 착취와 억압이 지구상에 존재한 적이 없었다면, 비폭력의 구호는 분쟁을 멈추게 할 수도 있을 것이다. 그러나 당신이 아무리 비폭력의 사상을 가지고 있다 해도 체제 전체가 천 년 동안이나 억압을 당해왔다면, 당신의 수동성은 당신을 억압자의 편에 서도록 할 뿐이다.[46]

플라톤에서부터 토마스 아퀴나스를 거쳐 칸트에 이르기까지, 폭력은 언제나 이성에 의해 극복되어야 할 정념이며 일종의 악으로 규정되었다. 반면에 마키아벨리, 홉스, 사르트르에게 폭력은 필요악이자 어떤 상황에 대처해 능동적으로 실행할 수 있는 정치적 수단이었다. 폭력을 거부하고 대화와 타협을 앞세우는 자유주의자들의 허망한 주장을 위선이라고 일축했던 사르트르의 폭력론에 따른다면, 5월의 그 치열했던 항전은 저 착취와 억압의 현실로부터 해방되기 위해서 벌인 적극적이고 능동적인 정치적 투쟁이었다.

작전에 투입된 공수부대는 특수 제작된 곤봉과 착검된 총으로 시민들을 구타하고 베었으며, 찌르고 또 쏘았다. 5월 광주의 참혹한 주검들에는 피멍 들고 부러지고, 찢어지고 잘려나간 처참한 폭력의 상흔들이 끔찍했다. 자상, 골절상, 타박상, 총상으로 훼손된 시신들의 몸은, 그 상흔의 끔찍함 자체로 이미 폭력의 잔혹함을 가시화했다.

시위 학생을 잡으면 먼저 곤봉으로 머리를 때려 쓰러뜨리고서는 서너 명이 한꺼번에 달려들어 군화발로 머리통을 으깨버리고 등과 척추를 짓이겼으며 얼굴을 위로 돌리게 해놓고는 안면을 군화발로 뭉개고 곤봉으로 쳐서 피 곤죽으로 만들었다. (투쟁이 격화됨에 따라서 사망자의 사망 진단은 각기 특이한 양상을 보인다. 최초에는 타박상, 그다음은 자상, 그리고 총상의 순서였던 것이다.)[47]

계엄군의 잔학한 진압은 공수부대 시위 진압의 공식적 교리로 자리 잡았던 '전시적 폭력demonstrative violence'에 바탕을 두고 있다. 전시적 폭력은 폭력의 잔혹함을 가시적으로 표현함으로써 공포를 유발해 상대의 저항의지를 무력화하는 진압 방법이다. 공수부대원들에 의해 실행된 폭력은 군대 조직의 상명하달에 따른 공적 폭력으로서 지극히 투명하고 적나라하게 표출되었다. 그러나 그 폭력이 수행되는 과정에 사병들의 사적인 적개심과 함께 다른 여러 요인들이 복합적으로 개입하면서, 폭력의 성격은 점점 더 모호하고 복잡한 것으로 되어갔다. 군인이라는 계급적 열패감, 베트남전에 참전했던 대원들의 이상증후적인 호전성, 진압 현장의 열기가 불러일으키는 심리적 흥분 등 이런 개인적 요인들까지 더해져 진압은 이제 명령체계의 조직적 폭력에서 이탈해 통제 불가능한 폭력의 카니발로 변모되어간다.[48] 심지어 그들 중 일부는 음주와 환각 상태에서 폭행을 저지르기도 했다.[49] 공수부대원들에게 광주는 말 그대로 '화려한 휴가'의 질탕한 놀이터였다. 2004년 이라크의 아부그라이브에서 자행된 미군의 포로 학대 사진에는, 학대의 당사자들에게는 굴욕이었던 그 만행들을 태연하게 웃으며 즐기는 사병들의 천진한 모습이 담겨 있다. 마찬가지로 일본군의 난징대학살이나 보스니아 내전 당시 세르비아군에 의해 자행된 인종청소가 그러했던 것처럼, 공수부대원들이 자행한 폭력의 카니발은 공적 폭력의 그 잔인한 유희적 성격이 보편성의 지평 위에 있음을 확인시켜준다.

5월이라는 사건의 발전적 계기를 설명하는 많은 논의들은, 계엄군의 무자비한 진압이 민중의 무장봉기를 촉발한 원폭력이었다고 지적한다. "즉, 공수부대의 폭력의 잔인성은 잠재된 민중들의 투쟁의 역량을 폭력적인 방향으로 대응, 분출시키게 하는 자극적인 기폭제로 작용하게 만들었고, 공포가 사라지고 치열한 연대감과 증오만이 남게 되었다"[50]는 것이다. 시민들을 상대로 3개 여단의 공수부대가 투입되어 치러진 진압작전은 명백한 과잉진압이었다. 그런 의미에서 군의 과잉진압은 봉기를 촉발시킨 하나의 계기적 사건이라고 할 수 있다. 그러나 이른바 '과잉진압설' 혹은 '상승작용'으로 불리는 군부의 설명은 항쟁의 능동성을 교묘하게 은폐한다. 이는 5월의 의미를 축소하거나 무시하려는 군 내부의 일반적 견해로, 국회 청문회에서 군의 고위 인사들에 의해 주로 제기되었던 의견이다. 그러나 "광주 시민들의 분노에 찬 저항은 결코 '야만적인 증오 감정 폭발'이라든지 '파괴 본능'의 폭발이 아니었고, '과잉진압'에 따른 '과격 시위'식의 상승작용escalation"[51]으로만 설명될 수 없다.

5월의 원인에 대한 규명은 사건의 세부적인 요인들에 대한 미시적 검토는 물론이고, 세계체제와 그 하위체제로서의 분단체제였던 남한의 특수한 상황을 거시적 맥락에서 복합적으로 고려

해야 한다.[52] 그러므로 민중의 무장봉기는 계엄군의 원폭력에 대한 일종의 대항폭력으로 단순화될 수 없다. 5월의 유혈항쟁은 그동안 축적된 구조적 모순이 탈구조적인 일상의 이질적 요인들과 화학작용하고, 그것이 외부의 어떤 미묘한 자극을 계기로 폭발한 사건이다. 혁명의 잠재성은 폭탄의 뇌관처럼 위태로웠고, 진압은 아마도 그 뇌관을 제거하여 혁명의 전력을 무력화하려 한 것이었겠지만, 의도와 달리 그것은 오히려 뇌관을 건드려 기폭장치를 가동시키는 결과가 되고 말았다. 그러니까 사람들은 5월이라는 혁명의 시간 속에서, 역설적으로 광란의 진압을 반겨 맞이했을지도 모를 일이다.

다시 말해 광주 지역의 투쟁이 군사적 행동보다 먼저였고, 투쟁이 권력보다 일차적이었다는 것이다. 군사적 폭력은 그러한 투쟁에 대해 가해진 반작용적reactive(반동적!) 폭력이었다. 이런 점에서 광주항쟁은 반동 아닌 능동적 힘이었고, 이차적인 게 아닌 일차적 힘이었다. 그것은 국가권력에 의해 가해진 폭력의 희생자라는 비극 이전에, 민주화와 자유를 위한 능동적 운동이었다. 당황한 군부에 의해 어떠한 은폐도 없이 가해진 군사적 폭력의 참혹함조차 이 능동적 투쟁의 강력함을 반증하는 것이라고 해야 할 것이다. 그게 아니라면 전체 인구 80만 중 30만이 시위에 참여하고, 그 맨손의 시민들을 진압하기 위해 공수부대를 포함한 정예병력 2만이 투입되는 사태를 대체 어떻게 이해할 수 있을까?[53]

5월의 이런 면모는, 다시 예의 그 '신적 폭력'의 개시를 떠오르게 한다. 비정치화depoliticization되었던 시민들은 스스로를 능동적으로 정치화하면서, 실정법의 수행적 폭력을 적극적으로 위반한다. 이제 정의는 현행법의 너머에서 새로운 질서의 창출을 통해 회복되어야 하는 것이 되었다. 시민들이 법의 강제성에 굴복하지 않게 되자, 적법과 위법의 경계는 무효화되고, 드디어 그들의 행동은 '신화적 폭력'으로부터 해방된다. 명백한 실정법의 위반으로 전개되었던 이른바 3·1운동과 4·19의거는, 역설적이게도 대한민국의 헌법에 이념의 기초를 제공했다. 법을 위반함으로써 새로운 질서를 창출하는 이 혁명적 폭력의 역설은 또다시 칼 슈미트의 '예외상태'라는 개념을 환기시킨다. "예외상태는 원칙적으로 제한 없는 권한, 즉 모든 현행 질서를 효력정지시키는 권한을 포함한다. 이 상태가 되면 법은 후퇴하는 반면 국가는 계속 존립한다는 사실이 명백해진다. 예외상태란 그럼에도 무정부상태나 혼란상태와 다른 무엇이기 때문에, 법질서가 없어졌다 하더라도 여전히 법학적 의미에서 하나의 질서가 존속한다."[54] 혁명을 통해 인민이 예외상태를 결정하는 주권자로서 등장할 때, 기존의 법이 정지된 자리에는 새로운 질서가 찾아온다. 예컨대 해방 광주는 불법적인 공간이 아니라 인민의 자치가 실현되는 장소였다. 그러나 지금까지 거의 모든 혁명이 그러했듯이, 이 질서가 결국은 또 하나의 법으로 재영토화될 때 혁명의 활력은 다시 기존의 제도 속으로 회수되고 만다. 4·19가 5·16으로 반전되었던 것처럼, 역사의 찬란한 반란들은 다시 진부한 법의 지배로 귀착되면서 빛을 잃는다. 5월의 항전 역시, 적대라는 '정치적인 것'의 뜨거운 흐름이 질서와 법률이라는 온화한 대화와 타협의 논리로 역전됨으로써, 혁명의 활력이 수습되고 드디어 법 수호적인 공권력에 진압되는 과정으로 답습되고 말았다.

"예외상태가 가진 직접적인 생명정치적 의미는 법이 스스로를 효력 정지시킴으로써 살아 있는 자들을 포섭하는 근원적 구조라는 것"[55]이다. 현대정치는 이렇게 자연적인 생명zoé을 정치적 삶bios으로 포획함으로써, '포함하는 배제'로서의 생명Homo Sacer을 구성하고 지배하는 '생명정치적 기획'을 관철시킨다. "법이 생명에 가 닿고 스스로를 효력 정지시켜 생명을 포섭하기 위한 근원적인 장치가 예외상태라면 예외상태에 관한 이론은 살아 있는 자를 법에 묶는 동시에 법으로부터 내버리는 관계를 정의하기 위한 전제조건이 된다."[56] 법이 스스로의 효력을 정지시킴으로써 '포함하면서 배제하여' 생명을 발가벗기는 것은, 그 벌거벗은 생명을 법률적인 것과 정치적인 것의 식별 불가능한 모호함 속에서 지배하는 현대 정치의 한 통치술이다. 이처럼 '법의 힘Force de loi'을 무력화하거나 무효화하는 정치적인 행동—국가주권에 의한 예외상태이든 아니면 피억압자들의 봉기와 같은 저항권이든—을 다시 법체계 안에 포함할 수 있느냐의 그 모호하고 논쟁적인 문제는 현대정치의 중핵을 구성한다.

1789년 프랑스 시민혁명의 이념이 '자유'와 '평등'과 '우애'였다면, 1980년 5월 광주의 이념은 과연 무엇이었을까? 물론 역사적 항쟁의 의미를 하나의 이념으로 추상화하는 것은 또 하나의 폭력이다. 하지만 살육의 폭력이 난무하는 무법적인 공간에서 광주의 시민들은 무엇보다 '생명'을 발견했다. 생명에 대한 자각은 죽임에 대한 공포를 살림의 혁명으로 역전시킨다. '자연적인 생명'(조에)을 유신체제의 법률적 구조에 가둠으로써, 삶의 활력을 순치하고자 했던 신군부의 생명정치적 기획은, 그 노골적인 반생명적 폭력의 행사로 인해 실패할 수밖에 없었다. 현대의 생명정치는 비가시적인 폭력, 이른바 슬라보예 지젝이 가시적인 폭력으로서의 '주관적 폭력'과 구분했던 '객관적 폭력'(상징적 폭력과 구조적 폭력)을 통해 교묘하게 실행된다.[57] 하지만 저 무지한 통치자들은 폭력의 전시적 효과에 기대를 걸고 공수부대를 동원해 가장 잔혹한 방법의 유혈진압을 결정했다. 광주의 시민들은 처참하게 죽어가는 이웃들의 훼손된 신체를 봄으로써, 공포가 아닌 분노의 정서 속에서 하나로 되어갔다.

오른쪽 눈에 최루탄이 박힌 모습으로 마산의 중앙부두 앞바다에 떠올랐던 김주열의 시신, 그것은 곧 4·19의 도화선이었다. 근로기준법의 준수를 외치며 분신했던 전태일은 자발적인 죽음의 순간을 충격적으로 가시화함으로써 법질서의 구조적 모순을 고발했다. 그러니까 때때로 국가의 폭력으로 훼손된 신체는, 그 자체로 혁명을 야기하는 몸의 정치를 가동한다. 광주의 5월을 기록한 사진들을 보면, 말 그대로 벌거벗은 생명으로서의 몸, 그 살덩어리들이 언어로는 도저히 표현 불가능한 처참한 형상으로 인화되어 있다. 관 밖으로 새어나온 시커먼 피가 관을 둘러싼 태극기를 물들이고, 형체를 알아볼 수 없게 짓뭉개지고 찢겨나간 얼굴과 두개골이 끔찍하다. 퍼렇게 퉁퉁 부어오른 살과 몸 밖으로 쏟아져 나온 내장, 이렇게 사람의 죽은 몸은 국가의 폭력을 가시적으로 증명한다. 시위대는 공수부대의 전시적 폭력을 전유해 태극기로 덮은 시신을 리어카에 싣고 다니면서 시민들의 분노를 일깨웠다. "몸은 자연적 세계와 사회적 세계 안에서 우리가 살아가는 일차적 존재양식이다."[58] '자연적 세계'와 '사회적 세계'의 사이에서 몸은 이렇게 폭력이라는 매개를 통해서 정치적인 것으로 비약한다.

다시 한 번 말하지만, 5월은 국가폭력과 민주화투쟁이라는 가해와 피해의 단순한 구도 너머에서 사유되어야 한다.[59] 항쟁이 국가폭력에 대한 일종의 반작용으로 격하될 때, 예외상태로서의 5월은 그 생명정치적 맥락의 모호성과 복잡성을 잃어버린다. 사악한 국가폭력과 숭고한 항쟁이라는 간단한 도식은, 희생의 의미를 인도주의적인 동정과 연민의 감정으로 희석시킨다. 그리하여 폭력의 문제는 이제 '인권'의 문제로 돌아온다. 폭력이 인권의 문제로 입에 오르내릴 때 폭력은 다만 단죄와 책임의 대상이 되고, 옹호되어야 할 대의는 비폭력의 평화주의로 귀결된다. 하지만 지젝은 "폭력을 노골적으로 비난하고 '나쁜 것'으로 매도하는 것은 하나의 탁월한 이데올로기적 조작이자, 사회적 폭력이 가진 근본형식을 보이지 않게 만드는 일종의 신비화"[60]라고 꼬집는다. 따라서 5월을 둘러싼 국가폭력과 항쟁의 폭력에 대한 탐구는 정치경제학적 맥락과 더불어 문화정치학과 정신분석학의 도움을 필요로 한다.

5월의 진정성은 정치적 민주화나 경제적 평등에 대한 요구로다 환원되지 않는 잉여의 지대에 잠복해 있다. 그러므로 일상의 무료한 반복과, 그 반복으로부터의 일탈이 만들어낸 이질적 욕망들이, 혁명의 과정으로 전이되는 특이성의 계기들에 주목해야 한다. 생활의 결핍은 생존의 욕구를 자극하고, 정치적인 상상의 매혹(유토피아)은 정치적 변혁을 욕망하게 한다. 금기는 위반을 도모하게 하고 억압은 승화의 지렛대가 되는데, 이것은 모두 쾌락원칙을 현실원칙으로부터 해방시키려는 위험한 도발이다.

그렇다면 한편으로 승화는 실재를 둘러싸고 재현 내에서 재현될 수 없는 것을 위한 공간을 창조하려는 시도와 밀접하게 관련되어 있다. 따라서 예술 ― 숭고한 예술 ― 은 불가능성을 접합하고 '보여주는 것'으로 드러난다. 이러한 측면에서 민주주의는 정치를 '불가능성의 예술'로서, 정치 현실과 정치 제도의 장 내에서의 불가능성의 계기와 실재의 정치적 양태를 제도화하려는 영구적인 시도로 자신을 드러내기 때문에, 그것은 숭고할 수 있다.[61]

5월은 그 어떤 결핍이 불러들인 사건이었다. 그러니까 그 결핍과 공백을 메우고 분열을 통합하기 위한 리비도의 극적인 분출이 5월의 그 항쟁이었던 것이다. 그것은 불가능한 것을 가능하게 만드는 것이 아니라, 불가능성 그 자체를 가시적으로 드러내는 '불가능성의 예술'로써 표현되었다. 5월 27일 항전 마지막 날의 도청에서 시민군들은 전투에서의 승리를 기대하지 않았다. 그들의 비장한 결단은 장렬한 패배의 역사를 기록에 남김으로써 예의 그 '불가능성의 예술'을 완성하는 것이었다. 그날 새벽 송원전문대 2학년생인 박영순이 광주 시내를 돌며 시민들의 참여를 독려하는 가두방송을 할 때도, 그것은 시민들의 직접 참여가 불가능한 상황에서 '진정한 참여'의 역설적 염원을 표현한 것이었다.[62]

일반 시민이 첨단의 화력으로 무장한 정예의 공수부대에 맞서 봉기한 5월의 항쟁 그 자체는 이미 부조리한 정치 상황을 고발하는 '불가능성의 예술'이었다. 실패한 혁명으로서의 5월이 1987년의 6월항쟁을 촉발하는 잠재적 힘으로 복권될 수 있었던 것은, 그 무모한 항쟁이 불가능성이라는 조건을 회피하지 않음으로써 혁명의 대의를 윤리적으로 정당화했고, 이로써 패배의 기록이 정당한 역사로 남을 수 있었기 때문이다. 결핍과 원망 속에서 서로 다른 주체들로 분열되어 있었던 '우리'는 드디어 혁명의 과정을 통해 하나의 공동체로 통합되는 놀라운 경험을 얻게 된다.

그러나 혁명에 대한 사후적인 시각에는 낭만적 감상주의가 끼어들기도 한다. 그리하여 혁명의 모든 과정은 흠결 없는 신화가 되고 희생은 숭고한 것으로 현창顯彰된다. 피로 낭자한 죽음의 이미지로 채색된 항쟁의 신화는 희생자들의 결사항전을 감동적인 미담으로 각색한다. 그 신화의 내러티브는 가해와 희생, 죽임과 항거, 그러니까 가장 간명하면서도 강력한 선악의 구도로 배분partage du sensible(랑시에르)된다. 능동적 혁명으로서 5월, 그 반폭력으로서 항쟁의 활력을 추인한다 하더라도 그 모든 5월의 의미를 긍정의 논리와 찬양의 수사만으로 서술할 수는 없다. 폭력은 쉽게 단정할 수 없는 모호한 대상이다. 폭력의 정치적 함의는 옳고 그름, 정의와 죄악, 아름다움과 추함 그 사이의 모호함 속에서만 진정으로 사유될 수 있다.

적대로 정의되는 정치적인 것의 논리 안에서 비열한 적을 향한 테러는 정의로운 성전holy war으로 정당화될 수 있는가? 정의에 대한 신념은 폭력이라는 수단을 용납 가능한 것으로 만든다. 특히 힘의 비대칭성이 뚜렷할 때 테러는 가장 효과적인 폭력의 방법이다. 〈용서받지 못할 자〉 〈와일드 번치〉 등을 만든 샘 페킨파의 영화에서처럼 폭력 그 자체는 미학적 대상일 수 있으며, 때때로 그것은 탁월한 정치적 전략으로서 기능하기도 한다. 그러나 정치적 미덕으로서의 폭력이 윤리와 불화할 때 폭력은 곤혹스러운 것이 된다. 안드레아스 바더와 울리케 마인호프가 주축이 되어 결성한 급진적 혁명조직RAF: Red Army Faction(독일 적군파)의 이야기를 다룬 〈바더 마인 호프〉(울리 에델 감독, 2008)와, 아일랜드 민족주의와 종교적 분쟁을 배경으로 한 〈천국에서의 5분간〉(올리버 히르비겔 감독, 2009)은 정의롭다는 신념에 사로잡힌 폭력의 그 무모함을 성찰하는 영화들이다. 이 두 영화는 정의에 대한 독선이 결국은 가해와 피해, 폭력의 당사자 모두를 곤경에 빠뜨리는 공멸의 함정임을 보여준다. 대화와 타협을 신봉하면서 갈등과 분쟁을 사절하는 자유주의자라면, 이들을 극좌 모험주의자들로 간단히 몰아붙이면서 그들의 테러와 폭력을 용납할 수 없는 범죄로 규탄할 수 있겠지만, 윤리의 차원에서 폭력은 이처럼 자주 곤혹스럽다. 이념과 종교적 믿음이라는 거대한 명분은 일상의 작고 소중한 가치들을 관념적으로 초월하게 만드는 일종의 '상징적 폭력'이다. 지젝의 용법을 따른다면 저 테러의 가시적인 '주관적 폭력'은 이념과 종교라는 '상징적 폭력'의 조건 속에서 발생하는 것이다.

기원적 폭력과 보복적 폭력의 악순환은 폭력의 성질을 모호하게 만든다. 적대의 결연한 싸움이 깊어지고 그 싸움이 더 격렬해질수록, 폭력 그 자체의 매혹이 투쟁의 대의를 압도하기 시작한다. 그렇게 적대의 당사자들은 일종의 공범관계로 맺어지고, 그렇다면 그 폭력의 공모 속에서 진정으로 희생당하는 것은 무엇인가? 다시 한 편의 영화로 이야기를 풀어본다면, 중동의 종교분쟁, 그러니까 이슬람교도와 기독교도 간의 학살과 보복이라는 악순환, 그 모질고 끔찍한 역사의 덫에 걸린 한 여자의 일생은 종교와 이념이라는 상징적 폭력의 조건 속에서 충격적인 근친상간의 폭력으로 그을려 있다. 〈그을린 사랑〉(드니 빌뇌브 감독, 2010)이 바로 그렇다. 이념적 명분과 정치적 대의가 미시적인 생체권력으로 하나의 삶을 돌이킬 수 없이 헤집어놓을 수 있는 것이다.

저항적 폭력은 약탈적인 폭력에 대항한다는 그 정당한 대의로 인해 도덕적인 우월성을 갖는 것처럼 보인다. 그러나 그런 폭력도 폭력이 폭력을 부르는 악순환에 빠질 때 애초의 그 도덕적 우위는 망실된다. 일본 신좌익세력 내부의 정파 간 갈등이 서로를 향한 린치와 암살의 '우치게바うちゲバ'로 전개되면서, 반체제 운동으로서의 정당성을 지지받았던 학생운동과 좌익운동은 마침내 공멸하게 되었다. 체제와의 적대적 투쟁이 내부적 갈등으로 반전하여, 결국 극단의 자멸적 폭력으로 치달았던 사례를 일본에서만 찾을 수 있는 것은 아니다. 한나 아렌트는 적의 폭력에 대한 복수적 폭력을 옹호했던 사르트르의 폭력론을 "무책임하고도 과도한 진술들"[63]이라고 비판했고, 역사의 불의를 중단시키는 힘은 가시적이고 물리적인 폭력의 행위behavior가 아니라 엄격한 정치적인 행동action이라고 단언했다. 아렌트는 행위로서의 폭력에 기댄 "신좌파의 정서pathos와 열정élan, 그들의 진실성은 말하자면, 현대 무기의 섬뜩한 자멸적 발전과 밀접히 연관되어 있다"[64]고 보았다. 그런 의미에서 그는 "폭력은 정당화될 수 있지만 결코 정당성을 가질 수 없다"[65]고 단호하게 표현할 수 있었던 것이다.

5월은 신군부세력과 광주 시민, 공수부대와 시민군이 치열하게 맞서 싸운 유혈항쟁이다. 계엄군의 진압작전은 유례없이 가혹했고, 시민들의 저항 역시 그에 못지않게 격렬했다. 쿠데타로 실권을 장악했지만 신군부의 정치적 입지는 취약했고, 공수부대는 정규군이었으나 진정한 폭도의 형상으로 나타났다. 그렇다고 적의 도덕적 취약성이 항쟁의 도덕적 정당성을 그저 담보해주는 것은 아니다. 항쟁의 도덕성은 자치와 자율의 공동체로 스스로를 구성했던 시민들의 능동적 행동을 통해 획득된 것이었다. 항쟁의 시간은 법의 효력이 정지되고 행정의 사무가 중지된 예외상태였다. 그러나 법치에 의한 치안 행정의 부재 속에서도 시민들은 약탈과 같은 범죄에 가담하지 않았고, 오히려 자치의 규율은 더욱 엄격해졌다. 심지어 그들은 총기를 비롯한 무기를 손에 쥐었지만 어떠한 불미스런 사고도 없었다. 물론 내전에 준하는 그 상황에서 방화와 기물파손은 불가피한 것이었다. 5월의 광주는 전장을 방불케 했지만 언론은 실상을 호도했고, 그래서 시민들은 MBC방송국에 불을 질렀다. 마찬가지로 시민들은 그들의 세금으로 시민을 폭압하는 공권력에 대한 항의로 세무서를 불태웠다. 하지만 항쟁의 시간 속에 출현했던 그 폭력들은, 하나의 동질성으로 적분되지 않는 이질성의 흐름으로 존재한다. 따라서 5월의 폭력은 그 이질성의 고려 없이 그저 숭고한 것으로 미화될 수 없고, 특정한 단면을 들어 폭동이나 소요사태로 단정할 수도 없다.

　　5월은 처음부터 제헌의 의지로 모아진 항쟁은 아니었지만, 신군부의 거시적 전략과 시위 현장의 돌발적인 변수들의 개입들에 따라, 시위는 항쟁이 되고 드디어 그것은 하나의 공동체를 형성하는 방향으로 전개되었다. 물론 그 공동체 역시 하나의 이념이나 조직 원리로 환원될 수 있는 그런 유기적 집단은 아니었다. 자율적 흐름에 따라 이합집산하던 저 혁명의 공동체는 일상적 욕망과 계급의식의 이질성이 개입하자, 결국은 내부 분열을 통해 자멸적으로 해소되어갈 수밖에 없었다. 그러므로 5월 27일 새벽 도청에서의 마지막 항전은 계엄군의 일방적인 작전으로 진압된 것이 아니다. '소수적인 것'의 다수로 출발했던 항쟁의 흐름이 여러 조건들 속에서 소수화되자, 결국 그것은 더 이상 하나의 공동체로 유지되지 못했고, 마침내 강렬한 흔적을 남긴 채 해산당하고 말았던 것이다. 그들은 스스로 해산하지 않았고, 해산당하고 말았다는 그 사실을 역사에 각인시킴으로써 결국 항쟁을 영원한 것으로 만들었다.

3.

기억과 증언의 역사학

루쉰이 말하기를 "먹으로 쓴 거짓말이 결코 피로 써놓은 사실을 감출 수는 없다"(《꽃 없는 장미2》)고 했지만, 그의 바람과는 달리 역사는 지금껏 '먹으로 쓴 거짓말'에 주로 의존해왔을 뿐이다. "역사는 텍스트가 아니며, 지배적이건 그렇지 않건 간에 서사도 아니지만, 부재 원인으로서, 오직 텍스트의 형식을 통해서가 아니라면 우리에게 접근 불가능하다. 역사와 실재에 대한 접근은 반드시 선행하는 텍스트화, 정치적 무의식 속에서의 서사화를 거치게 된다."[66] 역사적 사건이 서사화되거나 텍스트화될 때는 모종의 왜곡과 억압 그리고 신비화가 발생하기 마련이다. 프레드릭 제임슨이 주목했던 것은, 바로 그 왜곡·억압·신비화의 과정에 개입하는 '정치적 무의식'이었다. 그에게 역사의 해석이란 역사기술의 서사화가 왜곡·억압·신비화한 것을 정치적 무의식으로 복원시키는 작업에 다름 아니다.

제임슨의 《정치적 무의식》(1981)은 헤이든 화이트의 《메타역사》(1979)와 에드워드 사이드의 《오리엔탈리즘》(1978)과 거의 같은 시기에 출간되었다. 역사학의 방법론에서 이 시기는 19세기를 지배해왔던 랑케의 실증주의적 역사관을 비판하면서, 역사를 일종의 텍스트로 인식하고, 그 서사적 형식과 수사적 전략을 통해 역사기술의 이데올로기적 효과를 탐구하는 쪽으로 방향 전환이 이루어지고 있었던 때이다.[67] 이제 역사에서 중요한 것은 객관성의 문제가 아니라, 서사화narrativizations의 정치적 무의식을 비판적으로 독해하는 것이 되었다. '먹으로 쓴 거짓말'이 어떻게 '피로 써놓은 사실'을 왜곡하거나 은폐하는지를 탐문하는 것, 아니 '피로 써놓은 사실'이란 무엇인가를 묻는, 이른바 형이상학비판이 역사학의 중대한 과제로 떠오른 것이다.

역사의 서술은 현실의 경험과 사건을 있었던 그대로 반영할 수 없고 또 재현하지 못한다. 다시 말해 역사는 재현과 반영의 대상이 아니라 정치적 무의식의 '매개'를 표현하는 텍스트이다. 역사는 더 이상 명백한 실체가 아니라 능동적으로 구성된 일종의 허구이다. 그러므로 역사의 독해란 그것이 허구라는 사실을 폭로하는 것에 머무르지 않고, 그 허구 속에 개입되어 있는 정치적 환상과 욕망을 읽어내는 작업이다. 지금 우리에게 5월은 하나의 객관적 사실이기 이전에 담론의 경합들 속에서 알려진 일종의 유력한 소문으로 존재한다. 누군가는 그것을 폭도들의 반란이라 하고, 어떤 이는 그것을 민주화의 위대한 항쟁이라 말한다. 역사기술의 주체, 그들의 정치적 무의식에 따라 소문은 허다한 이질성의 난장으로 번진다. 물론 이제 5월은 어떤 불완전함에도 불구하고 법적으로 신원 회복되었으며, 이른바 5월의 제도화와 주류화는 그날의 광주를 더 이상 폭도들의 난동으로 서술하는 것을 허용하지 않는다. 그럼에도 모두가 그 공식적 입장에 동의하는 것은 아니다. 5월이라는 사건은 건드릴 수 없는 신성불가침의 절대적 진리로 독점될 수 있는 것이 아니기 때문이다.

　월남한 북한 특수부대 출신들로 조직된 '자유북한군인연합'이라는 단체는, 5월의 주류적 역사기술과 전면적으로 배치되는 기이한 주장을 제기한다. 이들은 5월 당시에 북한 특수부대 요원들이 개입했음을 증언하면서, "북한 정권과 내조한 남한의 불순세력들이 평화적인 시위를 교란해서 와해와 이간을 조성하고, 무장폭력으로 국가전복을 기도하는 과정에서 사태의 본질을 모르는 무고한 사람들이 인질이 되어 비극적으로 목숨을 잃었다고 주장"[68]한다. 그들에게 5월의 주류적 역사기술은 사실을 왜곡하여 진실을 호도하고, 그리하여 좌우의 이념 대립을 부추기는 불온한 담론이다. 그들이 출간한 책의 완성도가 그 내용과 형식에서 눈에 띄게 불미한 것은 사실이지만, 저들의 시각은 사건 당시 신군부에 의해 제출되었던 입장의 더 급진적인 판본이며, 5월의 서사들 중에서도 하나의 유력한 유형이다. 역사는 이처럼 사실을 기록하는 실록實錄이 아니라 유기적인 플롯으로 편집된 이념의 텍스트이다. 이들은 5월을 북한이라는 외부세력이 침투해 일으킨 외발적 사건으로 서사화함으로써, 항쟁의 능동성을 부정한다.[69] 그리고 그들은 유혈참사의 원인을 북한에게 돌려 진압의 주체인 국가의 책임을 면책하려고 한다. 이는 정치경제적 모순의 축적과 시위 진압의 우발적 상황들이 결합해 5월을 촉발시켰다는 주류적 해석에 대한 반론으로서, 주류적 서사를 탈구축하는 일종의 수정담론을 구성한다.

신군부에 의해 기획된 '김대중내란음모사건'은 5월을 서사화한 또 다른 판본의 텍스트이다. 김대중이 체포·구금된 지 55일이 지난 1980년 7월 4일, 드디어 하나의 각본이 완성됨으로써 수사는 완료되었다. 김대중이 재야단체 '국민연합'을 중심으로 변란을 모의하고, 학생들을 동원해 민중봉기를 선동했으며, 전위조직을 내세워 정부전복을 기도했다는 것, 그 과정에서 광주의 학생들에게 자금을 제공해 유혈폭동을 일으킨 것이 5월의 소요사태라는 각본. 수사는 사건의 팩트와는 아무런 상관없이 하나의 서사를 구성했고, 그 플롯을 지배하는 것은 오로지 신군부의 욕망이 만들어낸 편집증적 환상이었다. 이렇게 잘 짜인 서사의 배역들은 고문과 강요를 통해 완벽하게 캐스팅되었다.[70] 이 반란의 드라마에서 대망의 주역은 물론 김대중이다. 유망한 정치인이자 유력한 집권 후보였던 김대중은 이제 내란 수괴로서 반공법 위반으로 사형을 선고받고 죽음을 기다리는 처지에 놓인다. 그것이 대단원의 결말이었고, 한국의 근대사는 대개 이처럼 허술하게 편집된 정치적 서사로 구성되는 경우가 허다했다.

역사의 첨삭을 통해 정치적 헤게모니를 탈환하려는 욕망이 과거를 남용하게 만든다. 역사의 사실이라는 것이 그렇게 허구와 구별하기 어려운 것이 될 때, 과거는 부당한 이데올로기적 전유의 탐욕이 들끓는 온상이 된다. 그 온상에서 나치의 홀로코스트를 부정하거나 일제의 난징대학살을 부정하는 이른바 역사수정주의

revisional historicism, 그러니까 말살의 서사학이 창궐한다. 이렇게 사건의 존재 자체를 부정하고 역사의 기억을 왜곡하는 역사수정자들을 프랑스의 역사학자 피에르 비달-나케는 '기억의 암살자들'이라고 비판했다. 그러니까 기억을 암살하는 역사수정주의란 역사의 정치화가 가장 조악하고 노골적인 형태로 드러난 것이다.

과거가 현재를 승인하고 기억이 현실을 추인하는 합리화의 과정이 곧 역사의 서사화 과정이다. 그러므로 우리는 자연스럽고 불가피한 것으로 간주되어온 것들의 기원을 폭로함으로써 그 합리화된 서사의 권력구조를 해체할 수 있으며, 그것은 곧 '과거의 힘'을 다시 회복하는 일이기도 하다. "이런 점에서 과거의 힘은 실제로 패배와 비극을, 나아가서는 공포까지도 연대기적으로 기록하는 작업과 더불어 시작된다. 기억은 진정 존경심과 올바른 마음을 고통받는 사람들과 자신을 변호하거나 변호할 수 없었던 사람들에 관하여 '기꺼이 증언하려는 의지'이다."[71] 다시 말해 정치적인 서사화의 과정 속에서 누락되고 은폐된 것들을 되살려내려는 노력들이, 과거의 역사를 탈정치화함으로써 정치화할 수 있는 역설의 정치를 가동시킨다.

지금 5월의 주류적 해석은 그것을 절멸의 폭력에 맞서 싸운 위대한 항쟁의 서사로 신화화한다. 5월의 신화화는 항쟁의 주체를 순결한 희생자로 형상화하고, 모든 악덕을 신군부와 공수부대라는 타자에게 전가하는 단순 대비의 서사로 구성된다.[72] 5월은 그렇게 87년 체제의 거룩한 기원으로서, 민주화 이후 진보진영의 영웅서사로 굳건하게 자리 잡았다. 그러므로 우리는 해방의 서사가 은폐하고 있는 착취의 구조에 주목해야 한다. 다시 말해 우리는

'먹으로 쓴 거짓말'로부터 '피로 써놓은 사실'로서의 5월로 거슬러 올라가야 하는 것이다.

> 생명 또는 죽음, 5·18의 실재는 낭만적 관념의 접근뿐만 아니라 원칙적으로 모든 관념의 접근을 거부한다. 애초에 5·18이 동등한 관념과 관념의 대결로 전개되지 않았으며, 하나의 절대적·전체주의적 관념에 무력한 몸이 부딪혀 모든 것이 날것으로 드러나는 장소였기 때문이다. 그렇기 때문에 5·18 가운데에는 말로 하기 힘든 점이, 글로 쓰기 고통스럽게 만드는 점이, 말하기 이전에 좌절하게 만드는 것이, 침묵으로 유혹하는 힘이 존재한다.[73]

5월이라는 역사적 사실은 체험자들의 기억과 육체의 상흔 속에 고스란히 봉인되어 있다. 하지만 그 고통스러운 체험의 사실들을 말로 구술하거나 글로 기록하는 것은 본질적인 한계를 노정할 수밖에 없다. 그러니까 "5·18의 경험은, 많은 인간의 경험이 그렇듯이, 충분히 언어화되지 못한 부분들이 남아 있다고 가정하고 접근해야 한다. 경험이란 원초적으로는 느낌이며 어떤 느낌은 쉽게 언어로 이름 붙여지고 설명될 수 있지만 그렇지 못한 부분들도 있다".[74] 다시 말해, 저 형언하기 힘든 참상 앞에서 언어란 얼마나 무기력한 수단인가.

> 그리고 언어라고 하는 것은 압도하는 사실 앞에서는 완전히 무력한 것입니다. 언어가 문자로 나오는 것도, 기억이 뜨거울 동안은 좀처럼 말로 만들어지지 않잖아요. 식기를 기다리지 않으면

안 될 것 같은, 그런 딜레마에 계속 빠져 있습니다. 기억이라고 하
는 것이 한 가닥 실과 같은 것이라면 끌어당겨 감아줄 수 있을 텐
데, 생각해내려고 하면 덩어리째 욱 하고 치밀어 올라서 말로 되
지 않습니다. 말과 연관되면서 말로 할 수가 없어요. 그 4·3사건
과 직접적인 것은 아니지만, 4·3사건 체험자로서의 마음의 빚, 트
라우마가 역으로 움직여 제가 작품으로 할 수 있었던 것으로《광
주시편光州詩篇》(1983년)이라는 시집이 있습니다. 광주시민의거를 새
긴 이 시집은 4·3사건과의 균형이 없었다면 쓸 수 없었던 것입니
다. 권력의 횡포를 규탄하는 것이 주안이 아니라 그 '사건'과 맞서
는 자신의, 생각 밑바닥의 아픔을 바라봅니다. 그것을 꺼내어 간
것이《광주시편》이었고, 이와 같은 방법의식을 저에게 가져다준
것은 제가 겪은 4·3사건이었다고 할 수 있습니다.[75]

체험자가 그 경험을 언어로 표현하는 상황은 대표/재현의 문
제를 제기한다. 김시종은 4·3을 체험한 재일在日 시인으로서 그
'압도하는 사실'의 재현 불가능성에 대해 이야기한다. 4·3을 묘
사Darstellung로써 재현하는 것은 그것에 대한 정치적 입장을 대표
Vertretung하는 것과 분리하기 어렵다. 체험자의 증언과 기록은 재연
의 정치학, 다시 말해 대표한다는 것의 역사적 책임에서 자유로울
수 없다. 그러므로 '압도하는 사실'의 재현은 말할 수 없는 것을
말하는 불가능성에 대한 도전이며, 침묵의 이면으로 숨어버린 진
실들을 폭로의 힘으로 복원하는 정치이다. "압도하는 사실이 기억
이 되어 버티고 있는 사람에게는, 창작 작품 그 자체가 뭔가의 조
작같이 보여버리는" 측면이 있지만, 그래도 "사실이 진실로서 존

재하기 위해서는 그 사실이 상상력 안에서 재생산되어야" 한다.[76] 그것이 바로 폭력의 기억을 재연하고 정치적 입장을 대표하는 객체화된 사실로서의 문학이다. 그러나 사적 체험이면서 공적인 역사이기도 한 그 사건을 재현의 대상으로 객체화할 때, 작가는 재현의 주체로서 자신에 대한 고통스런 응시를 요구받는다. 자기 체험의 특수성을 역사적으로 일반화하는 균질화homogenization의 위험에 대한 두려움이, 잘못 재현할 수 있다는 부담감으로 사건의 서사화를 곤혹스럽게 만든다. 그래서일까. 4·3의 체험자로서 김시종은 그것을 직접 재현하는 대신 5월을 표현하는 우회로를 선택한다.《광주시편》이 바로 그것인데, 5월은 그에게 '압도하는 사실'이었던 4·3을 대체(회피)할 수 있는 일종의 알리바이였던 것이다. 무서운 기억을 평온한 현재의 시간으로 다시 불러내는 것은 이처럼 두려운 일이다.

자기의 언어를 갖지 못해 말하고 싶어도 말하지 못하는 자들, 그들을 대신해 말한다는 것, 그것이야말로 대표/재현의 정치에서 가장 쟁점이 되는 사안이다. 죽은 자는 말이 없고 말할 수 있는 자는 언어가 없을 때, 결국 대표/재현은 엘리트들의 몫이 된다. 주류 담론에서 배제된 자들의 역사를 서사화한다는 사명의 이면에는, 이따금 타자에게 자비를 베푼다는 엘리트들의 시혜의식이 끼어들기도 한다. 그리고 "역사가 말해온 방법이 항상 어떤 종류의 주체의 입장을 확보하고 있지만, 그것은 모종의 영역을 주변화하는 것으로 예상"[77]될 수 있다. 이러한 전략적인 배제 속에서 구축되는 투명한 재현의 정치는 진실을 왜곡하는 일종의 기만이다. 그 배제의 정치가 역시 전략적인 '선택'의 짝패라고 할 때, 역사기술에서의 그 선택이란 역시 일방적인 규정과 의미부여라는 담론의 폭력을 행사한다. 이처럼 "글쓰기는 일종의 일반화된 폭력 제도"[78]로 기능할 수 있으며, 그러하기에 재현이란 얼마나 무서운 과업인가?

"가해는 끝났지만 현상은 남았다."[79] 홀로코스트 연구의 세계적 석학 라울 힐베르크가 한 말이다. 항쟁은 끝났지만 5월의 상흔은 사람들의 몸과 기억에 그대로 봉인되었다. 저마다 사연을 품은 개인들의 기억이 죄책감과 우울증, 그리고 벅찬 환희의 감정과 더불어 현재의 시간을 범람한다. 5월은 마음의 유혈로써 각인된 트라우마이며, 그것은 아무리 지우려 해도 결코 지워지지 않는 마음의 얼룩으로 남았다. 망각에 저항하는 이 모든 이질성의 기억들이 하나로 모여 '집합적 기억collective memory'을 구성한다. 그리하여 기억은 우리의 것이 되고, 그것은 다시 역사의 현상으로 등록된다. 항쟁은 끝났고 시간은 흘러 온전한 기억들은 조금씩 부식되겠지만, 남아 있는 그 현상들은 구술과 증언, 기록과 재현으로 남아 덧없는 망각에 저항할 것이다. 5월이 우리의 기억 속에 있는 것이 아니라, 우리가 5월의 기억 안에 존재함으로써, 5월의 집합적 기억은 드디어 잊지 말아야 할 역사로 정초된다.

기억되지 않는 사건은 역사가 될 수 없다. 그러므로 기록은 역사의 조건이다. 기록하는 자는 기억하는 자, 심지어 사건의 당사자보다 더 큰 정치적 능력을 갖는다. 기록하는 자는 기입과 누락의 정치적 선별을 통해 정사正史를 구축한다. 정사의 권위는 다른 기억들을 잡사나 야사로 강등함으로써 얻어진다. 정치적으로 재구성된 집합적 기억은 유기적인 플롯의 서사로 만들어진 텍스트다. 기록하는 자는 바로 이 텍스트의 저자이다. 사건의 당사자라도 저술의 능력이 없는 자는 역사의 기록자가 될 수 없다. 그러니 저술의 능력은 곧 정치적 권력이다. 이렇게 주류 역사는 지배 엘리트들의 전유물이 되어온 것이다. 유대계 이탈리아인으로 아우슈비츠에서 살아 돌아온 프리모 레비는 사건의 당사자이자 기록자로서 《휴전》《이것이 인간인가》《지금이 아니면 언제?》와 같은 저명한 증언문학의 작품들을 남겼다. 죽음의 수용소에서도 살아남았던 그는 안타깝게도 스스로 목숨을 끊고 말았는데, 왜 그가 돌연 자살을 택할 수밖에 없었는지는 그 누구도 알 수 없다. 겨우 이런 추정이 가능할 뿐이다.

> '역사가 논쟁'이 쁘리모 레비에게 어느 정도 타격을 입혔는지는 상상해볼 수밖에 없다. 그는 '과거의 극복'이라는 말에서조차 독일인의 무의식적인 자기 정당화를 느꼈다. 하물며 학문적 논쟁을 가장한 수정주의자의 언동은 강제수용소에서 억지로 듣던 과장되고 이해할 수 없는 친위대의 연설처럼 참을 수 없는 혐오와 공포를 그에게 가져다줬음에 틀림없다.[80]

레비는 "우리 이야기를 '다른 사람들'에게 들려주고 '다른' 사람들을 거기에 참여시키고자 하는 욕구가 우리를 사로잡았다"[81]고, 그 내적 해방의 욕구가 《이것이 인간인가》를 집필하게 만들었음을 '작가의 말'에서 밝히고 있다. 홀로코스트의 기억을 증언함으로써 다른 사람들을 그 역사에 참여시키려 했던 그의 욕구는, 역사서술의 마키아벨리적인 속성을 도외시한 참으로 순진한 것이었을지 모른다.[82] 파국의 역사를 체험한 사람은 도래할지 모르는 또 다른 파국의 위험에 대하여 그 누구보다 큰 두려움을 느낄 것이다. 그러므로 파국의 기억을 왜곡하는 역사기술의 정치적 파행을 지켜보았던 프리모 레비는, 바로 그런 이유에서 절망하지 않을 수 없었을 것이다.

은폐나 축소, 누락만이 기억을 왜곡하는 것은 아니다. 항쟁의 의미를 의도적으로 폄훼하는 것만큼이나 그것을 미화하고 숭상하는 것 역시 저열한 기만이다. 추모와 애도를 넘어 희생자를 성인화聖人化하고, 추앙과 찬양을 넘어 사건을 신성화神聖化하는 것은, 결과적으로 5월을 관념적으로 추상화하는 상징적 조작이다. 5월을 민주화의 시원적 사건으로 신화화하면서 현재의 정치적 상황을 합리화하거나, 반대로 그것을 신화화된 과거로 비난하면서 그 우상숭배의 세력을 정치적으로 단죄하려는 것은, 둘 다 5월의 기억을 이권투쟁의 도구로 만든다.

지금 제도화된 5월은 하나의 거룩한 '전통'으로 자리 잡았고, 그 만들어진 전통을 두고 정치적 이견의 난투극이 끊이질 않는다. "이렇게 역사적으로 기념할 만한 과거에 준하는 한, '만들어진' 전통의 특수성은 대체로 과거와의 연속성을 인위적으로 내세우려 든다는 데에 있다. 요컨대 전통은 새로운 상황에 대한 반응인데, 여기서 역설적이게도 예전 상황들에 준거하는 형식을 띠거나, 아니면 거의 강제적인 반복을 통해 제 나름의 과거를 구성한다."[83] 우리는 저 '강제적 반복'이 재현의 서사를 통해 지속적으로 출현하고 있음을 잘 알고 있다. 국가에 의한 공식적인 기념행사를 비롯해 각종 매체와 문화산업의 이해에 따라 5월은 반복되는 의례로, 또 반복되는 서사의 패턴으로 자리 잡았다.[84] 만들어진 전통으로서의 5월은 저 반복을 통해 하나의 신화가 됨으로써 공동체의 정체성을 강화한다. 지그문트 바우만은 기억을 신화로 가공하여 이를 정치적으로 독점하는 '기억의 신성화sacralization of memory'를 가리켜, 그것을 "사회학적으로 해석하면, 모든 사람들이 죄를 공유하거나 희생을 공유함으로써 '사회Gesellschaft'가 아닌 '공동체Gemeinschaft'의 결속을 강화하는 방식"[85]이라고 정리한다.

공동체의 아이덴티티가 강화되면 공동체 내부의 결속은 굳건해지는데, 반대로 공동체의 외부에 대해서는 배타적이고 적대적이 된다. 전통 만들기와 재현의 정치는 지역갈등이나 이념의 적대에 국한되지 않고, 세대 차이와 젠더 표상의 차원에 이르기까지 다의적인 맥락 안에서 입체적으로 이루어진다.[86] 바로 이런 과정을 통해 기억은 투쟁의 대상이 된다. 그리고 그 투쟁은 범람하는 이질성의 경합 속에서 기억을 서로 다르게 받아들이도록 만든다. 재현의 정치는 이렇게 기억의 전유를 통한 표상화의 정치적 효과로 드러난다.

이른바 기억투쟁은 기억의 전유를 통한 문화적 재현의 형식으로 표현되는데, 오늘날 5월은 반역이 아니라 애국이 되었고, 이러한 인식의 전환은 폭도로 규정되었던 봉기의 당사자들을 조국의 민주화를 위해 싸우다 희생된 유공자로 재현하게 만들었다. 그렇게 5월은 국가주의로 회수되었고, 관제기억의 상투적 서사로 조금씩 굳어가고 있다. 이질성의 흐름으로 분기하는 사적인 기억들이 이처럼 공식적인 집합적 기억으로 동질화될 때, 치명적인 부상과 죽음의 사연들, 헤어나지 못하는 고통의 기억들은 국가적 기념의 과정 속에서 봉합된다. 공적 기억으로서의 집합적 기억은 정치적인 합의의 결과물이다. 따라서 그 합의에 반대하고 지금껏 공식적 기억의 무시와 억압으로 은폐되었던 비주류의 사적 기억들을 복원하는 것은, 일종의 대항기억counter-memory을 구성함으로써 주류 역사학에 균열을 내는 일이다.

주류화의 이면에 은폐되어 있던 사적인 기억들이 대항기억을 구성한다. 트라우마는 상처로 얼룩진 사적인 기억들을 분열시켜 기억의 당사자를 정체성의 파국으로 인도한다. 그리하여 트라우마는 과거의 체험과 현재의 기억을 불화하게 하고, 결국은 그 어떤 애도도 불가능하게 만들 수 있다. 그래서 트라우마는 반드시 치유되어야 하지만, 그러나 그것은 결코 쉽게 극복되지 않는 마음의 상흔이다. "그렇지만 트라우마는 문제를 성찰적으로 극복하려는 시도와, 과거의 피해자에 대한 애도와, 세상을 좀 더 질적으로 나은 것으로 만들기 위해 자신의 삶과 새로운 관계를 형성함으로써 누그러뜨릴 수는 있다."[87] 대항기억의 구성은 이처럼 트라우마의 '성찰적 극복'을 적극적으로 요구한다. 기억은 트라우마의 보금자리고, 바로 그 자리에 역사의 진실이 담겨 있기 때문이다. 도미니크 라카프라는 '성찰적 극복'에 있어 단지 피해자의 기억만이 아니라 "가해자, 부역자, 피해자, 방관자, 저항자들에 의해 구성되는 격자에 의해 규정된 복잡한 관계망 전체를 극복할 수 있는 방안을 모색"[88]할 것을 주문한다. 이때 중요한 것이 저 '격자'의 당사자들이 토해낸 '증언'이다. 트라우마의 중압을 뚫고 나온 증언은 언제나 고통스럽다. 그러므로 고통스럽지 않은 증언에서 진실을 찾는 것은 불가능한 일이다.

기억과 증언의 문제를 사유하기 위해서는 먼저 클로드 란츠만의 〈쇼아〉(1984, 히브리어로 '절멸'이라는 뜻)를 떠올려보는 것이 좋을 것 같다. 나치의 유대인 '절멸'을 다룬 이 영화는 《현대》의 편집장인 클로드 란츠만이 13년에 걸쳐 만든 9시간 반 길이의 대작으로 완성되었다. 영화는 가해자로서의 나치, 희생자로서의 유대인, 방관자로서의 폴란드인이라는 삼각구도—이 삼각구도는 영화에 직접 출연하기도 하는 라울 힐베르크의 시각을 빌린 것이다—를 바탕으로, 지루하지만 기꺼이 견뎌야만 하는 기나긴 인터뷰의 행렬을 보여준다. 영화는 과거의 시각화를 거부하고 현재 속에 과거를 불러들여 그 끔찍했던 시간들을 상기하게 함으로써, 과거와 현재, 체험과 기억이 서로를 간섭하면서 대화하도록 유도한다. 이 영화의 놀라운 미덕은 우리가 기억해내는 것이 아니라 기억이 우리를 부르도록 이끄는 그 기억의 능동성에 있다.

란츠만은 《르몽드》와의 인터뷰에서 "쇼아와 직면해보면 이해하고자 애쓰는 모든 의도는 절대적으로 외설적일 따름"[89]이라고 하면서, 그것을 인간의 이성으로 판단하고 해석하고 설명하는 것의 무력함을 토로했다. 이런 생각의 밑바닥에는 엘리 위젤과 마찬가지로, 그 무엇과도 비교 불가능한 홀로코스트의 예외성에 대한 믿음이 가로놓여 있다. 그러나 바우만은 홀로코스트는 결코 예외적인 끔찍함이 아니며, 그것은 어디까지나 현대적 이성이라는 '악의 합리성'에서 비롯된 것이라고 말한다.[90] 홀로코스트는 서구적 근대의 해악이 낳은 보편적 문제이므로, 그것을 "가해자(독일인) 대 피해자(유대인)라는 구도로 환원시킴으로써 결국에는 전인류의 역사적 자산이 될 수 있는 과거를 독일인과 유대인이 독차지"[91]하게 만들어서는 안 된다는 것이다.

홀로코스트의 독점적 전유는 도미니크 라카프라가 치유의 역사학으로 제시했던 복잡한 관계망으로서의 '격자'나 프리모 레비가 '회색지대zone grise'라 불렀던 인간 존재의 불가해한 모호성을 부정하게 만든다. 츠베탕 토도로프 역시 〈쇼아〉에서 그 증오심의 위선적 성격을 지목하면서 영화를 통해 "보여주려고 하는 데 있어 어떤 예외도 없이(별 의심 없이), 란츠만은 집합적 유죄의 입장을 옹호하고 있다"[92]고 비판한다. 독일인(가해자)과 폴란드인(방관자)을 예외 없이 모두 '집합적 유죄collective guilt'로 평결하면서 가해와 피해의 구도를 단순화하고 있다는 것이다.

아렌트가 말했던 '집합적 유죄'란 자기의 죄가 아님에도 소속된 공동체가 저지른 범죄에 대해 느끼는 소속감으로서의 죄의식이다. '집합적 유죄'에 대응하는 것이 '세습적 희생자 의식 hereditary victimhood'이며, 그것은 자기가 속한 공동체의 피해경험을 후대에까지 집단적인 피해의식으로 내면화하는 것이다. 홀로코스트의 희생자였던 이스라엘인들이나 일제의 식민지 통치를 겪었던 한국인들의 (무)의식에 전승되어오는 피해의식이 바로 그 '세습적 희생자 의식'이다. 5월이나 이른바 4·3과 같이 국가의 폭력에 잔혹하게 진압당한 역사적 사건에서도, 가해로서의 국가폭력과 진압당한 희생자로서의 양민이라는 단순한 구도가 일반화된 역사의식으로 세습되고 있다. 팔레스타인에 대한 이스라엘의 폭력적인 점령정책이 증명하는 바와 같이, 피해자는 언제든지 가해자로 역전될 수 있다. 이렇게 가해와 피해는 불완전한 도식이지만, 그 도식이 만들어내는 정치적 효과는 얼마나 막강한가?

사실 란츠만은 형언할 수 없는 사건의 가시적 재현을 궁리하는 가운데 파격적인 형식을 감행했지만, 영화의 후반부로 갈수록 감독의 편파적인 정치의식이 노골적으로 드러남으로써 격렬한 논쟁의 여지를 남겼다. 쇼아의 기억을 또 다른 다큐멘터리의 형식으로 불러온 알랭 레네의 〈밤과 안개〉(1955)는, 과거의 영상자료를 적극 활용해 참혹한 학살의 과거(흑백)와 정적 속의 평화로운 현재(컬러)를 병치시킨다. 레네는 가해와 피해의 책임을 탐문하는 대신 과거와 현재의 이 극단적 대비를 통해 끔찍한 역사의 기억을 현재의 시간 속에 강렬하게 환기시킨다. 레네의 영화는 〈쇼아〉처럼 직접적으로 정치적 견해를 드러내는 대신, 저 강력한 보색 대비가 스스로 말하게 한다. 〈쇼아〉는 용감한 영화이고, 그래서 어쩔 수 없는 논란에 휘말리기도 했지만, 〈밤과 안개〉는 그런 논쟁보다 반성과 애도에 초점을 맞춘다. 그러나 재현 불가능한 사건으로서의 홀로코스트는 〈밤과 안개〉처럼 그렇게 선명하게 표현될 수는 없으리라. 폭력 그 자체의 가시적인 흉물스러움을 일종의 시각적 자료로써 제시할 때, 폭력은 그 역사성을 탈각하고 논평의 대상으로 전락한다. 말하고 싶지만 말해지지 않는 것, 표현하고 싶지만 드러낼 수 없는 것, 재현하고 싶지만 재현되지 않는 것, 우리가 겨우 말하고 표현하고 재현할 수 있는 것은 그 어긋남, 그러니까 발화/표현/재현 불가능성의 아포리아를 맴돈다.

1986년 4월 28일, 두 명의 서울대생이 반미를 외치며 분신한 이후 20여 년이 지난 시점에서, 그 죽음을 목격했던 친구들의 기억을 더듬고 있는 〈과거는 낯선 나라다〉(김응수, 2008)는 〈쇼아〉의 영향이 명백한 영화다. 과거의 그 시간을 민주화의 빛나는 기원으로 신성화하지 않으며, 다만 친구의 죽음을 기억하고 있는 자들을 아프게 심문한다. 고문 속에서 눈물 흘리는 그들의 증언들이 한 시대의 상흔을 상기시킨다. 감당하기 싫은 슬픈 기억을 망각하고 일상의 평온함을 누리고 싶은 이들에게, 다시 그 기억을 소환하게 하는 것이 과연 옳은 것일까? 망각한다고 그 사건이 사라진다면 얼마든지 망각해도 좋으리라. 하지만 망각이 단지 은폐의 알리바이에 불과한 것이라면, 우리는 그 고통스런 과거의 시간을 힘써 증언함으로써 기억을 공유해야 할 것이다. 그것이 결국 상호주관성의 선입견에 불과한 것일지라도.

'사건'의 기억을 나누어 갖는다는 것은 어떻게 하면 가능한 것인가. '사건'의 기억을 타자와 나누어 갖기 위해서 '사건'은 우선 이야기되지 않으면 안 된다. 그것은 전달되어야만 한다. '사건'의 기억을 타자와 공유하지 않으면 안 된다. 그러나 '사건'의 기억을 타자와 진정으로 나누어 갖는 형태로 '사건'의 기억을 이야기한다는 것은 어떠한 것인가. 그와 같은 서사는 과연 가능한가. 존재할 수 있는 것인가. 존재한다고 한다면, 그것은 리얼리즘이 보여주는 정교함의 문제인 것일까. 그렇지만 리얼하다는 것은 어떠한 것일까. 수많은 물음이 생겨난다.[93]

기억의 공유(혹은 '분유')란 이처럼 어려운 물음들을 불러일으킨다. 〈오월愛〉(김태일, 2010)는 역시 저 물음들의 고뇌 속에서 5월의 기억을 어떻게 공유해야 하는지, 그 현재성의 의미를 따져 묻는다. 이 영화는 공식적인 역사의 주변으로 밀려나 있던 '여성들의 목소리'[94]를 부각시키고, 진압에 동원되었던 한 장교의 회한에 주의를 기울인다. 시간이 지난 지금 5월은 국가에 의한 기념화로 제도에 편입되었고, 살아남은 사람들은 저마다의 의견 차이로 분분하다. 그렇게 5월의 기억을 배타적으로 독점하려는 저마다의 욕망 속에서 광주는 내분으로 시끄럽고, 정작 5월은 우리 모두의 기억에서 소외되고 있다.

〈오월愛〉의 한 장면에서 인터뷰를 요청하는 제작진에게 "아무 씨알데기 없다"고 거절하는 양동시장의 할머니는 무엇 때문에 그렇게 단호한 것일까? 기억은 공유되기 위해서 발설되어야 하지만, 사람들은 저 분란 앞에서 모두 입을 닫는다. 저 단호한 침묵을 해제시키고 기억이 우리 앞에 도래하도록 만들기 위해서는, 먼저 우리 스스로 말하는 입을 가져야 할 것이다. 자기의 배를 불리기 위해 바쁘게 먹기만 하는 입이 아니라, 말할 수 없는 것을 기어이 말하려고 하는 입을. 말한다는 것은 그것이 비록 유능하지 못할지라도, 서로의 기억을 나누어 갖는 가장 유력한 방법이기 때문이다. 한나 아렌트는 "현재로 이월된 과거의 고통이나 슬픔을 참는 것resuffering the past은 그것을 반복해서 이야기함으로써 가능해진다"[95]고 믿었다. 그러나 '아우슈비츠 이후에 시를 쓴다는 것은 야만이다'라고 했던 아도르노의 말처럼, 유럽의 작가들은 홀로코스트라는 원죄에서 쉽게 헤어날 수 없었다. 프리모 레비, 엘리 위젤, 장 아메리의 증언문학이나 파울 첼란의 시편들이 떠오르지만, 홀로코스트의 문학화는 여전히 그 전범을 제시하기 어려운 지독한 난제이다.

자본제로의 이행, 다시 말해 근대화는 그 이행의 과정 자체가 엄청난 폭력이었다. 모더니티의 폭력성에 대한 숱한 고발들을 접수해온 우리들로서는, 이제 더 이상 그 엄청난 이야기들에 놀라지 않는다. 근대의 예술은 어쩌면 근대적 폭력의 재현이라는 역사적 과업을 떠맡고 탄생했는지도 모른다. 그만큼 문학에서 폭력의 재현과 그것에 대한 탐구는 결정적으로 중요하다. 5월을 다룬 문학의 의미 역시 바로 이런 차원에서 이야기될 수 있는 것이다.

"현장을 벗어난 뒤늦은 언어가 얼마나 무력한지, 소위 문학, 특히 소설의 역사적 사후성에 대해 다시 언급할 필요는 없을 것이다."[96] 그래서일까. 떠올리고 싶지 않은 끔찍한 사건을 망각이라는 심리적 방어기제로 거부하듯, 한국문학은 5월의 참상을 오랫동안 입에 담지 않았다. 그 엄혹한 사건의 기억을 다시 떠올려 말할 수 있기까지는 어느 정도의 시간이 필요했던 것이다.

5월은 먼저 격정적인 서정으로 터져나왔다. 김준태의 〈아아, 광주여! 우리나라의 십자가여!〉(《전남매일신문》, 1980. 6. 2.)는 널리 알려진 그대로 5월을 다룬 최초의 시다. 이 시에서 광주는 "하느님도 새떼들도/ 떠나가버린" "통곡뿐인 남도"로 묘사된다. 그러나 그 불모의 땅은 "사람다운 사람들만이/ 아침 저녁으로 살아남아/ 쓰러지고, 엎어지고, 다시 일어서는" 부활의 장소로 비약한다. 절규에 가까운 언어로 쓰인 이 시 이후에, 다른 많은 시작詩作들이 5월의 기억을 되살려냈다.

5월항쟁이 없었던들 결성되지 못했을 《오월시》라는 시 동인지가 81년 7월에 창간되었고, 같은 해 12월에는 역시 시 동인지인 《시와 경제》가 창간됨으로써, 비로소 그동안 금기로 되어 있던 5월항쟁을 시적 소재로 채택하는 일이 서서히 시도되기 시작한다. 그 같은 추세는 점차 많은 시인들에게 확산되어, 하종오의 시집《사월에서 오월로》에서 보이는 바와 같은 일련의 5월에 대한 노래로 이어졌고, 박몽구의 연작 장시인《십자가의 꿈》과 전남대 굿패인 비나리패의 공동 창작인 장시《들불야학》에 이르면 보다 구체적이고 생동감 있게 5월항쟁이 시적으로 수용된다.[97]

그 뒤에도《누가 그대 큰 이름 지우랴》(인동, 1987),《마침내 오고야 말 우리들의 세상》(한마당, 1990),《하늘이여 땅이여 아아, 광주여》(황토, 1990),《꿈, 어떤 맑은 날》(이룸, 2000)이 5월을 기념하는 시집으로 출간되었고, 김남주는《학살》(한마당, 1990)을, 고정희는《광주의 눈물비》(동아, 1990)를 펴냈다. 파울 첼란은 "모든 시는 유대인이다All poets are Jews"라고 적었다. 이 말을 빌려 '모든 시는 5월이다'라고 말할 수 있는데, 그러니까 5월은 그 자체가 바로 시에 육박한다. 세상의 좋은 시는 모두 그렇게 엄혹하다. 그러니 시 그 자체인 5월을 다시 시로 쓴다는 것은 얼마나 어려운 일인가? 5월을 그저 소재로 다룬 시는 많아도, 그 자체가 시에 육박하는 사건인 5월을 다시 시로 쓴다는 것은 전혀 다른 차원의 문제인 것이다. 많은 시가 5월의 역사성에 압도되어 격정과 영탄을 남발했다. 5월이라는 일회적 사건의 단독성과 그 속에 담긴 보편적 맥락을 담아내기에, 시의 말들은 정서적으로 너무 과잉돼 있었다. 그만큼 5월은 강렬한 사건이었고, 시인들은 그저 정념의 언어로 떠들 수밖에 없었다.

정념에 사로잡히지 않은 이성적인 사유가 요구될 때, 냉철한 비판정신으로 사실을 탐문하는 르포가 요구되었다. "르뽀, 수기, 선언문, 폭로기사는 급박하게 돌아가는 현실 속에서 매우 유용한 과도적 문학의 역할을"[98] 맡았다. 사회의 부조리함에 대한 사실적 탐구가 심미적인 것에 대한 욕망을 넘어서는 자리에서 르포는 시작된다. 르포는 말 그대로 현장을 보고하는 글쓰기로서, 그 보고 자체가 현실에 대한 일종의 참여로 여겨진다. 1970~80년대의 변혁운동기에 석정남의 《공장의 불빛》(1984)이나 유동우의 《어느 돌멩이의 외침》(1984)이 그런 역할을 했다. 르포에서의 보고는 사실 폭로에 가깝다. 그래서 르포는 사실에 대해 엄격하지만, 대체로 그 밑바닥에는 분노의 파토스를 깔고 있다. 그러므로 르포는 결코 리얼the real한 것을 그대로 보고할 수 없는 정치적인 편견의 글쓰기다.

전남사회운동협의회에서 펴낸 항쟁실록 《죽음을 넘어 시대의 어둠을 넘어》(1985)는 5월을 하나의 전체적 맥락 속에서 비교적 사실적으로 서술한 과도기적 저작이다. 5월의 문학적 형상화에 있어, 시에서 소설로 넘어가는 그 사이에 출현한 것으로 르포를 자리매김하는 것은, 물론 지나친 계보화의 욕망이다. 그럼에도 그것을 '과도기'의 재현양식이라고 할 수밖에 없는 것은, 그것은 차라리 문학이 아니라 일종의 변혁운동의 차원에 속하기 때문이다. 정치적인 억압으로 언론이 사실을 편파적으로 왜곡하고 있을 때, 《죽음을 넘어 시대의 어둠을 넘어》는 진실 구제의 한 실천으로써 제출된 것이다. '보고문학'이라는 말이 있지만, 르포는 엄밀하게 문학이라기보다 노골적인 정치적 개입으로서의 글쓰기이다. 다시 말해 5월이 소설이라는 재현양식으로 서사화되기 위해서는,

먼저 그 정지整地작업으로서 르포라는 글쓰기가 필요했던 것이다. 5월 소설들에서 발견되는 사실에 대한 지향과 정치적 참여의 욕망은, 이처럼 르포를 경유하는 5월 재현의 통시적 흐름과 무관하지 않을 것이다.

> 근대라는 시대가 거기에 살고 있는 인간들에게 가져다준 심적 외상—그 부조리함 때문에 언어로 명명되고 '경험'으로 길들여져 과거로 내던질 수밖에 없는 '사건'의 폭력. 그처럼 말로는 이야기될 수 없는 체험, '사건'을 서사로서 말하라는 시대의 요청을 소설은 자신의 몸체에 받아들이고 있는 것은 아닐까. 바꿔 말하면, 소설의 말하기는 그러한 사건의 불가능한 나누어 갖기分有의 가능성을 내걸고 있는 게 아닐까.
>
> 그러나 그것은 언어로는 이야기할 수 없는 사실을 소설이라면 갑자기 언어로 이야기하는 게 가능하게 된다는 뜻은 아니다. 오히려 여기에서 내가 시사하고 싶은 점은 그것과는 반대의 것이다. '사건'이라는 것이 본질적으로 내포하고 있는 성격, 즉 재현되는 것의 불가능성 바로 그것을 어떻게든 이야기함으로써, 소설은 거기에서 언어로는 재현할 수 없는 '현실'이 있다는 사실을, 말하자면 '사건' 그 자체의 소재를 지시하는 게 아닐까. 만일 모든 사태가 언어에 의해서 설명될 수 있는 것이라면, 소설이라는 문학 형식이 쓰여지지 않으면 안 될 치명적인 필요성도 없을 것이다.[99]

앞서 "국가의 사망자 추도와 기억의 근저에는 '적과 동지'의 근원적 구분이 가로놓여 있다고 말했다. 하지만 죽은 이도 죽인 이도 모두 현창되어야 할 희생자, 즉 동지라면 국가의 적은 누구란 말인가? 그것은 '광주의 에티카'이다. 역사화나 이야기화나 기억화가 불가능한 것이다. 그것은 말을 갖지 않고 외치는 것이다".[100] 그러나 '말로는 이야기될 수 없는 체험'을 기어이 서사화함으로써, 소설은 재현 불가능한 현실을 역설적으로 증언한다. 오카마리는 소설의 그런 증언을 통해 재현 불가능한 사건을 공유할 수 있다는 것을 '나누어 갖는다分有'는 말로 표현한다. 5월의 광주에서 있었던 그 사건들은 소설이라는 글쓰기를 통해 우리들 모두의 체험인 것처럼 집단적인 경험으로 공유된다. 서사화가 곧 역사화라고 할 수 있는 이유가 여기에 있다. 임철우의 〈동행〉〈봄날〉〈직선과 독가스〉(1984)와 한승원의 〈당신들의 몬도가네〉(1984)를 시작으로 5월이 소설의 한 장으로 들어오게 되지만, 5월의 서사화는 역시 윤정모의 〈밤길〉(1985)을 비롯해 1985년 이후에나 본격적으로 이루어진다.

1985년의 5월에는 광주항쟁과 관련된 두 사건이 있었다. 책의 압수와 출판인의 구속을 야기한 《죽음을 넘어 시대의 어둠을 넘어》(전남사회운동협의회 편, 황석영 기록)의 출간과, 광주항쟁의 본격적 거론을 촉발했을 뿐 아니라 그 당시 미국의 태도가 무엇인지를 공개적으로 질문하게 만든 서울의 미문화원 점거사건이 그것이다. 그 두 사건은 광주항쟁의 진실을 계속 숨기거나 왜곡한 5공에 일격을 가한 중대한 사건으로서, 그때를 전후해 우리의 소설도 광주항쟁을 서서히 다루기 시작한다.[101]

이 두 사건으로 5월은 1980년대의 현실변혁운동과 그 문학적 실천으로서의 민중문학 담론과 공고하게 결속하게 되었던 것이다. 이후 1987년의 민주화를 거치면서 5월은 더 적극적으로 한국소설의 공간 안으로 들어오게 된다. 1980년대 중·후반의 5월 소설들은 주로 단편들이었으나, 1990년대에 임철우의 《봄날》(전5권)이 출간되었고, 2000년대로 접어들면 송기숙의 《오월의 미소》, 김신운의 《청동조서》, 정찬의 《광야》와 같은 주목할 만한 장편들이 잇따라 나왔다. 시가 동시대의 현장성에 밀착되어 그 즉각적인 울분을 토로했다면, 보고문학은 기억해야 할 과거를 충실하게 복원하는 데 역점을 두었으며, 이제 소설은 5월의 기억을 재구성함으로써 공식적인 역사에 균열을 내는 대안서사로 출현하게 되었다. 그러니까 국가의 공식적 기억에 의해 억압되었던 5월의 기억이 비로소 오랜 침묵에서 벗어나 허구의 이야기로 재서사화될 수 있게 된 것이다. 그러므로 5월의 기억과 증언이라는 문제는 관제기억에 대한 투쟁의 의미를 가지며, 그것은 곧 적대적인 경합을 통한 정치적인 것의 실현이라고 할 수 있다.

5월의 기억을 '국가에 맞서 싸운 항쟁'에서 '국가의 민주화를 위한 운동'으로 순치하려는 공식적 역사기술이 하나의 정치적 입장이라면, 마찬가지로 그것을 숭고한 희생의 신화로 재구성하는 대안적 역사서술 역시 또 하나의 정치적 입장이다. 그리고 공식적으로 담론화되지 못한 주변적 기억들과 증언들의 존재까지 고려한다면, 5월은 서로 다른 복수의 정치적 입장들이 충돌하는 그야말로 기억의 전장이라고 할 수 있다. 그러나 그 전쟁은 처음부터 기술 불가능한 역사이며, 재현 불가능한 서사이고, 표현 불가능한 시로 우리들에게 주어진 특이한 사건이다. 그러므로 그 기억의 전쟁은 불가능한 것을 억지로 가능하게 하려는 무모한 의지의 산물이라고도 할 수 있을 것 같다.

주지하다시피, 기억이란 객관적 실체로 고정된 것이 아니라 회상 과정의 현재적 개입을 통해 변형되고 재구성된다. 따라서 기억의 서사적 재현이란, 그 서사화의 과정 속에서 벌어지는 선택과 배제, 과장과 축소, 억압과 망각, 압축과 치환의 굴절을 전제로 한다. 그 굴절은 곧 정치적인 (무)의식을 반영하는 것이며, 따라서 누가 무엇을 어떻게 기억하고 재현하는가라는 질문을 통해, 우리는 5월이라는 역사적 기억을 두고 벌어지는 정치적 결전의 맥락과 의미를 가늠할 수 있을 것이다. 원폭력과 대항폭력, 관제기억과 대항기억, 공식적 역사와 대안적 역사, 이들의 충돌과 투쟁은 또 다른 형태의 항쟁을 반복한다. 저 말 없는 외침의 항쟁 속에서, 저토록 수많은 외침들의 시차parallax 속에서, 역사적 구원의 가능성을 발견하는 것은 과연 가능한 것일까?

III. 기억의 윤리, 기록의 형이상학

1.
애도와 증언

5월은 사람들에게 사랑의 대상을 망실忘失하게 한 사건이며, 그런 의미에서 그것은 희생자들의 몸에 남겨진 상처만큼이나 끔찍하다. 물리적 폭력에 속수무책으로 훼손된 육체의 상흔은, 그 잔혹함으로 인해 남은 자들의 기억에 그날의 고통을 있는 그대로 봉인할 수는 없다. 그것은 주체가 받아들일 수 있는 어떤 형태로 변형되어 순치됨으로써만 겨우 환기될 수가 있다. 그러므로 우리가 기억하는 것들은 당연히 진실 그 자체가 아니다. 무의식의 저 가물가물한 곳에 응축되고 치환된 것으로 가라앉은 기억은, 다만 '내가 기억하고 싶은 대로의 기억'으로 호출되어 의식의 표면으로 떠오를 수 있을 뿐이다.

사랑의 대상을 잃은 사람들은 허허로운 상실의 고뇌를 애도의 과정 속에서 치유한다. 애도는 상실로 생긴 정신의 고통, 그 결여의 심각한 욕동을 견뎌내기 위해, 상실의 허허로움을 다른 대상에 대한 욕망으로 전회시키는 엄숙한 교환의 과정이다. 기억을 재구성하는 이야기하기는, 상실의 아픔으로 힘든 주체가 애도 속에서 스스로를 치유하는 행위이다. 다시 말해, 상실로 인해 우울한 주체는 죽음의 충동에서 벗어나기 위해, 상실한 것을 대체할 수 있는 그 무엇에 필사적으로 매달릴 수밖에 없다. 서사란 받아들일 수 없는 상실을 받아들일 수 있는 것으로 순치하는 기억의 조작이며, 죽음의 충동에 사로잡힌 주체가 살기 위해 벌이는 자기보존의 필사적 기투인 것이다.

서사는 물론 사실이 아니다. 그것은 죽음의 한가운데서, 살기 위해 버둥거리는 일종의 몸부림이다. "이야기되는narrate 것에 의해 비로소 단편적인 추억이 '구조화'되고, 개인적인 추억이 '공동화'된다. '이야기하다narrate'라는 언어행위를 통한 추억의 구조화와 공동화가 바로 역사적 사실의 성립 조건인 것이다. 그러므로 역사적 사실은 있는 그대로의 '객관적인 사실'이라기보다는 오히려 이야기행위에 의해 여러 차례에 걸쳐 매개되고 변용된 '해석학적 사실'이라고 부르지 않으면 안 될 것이다."[1] 잔혹한 폭력에 노출되었던 주체는, 비단 언어의 매체적 한계가 아니더라도, 그 폭력의 순간을 있는 그대로 재현하기 어렵다. 폭력의 기억을 다시 재현하려 할 때, 그 최초의 고통은 원체험의 기억을 억압하는 방어기제로 작동한다. 그래서 기억은 언제나 처음 사건의 맥락을 '상실'한 변형된 기억이며, 그것을 재현한 서사는 늘 그렇게 억압된 '잉여'를 포함한 텍스트이다.

이런 의미에서 '상실'과 '잉여'의 변증법은 상실을 치유하는 애도 작업의 필수적 전제이다. 상실에 대한 애도가 이루어지기 위해선 먼저 상실된 대상을 환유적 대상들로 치환할 수 있도록 해주는 토대로 대상(a)의 추출이 이루어져야 한다는 것이다. 애도는 상실된 최초의 대상을 새로운 대상으로 대체할 수 있는 한에서만 가능하다. 그리고 이러한 대체는 현실 속의 대상이 욕망의 원인인 대상(a)과 환유적 관계를 맺을 때에만 가능해진다.[2]

그러므로 광주의 5월을 구술하거나 기록한 그 모든 서사화의 기저엔, '환유적 대상으로의 치환'이라는 애도의 행위가 개입하고 있다. 하지만 서사화하지 못하는 무능한 주체는 대체 가능한 환유적 대상을 찾지 못하고, 살아도 살아 있는 것 같지 않은 '산 죽음'의 상태로 죽음충동에 사로잡힌 우울증자로 살 수밖에 없다.

서사는 기억의 사후적 윤색으로 과거를 수용 가능한 것으로 재구성하는 작업이다. 당연한 말이지만, 그래서 기억은 결코 과거 '그 자체Das ding'가 될 수 없으며, 영원히 잃어버린 '그 무엇'에 대한 갈망과 함께 언제나 최초의 충족감을 결여한 상태로 존재한다. 그런 의미에서 과거는 언제나 낯선 나라다. 기억을 통해 서사를 구축하는 행위는 과거의 사건에 심리적 에너지를 투여investissement함으로써, 기억(선택)과 망각(배제)의 변증법으로 수용 가능한 내러티브를 만들어낸다. 그러므로 기억은 떠올리는 것이 아니라 도래하는 것이라고 표현해도 좋을 것 같다.[3]

되돌릴 수 없는 과거, 완벽하게 복원될 수 없는 기억에 심리적 에너지를 과도하게 투여할 때, "이런 식으로 구성된 기억은 과거에 대한 집착을 수반하여 미래를 향한 좀 더 바람직한 행동을 억제한다".[4] 기억의 보존을 위한 추모와 기념의 행사들은 기억의 능동적인 왜곡을 통해 현재의 시간을 합리화하는 일종의 정치적 행위이다. 세속의 모든 정치가 그러한 것처럼, '기억의 정치'는 역시 과거의 사건에 심리적 에너지의 과잉 투여를 유도함으로써, 지금의 시간을 무감하게 탈색시키고 과거에 고착된 주체를 양산한다. 이때 과거는 프루스트의 마들렌처럼 형이상학적 향수의 대상이 되고, 심지어 고통의 기억마저도 향유의 만찬이 된다. 예컨대 우리는 1910~1945년에 이르는 피식민의 역사적 기억에 대하여 이른바 '세습적 희생자 의식'을 강화함으로써 민족을 애도의 공동체로 쉽게 동질화할 수 있었다. 물론 그것은 일제를 '집합적 유죄'로 선고함으로써, 가해와 피해의 이분법 속에서 '그들'을 가해자로 '우리'를 희생자로 극히 단순하게 환원하는 정당화의 기제를 통해서 이루어진 것이었다.

기억으로 구성된 동일성의 주체는 '기억의 정치'와 '정체성의 정치'가 공모하는 담합의 결과이다. 기억은 이처럼 주체의 구성과 밀접한데, 대개 과거의 충격적인 경험에 피폭被爆된 사람들은 주체의 그 동일성에 치명적인 손상을 입게 된다. "트라우마는 특히 피해자들에게 과거와의 연속성을 파괴하는 기억의 지연과 분열을 가져와 정체성이 완전히 파괴되는 지점에까지 이르게 한다. 동시에 트라우마는 자기도취적 합리화와 허구적인 자화상을 뒤흔듦으로써 피해자 이외의 사람들에게도 정체성 문제를 야기할 수 있다."[5] 억압되거나 부인됨으로써 잠복해 있던 트라우마는 어떤 유사한 사건(모티프)의 경험을 계기로 하여 우발적으로 출현한다. 트라우마로 인해 '정체성의 문제'에 봉착하게 된 주체는, 폭력의 기억을 서사화함으로써 동일성의 주체를 재건한다. 결국 '환상'의 매개를 거쳐 만들어진 그 많은 이야기들은, 폭력의 기억으로부터 주체의 동일성을 보위하는 봉합의 서사로 기능하는 것이다. 극단적인 물리적 폭력의 상흔으로 생생한 저 5월도, 윤색된 기억의 서사로 수없이 기술되어왔다. 견딜 수 없는 과거의 고통을 순치하기 위해서는, 적극적인 기억의 왜곡과 능동적인 서사의 창안이 필요하다. 그러나 진통을 위해 고통을 순치시키는 서사는, 재현 불가능한 진실과 마찬가지로 치유 불가능한 상처를 더듬을 뿐이다. 애도함으로써 치유하고 싶지만, 애도는 다만 상실한 것에 대한 그리움을 다른 대상으로 치환하여 고통을 은폐하려는 회피의 한 방법이다. 진리가 흔적으로만 자취를 드러낸다고 할 때, 현전하는 고통은 은폐하거나 제거해야 할 대상이 아니다. 그러므로 애도함으로써 고통을 망각하려 하는 것보다, 증언함으로써 그 고통은 오랫동안 기억되어야 하는 것이다. 물론 희생자들의 고통은 증언에 의해서 완전하게 전언(傳言)되지 않는다.

재현은 '진실'(사실)을 지향하지만 이념 내지는 사념에 의한 관념으로 치닫기 십상이다. 그러나 정치적 이념과 참여의 신념이 부추긴 증언의 책임은, 단지 도덕률에 지나지 않는다. 예컨대 채희윤의 〈아들과 나무 거울〉에서 보상금 지급을 두고 어머니와 다투는 아들은, 역사의 '진실'이라는 이름으로 '현실'을 유예한다. "제가 원하는 것은 얼마간의 금전적 보상이나 동정이 아닙니다. 제가 원하는 것은 진실을 밝히는 것입니다."[6] 물론 보상금으로 희생자의 고통이 보상될 수 있는 것은 아니다. 그러므로 보상금 문제가

5월의 남겨진 문제들에 대한 완전한 해결책이라고 할 수는 없다. 그것은 법적인 차원과 윤리적인 차원에 걸쳐 있는 문제다. 그러나 '보상금'이라는 세속적인 수단을 '진실'의 차원에 맞세우는 것은, 그 자체로 진리를 대단히 비범하게 신성화하는 것이다. 이렇게 신성화된 진실은 이미 세속을 초월한 일종의 고고한 관념으로 멀어진다. 그래서 도덕적 당위를 내세운 아들의 호기로운 말은, 어머니의 그 세속적 욕망 앞에서 속수무책일 수밖에 없다. "그래, 니가 말허는 진실이 뭔지는 모르것다마는 그 진실을 밝히는 것은 니 문제고 먹고사는 것은 우리들 문제여. 우리 식구 모두의 일이여." (94쪽) 아들이 내세우는 '진실'에 대하여 어머니는 '먹고사는 일'을 맞세운다. 어머니는 진실 규명이 아들만의 사적인(주관적) 문제라는 것을 꼬집으며, '먹고사는 일'이 '우리 식구 모두의 일'(현실적)이라는 것을 역설한다. 아들이 믿고 있는 진실이 일종의 당위적인 도덕률이라면, 어머니의 '먹고사는 일'이야말로 범속한 삶의 이치에 더 가깝다. 1인칭 고백체의 토로하는 말투가 신랄한 이유도 어머니의 현실 인식이 그만큼 핍진逼眞하기 때문이다.[7]

강박적인 도덕률이 윤리가 아닌 것처럼 세속의 삶을 부정함으로써 도달한 관념이 진실은 아니다. 그러므로 쉽게 애도하거나 치료하려 하지 않고, 고통을 앓는 몸의 그 세속적인 감각에 예민한 서사가 '잠재적 실재'의 '현실성'에 더 근접할 수 있다.[8] 각각의 개별적인 고통들이 가진 사연과 아픔의 강도를 '진실'이라는 이름으로 연역할 때, 그 고통들은 추상적인 아픔으로 관념화된다. 재현의 전략은, 사실을 증언해야 한다는 도덕률의 강박으로 인해 오히려 '리얼'을 사상捨象한다. 바로 이런 이유에서 현실성을 암시하려는 표현에의 기투가 개시된다. 표현의 서사전략은 우선 재현이라는 개념 자체에 의문을 제기하면서, 언어라는 매체 자체를 메타적인 질문의 대상으로 만든다. 그런 의미에서, 표현은 무엇보다 언어라는 질료에 대한 성찰이다. 언어가 의심의 대상이 될 때, 언어는 이제 객관적 세계를 반영하는 투명한 '거울'이 아니다. 세계를 반영할 수 없다면, 언어는 곧 그 세계를 감각하고 감지하는 주체의 내면성을 밝히는 '램프'가 된다. 그러니까 언어는 스스로를 연소시킴으로써 내면성을 밝히는 램프의 연료인 셈이다. 여기서 '언어의 연소'라는 메타포는 언어의 기술적인 사용, 즉 언어라는 질료의 창조적 변용을 의미한다. 그래서 표현의 서사는 주로 기교적이라는 평을 얻는다. 문제는 저 언어의 기교가 내면성의 굴절을 통한 유희적인 놀이가 될 때, 서사의 대상이 '지성'이라는 주관성의 늪에 익사하게 되는 경우이다. 그것은 외부로부터 주어지는 도덕률의 폐해만큼 막중하다. 쉽게 말해, 기교가 대상을 압살해서는 안 된다.

현전하는 고통을 회피하려는 욕망이 애도를 요청하는 가운데, 증언과 기록은 재현하거나 표현하려고 한다. 김현과 이인성을 통해 한국문학의 '전위의 기원과 행로'를 탐색하는 자리에서, 김윤식은 광주의 5월을 어떤 임계점으로 설정하고 있다. "지식인으로서 4·19 이래 서서히 내면화에로 나아가기의 한계점이 80년의 광주"[9]였다면, 그 한계를 직감한 것이 이인성이라는 것이다. 그러니까 표현의 실험에 몰두해온 이들에게 5월은 재현의 이념이 팽배하던 리얼리즘 시대의 어떤 극한이었다. 재현의 논리가 비등沸騰하는 바로 이 극한에서, 이인성이라는 전위의 작가는 5월을 초월해 더 극단적인 '표현'의 실험을 기도하게 되었던 것이다.

단아하게 검은 신부복을 입은 《광장》의 작가 앞에 무릎 꿇고 고해 성사를 하는 김현을 지켜본 이인성이 80년 광주 이후 돌연 방향을 잃은 스승의 흔들림을 보았다면 어떠했을까. 자기표현, 자기고백이란 바로 내 것이다. 이 분야는 스승보다 내가 더 잘할 수 있다, 왜냐면 나는 순수하니까, 4·19의식도 내겐 없으니까, 라고. 80년의 광주, 그 정치적 운동(의식화)에서 귀 막고 눈 막으면, 또 그런 것에 철저하기만 하면 스승이 망설이고 있는 지점을 돌파할 수 있지 않을까. 요컨대 막바로 자기표현/자기 고백에로 나아가기. 물론 이는 의식적으로 운동권의 80년 광주를 철저히 외면하기에서 비로소 달성될 수 있는 길이 아닐 수 없지요. 엉거주춤하기를 완전에 가깝게 떨쳐내기가 바로 관건인 셈. 그때 열리는 것이 바로 '나'인 것. '나'이되 '나만의' 나의 무한성인 것.[10]

현실로부터 자아를 해방시켜 전위로 나아가기, 그러니까 5월의 이념을 초월해 '나'의 내면에 대한 극한의 실험적 서술로 치닫는 것이 바로 그 서사전략이다. 주체의 '지성'을 지극히 옹호하는 이른바 '문지' 에콜의 작가들—혹은 그 언저리의 작가들—에게 5월은 선택의 기로였던 셈이다.[11] 하지만 그것은 정치적 격랑으로부터 애써 초연함으로써만 가능한 선택이었고, 그래서 그들의 전위는 정치적으로 온건하다. 정치적 급진성에 사로잡힌 재현의 기획이 미학적인 보수화로 치달았던 것처럼, 도덕주의와 원리주의에 반항한다는 명분으로 '나'를 전면에 내세운 낭만주의적 표현의 기획은 정치적 보수화의 길로 빠져들기 쉬웠다. 정치적 급진성을 표현하는 미학의 전위가 요청되는 지점이 바로 여기다. 5월의 진실을 표방하지 않으면서도 5월에 대해 증언하는 방법을 탐색하는 자리에서, '정치적으로 급진적인 미학적 전위'[12]가 출현할 수 있을 것이다. 그것은 주관(지성)으로 5월을 왜곡하는 속류적 '표현'과는 다른 방법이다. 언어로 증언될 수 없는 실재적 잠재성의 어떤 잔여, 완전하게 옮겨질 수 없는 그 잉여를 표현하는 것이 5월의 서사화에서 중요한 관건이다. 이런 사정들을 감안하면서, 재현과 표현이라는 증언의 실상을, 5월 소설들의 여하한 현상들로부터 가늠해볼 수 있지 않을까?

2.

도덕 강박과 증언으로서의 재현: 임철우의 《봄날》

도덕적 열정과 재현

윤리는 지배적 가치의 위계화된 질서에 균열을 일으키는 창조적 위반의 실천이다. 그러므로 윤리는 외부로부터 강요되는 도덕률과는 아무런 상관이 없다. 레비나스에게 그것은 환원 불가능한 단독성으로서의 타자에 대한 책임이고, 바디우에게 그것은 진리가 생성되는 절차(정치, 사랑, 과학, 예술)로서의 사건에 대한 충실성이다. 그러나 우리는 윤리를 도덕과 자주 혼동한다. 도덕은 목적론적 규율로 실천을 강요한다. 5월의 서사에서 예의 그 '진실'에 대한 충실성의 요구가 바로 그 도덕률이다. 진실에 대한 강박은 역사를 서사화한다는 것에 대한 자의식, 다시 말해 '역사적 소명의식'의 과잉에서 비롯된다. 숭고의 외양을 띤 역사적 소명의식은 진실에 대한 숭배를 통해 5월을 기원적 사건으로 신성화함으로써, 그 이념화된 권위로 가해를 단죄하고 희생을 해원하는 역사 윤리의 정초를 기도한다. 그러나 신성화로써 숭고하게 된 5월은 바디우적 의미의 진리가 생성되는 '사건'이 아니라, '기원'을 동경하는 애처로운 형이상학으로 머문다. 5월의 진실에 가닿으려는 의지로 투철한 임철우의 《봄날》은 바로 그 형이상학의 전범인 소설이다.[13]

　　누군가의 표현을 빌려 정리한다면, "요컨대 《봄날》은 1980년 5월 열흘 동안 일어난 사건을 사실적으로 재현한 소설이며 소설 장르의 고유한 특성인 허구성을 탈피한 소설이라는 데에 대부분의 비평가들은 동의하고 있다. 적어도 임철우의 《봄날》만큼은 상상·허구의 소설이 아니라 기록·사실의 소설로 읽어야 한다는 견해에 대부분의 비평가들이 동의하고 있다는 것이다."[14] 《봄날》에 대한 이런 일반적 인식은 자신의 작업을 "소설로 이루어진 사실의 복원"[15]이라고 믿었던 작가의 자의식에 대한 저항 없는 승인에서 비롯되었다.

> 남아 있는 기록과 증거에 정확히 맞추려고 했지요. 부상자 하나까지도 적당히 집어넣은 것이 아니라 기록에 남아 있는 사실에 맞춰서 썼어요. 편집증적으로 일을 했어요. 사건마다 그것이 그 자리에서 그 시간에서 일어난 일임을 밝히려고 증거에 맞춰 썼지요. 기록이 많은 20일 이후 사건부터는 작가라기보다는 대리인처럼 기록된 사건들의 추이를 따라갔지요. 한두 가지라도 마음대로 써버리면 전체를 의심받는다는 생각에서 엄밀성을 끝까지 유지하려고 노력했어요.[16]

작가는 "소설 쓰는 도중에 병원에도 드나들고 그랬"[17]을 만큼, '기록'과 '증거'와 '사실'에 대한 강박으로 힘겨웠던 것 같다. 아마도 그것은 작가 자신이 5월 현장의 당사자로서 갖고 있던 트라우마가, 그것을 기억하고 기술하는 과정에서 사후적인 심리적 외상으로 드러났기 때문일 것이다. 증상은 이처럼 언제나 사후적으로 돌출한다.[18] 5월의 진상(진실)에 대한 편집증적인 집착 속에서 그는 '작가라기보다는 대리인'에 가까웠다고 고백한다. "살아남은 자의 소명은 기억하는 것이다."[19] 그런 의미에서 그에게 '진실'은 아우슈비츠의 생환자 프리모 레비가 그랬던 것처럼, 증언의 책임에 대한 강박과 다름없는 것이다.[20] "레비는 자신이 작가라고 생각하지 않았다. 그는 증언하기 위해서만 작가가 된다."[21] 증언의 책임은 도덕의 엄중한 규율처럼 무거운 구속이다.

　작가 임철우는 전남 완도 출생(1954년생)으로 1973년에 전남대 영문과에 입학했다. 5월 당시 그는 스물여섯 살의 4학년생으로, 마당극 운동 단체 '광대'를 조직해 활동하고 있던 황석영과 함께 〈한씨 연대기〉의 공연을 준비하고 있었다. 이 같은 작가의 경험은 《봄날》에서 '명기'라는 인물에 반영되어 있다. 작가는 이미 《봄날》 이전부터 5월의 서사화 작업에 몰두했다. 〈직선과 독가스〉 〈사산하는 여름〉 〈불임기〉 〈붉은 방〉과 같은 단편들이 바로 그 결과물들이다. 대체로 이 작품들은 5월을 어떤 징후와 증상처럼 암시하고 환기한다. 그것은 직접적인 '재현'의 욕망과는 거리가 먼, 자아의 내면으로 굴절된 '표현'의 영역에 속하는 것이었다. 하지만 작가는 《봄날》을 통해 증언의 형식을 완전히 바꾸어 재현의 서술전략을 수립한다. 아마도 그것은 5월을 알레고리가 아니라 기록의 형식으로 '직접' 증언해야 한다는 도덕적 당위와 역사적 책임감의 자각에서 비롯된 것으로 여겨진다.

증언에 대한 작가의 열정(강박)에도 불구하고 "사실적 구성 요소들을 초과하는 현실"[22], 그것을 증언하는 일은 애초부터 불가능한 것이다. 증언의 불가능성, 그러니까 '아우슈비츠의 아포리아'에 대한 조르조 아감벤의 생각을 참조하면, 증언에는 피할 수 없는 '공백lacuna'이 포함되어 있으며, 오히려 이런 공백, 다시 말해 "증언의 가치는 본질적으로 증언이 결여하고 있는 것에 있다".[23] 하지만 불가해하며, 또 말해질 수 없다는 그 아포리아가, 증언되어야 할 '그 무엇la Chose'을 숭배해야 할 이유는 아니다. 그러니까 우리의 무능과 한계가 때로 대상에 대한 경이를 불러일으키는 것이 사실이지만, 대상에 대한 숭배를 통해 그 무능과 한계를 분식해버릴 때, 그것은 다만 오만한 겸양에 지나지 않는다. 아감벤이 말하는 그 공백이란 언어의 세계에서 벗어나 있는 '실재계'의 어떤 틈vide을 가리키고 있는지도 모르겠다. 현실에서 영원히 추방되거나 상실된 '그 무엇'은, 어떤 균열의 순간에 반드시 실재계에서 현실로 되돌아온다. 그럼에도 임철우는 공백 없는 증언이라는 그 불가능한 기획의 가능성에 매달린다.[24] 사실의 복원에 대한 편집증적인 집착은 희생자들과 함께하지 못했다는 '죄의식'과 관련이 있다.

고백건대, 그 열흘 동안 나는 아무 일도 하지 못했다. 몇 개의 돌멩이를 던졌을 뿐, 개처럼 쫓겨다니거나, 겁에 질려 도시를 빠져나가려고 했거나, 마지막엔 이불을 뒤집어쓰고 떨기만 했을 뿐이다. 그 때문에 나는 5월을 생각할 때마다 내내 부끄러움과 죄책감에

짓눌려야 했고, 무엇보다 내 자신에게 '화해'도 '용서'도 해줄 수가 없었다.(1권, 11쪽)

죄의식이 부끄러움을 낳고, 그 부끄러움이 "이야기해야 할 의무"(1권, 12쪽)를 낳는다. 결국은 심리의 상흔이 편집증적인 증언의 강박을 촉발하는 것이다.[25] 죽은 자를 대신해 말해야 한다는 소명이 증언의 불가능성을 압도할 때 리얼리즘의 욕망이 출현한다. "리얼리즘의 욕망이란 언어로 설명할 수 없는 '사건', 그 때문에 재현 불가능한 '현실'이나 '사건'의 잉여 그리고 '타자'의 존재를 부인하는 행위와 결부되어 있다."[26] 이런 부인의 심리적 근거는 "말하여지지 않은 것―말할 수 없는 것―은 사건으로서 존재하지 않는다"[27]는 믿음이다. 그러므로 불가능한 증언을 감행하는 것은, 다시 말하면 존재의 말소에 저항하는 일이다. 그러니까 《봄날》은 5월의 재현 불가능성을 반박하면서, 그 사건의 실존을 현상하려는 무모한 도전이다. 그 도전의식의 밀도는 무려 다섯 권에 달하는 방대한 분량으로 증명되기도 한다.

《봄날》은 1990년에 《불의 얼굴》이라는 제목으로 《문학과사회》의 봄호에 연재를 시작했다. 그 후 1997년 1, 2, 3권을 출간하면서 제목을 《봄날》로 바꾸었고, 드디어 1998년에 4, 5권이 추가로 나오면서 완간되었다. 소설은 모두 87개의 장章이 시간순으로 배열되어 있다. 명기의 사후적인 감상과 소회가 담긴 에필로그(5월 30일)를 제외하면, 소설의 이야기story 시간은 1980년 5월 16일에 시작되는 1장에서부터 5월 27일의 마지막 86장까지 대략 12일간의 시간으로 펼쳐져 있다. 그러니까 《봄날》은 12일간의 '이야기'

시간을 다섯 권 분량의 용량으로 풀어낸 만큼 '담론discourse'의 지속이 비교적 긴 소설이다. 다시 말해, 등장인물들의 다양한 관점으로 서술되는 담론의 시간은, 12일 동안의 사건이 펼쳐지는 '이야기'의 시간과 거의 동시적이다. 시모어 채트먼은 제라르 주네트의 서사론을 참조해 서사에서 시간의 지속duration에 주목했다. 그는 스토리의 지속 시간과 담론의 지속 시간 사이의 관계를 분석하면서, 그 둘의 지속 시간이 거의 일치하는 것을 '장면scene'이라는 용어로 설명한다. '장면'은 극을 비롯한 영화의 서사적 원리와 통한다.[28] 《봄날》을 읽을 때, 마치 사실적인 영화를 보는 것처럼 생생하게 여겨지는 이유가 바로 여기에 있다.

각각의 장들은 장 번호 아래에 특정한 문장이나 발언들을 일종의 에피그램으로 인용한다. 그리고 각 장에는 초점인물이 있으며, 모두冒頭에 그 장을 시작하는 초점인물의 서사적 시공간을 아주 구체적으로 밝혀놓는다. 예컨대 1장은 다음과 같이 시작하고, 이렇게 소설의 각 장은 형식적으로 패턴화되어 있다.

"나를 믿어주시오. 우리가 한 거사를 지켜봐주시오. 귀하께서는 언젠가는 나를 자랑스럽게 여기게 될 것입니다."
—전두환 소장. 12·12 직후 글라이스틴 미 대사, 위컴 한미연합사령관을 찾아가서
1980년 5월 16일 새벽, 산수동오거리(1권, 17쪽)

에필로그를 제외하고 86개의 에피그램은 각 장의 사건이나 인물들과 긴밀하게 관련성되어 있지는 않다. 곽재구, 고정희, 김준

태, 김용택, 임동확, 문병란, 양성우의 시구에서부터 희생자들의 묘비명과 성경 구절들, 그리고 5월 관련 주요 인물들의 발언이나 《워싱턴포스트》《동아일보》《조선일보》 등의 기사에 이르기까지, 그 인용구들은 모두 5월의 비극성을 암시적으로 극대화함으로써 일종의 비애감을 형성한다. 그리고 처음부터 끝까지 서사는 이렇게 시공간의 정확한 배분 위에서, 중요 사건이 초점인물에 의해 연대기적으로 서술되는 형식을 이루고 있다. 이로써 우리는 이 소설의 서사구조가 얼마나 계획적이고 정합적인지 확인할 수 있다. 물론 방대한 분량의 서사가 사전에 이처럼 철저하게 설계되지 않는다면 구성의 인과론적 맥락이나 '이야기'의 디테일에서 원치 않는 오류를 낳을 수 있다. 그러나 이렇게 작가에 의해 깐깐하게 통제된 서사는, 그 작위성으로 인해 우발적이고 우연적인 무위의 서사를 위축시킨다. 온통 작가의 의도로 관철된 서사는 그만큼 해석의 공간을 좁혀 독자가 개입할 수 있는 여지를 줄인다. 고지와 계몽의 의지는 아감벤이 증언의 역설적 가치로 주목한 그 '공백'을 최소화하는 것이다.

유기적 구조로서의 가족 서사

《봄날》의 서사를 가로지르는 구심점은 '가족'이다. 한원구 일가를 중심으로 펼쳐지는 《봄날》의 이야기는 한국전쟁과 분단의 문제를 다루고 있는 《붉은 산, 흰 새》(문학과지성사, 1990)와 이어져 있다. 작가의 말에 따르면 "이 소설은 애초에 전편 격인 《붉은 산, 흰 새》의 연장선상에서 구상되었던 것이다."(〈책을 내면서〉, 1권, 12쪽)

그런 이유로《붉은 산, 흰 새》의 한원구와 한무석 부자는《봄날》에 다시 등장한다. 다시 말해 이 두 작품은 '한원구 일가'를 매개로 한국전쟁과 5월의 광주를 연속적인 역사의 흐름 안에서 유기적으로 서사화하고 있다. 두 작품의 배면에는, 해방 이후의 탈식민화 과정이 전후 미국의 동아시아 전략에 따라 재식민화로 역전되는, 역사의 전도라는 아이러니가 깔려 있다. 그러니까 그 소설들은, 냉전이라는 세계체제의 거시적 조건에 따라서, 한국전쟁과 그 이후 비민주적인 독재권력의 세력 쟁탈이 격화되어온 사정을, 한반도 인민들의 삶의 부침을 통해 그려내고 있는 것이다.

《봄날》의 서사는 한 가족의 구성원들을 중심으로 이야기가 펼쳐지는 방사형의 구조로 짜여 있다. 아버지 한원구와 네 명의 자녀, 그러니까 전처인 귀단과의 사이에서 난 무석과 명치, 후처인 청산댁과의 사이에서 난 명기와 명옥이 일가를 이룬다. 한원구를 비롯해 네 명의 자녀와 그 주변 인물들을 중심으로, 5월의 광주에서 벌어진 사건들이 연대기적 수순에 따라 유기적으로 연결되는 구성을 따르고 있다. 전체 86장에 에필로그가 덧붙은《봄날》의 구성은, 한원구를 초점인물로 한 1장에서 시작해 명기의 회고와 감상이 담긴 에필로그로 끝이 난다. 그리고 각 장의 이야기는 대체로 시간의 흐름에 따라 순차적으로 전개되며, 때에 따라서 같은 시간에 다른 장소에서 일어난 사건들을 병치하기도 한다.

서사 전반을 통어하는 구심에 한원구 일가가 있기 때문에, 이야기는 먼저 한원구라는 인물의 성격을 가늠할 수 있게 해주는 에피소드에서 시작한다. 1980년 5월 16일 새벽의 어떤 불길한 전조와 함께, 같은 고향인 낙일도 출신의 형사 최달식에게서 전처였던 귀단의 아버지 조양재 영감이 옥중에서 단식 끝에 심장마비로 죽었다는 소식이 전해진다. 한원구는 한국전쟁의 참화 속에서 가족사의 격랑을 체험한 인물이다. 그의 아버지는 전쟁 와중에 자기 집 머슴에게 끌려가 죽임을 당했다. 머슴의 아내를 범했던 그의 아버지는, 전쟁이 불러온 좌우익의 대립 속에서 보복을 당하게 된 것이다. 일제시대 악질 순사의 아들 최달식은, 3년 전 낙일도에서 있었던 조양재 영감 일가족 간첩사건 수사에 개입해 한몫을 했던 인물이다. 그 사건의 전말은 귀단의 여동생인 막단의 딸 수희의 시각으로 서술되는데, 그녀의 큰외숙이 북에서 내려와 들락거린 사실이 발각되면서, 가족이 모두 간첩으로 몰려 일가가 파멸하게 된 것이다. 이처럼 한원구 세대의 가족사에는 민족사의 참화와 비극이 그대로 새겨져 있다. 3년 전 한원구가 아버지의 묘를 이장하기 위해 고향에 들렀을 때, 친구 천진수가 그에게 했던 말에 그런 사정이 절절히 배어 있다.

"글쎄…… 용서나 화해를 말하기에는 전쟁이 남긴 비극은 아직까진 너무나 크고 깊은 것인지도 몰라. 아니, 어쩌면 전쟁은 아직도 끝나지 않고 있다고 해야겠지. 원구 자네의 경우가 그렇고, 누구보다 갑포리 조성태 일가의 경우만 하더라도 말일세…… 하지만 앞으로 언제까지 피해자와 가해자를 더 나누어야만 할 것인가? 적어도 이젠 우리 모두 그 광기의 전쟁 속에서는 서로가 피해자이자 가해자였을 수도 있다는 사실을 어느 정도는 인정해야 하지 않을까…… 이보게 원구. 전쟁을 모르고 태어난 우리 아이들에게까지야 우리 세대가 지고 있는 이 무서운 사슬을 또다시 떠맡겨

줄 수는 없잖은가 말일세……"(1권, 30쪽)

　그러니까 이 소설은 5월 광주를 민족 수난사의 관점으로 파악하고 있으며, 그 시각은 서사 전반의 주조저음主調低音으로 흐른다. 5월 16일 아침 9시, 광천동의 낡은 시민아파트를 배경으로 한 2장에서는 한원구의 아들 한무석이 중심인물로 등장한다. 아버지와의 불화를 견디지 못하고 1년 전 집을 나온 무석은 세상에 대한 불신과 함께 적의와 분노를 가슴에 품고 있다. 얼마 전부터는 실성해서 집을 나간 어머니 귀단을 찾고 있다. 그의 옆방에는 영님이라는 소녀가 탄광병에 걸린 아버지 박씨, 어머니 능주댁과 함께 살고 있다. 영님이는 작년 겨울 중학교를 그만두고 북동 어딘가에서 시다로 일하고 있으며, 야학에 나가면서부터 사회의 모순에 눈을 떠가고 있다. 스물서넛의 처녀들인 미순과 은숙도 이웃이다. 미순은 과자 공장에 다니는 여공이고 은숙은 술집에 나가고 있다. 무석은 이들 외에도 이 아파트에서 용달차를 모는 한기, 철물점 종업원으로 일하는 칠수, 목공소에서 일하는 박봉배와 친분을 맺는다. 이들은 앞으로 펼쳐질 그 열흘의 시간 동안 함께 엄청난 일들을 겪어나갈 동지들이고, 이로써 이 소설의 계급적 관점을 분명하게 파악할 수 있다.

　무석의 동생 명치는 6장에서 처음 등장하는데, 5월 17일 11시 경기도 김포군의 모 부대가 그 배경이다. 명치는 사고뭉치로 온 가족들의 속을 썩이다가 공수부대에 입대했고, 지금은 폭동 진압을 위한 충정훈련을 받고 있다. 그의 주위엔 도사견이라고 불리는 여단장, 월남전에 참전해서 눈두덩이 위에 큰 칼자국을 남긴 최소령, 잔혹하기 그지없는 추 상사, 서울의 D대학에 다니다 입대했다는 동료 오 하사, 대학생들에 대한 분노로 치를 떠는 강 상병, 그리고 부산에서 대학을 다니다 입대한 유 이병과 같은 인물들이 있다. 그들은 지금 혹독한 훈련으로 인한 스트레스와 대학생들에 대한 증오(학력 콤플렉스)가 더해져, 시위대에 대하여 격렬한 분노와 적개심으로 끓어오르고 있다.

> 그 지루하고 답답하기 그지없는 반복 훈련에 지쳐버린 병사들의 가슴은 어느새 짜증을 넘어 극도의 불만과 증오로 팽팽하게 부풀어올라 있었다. 흡사 화덕 위에 올려놓은 산소통처럼 바야흐로 부글부글 끓어오르기 시작하는 그 불만과 적의, 증오와 살기의 유독가스들은 언제 어느 순간에 철판을 찢어내며 폭발해버릴지 모를 일이었다.(1권, 132쪽)

'미친 개'라는 별명을 갖고 있는 추 상사는 가해자의 전형으로 등장하며, 베트남전 참전 이후 폭력적이고 정신이상적인 행동을 자행하다가 비극적인 최후를 맞는다. 오 하사는 공수부대의 잔혹한 진압에 자책하고 괴로워하다가 결국 죄책감으로 자살한다. 유 이병 역시 진압작전에 투입된 이후로 이상증후를 드러내며 점점 미쳐간다. 이처럼 이들 공수부대원들은 가해와 피해의 모호한 경계 사이에서, 자아를 훼손당한 또 다른 희생자의 모습으로 등장한다. 그러니까 공수부대원인 명치와 그 주변 인물들은 가해자의 형상으로 등장하는 역사적 피해자로서, 역시 이 소설의 어떤 기본적인 관점을 표명하고 있는 것이다.

명치는 유년기에 동생 명수의 죽음을 목도해야 했고, 어머니는 실성해버린 것을 보았다. 그런 그에게 "아버지란 다만 혐오와 공포의 대상이었을 뿐, 단 한 번도 따뜻한 애정 따위를 받아본 기억이 없었다".(2권, 252쪽) 모성의 결핍으로 불행한 유년시절을 보냈던 명치는 그 결핍감을 난폭한 행동으로 표출하곤 했다. 그는 이렇게 스스로 고아의식을 드러낸다. "난 말이다. 고아란 말야. 알아들었냐. 아버지도 어머니도 나한텐 처음부터 없었어. 지금껏 단 한 번도 내게 그따위 것들이 있다고 생각해본 적이 없단 말이다. 한 번도 진짜라구."(2권, 46쪽) 가족을 주체 생산의 공장이라고 할 때[29], 명치는 그 사연 많은 가족 안에서 위악적인 괴물로 태어나 '자기증오'에 이르게 된 인물이다. 물론 그것은 사랑의 결여를 채우고 싶은 간절한 소망의 반어적 표현이다. 이에 반해 이복형제인 명기와 명옥은 모나지 않고 온순한 성격이다. 명기는 마치 작가 임철우의 자전적 체험들을 반영하는 페르소나처럼 여겨지는데, 5월 당시까지 '광대' 멤버로 마당극 운동에 참가했던 사실이 명기를 통해 드러나 있다. 카뮈의《정의의 사람들》을 무대에 올리기 위해 연습하다가 그들이 함께 나누는 대화들은, 5월 16일 당시 대학생들의 상황 인식을 가늠하게 해준다. 특히 10장에서 이른바 10·26 이후의 국내 정세는 물론, 미국과의 관계 속에서 앞으로 전개될 사태의 추이를 토론하는 그들의 언어는 대단히 분석적이다. 이 장면 역시 엘리트 지식인계급의 입장과 논리를 일종의 도식화된 전형으로 선명하게 표현한 것이라 할 수 있겠다.

미순은 한원구 일가는 아니지만, 인물의 전형성을 부각시킨 이 소설에서 여성 노동자계급의 어떤 면을 보여주고 있다는 점에서 중요하다. 암으로 죽은 미순의 어머니가 후첩이라는 것도 가부장적 사회의 부조리를 암시한다는 점에서 예사롭지 않은 설정이다. 그녀의 아버지 또한 베트남전에서 전사했으니, 그 역시 가부장적인 병영국가의 삶이 평범한 사람들에게 가한 비상한 폭력을 가시화한다. 고아나 다름없는 미순(부산 출신)에게 광천동의 봉제공장에서 만난 은숙(함평 출신)은 유사가족적인 자매애sisterhood, female solidarity로 친밀하게 맺어져 있다.[30] 그들은 공장에서 살인적인 노동 강도를 견뎌야 했으나, 그들의 자매애는 정치적인 계급적 연대로까지 나아가지는 않는다. 은숙은 사장의 조카이면서 바람둥이인 최 과장(최인영)에게 속아 성적 유린을 당하고, 아이를 낙태한 뒤에 공장을 나와 금동의 맥주집으로 흘러들어가게 된다. 물론 이와 같은 노동 착취와 성적 착취의 이중 폭력은 5월의 정치적 공간에서 그 공적 폭력에 대항하는 예민한 계기로 작용한다.

이처럼 한 가족 구성원들의 유기적 관계를 통해 서사 전반을 조직할 때, 이야기의 구조는 대단히 정합적이고 폐쇄적으로 직조될 수 있다. 아마도 방대한 분량의 서사를 난삽하지 않게 조율하기 위해서는, 이른바 '가문소설'로 분류되는《완월회맹연》과 같은 방대한 분량의 고소설들이 그런 것처럼 가족이라는 유기적인 인물 편성을 통해 사건들의 연결고리를 강화할 필요가 있었을 것이다. 하지만 이런 식의 작위적인 서사 구성은 사건들의 우발적인 진행을 가로막고 이야기를 지나치게 단순한 형태로 고형화시킨다.

즉, 들뢰즈와 가타리에게 있어 욕망이란 개인의 욕망도 아니고 가족에 대한 욕망도 아니다. 그것은 에너지의 흐름으로서 어떤 틀 속에도 갇히지 않는 미친 운동이다. 그것은 차이와 마찬가지로, 어떠어떠한 욕망이 개인적인 욕망으로 분명하게 드러나기 전, 그 욕망의 모태가 되는 생산적이고 전복적인 힘이다. **그런데 가족은 이 미친 흐름을 혈연 가족의 틀 내로 제한한다. 이것이 바로 가족이 비판될 수밖에 없는 첫 번째 지점이다. 혈연 가족의 틀 내에서만 제한되는 욕망은 필연적으로 억압되며 왜곡된다.**[31]

수난의 역사에서 여성을 정치적으로 재현하는 문제에 대해서는 이미 많은 비판이 있어왔다. 예컨대 "여성은 수난(적의 침투로 상징되는)의 역사 속에서 가장 큰 피해자이자 항쟁의 내조자"[32]라는 시각이 그렇다. 《봄날》에서 귀단의 실성(광기)으로 상징화되는 어머니(모성)의 부재가 소설의 전체 서사에 지대한 영향을 미친다. 부재하기에 그것은 회복되어야 할 것으로 상정되고, 그래서 가해자로서 명치의 자기증오와 자기학대는 시민들을 향한 무차별적인 가학의 폭력으로 반전된다. 마찬가지로 모성의 결핍으로 외로웠던 무석은 신열로 고통스러운 가운데 어머니를 찾는다. 그리고 잠에서 깨어났을 때 그는 곁에 있는 미순을 어머니로 오인한다.

신열에 시달리며 괴로워하는 내 얼굴을 걱정스레 들여다보면서, 밤새껏 나를 지켜주었단 말인가? 어머니처럼?(5권, 9쪽)

미순은 그런 그에게 야릇한 사랑의 감정을 느낀다. "그 남자의 입에서 느닷없이 어머니를 찾는 소리가 새어나오는 순간, 미순은 저도 모르게 별안간 가슴속에서 뜨거운 물줄기 같은 것이 왈

칵 솟구쳤던 것이다."(5권, 42쪽) 그리고 바로 그 모성의 회복을 통해서, 무석은 드디어 나약했던 자기(현실적 자아)를 극복하고 혁명의 대의에 함께 참여할 수 있게 된다.

> 미순이 고개를 들고 배꽃처럼 환하게 웃고 있었다. 무석은 그녀의 눈을 말없이 들여다보았다. 가슴속에서 환한 불덩이 같은 것이 천천히 피어나고 있는 듯한 행복감. 그것은 무석이 한 번도 느껴 보지 못한 어떤 완벽한 평화로움 같은 것이었다.(5권, 373쪽)

'현실적 자아'에서 '이상적 자아'로의 전회, 그러니까 결핍의 충족이 곧 혁명의 투신으로 이어지는 그 서사의 바탕에는, 모성의 회복이라는 대전제가 깔려 있다. 명확하게 제시되어 있지는 않지만, 어머니 귀단의 광기는 한국전쟁과 분단이라는 민족사의 수난과 관련이 있으며, 그 '피해자'로서 어머니는 5월의 광주에서 다시 '항쟁의 내조자'로 부활한다. 이렇게 '혈연 가족의 틀' 안에서 여성을 전유하는 민족 수난의 서사는 '미친 운동'으로서의 욕망을 가로막고 혁명적인 젠더 정치의 가능성을 봉쇄한다.

폭력적으로 진행된 근대화의 과정이, 한국전쟁과 분단 그리고 5월의 그 사건들을 비롯한 여러 참사들을 불러일으켰다. 그러니까 모성의 결여는 바로 그 근대화 과정의 어떤 왜곡에 대한 메타포이다. 여기서 모성과 함께 중요한 또 하나의 메타포는 고향이다. 한원구 일가의 고향 '낙일도'는 역시 회복되어야 할 낙원이자 존재의 시원이다. "회귀 혹은 기원의 장소를 상실하는 것이 존재 그 자신의 불안을 불러일으키는 것"[33]이라고 할 때, 그들의 고향 낙일도는 한국전쟁의 소용돌이 속에서 폭력과 살육으로 얼룩져버렸고, 대립과 반목이 되풀이되는 고통의 장소가 되어버렸다. 그러니까 낙일도는 훼손당한 모성처럼 그들에게는 되찾아야 할 잃어버린 낙원이다.[34]

소설의 전반부를 가족서사로 튼튼하게 구축한 다음, 이제부터 이야기는 한원구 일가의 인물들과 사연에 거리를 두고, 그해 5월의 열흘 남짓한 시간에 본격적으로 집중한다. 하지만 중반 이후의 이야기 역시 전형적으로 유형화된 인물들의 매개를 통해 전개된다. 여기에서도 여전히, '사건'에 비해 '인물'이 전체 서사를 가로지르는 지배소로 기능하고 있다. 이는 인물 형상화가 성공적이라는 것이 아니라, 인물들이 사건의 매개자라는 서사의 한 기능으로 축소되고 있는 사정을 가리킨다. 지금까지 5월의 광주를 살아낸 사람들은 고유한 내면의 복잡성을 현상하는 개인으로서가 아니라 역사적 불의에 맞선 집합적인 항쟁의 주체로 재현되어왔다. 그런 면에서 이 소설의 인물들이 보이는 그 유형적 패턴의 상투성은 역시 그 '집합적 주체'의 재현에 대한 의지를 노골적으로 관철시킨 결과라 하겠다. 작가는 기자, 공수부대원, 전경, 향토사단 군인, 성직자, 대학생, 룸펜, 의사와 간호사, 윤락여성, 여공, 고등학생 등 다양한 인물들을 전형적으로 형상화함으로써 5월의 광주를 총체적으로 서사화하려고 하지만, 그 작위적이고 연역적인 인물의 배치는 오히려 사건의 역동성을 상투화시킨다. 그래서 "작가는 항쟁 과정을 기록하는 데 충실할 뿐 이 작품을 인물들의 드라마로 만들어내지 못했다."[35] 김현은 조정래의 《태백산맥》을 이렇게 평가했다. "팔만이 넘는 빨치산들이 죽음을 무릅쓰고 싸운 예는 세계적으로도 드문 일이며, 그것을 문학화한 것이 그의 공이다. 그러나 그의 정말 훌륭한 공은 그 수많은 빨치산들에게 그에 알맞은 성격을 부여한 점이다."[36] 그러나《봄날》의 인물들이 그 정형성의 틀에 갇혀 고유한 성격을 부여받지 못하고 만 것은 여러 모로 애석한 일이다.

정베드로 신부와 김상섭 기자, 간호사 이수희와 군의관 영준, 그리고 윤상현, 이들은 특히 주목할 만한 인물들이다. 알랭 바디우적인 의미에서 진리가 발생하는 절차가 '사건'이라고 할 때, 이들은 모두 5월의 그 사건을 일종의 진리로 보증하려는 자들이다. 정베드로 신부가 가톨릭의 사제로서 종교적 진리에 다가서려 한다면(주로 35, 38, 63장), 김상섭 기자는 언론 탄압과 왜곡 보도로 유언비어가 난무하는 곳에서 언론인의 사명감으로 진실을 좇는다.(주로 36, 47장) 간호사 이수희는 귀단의 여동생 막단의 딸이고, 영준은 전남대 의대를 나와 31사단의 군의관으로 복무하고 있는 명기의 외사촌 형이다. 이들은 참상의 희생자들(부상자와 사망자)을 구완하는 일로 폭력의 잔혹함을 증언한다. 영준이 보고 있는 참상은 주로 42장에, 수희가 일하는 현장은 주로 56장에 그려져 있다. 윤상현은 지도부가 없이 혼란했던 항쟁세력을 조직화하고, 도청에서의 마지막 결사항쟁으로 그들의 항쟁을 파국을 통한 구원으로 끌어올리려 했다. 하지만 여기서 윤상현은 김상섭 기자와 동기이고 무석의 친구로 연결된다. 이런 면 역시 유기적인 인연의 틀을 벗어나지 못해 너무나 작위적이다. 그리하여 소설은 그의 혁명적 결단을, 칼 슈미트가 지지했던 바의 그 예외상황에 대한 '결정'으로까지 비약시키지 못한다.

"물론, 오늘밤 우리는 패배할 것입니다. 아마 죽게 될지도 모르지요. 그러나 우리 모두가 총을 버리고 그냥 이대로 아무 저항 없이 이 자리를 넘겨줄 수는 결코 없습니다. 그러기엔 지난 며칠 동안의 항쟁이 너무도 뜨겁고 장렬했습니다. 이제 도청은 결국 이 싸움의 마침표를 찍는 자리가 된 셈입니다. 시민들의 그 뜨거운 저항을 완성시키고, 고귀한 희생들의 의미를 헛되게 하지 않기 위해서는 누군가가 이곳을 마지막까지 지켜야만 합니다. 저는, 끝까지 여기 남겠습니다. 물론 다른 분들은 각자의 결정에 따르도록 하십시오."(5권, 391쪽)

세상의 많은 혁명이 그랬던 것처럼, 싸움에 마침표가 날 때 혁명은 타락하게 된다. 싸움에 끝은 없고 저항에 완성은 없다. 벤야민의 표현을 빌리자면, 그런 것들은 모두 '공허하고 동질적인 시간'에 속하는 것이고, 진정한 혁명의 시간으로서 '지금시간Jetztzeit'은 아니다. 전몰全歿을 각오한 도청의 싸움은 계엄군의 진압으로 끝나는 것이 아니라, 그 진압작전의 완료와 함께 비로소 시작된다. 이 말은 처참한 살육의 현장을 자기의 죽은 몸으로 가시화함으로써, 역사는 그 역겹고 진저리 치는 광경에서 진리를 보존할 수 있다는 것이다. 그러나《봄날》은 그 약분되지 않는 혁명의 시간들을, 질서 정연한 연대기적 기술과 인물 관계의 정합적 구조로 적분해버렸다. 《봄날》에서 인물들이 맺고 있는 유기적 관계는 그 우연성과 결합해 어떤 과잉을 드러낸다. 예컨대 수희의 동생 수길은 조선대 앞에서 자취를 하는 고등학생인데, 함께 자취하는 친구 정민은 알고 보면 한원구의 친구인 천진수의 아들이다. 이

외에도 봉배가 일하는 목공소 주인 서씨의 아들 기룡은 광주 기동대 소속으로 당시 경찰들의 상황을 전해주는 전형적 인물로 등장한다. 서사적 핍진성을 잠식하는 이런 식의 작위적인 인물 구성은, 사건의 고유성을 촉발하는 인물의 성격적 특이성을 위축시킨다.

소설의 후반부는 다양한 사건들의 중첩을 통해 이야기를 급박하게 이끌어나간다. 미니버스사건과 같은 경우가 그러한데, 같은 사건을 여러 인물들의 기억을 통해 입체적으로 서술함으로써 사건을 다각적인 시각으로 서사화한다. 임신 8개월의 신부 최미애(최미화)의 사망사건을 재현한 55장과, 70장의 소태동 주남마을 사건, 74장의 송앙동 오인전투, 그리고 77장의 독침사건과 80장의 죽음의 행진 등, 후반부의 서사는 실화를 재구성한 사건들을 속도감 있는 요약으로 가파르게 서술한다. 그런데 이렇게 재구성된 실화들은 한원구 일가의 인물들을 중심으로 유기적으로 전개되던 전체 서사의 맥락을 고려한다면 대단히 이질적인 부분들이다. 그러나 전체 서사의 유기적 구성에서 일탈하는 이런 이야기들의 단속적인 제시가, 오히려 5월이라는 사건의 잠재적 실재에 근접하고 있는 것처럼 여겨진다. 후반부의 이런 일탈은 작위적으로 조직된 서사의 유기성을 해체함으로써, 그 단독적인 사건들의 고유성을 증가시킨다. 그리고 그것은 르포나 기사처럼 주관성의 개입을 최소화하는 서술로 담담한데, 그런 서술법은 특정 인물(초점인물)의 시각에 사건을 종속시켰던 기존의 서술 방식에 대해서도 일종의 일탈이라고 할 수 있다. 이런 일탈이 일종의 서사적 탈주가 되어 유기적인 서사의 바깥을 더 깊고 넓게 상상할 수 있는 계기로 촉발되었다면,《봄날》은 지금의 그 형태와는 많이 다른 소설이 되지 않았을까?

서사적 갈등과 정치적 적대

《봄날》의 서사를 지탱하는 갈등구조는 주로 시민들과 진압군의 선명한 적대로 드러난다. 물론 이런 선명한 적대는 서사적으로도 단순함을 벗어나지 못할 뿐 아니라, 모호한 폭력의 변증법을 명백한 적의로써 간단하게 환원한다. 아우슈비츠에서 생환한 프리모 레비는 가해자와 희생자 모두가, 실은 동일한 덫에 걸려 있음을 간파했다. 그러니까 그 선명하고 명확한 적대는 "희생자와 압제자 사이에 놓인 역설적인 유사성"[37]을 축소하거나 은폐한다. 공수부대의 등장은 일상의 평화를 깨뜨리는 이방인의 출현으로 표현된다.

> 닫혀진 그 육중한 문의 앞과 뒤에서 버티고 서 있는 이방인들. 그들의 굵고 검은 팔뚝과 얼룩무늬 군복. 각진 어깨 너머로 돌출한 총구. 움켜쥔 검은 빛깔의 진압봉. 한껏 버티고 선 건장한 두 다리와 군화. 둥근 철모 아래 검은 얼굴. 이쪽을 쏘아보고 있을, 보이지 않는 그들의 눈, 눈초리……(1권, 268쪽)

그들은 외부에서 침입한 이방인이고, 심지어 "정글 속에 산다는 거대한 독사나 도마뱀 따위의 파충류"(1권, 143쪽)를 떠오르게 하는 적대적 존재로 묘사된다. 이른바 강도 높은 충정훈련으로 지칠 대로 지친 그들의 육체는[38], 굶주린 야수의 그것처럼 바싹 오른 독기로 겨우 지탱되고 있었다. "그들의 가슴속엔 증오와 분노 그리고 적의가 부글부글 끓어오르기 시작하고 있었다. 그것은 유독한 가스처럼 금방이라도 폭발할 듯 위험하고 난폭스러웠다." (2권, 26쪽) 그런 그들 앞에서 "저 빌어먹을 민간인 놈들은 끊임없이 욕설과 야유를 퍼붓고 돌멩이를 던지고"(2권, 163쪽) 있다. 그러니 그들에게 광주의 시민들은 굶주린 야수에게 던져진 먹잇감과도 같았다.

공수부대원들이 사로잡혀 있던 증오와 분노라는 감정의 반대편에는 경악과 분노, 공포와 모멸감이라는 시민들의 격정이 자리 잡고 있다. 무차별적인 폭력의 세례를 받는 가운데, 함께 공유하는 정동 속에서 드디어 그들은 하나의 공동체로 구성되어간다. 이른바 정동과 연합. 분노에 찬 공수부대원들의 폭력적인 진압이 그 가혹한 희생의 참상을 가시화하자, 잠재적이었던 결속의 힘은 '주체성의 다수성'(펠릭스 가타리)이라는 정동적 연합으로 실현되었다. 이질적이었던 것들의 결속을 유인하는 "이러한 접촉의 윤리는 정동적 역량의 일상적 무한성이 받아들여질 수 있는 정도에 달려 있다".[39] 여기서 언급하는 그 '정도'란 연합의 윤리를 발화시키는 어떤 임계점이다.

소리 없이 그러나 은밀하고도 집요하게 이글거리며 저 가슴 밑바닥 어딘가에서 점점 뜨겁게 끓어오르기 시작하고 있는 저항의 불씨. 그 알 수 없는 불씨가 그들 모두에게 눈앞의 공포와 두려움을 잊게 만들고, 이 순간 그들 모두를 서로 한덩어리로 만들어놓고 있는 것이리라고 명기는 생각했다.(2권, 134쪽)

이젠 혼자가 아니라는 사실, 그 엄청난 공포와 슬픔, 그러나 차마 대적하기엔 너무나 압도적이고 위압적인 상대 앞에서 어쩔 수 없이 억누르고 있어야만 했던 간절한 분노와 복수에의 소망—그것이 이젠 결코 몇 사람 소수의 것만은 아님을 확인했다는 사실. 바로 그것이 이 순간 그들 모두를 숙연하게 하고 감동하게 만들고 있었다.(2권, 177쪽)

그러자 이름도 얼굴도 모르는 타인들이 불현듯 형언하기 어려운 애정과 슬픔으로 다가왔다. 이 도시에 함께 살고 있는 광주사람이라는 것, 오직 맨주먹만으로 지금 이 자리에 자신과 함께 몸을 맞대고 서 있다는 것—바로 그 사실 하나만으로도 그들은 갑자기 서로에게서 형언키 어려운 신뢰감과 동질감을 확인하는 느낌이었다.(2권, 178쪽)

한순간 무석은 그 낯모르는 사람들 모두를 와락 끌어안고 싶은 충동마저 느꼈다. 뜨거운 애정 같기도 하고 연민 같기도 한, 아니 어쩌면 벅찬 그리움 같기도 한 참으로 기이한 감정. 그 알 수 없는 불덩어리로 가슴이 뻑뻑하게 차올랐다.(3권, 135쪽)

흡사 어떤 불가사의한 힘에 사로잡히기라도 한 것처럼 사람들은 하나의 거대한 덩어리로 뭉쳐 이리 흐르고 저리 솟구치며 끝끝내 제자리를 지키고 있었다.(3권, 193-194쪽)

정형화된 꼴을 갖추지 않고 어떤 흐름으로 구성된 이 공동체는 '불'의 이미저리로 표현된다. 불은 모든 이질적인 것들을 한데 녹여 하나로 만든다. 낯모르는 사람들을 한데 어울려 뭉칠 수 있게 한 것은, 잔혹한 폭력의 현장을 함께 공유했던 공통의 경험이었다. 그들은 바로 그 짓밟힘의 경험 속에서 같이 탄식하고 함께 신음했다. '즉흥적인 대응'과 '우발적인 계기'로 이루어진 그 연합에는 당연히 "어떤 이데올로기나 정치적 신념이나 목적도 개입되지 않았다. 어떤 최소한의 조직도, 전략조차도 없이 오직 자신들의 생명과 안전을 지키기 위하여 일어선, 그야말로 비조직적이고 즉흥적이며 자발적인 항쟁이었던 것이다".(4권, 214쪽) 그러나 《봄날》의 서사를 가로지르는 정치적 무의식은 유기적인 전체에 대한 강렬한 소망이다. 그러므로 '비조직적이고 즉흥적이며 자발적인 항쟁'은 그들의 민의를 "통일된 의견으로 수렴시켜줄 최소한의 조직"(4권, 340쪽)으로 재구성되어야 했다.[40] 윤상현은 바로 그 '수렴'과 '통일'의 의지를 대변하는 인물이다. 그리하여 그들은 투항파와 항전파로 내부 분열하는 과정을 거쳐, 드디어 투항파를 지양하고 하나의 조직으로 일원화된다. 결국 거대한 불씨는 '시민군'과 '항쟁지도부'로 재편된 하나의 조직으로 수렴되어, 5월 27일 도청에서 장렬하게 진화鎭火되고 마는 것이다. 내부의 이질성(타자성)을 혼란이나 무질서로 사유하게 될 때, 그 공동체는 체제의 논리를 답습하면서 차이를 억압하는 동일성의 기구로 작동하게 된다. "사정이 이러할 때 우리가 애도를 통해 타자성의 자리를 마련하기 위해서는 형제들의 공동체가 아닌 다른 방식으로 너와 함께하는 길을 찾아내야 할 것이다."[41] '형제들의 공동체'를 넘어 다른 가능한 연대를 상상하기 위해서는 불온한 사유의 실험들을 계속해야 한다.

기록성을 위한 장치들

사실 복원의 의지는 《봄날》에서 여러 장치들을 통해 집요하게 드러난다. 그중에서도 인명과 지명, 혹은 건물들의 이름으로 나열되는 고유명사들은 특히 인상적이다. 인명의 경우에는 윤상원을 윤상현으로, 최미애를 최미화로, 이렇게 실제 인물의 이름을 조금 바꾸어 표현하기도 했지만, 지명과 건물명 혹은 관공서의 이름들은 있었던 그대로다. 산수동오거리, 광천동, 전남여고, 선일빌딩, 가톨릭센터, 한일은행, 태평극장, 충장로, 현대극장, 광주천 다리, 양동시장, 공용터미널, 수창초등학교, 대인시장, 북동성당, 광주일고, 대한극장, 적십자병원, 동명동 주택가, 청산학원, 제일극장, 호남동성당, 기독병원, 아세아극장, 우성빌딩, 중앙교회, 동양종합학원, 산수동 시장통, 청산학원, 일신방직, 서림교회…… 고유명에 관한 가라타니 고진의 설명에 따르면, '특수성'과 '단독성'은 서로 다르지만 자주 혼동되는 개념이다.

> 특수성과 단독성은 모두 개체성을 의미하고 있습니다. 그러나 특수성은 항상 일반성이란 관점에서 보여지는 개체성인 데 반해, 단독성은 더 이상 일반성에 속하지 않는 개체성입니다.[42]

단독성은 고유명과 관련이 있으며, 일반성과 짝을 이루는 특수성과 구별된다. "고유명은 개체의 개체성을 한번에 가리켜 보이는 것이지, 그것을 집합 속 일원으로서 발견하는 것이" 아니다.[43] 물론 고유명사가 곧 고유명인 것은 아니고, 그것은 다만 고유명의 한 사례에 해당한다. 고유명은 타자에 의해 호명되는 것이기 때문에 단독성은 타자로부터 적극적으로 발견되어야 한다. 호명받지 못한 고유명은 단독성으로 비약하지 못하고 그저 익명의 존재로 전락하게 된다. 그러므로 타자에 의해 부정된 고유명은 존재의 단독성에 대한 부정을 의미한다. 예컨대 시민들은 공수부대원들을 일컬어 '얼룩무늬들'이라고 부른다. 고유명을 지워버림으로써 그들은 추상적으로 익명화된다. '얼룩무늬들'은 유기체적으로 조직된 일사불란한 하나의 전체다.

　　돌연 호루라기가 자지러지듯, 길게 울렸다. 순간 거대한 얼룩무늬 덩어리가 놀라운 속도로 해체를 시작했다. 길바닥엔 콩자루를 쏟아부어놓은 것처럼 그야말로 눈 깜짝할 순간이었다. 그 거대한 파충류의 몸뚱이로부터 수백 개의 마디마디가 일시에 세포 분열을 시작했고, 해체된 무수한 분열들은 순식간에 별개의 독립된 운동체로 변해 미친 듯 사방으로 튀어나가기 시작했다.(1권, 310쪽)

비단 공수부대원들이 아니더라도, 일방적인 명령을 따라야 하는 제복 입은 치안의 수행자들은 스스로도 자기들의 익명성에 놀란다. 그들은 다만 명령을 수행하는 도구화된 집단(일반성)의 한 일부(특수성)일 뿐이다.

　　알 수 없는 일이었다. 한결같이 동일한 복장, 동일한 장비로 중무장한 채 시가지로 투입되어지는 다중 폭동 진압작전 시마다 기룡은 가끔씩 그런 묘한 착각을 일으키곤 했다. 진압복과 헬멧은 신통하게도 저마다의 얼굴을 감쪽같이 먹어치워버렸다. 신체적인 특징도 표식도 감쪽같이 지워졌다. 그것들이 사라진 자리엔 그들의 허물만 남았다. 숨쉴 여우조차 없이 하달되는 명령에 따라, 수백 개의 빈 껍데기들은 앞으로 나아갔다가 물러나고 물러났다 다시 뛰어나가기를 반복하는 것이었다.(2권, 228쪽)

마찬가지로 공수부대원들에게 시민들은 고유명을 갖는 단독자가 아니다. 그들에게 눈앞의 시민들은 고유명이 지워진 익명의 존재들이다. 아니, 그들은 시민들의 고유명을 의도적으로 무시함으로써, 시민들을 단독자로서의 타자가 아니라 일개 관념의 폭도로 발명해낸다. 그래서 그들의 무자비한 폭력은 구체적인 개체가 아닌 폭도라는 이름으로 일반화된 어떤 관념을 향한다. 고유명을 지우는 것은 존재를 말소하는 일이고, 존재가 말소된 타자에게는 인권이 통용되지 않는다. 그들의 폭력은 그런 식으로 정당화된다.

그렇다면 《봄날》의 저 무수한 고유명사들은 단독성의 표지로서 고유명인가? 그것은 기록성의 강화를 위하여 의도적으로 선택된 것이며, 고유명사이되 고유하지 않은 일반성의 표지일 뿐이다. 다시 말해 그것은 '사실'의 재현을 위해 동원된 이름들로, 존재의 특이성을 표현하는 고유명은 아니다. 사진에 찍힌 사물이 사물 그 자체가 아니라 유비적으로 인화印畵된 사생寫生에 불과한 것처럼, 《봄날》의 고유명사들은 고유명이 아니라 고유한 것들의 인화다. 낙일도가 세상에 실재하는 섬의 고유명이라기보다는 잃어버린 낙원의 한 전형인 것과 마찬가지로, 윤상현은 혁명가의 전형이고 무석은 룸펜의 전형이며, 김상섭은 양심적인 언론인의 한 전형인 것이다. 그렇게 저 이름들은 고유한 성격을 표현하지 않으며,

다만 그들이 속한 인간적 유형의 일반성을 구현할 뿐이다.

　기록성의 강화를 위한 또 다른 장치들로 5월 당시의 유인물과 성명서,《광주오월민중항쟁사료전집》의 증언이나 청문회 조사자료들이 본문에서 적극 활용될 뿐만 아니라, 학살 현장의 상황을 알려주는 요도나 지도가 제시되기도 한다.[44] 김상섭 기자라는 인물을 통해 취재 메모의 형식으로 사건을 객관적으로 기술한 부분들도 기록성의 강화를 위한 서사전략으로 볼 수 있다. 특히 이런 것들은 고딕체로 굵게 표기되어 있는데, 그 구체적인 내용을 다음과 같이 정리할 수 있다. 1권 109쪽의 결의문, 204쪽의 국군 장병에게 보내는 편지, 242쪽과 322쪽의 계엄사의 라디오 방송, 2권 14쪽의《동아일보》기사, 28~30쪽의 작전 상황판, 50쪽의 진압원칙, 176쪽의 피켓 구호, 187~189쪽의 사료집 증언록, 209쪽의 선무방송, 287쪽의 군軍의 협조지시문, 315쪽의 호소문, 3권 12쪽의 인터뷰 인용, 15~16쪽의 유인물, 27쪽과 215쪽의 기자의 상황 메모, 179쪽의 선언문, 4권 53쪽의 상황도, 121쪽의 헬기에서 뿌린 전단지, 298쪽의 유인물, 301쪽의 경고문, 5권 54쪽의 투사회보, 113쪽의 양민학살 요도, 192쪽의 학살현장 요도.

　실제 있었던 사건을 재구성한 대목에서는 때때로 구체적인 인적 사항이나 사건 개요를 각주로 설명하는데 이 역시 기록성의 강화를 위한 서술전략이다. 1권과 2권에서는 각주가 전혀 없지만, 흥미롭게도 3권에서부터 5권에 이르기까지 각주의 횟수가 점차 늘어난다.

권수	각주(쪽수)	횟수
1권		없음
2권		없음
3권	44, 334, 338쪽	3회
4권	94, 117, 224, 324쪽	4회
5권	112, 188, 201, 206, 207, 212, 226, 257, 289, 394, 412쪽	11회

이렇게 후반으로 갈수록 각주가 늘어나는 데는 나름의 이유가 있다. 1권과 2권의 이야기는 한원구 일가의 가족 구성원들을 중심으로, 서로 인연의 고리로 연결된 인물들의 관계들을 통해 서사의 담론이 유기적으로 구조화되어 있다. 그러나 3권부터는 잔혹한 폭력의 진압들을 고발하는, 실재했던 사건들을 재현하는 데 많은 분량이 할애된다. 그러니까 《봄날》의 전반부가 허구적인 인물들을 통해 서사의 전반적 구도를 입안한 것이라면, 후반부는 사건의 사실적 기록에 집중하고 있는 것으로 볼 수 있다. 다시 말해 전반부의 서사가 가공의 인물을 통한 허구적 이야기가 중심이라면, 후반부의 서사는 인물보다는 5월의 사건 자체를 중심으로 이야기가 펼쳐지는 구성이다. 각주는 재현된 사건을 역사적 기록에 근거해 설명하는 기능을 한다. 그러므로 각주의 증가는 사건들의 재현적 요소가 강화되는 서사의 구조적 맥락을 반영하고 있다. 이때 잔혹한 폭력 묘사의 디테일은 재현의 핍진성을 강화하는 역할을 한다.

가부장적 가족의 프레임에 따라 구성된 전반부는, 후반부의 사건 중심적 서술을 위해 고안된 서사담론의 장치이다. 그러나 이런 식의 정합적인 서사적 틀은 5월을 잠재성의 실재로 드러나게 하는 것이 아니라, 그 고유성과 단독성을 오히려 유기적인 전체로서의 고형화된 틀 안에 가둔다. 그러므로 《봄날》에서 느껴지는 아쉬움의 가장 큰 요인은, 결국 그 서사구조에 있어 담론 전략의 선택적 오류에서 기인한다고 하겠다. '사실' 증언의 과도한 욕망이 미학적인 고려를 앞지를 때 그 작품에는 지울 수 없는 아픈 낙인을 남긴다.[45] 도덕률에 잠식당한 미학은 의도를 배반할 뿐 아니라, 바로 그 의도로 인하여 실패할 수 있다. 그러나 의도의 기획을 넘어서 사건을 드러나게 한다는 것이 말처럼 쉬운 일은 아니다.

완결에 대한 의지, 그 오연한 허위의식

1980년 5월의 그 시간들은 이미 지나가버렸다. 그 사건의 물리적인 시간은 완료되었고, 따라서 지금 우리는 그 시간을 다시 되돌려 경험할 수가 없다. 그러나 5월의 역사적 지평은 결코 완결됨으로써 닫힐 수 없는 미완의 잉여지대를 내포하고 있다. 5월은 해갈되지 못하는 갈증처럼, 대답할 수 없는 질문들로 지속되어왔다. 그러므로 필요한 것은 "완결의 형식으로서가 아니라 미결의 양태로 역사를 제시하는 것"[46]이다. 완결하겠다는 의지는 곧 결산하겠다는 의욕을 반영한다. 그러니까 5월의 그 사건들을 총체적으로 복원하여 그것을 온전하게 기록하고 증언하겠다는 의지는, 그날의 역사적 사건성을 자기의 언어로 지배할 수 있다는 정복의 야욕이나 다름없다. 그것이 아무리 선하고 정의로운 의도로 표명되고 있더라도, 그런 정의로운 창작의 의지는 오히려 그 5월의 어떤 진실 앞에서 겸허한 마음을 손상시킨다. 말하기 전에 알아야 할 것이 너무 많고, 쓰기도 전에 터득해야 할 것이 많다는 것, 그것이 오월을 끝없이 말하게 하고 글로 쓰게 만들었다. 그러나 알아도 말하지 못하고 터득해도 쓸 수 없게 되어야, 말과 글을 넘어 진정으로 그것에 대해 살피고 더듬을 수 있는지도 모른다. 김영민은 그러한 경지를 일컬어 당기되 쏘지 않는다引而不發고 표현하기도 하고, 또 이런 기묘한 사례를 들기도 했다. "그러나 정작 김치의 맛은 바로 그 손이 김치를 잊고 있는 동안에 숙성한다. 다시 말하면, 김치를 담근 그 손길들이 자신의 노고를 알면서 모른 체하는 사이, 김치는 그 누구도 모르는 익명의 무의식(=김치 항아리) 속에서 익어가는 것이다."[47] '알면서 모른 체하기'라는 이 오연한 부정을 통해서만, 자기를 떠난 그 언어들은 스스로 발효될 수 있는 것이다.

모두 다섯 권의 책으로 발간된 박혜강의 《꽃잎처럼》(2010)을 읽고 나면, 목표물을 향해 기어이 쏘고야 마는 것이 무슨 뜻인지를 알 수가 있다. 포획한다는 것이 이런 것이 아닐까, 하는 생각. 방대한 분량의 서사가 반드시 엄청난 내공을 필요로 하는 것은 아니다. 때로는 서사적 전략의 실패나 작가의 과도한 의욕이 불필요한 분량을 소비하게 만들기도 한다. 이 소설의 압도적인 분량은 5월의 광주를 전일적인 하나의 실체로 총체화하겠다는 강력한 의지의 소산인 것처럼 보인다.

저는 이 장편소설을 기획했을 때부터 광주민주화운동을 제대로 이야기하려면 10일간의 항쟁에만 머물 것이 아니라 항쟁 이전의 국내외 정치적인 상황과 광주를 둘러싼 농촌 이야기, 그리고 거대한 폭력이 휩쓸고 지나간 항쟁 이후 변화되고 진행되어가는 모습들을 송두리째 바라보아야 한다고 생각했습니다. 그리고 5월항

쟁이 6월항쟁으로 이어졌고, 마침내 통일로 나아가는 원동력이
되어야 한다는 희망적인 믿음을 시종일관 잃지 않았습니다.[48]

민족의 통일에 이르는 예정조화의 길은, 저 창공의 빛나는 별
처럼 우리가 갈 수가 있고 또 가야만 하는 길을 훤히 밝혀주고 있
는 것처럼 보인다. 작가는 5월의 광주가 완료형이 아니라 현재진
행형이라고 말하지만, "완료형의 마침표는 분단조국이 통일되는
그날이라는 것을 결코 잊어서는 안 될 것"(1권, 292쪽)이라고 힘주어
적어버렸다. 그러니까 이 소설은 '분단조국'이라는 민족의 문제 앞
에서 '통일'이라는 지상과제를 염두에 두고 쓰였다. 그러므로 5월
의 광주는 민족통일의 그날을 예비하는 위대한 시련이다. 이 시련
의 가해자는 민주주의를 말살하는 군부세력이지만, 그보다 더 큰
적개심의 대상은 미국으로 설정되어 있다.[49] 제1권의 서두에서부
터 해방 직후의 화순탄광점령사건을 통해 미국의 잔혹함을 고발
하는가 하면, 미국인 마이클에게 성적으로 유린당하는 영애를 비
롯한 기지촌 여성들의 수난과, 이른바 반제의식을 피력하는 운동
권 내부의 토론들을 통해 노골적인 반미의식을 드러낸다. 이런 반
제의식은 민족주의와 합작하고 있으며, 그 이념들은 문학적인 전
유를 통해 화순의 어느 작은 마을 사람들이 겪게 되는 기구한 삶
으로 펼쳐진다.
　　이 소설에서 새마을운동으로 대변되는 개발근대의 소용돌이
는 주민들의 삶을 뒤흔드는 외부의 침범에 준한다. 5월의 광주는
미국을 표본으로 한, 그 개발 근대화의 한 정점에서 우발적으로
터져버린 필연적인 사건이었다. 농촌에서 도시의 노동자로 유입

된 주호, 공수부대에 입대하고 광주로 투입된 준영, 서울에서 대학을 다니며 이른바 운동권으로 격렬하게 활동했지만 결국은 성공을 좇아 변절해버린 태훈. 이들은 모두 동향의 정다운 친구들이었지만, 광주의 5월을 분기점으로 그들은 각각 전혀 예상하지 못했던 인생의 길로 들어선다. 피해자와 가해자 그리고 변절자. 이들은 서로 다른 길을 갔지만 사실은 모두가 가혹했던 한 시대의 희생자들이라는 점에서 하나다. 그 희생의 실상을 세밀하게 묘사함으로써 가해자에 대한 적의와 공분은 격렬해진다. 그러나 이런 정동적 격렬함이 감정적으로 그냥 소모되지 않기 위해서는, 불의의 상황 속에 놓인 인물의 성격과 사유가 구체적인 사건들을 통해 합성되어야 한다. 그럼에도 이 소설에서는 이념적 대의들이 그런 합성을 번번이 가로막는다. 이 소설의 이념적 바탕에는 민족주의와 더불어 계급의식이 뚜렷하다. 5월의 그때에 운동권 지도부들은 예비검속을 피해 광주를 빠져나갔지만 노동자와 시민들은 시위대나 시민군으로 적극 참가했다. 광천공단의 노동자 임주호를 비롯해, 용접공 남우근과 제빵 공장에서 일하는 오상기, 택시기사 원호의 활약. 주호를 만나 매춘부 생활을 접고, 야학을 통해 공장노동자로서 자의식을 갖게 된 순덕. 이른바 '학출'[50]로 공장에 취업해 노동운동을 하는 은숙과 노조위원장 미영. 소설은 이런 인물들을 통해 노동해방의 대의와 노동자계급의 혁명적 의식을 부각시킨다.

1권이 박정희가 저격당한 10·26까지를 다루면서 5월항쟁의 전사를 보여준다면, 2권과 3권은 1980년 5월 15일의 이른바 서울역 회군에서부터 5월 27일 도청 진압에 이르는 잔혹한 폭력의 시간들을 연대기적으로 서술한다. 여기서는 윤상원, 김영철, 박용준 등 들불야학의 멤버들과 시민군 지휘부 김원갑, 김창길, 김종배, 박남선, 김화성을 비롯해, 가두방송을 맡았던 전춘심과 시민군의 편에 섰던 김성용 신부의 활약이 소개되고 있다. 물론 이 고유명들은 당시의 구체적 사실을 반영한 것이며, 그리고 그것이 장황할 정도로 자세한 이유는 실록實錄에 대한 작가의 의지 때문일 것이다. 여기에 각각의 계급적, 계층적 전형성을 반영하는 소설상의 허구적 인물들을 결합함으로써 서사적 핍진성은 강화된다. 주호의 고향 친구로 시민군에 가담한 김종서와 서종규는 물론, 고등학생으로 도청에 남았던 규상과 준상, 그리고 헌혈을 하고 나와서 죽임을 당한 여고생 금희, 그 모두는 5월의 그 시간에 치열하게 참여했던 인물들의 전형이다. 베트남전에 참전했고 부마항쟁 진압 작전에도 참가했던 서문갑 중사와 그 휘하의 용석, 준영, 대주 역시 당시 공수부대원의 표본이라고 할 수 있다. 어릴 때 헤어졌던 순덕을 동생인지도 모르고 총으로 쏴서 죽인 대주의 절규는 피아가 따로 없는 동족 간의 비극을 가장 잔혹한 드라마로 제시한다. 그러나 이 또한, 진압에 동원된 병사들 역시 실은 가해자가 아닌 희생자였다는 상투형의 반복이다.

4권과 5권은 유혈진압 이후의 이야기들이다. 여기에는 남은 자들의 고통과 시련, 죄책감과 부채감이 집중적으로 묘사되어 있다. 그것은 여전히 지속되고 있는 야만적인 폭력과 그 사후적인 상처를 절절하게 증언한다. 그리고 소설은 마침내 5월의 정신을 부활시킨 1987년의 6월항쟁이라는 대단원에 이른다. 마지막 장 '오월에서 유월로'는 1980년 5월항쟁의 그 희생을 1987년 6월항쟁으로 승화하려는 작가의 의도가 선명하다. "아, 5월이 6월을 낳았다. 그리고 5월과 6월이 만나 노동자대투쟁을 낳고, 마침내 군부독재와 분단의 철조망을 무너트리기 위한 힘찬 행진이 시작되고 있었다."(5권, 284쪽) 소설의 이 마지막 구절에는 5월을 민족 수난사의 한 과정으로 전유하려는 이념적 의도가 노골적으로 드러나 있다. 이처럼 "민족의 고난과 시련, 그리고 투쟁의 역사는 궁극적 승리로 귀결되어야 했다. 민족의 신비하고 거룩한 시원을 절대화하는 민족 이야기는 또 민족의 영광스런 미래에 대한 기대와 믿음을 북돋는 것이었다".[51] 소설에 등장하는 숱한 인물들은 그 민족주의적 신념의 북돋움을 위해, 그리고 시원적 사건으로서의 5월을 지지하기 위해 도식적인 서사적 역할을 떠맡는다. 다시 말해, 그들은 《봄날》의 그 인물들과 마찬가지로 단독성의 개인이 아니라 어떤 이념을 매개하는 상투형적 인물이라고 할 수 있다.

작가는 5월의 그 저항의 공동체가 어떻게 가능했는가에 대해 나름의 분석을 제시하고 있는데, 그것은 소설의 공간 구도를 화순과 광주로 병치하면서 그 두 지역을 오가는 형식으로 서사를 전개한 것과도 관련이 있다.

시민들이 동참하게 된 이유 중의 하나는 광주가 농도農都였기 때문이라고 설명할 수 있었다. 부마항쟁이 일어났던 부산과 마산 지역은 정착민보다 유목민이 더 많아서 친화력이나 단결력이 약할 수 있었다. 그렇지만 광주 시민들은 인근 농촌과 긴밀한 관계를 유지하고 있는 경우가 거의 대부분이라서 농촌의 '두레정신'이나 '품앗이정신'이 뚜렷해서 주변 사람들이 폭행당하는 것을 그냥

두고 보지 않았다.(2권, 183쪽)

1980년 5월, 광주에 계엄군들의 무자비한 폭력이 밀어닥쳤다. 그러자 광주 고유의 정서가 고개를 치켜들면서 급기야 하나로 변해 '대동 광주'가 되었다. 광주뿐만 아니었다. 광주를 둘러싼 화순, 나주, 영암, 목포, 장흥, 해남, 완도, 함평 등지에서도 항쟁의 불길이 들불처럼 번져갔다.(3권, 143쪽)

이런 두레정신의 강조는 서사 전반에 걸쳐 간헐적으로 등장하는 운주사의 종주스님이라는 상징적 인물과 함께 민족주의적 시각을 반영한다. 그것은 미국이라는 외세에 침탈당한 민족적 정체성의 훼손이라는 맥락과 결부되어 있다. 이 작가의 다른 작품인 《운주》(전5권, 2001)가 함의하고 있는 민족주의는 여기에서도 이어져 영향을 미치고 있다. 천불천탑의 비밀을 푸는 이 소설에서 작가는 '묘청의 난'의 민족주의적, 민중주의적 성격을 부각시켰다. 그 묘청의 난과 5월 광주의 10일이 갖는 등가성을 저자의 두 작품에서 읽어내는 것은 어렵지 않다. 작가가 왜 굳이 화순 출신의 사람들이 겪는 5월의 광주에 주목했는가를 이로써 충분히 가늠할 수 있는 것이다. 그리고 이 소설의 전반에 걸쳐 지속적으로 등장하는 춘양댁의 존재는 역시 반제국주의적인 민족주의와 기층의 삶에 근거한 민중주의를 결산한다. 양공주 영애의 어미이자 5월의 그 난리통에 아들 상규를 잃어버린 여자. 얼마나 많은 서사들이 민족사의 가혹한 수난을 억척어멈의 수난사로 그려왔는가. 화순의 탄광에서 사고로 죽은 남편을 시작으로 영애와 상규에 이르기까지, 춘양댁의 가족사는 곧 민족의 수난사를 함축한다.

많은 작가들이 어떤 사명감으로, 또 어떤 책임감으로 1980년 5월의 그날들을 이야기해왔다. 이성의 힘만으로는 도저히 납득할 수도 이해할 수도 없었던 그 사건 앞에서 철학도, 사회과학도, 무 망하기는 마찬가지였다. 그래서 5월의 그날 언저리에 쓰인 문학은 그 무망한 이성과 논리를 일으켜 그날의 일들을 이해하고 납득해 보려는, 또 다른 형태의 철학이고 사회과학이었다. 그러니까 "사 실 복원, 진상 규명, 고발과 폭로가 5·18소설의 과제였으며, 그 정 점에 있는 것이 임철우의 《봄날》이다".[52] 임철우를 비롯해 너무나 많은 작가들이 몸과 마음의 피폐함을 마다하지 않고 복원과 고발 이라는 계몽의 사역에 헌신했다. 그러나 문학이 무엇을 대신해서 헌신할 수 있는가의 문제는, 그 헌신의 숭고함에도 불구하고 여전 히 가능한 질문이다. 우리가 이런 질문과 함께 고려해야 하는 것 은, 역사적 사실들이 환기하는 어떤 이념에 대한 계몽의 의지를, 그 사건을 바라보는 다른 시각의 발명이나 그 역사를 표현하는 새로운 방법의 실험들로 역전시킬 필요가 있다는 것이다.

그런 의미에서 최근 한국의 장편에서 나타나고 있는 '역사의 귀 환'은 '이념의 귀환'이라기보다는 '문학의 귀환'에 더 가까워 보인 다. 역사적 사건을 이념적으로 전유하는 방식과 구분되는 방식, 이념에 의존하지 않고 역사에 다가가려고 하는 노력을 두고 문학 적 방식이라고 부를 수 있다면 말이다. 그렇게 말할 수 있다면, 지 금의 소설들은 역사와 현실을 매개로 하여 문학적인 것을 생산해 내고 있는 중이라고 이야기할 수 있을 것이다. 그리고 이런 태도는 현실 속에서 이루어지고 있는 역사에 대한 접근 방식에 대한 의식적, 무의식적 저항을 바탕에 두고 있는 듯 보인다.[53]

정치적 이념의 장력이 약화되자 미학적 실험의 의욕이 상승했다. 그런 의욕은 상황의 변화 내지는 현실 인식의 전환에서 비롯되었다. "한편으로 5·18에 기원을 둔 사회운동이 실추되고 다른 한편으로 5·18이 헌정 체제 내부로 제도화되면서, 5·18을 중심으로 구성된 언어의 세계는 갑자기 오래된 낡은 것이 되어버렸다."[54] 따라서 이제는 새로운 언어의 창안이 요구되는 상황에 이르렀다. 그러므로 영원히 미결일 수밖에 없는 일들을 여전히 총체적인 형상화라는 미명으로 완결하겠다는 의지는 일종의 시대착오다. 그렇다면 이념을 결산하고 문학적인 것으로 귀환하는 것이 시대적인 것인가. 벤야민은 이념의 공유가 소설의 목적이 아니라 공유할 수 없는 고유한 것을 파고드는 것이 소설이 해야 하는 일이라고 했다. "소설을 쓴다는 것은 인간의 삶을 서술할 때 타인과 공유할 수 없는 고유한 것das Inkommensurable을 극단으로 끌고 간다는 것을 뜻한다. 삶의 풍부함 한가운데서, 그리고 이러한 풍부함을 서술함으로써 소설은 살아 있는 사람의 깊은 당혹감을 드러낸다."[55] 특정한 이념이나 신념을 강요하는 것이 정치가 아닌 것처럼, 고유한 것에 이르지 못하고 상투형을 답습하는 것은 예술이 아니다. 삶의 풍부함을 서술하는 문학은 살아 있는 사람의 깊은 당혹감을 드러냄으로써 정치적인 것이 될 수 있다. 그러나 정치와 미학이 서로 합성되지 못하고 배리할 때, 윤리적인 과제가 난해한 질문으로 남는다.

3.

진리로서의 혁명과 언어로서의 몸

죽음에 이르는 길

《봄날》이 방대한 분량으로 5월의 진실을 총체적으로 증언하려 했다면, 정찬의 《광야》는 바로 그 총체적 진실이라는 형이상학 자체를 탐구하는 소설이다. 물론 《광야》의 구성 역시 5월 18일에서부터 5월 27일 도청의 마지막 항전에 이르기까지 연대기적인 시간의 순서를 따르고 있다. 하지만 그 시간의 배치는 선조적인 전개가 아니라, 여러 갈래로 겹치고 되돌아오는 방식으로 자주 변주되는 곡선이다. 대개 작가들은 "초안 상태의 연보적 기억으로부터 회상을 통한 연대기 기록자"[56]로 거듭나는데, 이 소설은 역시 역사적 사실 그 자체로서 '연보적 기억'에 대한 충실함보다는, 서술 주체의 능동적 실천이라고 할 수 있는 '회상'을 거쳐, 적극적으로 이야기를 구성하는 '연대기 기록자'의 면모를 잘 보여준다.

《광야》는 이른바 액자식 구성으로, 베를린 장벽이 붕괴되는

1989년 현재의 시점(외화)에서, 언론인 머턴의 기억을 통해 광주의 5월을 회상(내화)하는 형식으로 전개된다. 그러니까 작가는 5월의 그 사건을 광주라는 일개 지역에 한정된 국지적인 사건이 아니라, 냉전이라는 세계체제의 구도 안에서 바라보고 있다.《봄날》에서도 5월은 한국전쟁과의 연속성 속에서 그려지고 있지만, 여기서는 좀 더 분석적인 시각과 언어로 이데올로기의 대립이라는 문제를 파고든다. 다시 논의하겠지만, 이 소설에는 비단 머턴뿐 아니라 주한 미국 대사 윌리엄 글라이스틴이나 CIA 한국 지부장 브루스터, 그리고 한미연합사령관 위컴과 같은 미국인의 입장과 시각을 긴 분량으로 서술함으로써, 5월을 미국의 대아시아 전략이라는 국제적인 지정학의 맥락에서 거시적으로 서사화한다.

《봄날》에서 그랬던 것처럼, 여기서도 이야기는 늘 특정 시간의 제시와 함께 펼쳐지며, 그때마다 대체로 특정 인물의 시점이 중심이 된다. 그중에서도 자주 중심적인 시점의 주인공이 되는 인물은 박태민, 강선우, 김선욱, 도예섭 신부이며, 외국인으로는 머턴과 글라이스틴, 브루스터, 위컴이 이따금 긴 분량으로 그들의 시점을 이야기의 초점에 맞춘다. 이 밖에 전두환의 시점으로 서술되는 부분 역시 주목해야 할 부분이다.

소설은 1989년 11월 9일 밤 11시, 베를린 장벽이 무너지는 현장에서 그 역사적인 광경을 지켜보고 있는《볼티모어 선》의 베를린 특파원 테리 머턴의 시점으로 시작된다. 그는 지금 냉전이라는 이념적 대립의 시대가 끝나는 것을 지켜보면서 과거 한국에서 겪은 기억을 떠올린다. 서울 특파원 시절, 그는 동료들과 함께 비무장 지대 깊숙이까지 들어간 일이 있었는데, 그곳의 평화로움 이면에 있는 파괴의 힘을 본다.

그 평화로움 바깥에서 인간이 만든 두 개의 이데올로기가 상대의 생명은 물론이고 자신의 생명까지 파괴하고 있다는 사실은 비극이었다. 이 파괴의 에너지가 한국전쟁 이후 가장 참혹하게 터져나온 것이 1980년 5월 광주였다.[57]

액자식 구성의 내외부를 가로지르며 소설의 전반적 시각을 대변하는 머턴에게, 5월의 참상은 냉전으로부터 파생된 한국전쟁과 그로 인한 분단, 그리고 이후 강력하게 자리 잡은 반공 이데올로기에서 비롯된 것으로 파악된다. 머턴은 동서독의 통일 현장에서 이런 생각에 잠겨 5월 당시를 두 사람에 대한 특별한 기억으로 회상한다. "광주의 기억은 언제나 그를 고통스럽게 했다. 고통은 몸의 상처처럼 또렷했다. 죽음의 기억인 까닭이었다."(13쪽) 머턴은 5월 27일 그 마지막 날을 회상하면서, 박태민과 도예섭 신부를 떠올린다. 두 사람은 그날 기꺼이 죽음을 맞았고, 그래서 앞으로 펼쳐질 이야기는 어쩌면 저 두 사람이 '죽음'에 이르는 여정에 대한 것이라고 해도 좋을 것이다. 다시 말해 이 소설이 해명하고자 하는 것은 저 '죽음'의 의미이다.

회개와 대속, 순례와 순교와 길

회상 속의 시간은 공수부대가 진주한 1980년 5월 18일의 광주에서 시작된다. 한준오와의 전날 통화로, 박태민은 학생들과 재야세력의 움직임, 군부의 동향 등 이른바 10·26 이후의 국내 정세를 이미 어느 정도는 파악하고 있었다. 박태민은 잔혹한 폭력의 현장을 목격하고 충격받는다. "박태민은 전율했다. 그들은 진압봉으로 머리를 먼저 친 후, 양 어깨를 쳤다. 그것은 시위 진압 규칙을 완전히 무시한, 살상을 목적으로 하는 폭력이었다."(20쪽) 소설을 읽어나가다보면, 박태민은 바로 윤상원을 모델로 한 인물임을 예감하게 되는데, 미리 말하자면 이 소설은 바로 그 박태민이 '광야'를 헤매는 순례의 서사라고 할 수 있다. 그리고 그 순례의 출발점은 잔혹한 폭력의 현장이었다.

시간대별로 사건을 정리하면서 전개되는 이야기는 다시 5월 19일 새벽에 닿는다. 그 시간 광주역 플랫폼으로 들어서는 기차에는 공수특전단 군인들이 타고 있었다. 그 군인들 속의 한 인물이 바로 강선우다. 그는 가해자의 역할을 떠맡았지만, 이 소설에서 그의 진짜 역할은 회개하는 가롯 유다와 같다. 박태민과 강선우의 첫 만남은 가해자와 피해자, 그러니까 죽이는 자와 죽임을 당하는 자의 만남이었다. 이런 구도라면 박태민은 예수이며, 이 소설은 예수의 수난과 대속代贖을 통한 구원의 서사다. 요한복음 19장에는 어떤 병사가 십자가에 못 박힌 예수의 옆구리에 창을 찌르는 장면이 나오는데, 강선우는 '파란 옷'의 옆구리에 대검을 찔러 넣는다.

담을 넘으려고 버둥대던 파란 옷이 주르르 미끄러졌다. 진압봉으로 머리를 쳤다. 피가 튀었다. 짧은 비명 사이로 한 가닥 웃음소리가 비집고 들어왔다. 아니, 꼭 웃음소리라고 단정할 수는 없었다.

그것과 비슷한 소리일 수도 있었다. 그런데 어디에서 나는 소리인지 알 수가 없었다. 파란 옷에서 나는 소리 같기도 하고, 자신의 목구멍에서 올라오는 소리 같기도 했다. 환청일지도 몰랐다. 벌판이 보였다. 눈처럼 흰 햇살이 벌판 위로 쏟아져 내리고 있었다. 거기에 누군가가 웅크리고 있었다. 하늘의 끝없는 적막 속에서 한점 얼룩처럼 웅크리고 있는 그는 바로 강선우 자신이었다. 파란 옷이 일어서고 있었다. 이마에 선혈을 뒤집어쓴 그는 비틀거리며 일어섰다. 강선우는 무릎을 굽히며 그를 껴안았다. 따스한 몸뚱이가 자신의 일부처럼 느껴졌다. 그 몸뚱이 속으로 대검을 깊숙이 밀어 넣었다.(34~35쪽)

여기서 강선우가 대검을 찌른 '파란 옷'은 박태민일 수도 있고, 아니면 다른 누구일지도 모른다. 하지만 그것은 분명하지 않다. 도청에서의 마지막 날, 박태민을 찾아간 강선우는 그들이 처음 그 학살의 현장에서 만났을 때를 떠올리면서 생각한다. "시체가 보였다. 자신이기도 하고 타인이기도 한 시체가 차가운 땅에 누워 있었다."(309쪽) 그때 그들의 폭력, 그들의 고통, 그리고 그들의 죽음은, 누구의 것이라 할 수 없이 한데 뒤섞여 있었다. 강선우의 칼이 박태민의 얼굴을 그었던 것은 분명하다. 박태민의 고통은 대단히 인상적으로 묘사되고 있다. "몸이 허물어지고 있었다. 살이 갈라지면서 내장이 터지고 피가 콸콸 쏟아졌다. 그러면서 몸뚱이는 밋밋해지고 딱딱해져 갔다. 그는 자신의 몸이 뼈로 변하고 있음을 깨달았다. 있는 힘을 다해 버둥거렸으나 소용없었다. 어느덧 몸은 검고 마른 뼈로 변해 있었다."(37쪽) 그들의 고통은 가해자인 강선우에게도 고스란히 되돌아온다. 강선우가 대검으로 '파란 옷'의 옆구리를 찔렀을 때, 그는 이상하게도 둘이 하나라는 일체감을 느끼게 되는 것이다. 그 모호한 일체감으로 가해와 피해의 분명한 경계는 신비롭게 지워진다.

> 몸의 격렬한 떨림은 대검을 통해 전류처럼 그의 몸속으로 흘러들어왔다. 경련은 그의 몸속에서도 일어나고 있었다. 몸속에서 회오리치는 경련은 그의 몸과 청년의 몸을 구분할 수 없게 만들었다. 그와 청년을 두 몸으로 분리한다는 것은 불가능한 일처럼 느껴졌다. 그것은 일체감이었다.(47~48쪽)

피해자의 고통을 똑같이 느끼는 가해자, 그렇게 고통의 공유 속에서 그는 '황홀한 일체감'을 느낀다. 가해하면서 황홀한 그 일체감의 시간은 명령의 체계에 대한 저항에 눈뜨는 역설의 순간이다. 일개 공수부대원으로서 상부의 명령에 절대복종해야 하는 그에게, 무참한 살육의 순간은 그 근거 없는 살육의 부조리를 깨닫고, 그 부조리한 명령의 체계를 전면적으로 거부하게 되는 놀라운 전회의 시간이다. 그러니까 '황홀한 일체감'이란 현실원칙을 파괴하는 강렬한 향락jouissance의 다른 표현인 것이다. 다시 말해 그 놀라운 전회의 시간은 타자를 온전하게 내 안에 받아들이는 시간이기도 하다. "두 개의 똑같은 경련은 그와 청년의 몸을 구분할 수 없게 했다. 그때 내가 찌른 것은 두 겹의 몸이었어. 청년의 몸이기도 하면서 나의 몸이기도 한."(194쪽)

정찬의 소설은 이따금 시간에 민감할 때가 있는데, 이 소설에서도 시간은 중요한 의미를 갖는다. 강선우는 "그의 칼이 행한 모든 죽임은 꿈속의 행위였다"고 믿고 싶다. "그런데 시간은, 그 꿈의 시간은 어디로 흘러가는 것일까"(60쪽) 알 수가 없다. 부대를 이탈한 강선우가 어떤 순결한 시간을 기대하며 죽음을 기다리고 있는 박태민을 찾아 도청으로 걸어 들어왔을 때, 그 재회의 시간은 죽임과 죽음이 서로 화해하는 '황홀한 일체감'의 순간이었고, 그것은 또한 사랑으로 충일한 시간이었다. "그들은 서로 마주 서 있는 관계가 아니었다. 나란히 서서 죽음을 향해 함께 걸어가는 이들이었다. 영혼을 나누지 않으면 불가능한 모습이었다. 도청을 감싸고 있는 것은 칠흑 같은 어둠이 아니라 사랑이었다."(307쪽) 이렇게 '사랑'으로 귀결되는 그들의 죽음은 예수의 그것에 비견해 일종의 대속이라 할 수 있을 것이다. 여기서 기독교의 아가페는 일종의 초월이며 종교적인 형이상학이다. 그러니까 머턴이 기억하는 그 숭고한 혁명의 죽음은, 희생을 통한 구원이라는 정치신학적인 메시아주의를 암시한다.

머턴이 인터뷰에서 "그 죽음이 얻는 것은 무엇입니까?"라고 물었을 때, 강선우는 "시간입니다"(285쪽)라고 답한다. 그 시간은 영원한 해방(구원)의 시간이며, 어쩌면 그들의 자발적인 죽음은 아우슈비츠에서 살아 돌아온 장 아메리가 믿었고, 또 실행했던 '자유죽음'에 가까운 것이 아니었을까? 장 아메리는 그 숭고한 자유의지의 죽음을 이렇게 옹호했던 것이다. "자유죽음은 부조리하지만, 어리석은 짓은 아니다. 자유죽음이 갖는 부조리함은 인생의 부조리를 늘리는 게 아니라 줄여준다. 적어도 우리는 자유죽음이 인생과 관련한 모든 거짓말을 회수하게 한다는 점만큼은 인정해야 한다. 우리를 고통스럽게 만든, 오로지 그 거짓이라는 성격 때문에 괴롭게 만든 것을 자유죽음은 원점으로 되돌려놓는다."[58] 그것은 머턴의 기억에 남아 있는 또 한 사람, 도예섭 신부의 죽음에 대해서도 똑같이 말할 수 있을 것이다. 살육의 거리에서 도예섭 신부는 한 농아 청년의 죽음을 목도했고, 그때 아무것도 할 수 없이 지켜보기만 했다는 무력감으로 그는 심한 죄책감에 사로잡힌다.

그리스도는 인간의 죽음을 바라보지 않았다. 스스로 죽음 속으로 들어가 죽음과 일체를 이룸으로써 인간의 죄를 걸머지셨다. 그리스도의 대리자인 사제는 바라보는 자가 아니었다. 하지만 그는 바라보고만 있었다.(125쪽)

그 비참한 죽음의 거리에서, 도예섭 신부는 생명을 잉태한 임산부를 본다. "황폐한 죽음의 들판에서 생명을 잉태한 여인을 만났다는 것은 행운이 아닐 수 없었다."(128쪽) 그러나 그 임산부마저 이내 그의 눈앞에서 끔찍한 죽음을 맞는다. "태아는 금방 죽지 않는다. 갑자기 변해버린 어머니 몸 안에서 몸부림치다가 죽어간다."(101쪽) 도예섭 신부의 순례는 바로 이 끔찍한 죽음들 속에서 이루어졌다. 그 여정의 마지막 장소는 도청이었으며, 순례의 끝은 회개와 속죄 그리고 부활과 구원을 염원하는 자발적인 죽음이었다. 그것은 바로 스스로 십자가에 못 박혀 죽은 예수의 길을 따르는 것이다.

그리스도의 육신을 부활시킨 것은 십자가의 죽음, 그 희생적 사랑이었습니다. 그리스도께서 말씀하신 내 살과 피는 부활의 육신입니다. 부활된 살과 피를 먹는다는 것은 희생적 사랑의 살과 피를 먹는다는 것을 뜻합니다. 그리스도께서 사랑하신 이는 고통받는 사람들이었습니다. 그분의 사랑은 당신과 고통받는 사람들을 일치시키는 완전한 사랑이었습니다. 고통의 극점은 죽음입니다. 그분은 스스로 십자가를 등에 지고 골고다 언덕을 오름으로써 사랑을 완성시켰습니다.(299쪽)

도청의 젊은이들은 깨닫고 있었습니다. 거짓의 형상을 깨뜨리는 유일한 무기가 골고다 언덕의 십자가임을. 도청이 그리스도 집인 까닭을 이제 아시겠습니까?(300쪽)

박태민과 도예섭 신부의 죽음은 그리스도의 죽음과 부활을 반복적으로 재연한다.[59] 그들의 순교와 희생은 부활을 기약하는 것이며, 결국 그것은 5월의 죽음들을 숭고하게 신성화하는 것이다. 알랭 바디우의 표현을 빌리자면, 그 "죽음이 생물학적인 사태가 아니라 육체의 사유이기 때문이다."[60] 박태민과 도예섭 신부, 김선욱과 강선우, 그리고 도청에서 끝까지 죽음의 두려움과 마주했던 젊은이들, 그들에게 죽음이란 주어진 운명이 아니라 세상에서 가장 진중한 '육체의 사유'로서, 그들의 능동적인 결정을 가시화하는 것이었다. "죽음으로부터 빼내는 것으로 삶의 선택을 제안받을 수 있다는 사실을 통해 알 수 있듯이 죽음은 운명이 아니라 선택이다. 따라서 엄밀하게 말해 죽음을 향한 존재 같은 것은 없다. 오로지 모든 주체의 분열적 구성 안으로 진입하는 죽음의 길만이 있을 뿐이다."[61] 그러니까 5월의 그 비참한 죽음들은, 다만 육체가 파괴되는 '사망'에 머무르지 않고, 또 다른 삶으로의 도주선을 열어주는 '사건'에 육박한다.

혁명의 시간과 진실의 시간

구원이란 신적인 기적이 아니라 세속적인 혁명에서 발생한다. 다시 말해, 세속적인 혁명의 시간들에서 가장 신성한 구원의 시간이 열리는 것이다. 잠시나마 해방되었던 광주에는 그전에 경험할 수 없었던 새로운 시간이 흐르고 있었다. "산 자와 죽은 자가 하나였던 시간이 있었다. 너의 죽음이 나의 죽음이었고, 우리의 죽음이었던 시간이."(204쪽) 너와 나의 죽음이 따로 없이, 우리 모두의 죽음으로 하나였던 시간, 그 시간은 역시 '황홀한 일체감'의 순간이다. 산 자와 죽은 자, 그리고 지금껏 서로 얼굴 한 번 본 적이 없는 사람들, 그들이 하나로 되어 일체감을 나눌 때, 더 이상의 외로움이란 한갓 감상에 불과하다. "한 생명의 죽음은 모두를 대신하는 죽음이 되었다. 혁명의 거리에는 외로움이 없었다. 홀로 숨 쉬지 않았고, 홀로 울지 않았다. 홀로 굶주리지 않았고, 홀로 열망하지 않았다. 거리는 생명의 불꽃이 회전하는 성좌였다."(302쪽) 그렇게 희생당한 자들의 주검 위에서, 혁명의 시간은 찬란한 성좌로 빛나고 있었다. 그러나 "혁명의 시간은, 사람을 아름답게 만들었던 눈부신 자유의 시간은 너무 짧았다."(302쪽) 이 소설이 문제 삼고 있는 것이 바로 그것이다. 왜 찬란한 혁명의 시간은 그토록 일찍 스러질 수밖에 없었던 것인가?

《봄날》과 결정적으로 구별되는 이 소설의 특징은 갈등의 구조에 있다. 《봄날》이 시민들과 공수부대의 적대를 가해와 피해의 구도로 이야기를 펼쳐나갔다면, 《광야》에서 계엄군의 잔혹한 폭력은 오히려 부차적이라고까지 할 수 있다. 달리 말하자면, 《광야》의 소설적 윤리가 향하는 지점은 학살의 책임을 묻는 데 있지 않다. 그 폭력은 너무나 명백한 것이었기에 더 이상 군말이 필요하지 않다. 예컨대 노동자이면서 조직가인 김선욱의 눈에 "학살임을 명백하게 보여주는 얼룩무늬들의 행위는 차라리 정직했다. 위장이라고는 어디에도 없었다. 사용주들에게서 신물 나게 보아왔던 교묘한 혀놀림도 없었고, 번듯한 가면도 보이지 않았다".(65쪽)

《광야》의 갈등구조는 도청 함락 이후, 이른바 항쟁파와 비항쟁파의 대결구도에 초점이 맞춰져 있다. 분량으로도 절반 이상이 그 대결구도를 다루고 있다. 그것은 이 소설의 주제가 항쟁의 역사적 진상을 해명하는 것이 아니라, 그 항쟁의 에너지가 극적으로 생성되었다가 결국은 소멸하고 마는, 세상 모든 혁명의 참담한 운명에 대한 탐구이기 때문이다.

5월 21일 시민들의 도청 점령은 하나의 분기점을 이룬다. 전체 서사의 3분의 1 지점이라고 할 수 있는 '해방'이라는 장(108쪽)에서부터, 이야기는 삶과 죽음의 경계 없이 신성했던 '광주 공동체'가 균열과 함께 어떻게 해체되어가는지를 탐구한다. 계엄군과 맞서 싸울 때, '광주 공동체'는 어떤 외로움도 침투할 수 없는 '황홀한 일체감'으로 똘똘 뭉쳐 있었다. 그야말로 그것은 "생명으로 충만한 세계"(92쪽)였다. 하지만 이제 '광주 공동체'는 '해방 광주'라는 새로운 과정으로 이행한다. 바로 이 이행이야말로 《광야》의 전체 서사에서 가장 중요한 터닝 포인트다.

계엄군과 죽음의 싸움을 벌였던 광주 공동체의 절대 세계는 너와 나를 구분하지 않았다. 산 자와 죽은 자의 경계가 허물어진 그 희귀한 세계는 너와 나의 구분을 무의미하게 만들었다. 너는 곧 나였고, 우리였다. 아무도 '너는 누구인가?'를 묻지 않았다. 하지만 해방 광주는 달랐다. 광주 공동체가 '우리의 시간'이었다면, 해방 광주는 '나의 시간'이었다. 그리하여 나와 다른 너의 정체에 대해 호기심을 드러내기 시작했다.(120쪽)

여기서 '광주 공동체'는 최정운이 《오월의 사회과학》에서 명명했던 '절대공동체'의 다른 이름이다. 그것은 대학생과 부르주아 계급뿐 아니라, 공장 노동자, 넝마주이, 공사장 인부, 운전기사, 매음녀에 이르기까지, 자기들의 몫을 가져본 적 없는 자들이 대거 참여한 특이성들의 연합이었다. "광주 공동체에서는 모두가 똑같은 존재였다. 그 무등無等의 세계는 계급적 열등감으로 고통받고 있었던 이들에게 황홀이었다."(121쪽) '광주 공동체'는 차이로 존재하면서도 무차별의 특이성singularity을 보존하고 생성함으로써, 그 누구도 누락된 존재로 외롭게 만들지 않는 '무등의 세계'를 지향했다. 들뢰즈의 개념들을 빌려 설명한다면, '무등의 세계'는 저 이질적인 구성원들인 다중들에 의해 구현되어야 할 실재성reality의 차원이고, 그것을 현실성actuality으로 구현하는 이행의 힘은 잠재성virtuality이다. 이 소설은 바로 그 이행의 힘을 발현하는 정치적 주체로서의 '광주 공동체'가 어떤 과정을 거쳐 활력을 잃고 소멸하게 되는지를 천착하고 있다.

"너와 나의 차별이 다시 시작된 것은 시위대의 총기 무장이 이루어진 21일 오후부터였다."(121쪽) 공동체의 분열은 시위대의 무장과 함께 도청 점령이 완료된 때를 기점으로 빠르게 이루어진다. 시위대에게 살상의 무기인 총이 들어오자, 그 위험한 물건을 '아무에게나' 맡길 수 없다는 불안이 온건한 시민계급을 중심으로 전염병처럼 번지게 된다. "모두가 우리였고 전사였던 광주 공동체에서 시민군이라는 새로운 집단이 탄생함으로써 비무장 시민들은 전사에서 평범한 시민으로 전락했다."(121쪽) 총을 든 '시민군'이라는 새로운 주체성의 탄생은, 다수의 온건한 시민들이 혁명 이전의 일상적 감각으로 되돌아가게 만든 계기가 된 것이다.

> 광주 시민들은 돌연 그곳에서 계급class을 보았다. 이전까지 광주 시민들은 이전에 다르다고 생각했던 사람들이 모두 존엄한 인간으로 하나임을 느끼고 감격스러웠다면 이제는, 시민들이 살인무기를 잡은 순간 서로가 다름을 보고 몸 한구석이 싸늘하게 식어가고 있음을 느꼈다.[62]

공동체가 도청 점령과 함께 동일성의 집단으로 재편되자, 혁명의 공간은 다시 재영토화되었고 사람들은 '우려'와 '불안'의 시선으로 서로를 불신한다. 분열은 공동체의 분해를 재촉하는 힘이었고, 그것은 동시에 혁명 이전의 삶으로 복귀하는 운동이었다. "삶과 죽음이 분열되었고, 너와 내가 분열되었다. 그것은 빛처럼 빨리 왔다. 하나의 분열이 수많은 분열의 스펙트럼을 만들어냄으로써 해방 광주는 분열의 혼돈 속으로 빠져들어갔다."(152쪽) 이제 혁명의 시간은 '수습'되어야 할 혼돈의 시간으로 규정된다. 수습하는 일은 배운 자들과 가진 자들의 몫이었고, 그렇지 못한 사람들은 수습의 대상이었다. "해방 광주는 대학생을 가장 중요한 계급으로 부상시켰고, 그 최초의 인물이 김창길이었다."(124쪽) 김창길은 '대학생 책임론'이라는 것을 내세우며 무기 반납과 함께 수습에 앞장선다. 물론 수습은 단순한 투항이 아니라, 희생을 최소화하기 위한 불가피한 타협이었을지도 모른다. 이것은 옳고 그름의 차원으로 쉽게 환원될 수 없는 그런 문제였다.

삶과 죽음을 분리하고자 하는 이와 삶과 죽음을 융합하고자 하는 이가 만난다는 것은 불가능하다. 그것은 선택의 문제지 논리의 문제가 아니다. 그들은 싸울 수밖에 없었다.(215쪽)

항쟁파와 비항쟁파의 싸움이란 "일상 세계와 절대 세계의 충돌이었고, 삶과 꿈의 충돌이었다. 이 충돌을 융화시키는 공간은 불행히도 존재하지 않았다".(199쪽) 머턴 역시 같은 생각을 하고 있었다. "비극적인 것은 일상 세계와 절대 세계를 연결하는 다리가 없다는 사실이다. 어떤 언어로도 두 세계를 연결시키지 못한다. 이 근원적 단절이야말로 해방 광주의 비극임을 머턴은 뼈저리게 느꼈다."(138~139쪽) '일상 세계'(비항쟁파)와 '절대 세계'(항쟁파)의 간극은 이른바 '독침사건' 이후 더욱 확대되는데, 그것은 결국 맹목적인 적대와 분열을 야기하는 반공 이데올로기의 위력을 증명하는 것이었다.

역사는 기억과의 투쟁이다. 해방 광주가 분열에 시달렸지만 승리의 기억은 잊지 않았다. 인간의 존엄성을 부정하는 세력에 맞서 죽음으로 쟁취한 승리의 기억을 시민들은 소중히 품고 있었다. 승리의 기억이야말로 시민의 가슴을 뜨겁게 하는 해방 광주의 심장이었다. 그런데 독침사건이 촉발시킨 레드 콤플렉스는 적지 않은 시민들로 하여금 승리에 대한 기억을 거부하도록 했다. 비통하게도 해방 광주의 등불이 레드 콤플렉스에 의해 위태롭게 흔들리고 있었다.(251~252쪽)

"계엄군의 광주 학살을 정당화하기 위한 논리 역시 북한 세력 침투였다. 베트남전에서 노출되었던 한국군의 잔인성이 광주에서 고스란히 재현된 것은 우연이 아니었다."(249쪽)

후반부의 이야기는 주로 박태민과 김선욱을 비롯해, 김창길, 김원갑, 박남선과 같은 항쟁파를 중심으로 서술되며, 비항쟁파와의 갈등과 대결에 초점이 맞춰져 있다. "하지만 절대는 일상의 무게를 견디지 못했다. 꿈이 삶을 이길 수는 없는 법이다. 무기 회수가 질서 회복의 차원을 넘어서 무장 해제로 나아간 것은 필연이었다."(199쪽) 신성한 혁명의 시간은 세속적인 삶의 시간과 화해할 수 없는 것일까? 1968년 5월 6일 생미셸 거리의 기억을 간직하고 있는 머턴에게도, 그렇게 서로 다른 두 시간은 결코 화해할 수 없는 것으로 여겨졌다. "혁명군은 혁명이 이루어지는 순간 분열된다. 인류사에서 이것을 극복한 집단은 어디에도 없다. 인간은 순수한 시간, 꿈의 시간을 감당하지 못한다. 이것이야말로 인간이 짊어지고 있는 존재의 조건이자 운명임을 그는 알고 있었다."(97쪽)

그렇다면 젊은이들의 죽음은 헛된 것이었다고 해야 할까? 항쟁파를 설득하는 박태민의 말에서 그 죽음의 의미를 생각해볼 수 있을 것 같다.

해방 광주와 신군부의 싸움을 시민군과 계엄군의 전투로 생각하시는 분들에게 무장론은 터무니없는 전략으로 보일 것입니다. 맞습니다. 말 그대로 계란으로 바위를 치는 행위입니다. 나는 해방 광주와 신군부의 싸움을 시간의 싸움으로 보고 있습니다. 우리의 무장론이 터무니없는 전략이 아닌 까닭은 여기에 있습니다.(219쪽)

해방 광주의 시간은 일상의 시간과 다릅니다. 그것은 역사의 시간, 혁명의 시간입니다. 어둠을 무찌르는 해방 광주의 불빛은 시간이 갈수록 밝아질 것입니다. 전사들을 향해 달리는 해방 광주의 불빛은 시간이 갈수록 빨라질 것입니다. 이 소중한 시간을 우리는 지켜야 합니다. 그렇습니다. 무장론의 핵심은 바리케이드입니다. 계엄군과 맞서 전투를 하자는 것이 아니라 해방 광주를 바리케이드로 만들자는 것입니다. 사랑과 민주의 등불을 지키는 바리케이드 말입니다.(221쪽)

우리에게는 계엄군을 막을 힘이 없습니다. 그들은 해방 광주의 시간을 탈취할 것입니다. 하지만 그들에게 결코 탈취당할 수 없는 시간이 있습니다. 진실이 만들어 내는 시간입니다. 진실은 인간의 혼을 가장 격동적으로 움직이게 합니다. 그 움직임이 만들어내는 시간은 일상의 시간과 다릅니다. 오월 십팔일부터 시작된 시간은 일상의 시간이 아니었습니다. 공수특전단의 참혹한 폭력은 시민들에게 진실을 일깨웠습니다. 진실은 그들의 혼을 흔들었고, 죽음을 초월한 저항이 시작되었습니다. 죽음은 진실을 지키기 위한 불꽃이었습니다. 해방 광주는 진실의 시간이 쌓아올린 장려한 탑입니다. 죽음을 껴안고 싸웠던 이들은 알 것입니다. 해방 광주의 혼이 진실임을. 비통하게도 우리는 해방 광주를 지킬 수가 없습니다. 하지만 우리가 지킬 수 있는 것이 있습니다. 진실입니다. 죽음이라는 불꽃을 통해.(286쪽)

박태민에게 '혁명의 시간'은 곧 '진실의 시간'이다. 그들이 맞서 싸우는 것은 계엄군이라는 눈앞의 물리적 폭력이 아니라 신군부라는 어떤 부조리한 주권의 형태다. 그러므로 이 소설에서 적대의 구조는 《봄날》을 비롯해 광주의 5월을 서사화하고 있는 다른 많은 소설들과 결정적으로 다르다. 그래서 이 소설에는, 적의와 분노의 감정보다는 죽음에 대한 신념과 의지가 더 지배적이다. 도청에서의 마지막 날, 그들이 스스로 선택한 그 죽음은 "야만의 시간 속에서 인간의 존엄을 나타내기 위한 영혼의 퍼포먼스였으며, 죽음의 극복을 통해 영원으로 넘어가는 절대의 몸짓이었다".(98쪽)

혁명, 그 언표 불가능한 진실

자본에 포섭되지 않는 다중의 활력 넘치는 삶, 그런 낙관을 언제까지나 견지하고 있는 안토니오 네그리. 그의 정치철학은 차라리

시에 가까운 어떤 서정과 열정으로 희망에 차 있다. 그 희망이란 무엇보다 인간(주체)에 대한 믿음에서 발원하며, 그것은 곧 언어(구조)의 포섭을 벗어나 스스로 자기의 언어를 창안할 수 있는 인간의 역능에 대한 믿음이다. 예컨대 이런 구절은 어떠한가? "구원이 이루어지는 것은 육체를 통해서다."[63] 억압받고 상처받은 몸은 그냥 비루한 몸뚱어리가 아니라 부활과 구원의 표지이다. 그렇다면 학살로 얼룩진 혁명의 시간 동안, 찢기고 난도질된 그 몸들은 무엇인가? 그 몸들이 겪은 참혹한 폭력은, 과연 언어의 매개를 거쳐 타자에게로 전달될 수 있을까?

> 그들의 눈이 보았고, 그들의 귀가 들었고, 그들의 오장육부가 겪었던 것, 그것은 이해가 불가능한 사건이었다.(30쪽)

《광야》에서 5월은 복원되어야 할 역사적 사실이 아니다. 이 소설은 역사적 실체라는 것을 전제해놓고, 그것을 언어로 재현 가능하다고 믿는 기록의 형이상학과 거리가 멀다. 어차피 그 비참한 폭력은 "어떤 언어로도 표현되지 않는 참경이었다".(30쪽) 그러므로 몸은 따로 언어를 필요치 않으며, 피폭된 몸 그 자체가 언어를 넘어선 언어이다. 네그리의 말처럼 구원은 언어가 아니라 육체를 통해서 이루어진다. 살아 있는 몸으로 도청으로 들어갔다가, 주검으로 나온 그들, 그들은 죽은 몸으로 말하고 있는 것이다. 아니, 그들은 죽어야만 겨우 말할 수 있었던 것이다. 살아서 말하는 그들의 언어에는 아무도 귀 기울이지 않았고, 또 그것은 누구에게도 전달될 수 없었기 때문이다.

삶과 죽음의 경계선에서 방황하고 있던 몇몇 젊은이들이 휘장의 비애 속으로 뛰어들기는 했으나, 우리를 잊지 말라는 것이야말로 해방 광주의 마지막 전사들이 지상에 영원히 새기고 싶어 했던 언어였다.(310쪽)

하지만 몸 그 자체는 언어가 될 수 있어도, 언어가 몸이 되지는 못한다. 5월에 죽은 자들은 그 '죽음으로써' 말하고 있지만, 그들의 죽음에 '대하여' 말하는 것은 이와는 전혀 다른 차원이다.[64] 베트남전에 참전했던 강선우는, 사람들에게 "모르는 것을 알려주고 싶었다. 현장에 있지 않으면 도저히 알 수 없는 것들을. 그것은 어느덧 욕망이 되어 그를 사로잡았다".(69쪽) 그러나 베트남에서 그가 겪었던 일들은 도저히 인간의 언어로는 표현할 수 없는 것들이었다. 참상의 실재를 전하고 싶었지만 그는 다만 언어의 한계에 절망할 뿐이었다.

왜 그랬을까? 기억을 재현함으로써 낯선 자신을 다시 한 번 확인하고 싶었기 때문이었을까? 아니면 진실이라는 길을 통해 의식의 한편에서 웅크리고 있는 기억을 털어버리고 싶었기 때문이었을까? 하지만 그것의 불가능함을 곧 깨달았다. 말은 기억의 주위를 새처럼 맴돌며 가끔 부리로 힘없이 쪼기만 할 뿐 내부로 파고들지를 못했다. 말과 현실은 달랐다. 산 자를 순식간에 죽은 자로 만들어버리는 그 절망과 희열을 말은 감당하지 못했다.(69쪽)

《광야》에서 우리가 읽어낼 수 있는 것은, 혁명은 언어로 이루어지는 것이 아니라 몸으로 이룩하는 것이라는 전언이다. 박태민이 말했던 '혁명의 시간'은 곧 '진실의 시간'이었다. 진실은 말과 글 대신, 그들의 죽은 몸으로 인해 어느덧 드러나는 그 무엇이다. 진실에 대해 말하면서도, 《광야》는 재현과 기록의 형이상학으로부터 거리를 둔다. 《광야》는 단순한 포이에시스poiesis가 아니며, 그렇다고 언표 불가능한 진실로서의 혁명을 소설이라는 형식으로 프락시스praxis하는 것도 아니다.[65] 박태민은 공동체의 혼란을 지도부의 구성으로 재편하려 했다. 그리고 그 재편을 통해 일상의 시간과는 다른 혁명의 시간을 만들어낼 수 있다고 믿었다. 하지만 그것은 그런 계획으로 완수될 수 있는 것이 아니다. 오히려 계획을 벗어난 어떤 숭고한 죽음들로 인해 혁명의 진실은 스스로 드러나는 것이다. 그것이 바로 장-뤽 낭시가 말하는 '아무것도 생산하지 않지만 그 고유의 주체를 변형시키는 어떤 행동'이다. 그러니까 혁명의 시간, 그 언표 불가능한 진실은 표현되는 것이 아니라 도래하는 것이다. 《광야》의 의미는 그 도래에 대한 사유의 공간을 열어주는 '지성 혹은 지적 사랑'의 발현이라는 데 있다.[66] 그러나 한편으로 죽음은 훼손된 주검에 아로새겨진 상흔을 초월하여 어떤 관념으로 승격되기도 한다. 예컨대 가미카제의 젊은이들을 사쿠라의 이미지와 결합하여 그 죽음을 미학화하고 찬미하는 '순국'의 이데올로기가 그렇고, 이른바 열사烈士와 의사義士라는 호명으로 주체성을 구성하는 사후적인 숭고화의 과정이 그렇다. 이런 죽음들, "다시 말해 거기에서 죽음은 유한성의 통제할 수 없는 초과가 아니라 내재적 삶의 무한한 완성이다".[67] 그래서 이들의 죽음은 애도와 추모의 전당에 봉인됨으로써 영원한 역사의 시간에 등록된다. 죽음을 박제하는 이런 기념화는, 죽음 그 자체의 물질성을 말소함으로써 주체의 죽음을 영원한 것으로 관념화하는 일종의 형이상학이다. 훼손된 몸은 흔적 없이 사라지고, 오로지 타인들의 기억 속에서 재구성된 그 "죽음은 주체의 형이상학의 모든 원천적 힘들을 돌이킬 수 없이 초과한다."[68]

도청에서의 마지막 결사항전은 몸이 언어가 되어 진실의 도래를 표현한 사건이다. 그러나 《광야》는 그것을 박태민의 결기와 의지로 용해함으로써 숭고한 것으로 만든다. 때때로 어떤 작가들은 재현의 기획을 넘어 언표 불가능한 진실의 도래를 포착하려 하지만, 언어라는 매체를 운용하는 그 주체(작가)의 의지와 의식이 부적절하게 간섭할 때 원래의 의도라는 것은 늘 어긋나기 마련이다. 정치적 의지이든 아니면 주지주의적인 의식이든, 그런 의도들의 개입 자체가 진실에 대한 강박의 일종일 수 있다. 그러나 의도에서 자유로운 증언이란 가능할 수 있을까? 그것은 역시 불가능한 '작업'이고 '행동'이다. 그러므로 장-뤽 낭시가 말하는 바의 무위로서의 그 '비-행동non-agir'은, 실현 가능한 대안이라기보다는 고뇌하게 만드는 까다로운 질문인 것이다.

도래하는 진실에 대한 믿음마저도 거부하는 극단적인 형태의 서사도 있다. 진실은 없고 다만 사본들의 차이와, 그 차이로 인한 효과가 있을 뿐이라는 생각. '시뮬라크르'는 복제를 통해 본질(원본)의 형이상학을 해체하려는 현대예술의 한 시도이다.[69] 유서로의 《지극히 작은 자 하나》에서 현실(원본)은 사본들의 복제들 속에서 일개 텍스트로 무효화된다. 이 작품은 서술자가 '당신'을 호명하면서 이야기를 풀어내는 이른바 '2인칭 소설'이다.[70] 본명이 '유

제호柳濟浩'인 작가가 필명인 '유서로'라는 이름으로 20여 년에 걸쳐 쓴 이 소설은, 5월을 비롯해 엄혹했던 1970년대와 1980년대의 '현실'을 '소설'이라는 허구의 형식으로 천착한다. 그래서 서술자는 '당신'이 마음에 두고 있는 이 소설《지극히 작은 자 하나》의 제목이,《70년대에 대학에 입학하고 80년대를 거쳐 90년대에 살아남은 40대 문학 소년의 회고록》이라고 알려준다.[71] 그러니까 이 소설은 현실(자기의 경험과 추억)을 '회고'라는 방식으로 메타 서술함으로써, 그 현실을 복제하고 있는 것이다. 예컨대 '당신'은 "광주에 없었던 자는 광주를 말하지 말라, 당신 스스로 지어낸 이 말이 자꾸 되살아나 당신 낯을 붉히게 만들었다"(259쪽)고 하면서, 자기는 광주에 대하여 말하고 있다. 이때 저 문장 속에서 언술되고 있는 '광주'는 진짜 광주가 아니라 메타 서술된 광주, 그러니까 말로 복사된 광주다. 왜냐면 '당신'은 "좋은 일도 나쁜 일도, 그 순간이 지나면 다시는 그대로 재연될 수 없"(243쪽)다는 것을 잘 알고 있기 때문이다. 당대의 현실을 다룬 〈그림자 밟기〉〈누님의 기도〉〈개죽임 개죽음 개주검〉 같은 소설들을 써보지만, 그것에 제대로 만족하기 어려운 이유도 그 때문이다. "작가가 신 위에, 문학이 종교 위에 군림하는 가운데, 현실과 문학이 아름답고도 정의롭게 '교잡'해야 한다"(189쪽)고 믿고 있지만, 문학은 현실과 그렇게 '교잡'하지 못한다. 그러므로 이 소설은 바로 그 교잡의 실패를 기록한 것이라고 할 수 있다. 다시 말해, 이 소설은 5월이라는 원본(진실)은 결코 문학으로 사생寫生할 수 없다는 것, 그 형이상학에 대한 비판인 것이다.

김신운의 《청동조서》도 언어에 대한 회의에서 시작해, 그 서

사의 형식 자체가 5월을 암시하는 대체역사Alternative History적인 알
레고리로 표현되었다. "사람들이 말로써 서로의 감정과 의사를 소
통한다는 것은 불가능에 가까운 일"[72]이라는 자의식이 서사의 형
식을 대체역사의 알레고리로 표현하게 했을 것이다. 언어적 재현
의 불가능성에 대한 자의식이 표현의 의지를 불러일으킨다. 재현
의 기획으로 〈낯선 귀향〉을 썼던 작가가, 이렇게 서술전략을 변경
한 것은 이 때문이다. 이 소설에서 5월은 해명되어야 할 진실의
대상이 아니다. 독일 고전주의의 몰락과 함께 이상적인 아름다움
의 개념이 무너졌을 때 벤야민은 바로크 시대의 알레고리를 주목
했다. 이 소설 역시 5월의 재현 불가능성에 대한 자각과 더불어
대체역사의 알레고리를 실험하게 되었을지도 모른다.

"때로 진실은 미치지 않고서는 다가갈 수 없는, 필사적인 어
떤 것"이다.[73] 세속의 평범한 언어로 비범한 사건의 신성을 어떻게
드러낼 수 있는가? 세속과 신성, 절멸과 구원을 한데 이어내려는
도저한 의지가 황지우로 하여금 시극《오월의 신부》를 쓰게 한 것
이 아닐까? 이 작품은 1999년《실천문학》가을호에 처음 발표되
었고 약간의 수정을 거쳐 그 이듬해에 단행본으로 출간되었다. 김
광림(2000년 5월 18일~5월27일 예술의전당 야외극장 특설 무대)의 연출로 초
연되었고, 이윤택(2005년 5월 19일~5월 20일 광주 문화예술회관 대극장)이 연
출한 공연이 마침내 광주에서 막을 올렸다. 그날 이후 20년이 지
난 시점에서, 그들과 함께하며 그 모든 것을 목격했던 장요한 신
부, 그리고 도청에 마지막까지 남았지만 살아서 끝내 미쳐버린 허
인호의 회고로 시작되고 끝나는 이야기 형식. 그러니까 이 시극
은 고발이 아닌 고백의 형식을 선택했다. 격정에 휘둘린 고발이

그 과도한 정념으로 사건을 왜곡해버릴 수 있다면, 차라리 주관적인 고백의 형식을 전경화함으로써 표현의 능동성을 선취하겠다는 의도. 이념의 원리주의와 선악의 도덕주의가 때때로 고발의 선의를 침윤해버리곤 하기 때문에, 사건의 객관성이라는 덧없는 목적을 회의하면서 5월에 대해 말하는 방법으로 고백의 형식을 선택한 것은 대단히 신중한 결정이다. 그래서 서사의 구도는 시위대와 진압군의 적대적 대결에 초점을 맞추지 않고, 도청에서의 최후를 능동적으로 받아들인 인물들에 주의를 기울인다. 역사를 운명으로 치환하는 비약을 감행함으로써 작가가 노린 것은 무엇일까? 그것은 아마 세속과 신성의 결합이 아닐까. "당신은 은잔, 우리는 냄비. 술장사 하기는 마찬가지!"(68쪽) 신의 사제인 신부와 몸을 팔아 돈을 버는 매춘부가 다르지 않다는 것. 혁명이란 세속이 신성을 모독하거나 새로운 신성을 옹립하는 것이 아니라, 이처럼 신성과 세속의 일치를 주장하는 것이다. 그러므로 도청에서의 혼배성사는 바로 그 일치의 명징한 표현이다. 그것은 삶과 죽음, 두려움과 용기, 적과 동지의 분별 속에서 치 떨리는 세속의 상념들을 사랑이라는 지고한 이념으로 초극하는 절정의 장면을 연출한다. "사랑은 그렇게 견딜 수 없어서 스스로 빛나는 것"(215쪽)이다.

이 시극에서 역사의 비참한 사실들은 비범한 사랑의 실천으로써 숭고하게 된다. 민정, 현식, 혁, 혜숙, 영진. 이들은 민주주의의 제단에 목숨을 바친 투사나 열사이기 이전에, 엇갈린 사랑에 애태우는 청춘남녀들이다. 민주주의라는 대의가, 어긋나서 애타는 청춘의 애틋한 사랑을 압도해버릴 수 없다는 것이 이 작품의 전언이라고 생각한다. 전투적 투쟁이 아니라 사랑이야말로 진짜 혁명의 힘이라고 말하는 것이 아니다. 사랑이 투쟁을 가능하게 하고, 투쟁이 사랑을 단단하게 한다는 것. 사랑이라는 섬세함 마음이 없다면 교조적인 이념이 그 섣부른 투쟁을 가혹한 패배로 몰아갈 것이다. "갈긴다! 찬다! 밟는다! 짓밟는다! 지근지근 밟는다! 이긴다! 짓이긴다!"(83쪽) 비슷하지만 다르고, 다르지만 서로 연합할 수 있는 계열의 말들. 뒤에서 오월의 신부로 거듭날 민정은 제2부의 8장에서 해방제의를 집전하는 사제인 무당ㅅㅍ으로 출연한다. 그러니까 신부新婦/神父의 말, 그것은 사제의 말이고 미친 말이다. 그 기묘하고 미묘한 공수公受의 언어가 아니라면, 결코 완결되지 않을 저 5월이란 어떻게 발설될 수 있느냐는 말이다.

언어로서의 몸

정찬은 〈슬픔의 노래〉에서 5월의 광주를 아우슈비츠와 대면시킨다. 《광야》에서도 그랬지만, 정찬에게 5월은 항쟁 혹은 학살의 역사에서 세계사적인 보편성을 갖는 사건이다. 쇼아의 유일무이성을 주장하며 그것을 그 어떤 역사적 사건과도 비교할 수 없다고 했던 엘리 위젤의 견해는 존중되어야 할 것이다. 하지만 5월 광주의 처참한 살육과 아우슈비츠의 홀로코스트는 서로에게 더 큰 이해의 지평을 열어줄 수 있다.

소설은 유 기자가 〈슬픔의 노래〉라는 교향곡을 작곡한 헨리크 구레츠키와의 인터뷰를 위해, 폴란드로 가서 겪는 일련의 이야기들로 이루어져 있다. 〈슬픔의 노래〉에는 주변의 강대국으로부터 침략당하고, 억압받고, 학대받았던 폴란드의 슬픈 역사가 담겨 있다. 이 곡을 구성하는 세 개의 노래는 그 처참한 역사의 기억을 표현한다. 세 개의 노래란, 성십자가 탄식 기도문, 게슈타포 수용소에 갇힌 소녀의 기도문, 아들을 잃은 어머니의 애절한 마음이 담긴 폴란드 민요로, 모두 학살과 죽음으로 인한 비통함이 짙게 배어 있다. 폴란드의 역사는 이처럼 한국의 슬픈 역사와 많이 닮았다.[74]

쇼팽음악원에서 작곡을 공부하고 있는 김성균과 폴란드에서 연극을 공부하면서 배우로도 활동하고 있는 박운형, 그리고 영화를 공부하고 있는 민영수, 유 기자는 이들의 도움으로 구레츠키를 만나 인터뷰를 하고 아우슈비츠도 방문한다. 구레츠키와의 인터뷰는 주로 슬픔의 역사와 예술의 역할에 관한 것으로 모아졌다. 그는 과거의 슬픔보다 현재의 슬픔이 더 시급한 것이 아니냐는 물음에, "과거의 슬픔은 곧 현재와 미래의 슬픔이다"(243쪽)라는 말로 대답한다. 예술가는 그렇게 흐르는 슬픔의 시간 속에서 빛을 찾는 사람이다. 구레츠키에게 예술가는 바로 이런 사람이다.

살아남은 자들의 형벌을 가장 민감하게 느끼는 사람이다. 살아 있다는 것은 축복이기도 하지만 동시에 형벌이기도 하다. 빛은 어둠이 있어야 존재한다. 축복과 형벌은 이 빛과 어둠의 관계다. 그런데 예술가는 축복보다 형벌에 민감한 사람이다. 그리고 그 형벌을 견뎌야 한다. 견디지 못하는 자는 단언하건대 예술가가 아니다.[75]

구레츠키는 폴란드의 연출가 예르지 그로토프스키를 이야기한다. 아우슈비츠를 무대로 한 그의 대표작 〈아크로폴리스〉는 아우슈비츠의 비극을 통해 신성을 추구하고 있는 작품이다. 박운형을 폴란드로 오게 만든 것도 바로 그 〈아크로폴리스〉였다. 그로토프스키의 '궁핍한 연극'은 장식적인 요소를 배제하고 관객과의 살아 있는 교류를 추구한다. 역시 이 소설은 폴란드의 두 예술가 헨리크 구레츠키와 예르지 그로토프스키를 통해, 언어의 재현 가능성과 그 윤리적 문제에 대한 고뇌를 표현하고 있다. 박운형이 그로토프스키의 연극에서 본 것은 이런 것이었다.

> 배우의 말은 보이지 않는 것을 보이게 하며, 들리지 않는 것을 들리게 합니다. 그리고 시간을 뛰어넘으며 세계의 고통을 번역합니다.(262쪽)

몸이 바로 언어가 된다는 말이다. 광주의 5월을 소설로 써 왔던 유 기자는 박운형과의 대화에서 이렇게 말한다. "강을 건너는 방법은 두 가지가 있지요. 배를 타는 것과 스스로 강이 되는 것. 대부분의 작가들은 배를 타더군요. 작고 가볍고 날렵한 상상의 배를."(280쪽) 그러니까 이것은 흔한 비유로, 진실을 전달하는 방편으로서의 언어(배)를 넘어 진실 그 자체로서의 언어에 대한 지향을 말하는 것이다. 정찬의 소설은 자주 논평적이다. 그것이 그의 어떤 지적인 것에 대한 욕망(주지주의)을 반영하는 것인지도 모르지만, 어쨌든 이런 논평 속에는 《광야》〈아늑한 길〉〈완전한 영혼〉 등 5월 광주를 소설화하는 데 힘써왔던 그의 작가적 자의식이 담겨 있는 것처럼 여겨진다.

진실이란 형태가 없습니다. 이런 진실에 형태를 부여하는 작업이 예술이라고 저는 생각하고 있습니다. 소설 역시 마찬가지지요. 소설의 도구는 진실이란 형태에 닿기 위한 다리라고 할 수 있습니다. 광주를 소설의 도구로 이용했다는 것은 광주가 곧 진실의 형태에 닿기 위한 다리가 되었다는 뜻이죠. 이 속에 부끄러움이란 감정이 들어갈 여지가 없습니다. 부끄러움은 광주라는 다리를 진실의 형태가 아닌 다른 곳에 세워놓았을 때 비로소 제기되는 문제지요.(269쪽)

형태 없는 진실에 형태를 부여하는 것, 그러니까 소설은 진실에 이르는 다리라는 것. 이런 형이상학적 믿음은 광주를 재현 가능한 하나의 실체로 간주한다. 하지만 그것은 형태가 분명한 실체가 아니라 진실에 이르려는 노력, 다시 말해 진실의 어떤 형태에 닿기 위한 필사의 기투로 부끄럽지 않아야 조금씩 그 모습을 엿볼 수 있게 되는 것이다.

사실 박운형은 5월의 광주에 공수부대원으로 참가했던 과거 때문에, 씻을 수 없는 죄의식에 사로잡혀 있다. 그로토프스키의 〈아크로폴리스〉는 그런 그에게 구원의 그림자 같은 것이었고, 그래서 그는 죄의식의 고통을 연기로 승화시키려 한다. 하지만 그것은 결코 쉽지 않았고, 시눅크에서의 연극에서 극에 몰입한 박운형은 히스테리성 마비현상을 보이면서 정신을 잃는다. 그것은 죄의식에서 기인하는 노이로제 증상으로서 "정신적으로 간절히 원하면 그것이 육체로 전환되어 나타나는 일종의 정신병"(268쪽)이었다. 그러니까 그 연극적 죽음은 광주에서 "사람을 죽인 자신의 행위에 대한 구원의 죽음"(268쪽)이었던 셈이다. 박운형은 이런 식의 해석에 반대하지만 그것 역시 일종의 방어기제에 지나지 않는다. 그는 솔직하게 고백한다.

> 광주에서, 저는…… 그렇게, 했습니다. 칼이 몸속으로 파고들 때 칼날을 통해 생명의 경련이 손안 가득 들어오지요. 그 경련이란, 뭐라고 할까요. 생명의 모든 에너지가 압축된 움직임이라 할까요. 그러니까 한 인간의 생명이 손안에, 이 작은 손안에 쥐어져 있다는 것이죠. 마치 어떤 물질처럼. 그 물질은 돌멩이처럼 단단한 것이 아닙니다. 달걀처럼 으깨지는 것이지요. 생각해보세요. 자기와 똑같은 한 생명을 그렇게 쥘 수 있다는 것은…… 그것은…… 그것은 상상할 수 없는 쾌감입니다.(275쪽)

이것은 《광야》에서 공수부대원 강선우가 대검으로 한 청년의 옆구리를 찔렀을 때의, 그 생생한 감각을 다시 떠올리는 대목이다. 그리고 저 말줄임표 속에 어떤 주저함과 망설임이 드러나지만, 그것도 어쩌면 어떤 방어적 심리의 간교한 계략인지도 모른다. 하지만 중요한 것은 살인이 주는 '쾌감'을 고백하고 있다는 사실이다. 그는 차마 그 쾌감—그것은 "도덕적으로 용납될 수 없는 쾌감"(276쪽)이었다는 점에서 위반의 향락으로서의 주이상스jouissance다—을 받아들일 수 없었고, 무의식적인 억압을 통해 오랫동안 그 살육의 쾌감을 망각하고 있었다. 그렇게 억압되었던 '쾌감'은 원외상으로 잠복해 있다가, 그로토프스키의 〈아크로폴리스〉를 계기로 다시 의식의 수면 위로 떠오른 것이다. 이제 그에게 광주는 '생명의 원천'으로 새롭게 발견된다. 죽음에서 생명을 찾아내는 역설, 그러니까 그는 살육의 감각을 통해 살아 있는 몸의 생명력에 눈뜨게 된 것이다. 《광야》의 강선우가 느꼈던 그 일체감이 바로 그런 것이 아니었을까? 가해자와 희생자가 되는 살육의 어떤 순간, 그것은 예컨대 대검으로 매개된 몸들의 만남이고, 삶과 죽음의 혼융이다. 그러므로 몸의 운동인 연기演技를 통해, 이 모든 의미를 깨우치게 되는 것은 어쩌면 대단히 자연스러운 일이다.

고통받는 자, 죽음을 당하는 자의 연기도 마찬가집니다. 왠지 아십니까? 가난한 연극은 언제나 고통에 의미를 부여하기 때문입니다. 이 의미의 핵심은 고통의 넘어섬, 곧 희열입니다. 고통의 극점은 죽음이며, 죽음의 극점은 쾌감입니다. 제가 시눅크의 무대에서 마비를 일으킨 것은 죽음의 희열 때문이었습니다. 그 희열이 죽음의 상태를 갈망한 것이지요.(276쪽)

그로토프스키의 연극은 박운형의 내부에 잠재해 있던 어떤 힘을 일깨웠고, 그 힘의 원천이 광주라는 사실을 뒤늦게 발견하게 된 것이다. 그렇게 죄의식은 연기로 승화된다. 5월의 봄을 무대화한 그의 취중 연극을 지켜보며 유 기자는 감탄한다. "이상한 일이었다. 우리는 귀를 통해 소리를 듣는다. 그런데 박운형의 목소리는 귀가 아니라 살에 닿는 느낌이었다. 마치 살아 꿈틀거리는 생명처럼 살갗에 닿았다."(263쪽) 언어가 되어버린 몸, 그것을 통해 고통은 형태를 얻을 수 있다. 그러니까 진실은 고통받은 몸 그 자체로만 표현될 수 있다.

4.

질문으로서의 5월

살아남의 자는 죽은 자의 대리인으로서 말해야 한다. 죽은 자는 말할 수 없기에, 말 없는 자들의 언어를 통해서 말하는 것, 이 아포리아야말로 살아남은 자의 윤리적 난제이다. 아감벤은 그것을 "증인 자격은 그가 말할 수 없음의 이름으로만 말할 수 있다는 사실에, 다시 말해 그/그녀의 주체됨에 있는 것이다"[76]라고, 그 곤혹스런 책임의 주체에 대하여 말하고 있다. 그러나 광주의 5월을 다룬 우리의 소설들은 증언의 주체라는 그 윤리적 난제에 대해 거의 사유하지 못했다.

지금까지 5월의 소설들은, 대체로 살아남은 자의 문제를 '죄의식'의 차원에서 접근해왔다. 죽은 자들과 함께하지 못했다는, 더 노골적으로는 죽지 않고 혼자 살아남았다는 죄의식, 하지만 그것은 죄의식—일종의 자의식으로서 '죄에 대한 의식'이라고 보기는 힘들 것 같다—이라기보다는 그저 죄책감에 가깝다. 그리고 그 죄책감에서 비롯된 부채감과 책임감이, 작가들로 하여금 '증언'에 집착하게끔 하지 않았을까? 그렇다면 격렬한 죄의식에서 비롯되는 증언의 강박을 견디면서 '그것'을 말하는 방법은 무엇인가? '말할 수 없음의 이름'으로 말한다는 것은 무엇인가? 해명하거나 분석하지 않고 증명하거나 귀결 짓지 않으면서, 그 알 수 없음의 갑갑함과 답답함을 겪어내는 것, 그런 겪어냄으로써만 아주 조금이라도 가늠할 수 있는 진실. 그러므로 그 불안한 진실은 해답이 아니라 질문을 할 수밖에 없는 그 윤리적 불가피함에서나 겨우 더듬거릴 수 있는 대상이다. 그러면 그 불가피한 질문으로서의 5월은 어떻게 현상하는가?

아무것도 부를 수가 없게 되었을 때, 우리는 부를 수 있는 다른 어떤 것을 찾아내거나, 아니면 그냥 부르기를 포기해버린다. 그것이 아니라면, 어떤 사람은 부를 수 없는 그 상황 자체를 하나의 질문으로 가져와 사유하기 시작한다. 박솔뫼의 〈그럼 무얼 부르지〉(2011)는 그런 질문으로서의 사유를 표현한다. '그럼 무얼 부르지'라는 제목은 5월의 그날을 본질주의적으로 사유하는 그 어떤 확신에 대한 도발적인 질문이면서, 동시에 지극히 세속적이며 현실적인 분쟁을 함의한다. 5월의 그날이 국가의 기념일로 제정된 이래로 보수적인 우파세력들은 그 법적이고 행정적인 절차를 애써 무효화하려는 시도를 중단하지 않았다. 이명박, 박근혜 정권에서 대통령이 4·3위령제와 5·18기념식에 참석하지 않았던 것은, 지난 정권들의 조처에 대한 불신임이자 기각이며, 그 역사적 사건들의 공식적 의미를 퇴색시키기 위한 교묘한 계략이다.[77] 국가보

훈처가 5월의 추모제나 전야제 등에서 불리며 추모의례의 공식 기념곡으로 받아들여졌던 〈임을 위한 행진곡〉을 불허한 것 역시, 5월의 국가적 공인을 둘러싼 분쟁의 한 사례이다. "저 학살을 자행하거나 지지하고 혹은 은폐했던 자들과 연계되거나 그들을 계승한 현재의 정부는 광주봉기를 조명하고, 그것을 제도화하는 것에 대해서 냉소적이다. 그 결과, 그들은 '광주'를 새로운 틀에 넣거나 새로운 이름으로 부르고자 기도했다. 핵심적인 것은 이 노래, 〈임을 위한 행진곡〉을 추방 혹은 공격하거나 혹은 노래로부터 '이빨'을 제거하려는 것이다."[78] 백기완이 옥중에서 작시한 〈묏비나리―젊은 남녀의 춤꾼에게 띄우는〉을 모태로, 황석영이 만지고 다듬은 노랫말에 당시 전남대생이었던 김종률이 곡조를 얹어 만든 것이 지금의 그 노래다.[79] 이 노래는 민주주의의 제단에 몸을 바친 윤상원과 박기순의 영혼결혼식을 기념하는 공연을 위해 처음 만들어졌고, 이후 민중항쟁사에서 투쟁과 저항의 정념을 결집하고 격동시키는 한국의 〈인터내셔널가〉로 불렸다.[80] 나아가 이 노래는 대만, 홍콩, 캄보디아, 말레이시아, 태국, 중국 등 아시아의 여러 나라에서 노동해방을 위한 투쟁의 노래로 불리어왔다. 그런데 논란은 전혀 뜻밖의 상황에서 촉발되었다. 1980년 5월의 광주를 다룬 북한 영화 〈님을 위한 교향시〉(1991)의 크레딧Credit에 당시 방북했던 소설가 황석영이 시나리오를, 그리고 주제가를 재독 작곡가 윤이상이 맡은 것으로 표기되었고, 이를 근거로 이 노래에 대한 우익들의 공격이 본격화되었다.

그래서 이 노래를 부르지 않는다면, 그럼 무얼 불러야 하는가? 기묘하게도 항쟁 당시의 시위대와 시민들은 〈애국가〉나 〈아리랑〉을 합창했다. "군인들이 죽인 사람들에게 왜 애국가를 불러주는 걸까. 왜 태극기로 관을 감싸는 걸까. 마치 나라가 그들을 죽인 게 아니라는 듯이."[81] 그들이 국가나 민족을 표상하는 그런 노래를 불렀던 것은, 그들을 대한민국의 국민이 아닌 폭도로 배제하는 국가의 폭력에 대항하기 위해서였다. 그러니까 그들은 국가를 전복하려 한 것이 아니라, 국가로부터 버림받지 않기를 원했던 것이다. 그러나 이후 〈임을 위한 행진곡〉이 〈애국가〉나 〈아리랑〉을 대체해나가는 과정은, 5월의 그날 이후에 현존하는 헌정체제에 대한 대항의 의지가 집단의 정치적 욕망으로 구성되는 과정을 함축한다. "사람의 입을 틀어막아서 노래를 부르지 못할 것이라고 생각하는 것은 틀어막는 사람의 생각일 뿐이다."[82]

박솔뫼는 광주에서 태어난 작가지만, 1985년생인 그녀에게 5월의 광주는 직접적인 경험이 아니라 언어들(문헌, 영상, 증언)을 통해 습득한 일종의 정보이거나 지식이다. 이 점이 중요한데, 혼자 살아남았다거나 그들과 함께하지 못했다는 죄의식에서 비교적 거리가 먼 세대의 출현으로, 1980년 광주의 5월은 드디어 새로운 서사의 형태를 실험할 수 있게 된다. 물론 그날을 직접 체험한 작가들의 기억과 증언이 서사적으로 특권화될 수 있는 것은 아니며, 자료의 조사와 취재를 통한 역사의 고증과 실증이 서사를 완전하게 하는 것도 아니다. 어차피 문학은 상상의 몫이 지대한 예술이다. 그럼에도 광주의 5월은 그 강력한 이데올로기적 성격 때문에 작가의 자유로운 상상을 저해하고 침해했다. 특히 1980년을 동시대적으로 살아냈던 작가들에게는, 5월의 그날에 대한 직접적인 경험의 유무와는 별도로 그 이데올로기적 영향력의 침식이 심각했다. 서로 다른 주체가 보낸 한 "시대란, 서로 다른 시간표를 갖는 여러 배열체의 사건들로 이루어진 성좌로서, 시간의 균질적 흐름의 산물이 아니라 오히려 자기의 고유한 시간을 정한다".[83] 이런 사정을 고려할 때, 광주의 5월을 다룬 1985년생 작가의 텍스트는 어떤 미묘한 차별적 지위를 가질 수밖에 없는 것이 아닐까.[84]

이 소설에서는 진실에 대한 믿음 따위는 애초에 관심 밖이다. 이제 진실의 형이상학은 그저 이루어지는 '구성적 이념'이 아니라, 광주의 5월에 대해 언급하는 것의 (불)가능성에 대한 사유와 질문들로 탈구축되어야 할 대상이 된다. 그러므로 그런 사유와 질문 속에서 새로운 이야기의 창안이 요구되는 것은 필연이다.

말로 이곳에서 무슨 일이 있었는지 아는 사람들은 다른 이야기를 해줄지도 모른다. 이제까지의 이야기와 다른 이야기를 말이다.[85]

5월의 광주는 이제 주류화되었고, 사람들은 그 시간에 있었던 일들을 교과서의 내용처럼 당연한 지식으로 받아들인다. 5월의 광주는 더 이상 고유명이 아니라 보통명사화되었다. 이 소설은 샌프란시스코의 버클리에서부터 교토를 거쳐 30주년 기념일의 광주에 이르는 여정으로 구성되어 있다. 이 역시 순례의 서사라 말할 수 있다면, 그것은 정체성을 찾아 투명함에 이르는 여정이 아니라, 점점 더 알 수 없는 모호함 속으로, 그러니까 '장막'이라는 암흑의 중심으로 들어가는 순례이다.[86] 그래서 소설의 마지막 구절은 이렇게 모르는 것에 대한 심심한 고백으로 끝이 나는

것이다. "그것은 역시나 내가 모르는 시간으로 내가 더하거나 내게 겹쳐지지 않는 시간들이었다."(209쪽)

해나의 어머니는 한국인이고 아버지는 미국인이었다. '나'가 해나를 처음 만난 것은 샌프란시스코 버클리 대학 인근의 어떤 모임에서였다. 그 모임에서 해나가 발표한 것은 'May, 18th'에 관한 것이었고, '나'에게 5·18의 그런 영어 표기는 당연한 것(익숙한 것)을 신기하게(낯설게) 느껴지도록 한다. 외국어라는 낯선 환경 속에서, 의심할 바 없는 것으로 당연하게 여겨졌던 것이, 낯선 것으로 새롭게 발견된 것이다. 5월의 광주는 그렇게 새로운 호명과 함께 새로운 감각으로 재발견된다.

어쨌거나 거기서 듣는 오월의 이야기는 마치 아일랜드의 피의 일요일이라거나 칠레의 피노체트가 저지른 일과 억압받았던 그곳의 사람들의 이야기를 듣는 것처럼 명백하고 비교적 의문의 여지가 없는 일처럼 들렸다. 마치 영어가 사건에 객관을 주고 있기라도 한 것처럼 말이다.(193쪽)

해나의 발표에서, "그 이야기는 틀리지 않았지만 한국어로 듣는 것과 영어로 듣는 것 사이에는 몇 개의 장막이 있었다."(194쪽) 'massacre'와 '학살', 'brutal'과 '잔인한'이라는 낱말의 차이만큼, 그 이질적인 두 언어의 감수성은 동일한 사건을 전혀 다른 감각의 '차이'로 받아들이게 만든다. 사실, 번역이 산출하는 그 '차이'는 정치적인 헤게모니와 연루되어 있다. 유럽의 언어들에 대해 '우리말'이라는 고유성으로 대항하는 언어적 내셔널리즘 자체가,

실은 번역의 정치성을 표현하는데, "즉 영어라는 매개로 인해 '일반적 가치형태' 안에서 소외된 자기 언어의 고유성=본래성을 회복하고자 자신의 문화적·신체적·정동적인 원초적 장소인 모어의 자연성에 호소하는 일"[87]은 바로 저 언어적 내셔널리즘과 단단하게 결부되어 있다. 그러므로 'May, 18th'와 '5·18'의 차이는 언어적 차이에 머무르지 않고, 정치적인 의미, 더 나아가서는 존재론적 차이라고까지 말할 수 있다.

해나가 건네준 종이에는 김남주 시인의 〈학살 2〉이라는 시가 인쇄되어 있었고, '나'에게 그 시는 마치 1960년대 후반의 멕시코나 칠레의 엄혹한 시간들, 혹은 게르니카나 1947년의 타이베이를 표현한 것처럼 읽힌다. 그것은 사건의 '특이성'보다는 '공통성'이 뚜렷한 시였고, 광주의 5월은 지나온 시간의 거리만큼 특이한 것들의 아우라를 상실해버린 것처럼 여겨졌다. 《광야》의 박태민이 생각했던 것처럼, 혁명의 시간은 그렇게 영원하게 보존될 수 있는 것이 아니다. 그것은 다른 오래된 혁명들과 마찬가지로, 역시 시간의 흐름과 함께 추상화된 역사의 기억으로 남는다. 시와 함께 다음 장에 있던 5월 당시의 '선언문'에는 '단기 ####년'이 '19**'로 바뀌어 있었고, 이처럼 사건의 특이성은 보편적인 화행의 조건 속에서 번역되면서 지워져버렸다.

3년 후 '나'는 일본의 교토에서 해나와 재회하고, 거기서 광주를 언급하는 어떤 사람을 만난다. "버클리 대학 근처 카페와 교토의 신조 역 근처 바, 둘 중 어느 곳이 더 의외이려나. 30년 전에, 내가 태어난 도시에서 있던 일에 대해 불현듯 듣는 것으로 말이다."(195-196쪽) 이처럼 광주의 5월은 우연한 사건으로 '나'의 앞에 불현듯 출몰한다. 교토의 바에서 만난 남자는 친구가 만들었다는 〈코슈 시티〉를 소개하며 티슈에 '光州 City'라고 적어 보여준다. '나'에게 광주는 낯선 외국어처럼 그렇게 불현듯 돌출한다.

가끔 해나가 보내는 메일은 대체로 한국어로 쓴 것이었고, "해나의 한국어가 아주 어색한 것은 아니었지만 가끔 스윽 읽으면 한국어 덩어리들이 각각 뭉쳐져 화면에 점점이 찍혀 있는 것처럼 보였다".(197쪽) 그리고 자기의 "답장도 어쩐지 우글거리는 한글의 덩어리 같아 보였다. 어디선가 떼어와서 컴퓨터 화면에 붙여놓은 조합들. 하나로 뭉쳐지지 않는 작은 덩어리들".(198쪽) 지크프리트 크라카우어는 프루스트의 산종적 시간으로부터 그의 역사관을 논평하는 자리에서 이렇게 적었다. "역사는 모종의 과정이 아니라 만화경처럼 바뀌는 잡동사니─되는대로 모였다가 흩어졌다 하는 구름 같은 것─인 듯하다."[88] 그러니까 '우글거리는 언어', 그것은 언어적 일반성(동일성)이 붕괴될 때 나타나는, 분열하는 언어의 파편화(산종)를 일컫는 말이다. 이처럼 서로 다른 언어적 환경 속에서 한국어를 배우고 익힌 두 사람에게, 한국어는 다만 소통의 수단이 아니라 존재의 차이를 발견하는 원천이다.

이듬해 봄, '나'는 다시 해나를 만나 광주의 구도청 앞에서 광주시향의 말러 교향곡 2번 5악장 〈부활〉을 듣기로 했지만, 연주는 비 때문에 취소된다. 30주년이라는 기념의 시간임에도, "광주는 조용했고 딱히 다른 날과 다르지 않았다. 특별히 소리 내어 무언가를 말하는 사람은 없었다. 의외로 이곳에서 무언가를 말하는 사람은 없었다".(198쪽) 시와 음악이, 그리고 영상물과 전시물이 광주의 그날들을 저마다 증언하는 가운데, 그 시간을 함께했던 광주의 사람들은 말이 없었고 또 말하지 못했다. 구도청에서 전시 중인 영상물을 시청하고, 건물 내부를 거닐면서 '나'는 생각한다. "텅 빈 복도. 어두운 복도. 무거운 회색 복도. 시멘트 건물, 벗겨진 페인트 그 둘의 냄새. 이 회색 복도에서 정말로 무슨 일이 있었는지 입 밖으로 소리 내어 말을 하는 사람은 드물다."(199쪽) 그때 그 시간과 지금의 사이에는 '장막'이 있다. 해나와 함께 일종의 순례 처럼 그들은 "구도청 구시청 구도심 모든 보지 못한 과거의 거리를 긴 시간을 아는 사람처럼 부르며 걸었다".(199쪽)

거리를 걷다 둘은 조용한 술집을 찾아들어간다. 해나는 묘역에서 나누어주었다는 유인물을 한 장 꺼냈고, 그것은 김정환의 〈오월곡五月哭〉이라는 시였다. 그 시 역시 '나'에게는 김남주의 〈학살 2〉과 마찬가지로 1960년대의 남미를 떠오르게 했고, 그래서 "모든 명확한 세계들이 내게서 장막을 치고 있"(204쪽)다고 느낀다. 5월의 그 사건은 다시 재현될 수 없는 유일한 것이므로, 그 사건과 지금의 '나' 사이에 있는 장막은 도저히 어쩔 수가 없는 것이다.

나는 그런 명확한 세계에 없었다. 마치 아주 복잡한 지도를 보고 있는 것처럼 거기는 어디지? 하고 들여다보아야만 했는데 그렇다고 무언가가 보이는 것도 아니었다. 나는 그렇게 들여다보는 사람이었으므로 당사자는 아니며 또한 명확한 세계의 시민도 아니었다. 내 앞에는 장막이 있고 나는 장막을 걷을 수 없으므로.(204쪽)

주변의 정황들은 곧잘 기억하면서도, 당시의 사람들은 잘 기억하지 못하는 나. 이 새로운 기억의 주체는 이제 해나와 연락이 끊어졌지만, "해나의 검지는 어떻게 생겼는지 희미하고 하지만 해나의 이름은 기억하고 있"다.(207쪽) "어쨌거나 나는 거기 서 있는 사람은 아니고 거기 서 있는 건 누구라고 말할 수 있는 사람도 아니었고 손가락으로 광주가 어디 있는지 짚을 수 있는 사람도 아니었고 단지 손바닥을 허공에 내미는 사람이었다. 저기 누가 서 있어 하고 뒤돌아 걸으며 혼잣말을 내뱉는 사람. 빗방울을 모아 캔에 흘려보내는 사람."(205쪽) 이렇게 엉뚱한 '나'는 마치 부조리극의 주인공처럼, 온통 장막으로 둘러싸인 모호한 사람이다. '나'는 결코 김남주의 시가, 김정환의 시가, 누군가 지었다는 〈코슈 시티〉라는 노래가 전해주는 광주의 5월에 가닿지 못한다. "이건 좀 신기할 수도 있지만 실은 당연한 이야기다."(208쪽) 그렇다면 우리가 광주의 5월에 관하여 들을 수 있는 것은 무엇인가? "우리가 오래 오래 들어야 했던 것은 떡과 죽과 국수의 이야기뿐이었다."(207쪽) 그렇다면 남는 것은 한 가지, 심각하게 질문하되 유쾌하게 즐기는 것이다.

무얼 듣지? 무얼 듣나. 무얼 부르지? 무얼 무얼 무얼 말하다보니 부엉 부엉 하는 것 같았다.(201쪽)

언어는 이렇게 현실을 '실재'로 데려가지 못하고, 그리하여 실패한 실재에의 열망은 언어를 산종하는 에크리튀르écriture의 놀이로 만든다. 엉뚱한 소리를 늘어놓으며 참극의 기억을 재미난 언어의 놀이로 전유하는 이야기. 이런 언어의 놀이는 유쾌하지만 낯설다. 아무리 많은 사람들이 되풀이해서 이야기하더라도, 결코 익숙해지거나 편안해질 수 없는 이야기. 그러므로 질문의 형식이란, 빤한 대답이 가져올 편안한 익숙함에 저항하는 기괴한 낯섦의 윤리적 실천인 것이다.

잔혹한 폭력에 대한 가장 슬픈 저항의 형식이 '노래'일 수 있다는 사실. "80년대 전부는 내게 '광주'뿐"[89]이라고 했던 공선옥은 장편소설《그 노래는 어디에서 왔을까》(2013)에서 바로 그 사실을 파고들었다. 이 소설은 여러 겹의 폭력이 중층 결정한 주체, 그 주체의 부서진 말들에 대하여 묻는다. 정애와 묘자라는 무구한 소녀들을 망가뜨린 것은 문명(개발 근대화)이고 남자(강간)이며 역사(1980년 5월의 광주)였다. 모두 네 개의 장으로 구성된 이 소설의 내러티브는 피폭의 주체인 정애와 묘자를 번갈아가며 초점인물로 삼았다.

새마을운동과 국가의 시책이 소녀들의 고향 '새정지'를 파괴하고 분열시켰다. 동네의 남자들과 5월의 광주에 난입한 군인이 가난한 집의 딸인 정애를 강간하고 농락했다. 이 작가의 소설들이 대체로 그러하듯 사악한 남자들에 의해 여자들의 삶은 지독하게 피폐해진다. 정애의 엄마도 묘자의 엄마도, 단이도 선자도 진순이도 용순이도, 그러니까 새정지의 모든 아낙들이 그렇다. 정애는 부모를 잃고 고향을 떠나 그 모진 생활을 이겨내려 광주로 갔지만, 마침 5월 그날에 끔찍한 일을 당하고 무너지고 말았다. 묘자의 남자는 5월의 그날에 시위대에 합류해 트럭을 몰았고, 상무대에서 옥살이를 하고 나온 뒤에 다시 삼청교육대에 끌려갔던 사람이다. 그 때문에 일자리를 얻지도 못하고 점점 미쳐가는 그 남자를, 묘자는 끝내 자기의 손으로 죽이고 만다. 정신을 놓아버린 것은 정애나 묘자의 남자만이 아니다. 광주의 진압군이었던 용순의 남자도 그때의 기억들에 사로잡혀 미쳐버렸다. 이 소설에는 이처럼 많은 광인들이 등장한다. 이들을 미치게 한 것이 세상의 폭력이라면, 그들의 미친 언어는 그 폭력의 상흔이며 증상이다. 그리고 '노래'가 바로 그 가혹한 폭력을 증언하는 미친 말이다. "노래는 멀미나고 인정 없는 세상에서 살아가기 위해 정답게 굴어야 할 때 내는 소리가 아닌가."[90] 띄어쓰기를 무시한 넋두리로 표시되는 서술들[91]과 이상한 소리를 흉내 낸 말들. "융규 쇼바 슝가 아리따 슈바 슈하가리 차리차리 파파"(정애의 아버지 김종택)", "아바아바사융기샹 가바"(정애), "키욱키욱파파라파라파휴우라"(묘자의 남편 박용재). 미친 사람들은 이렇게 알 수 없는 이상한 소리를 낸다. 주문처럼 들리는 그것은 하나의 기의로 쉽게 환원되지 않는 기표이면서 일상의 언어는 아니고, 구슬픈 노래이기는 하지만 미친 자의 울음이나 신음에 가깝다.

─어디에서 배웠다기보다 그것은 내 마음속 깊은 데서 나오는 소리인데 그 소리들을 나는 아주 오래전부터 알고 있었지요. 그말은 사람이 말로는 더 어떻게 해볼 수 없을 때 터져나오는 소리인데 보통의 사람들은 그 말을 알아먹을 수 없는 것이 당연한 것이고 그 소리를 하는 사람의 마음속은 하늘에 닿을 만큼 높아서……(184쪽)

정애의 가족은 세상의 폭력으로 완전히 유린되고 파괴되었다. 아버지는 박샌의 손에 억울하게 살해당했다. 실성기가 있었던 어머니는 빨갱이로 몰려 자기 눈앞에서 총살당하는 아버지를 보고 끝내 미쳐버렸고, 결국은 사산死産을 하고 죽었다. 같은 동네의 김 주사에게 수차례 강간을 당한 어린 동생 순애도, 영양실조에 걸려 장질부사를 앓다가 죽었다. 살기 위해서 어린 동생들을 데리고 고향을 떠났던 정애는 5월의 광주에서 군인에게 강간을 당하고 미쳐버렸고, 그렇게 살다가 연기처럼 사라져버렸다. "성애는 사방에 있었고 정애는 아무 데도 없었다."(214쪽) 어느 곳에나 있지만 그 어느 곳에서도 볼 수 없는 정애는 바로 5월의 알레고리다. 그러니까 그것은 사실이지만 증명될 수 없는 진실이다. 그리고 동생 영기는 건달이 되어버렸다. 이 소설에서는 정말 많은 사람들이 미치고 또 죽는다. "죽지 않은 것은 복잡하고 시끄러운 것이고 죽은 것은 간단하고 조용하다."(71쪽) 죽은 자는 말이 없지만, 그렇게 죽음이라는 기표로 남은 사람을 목격한, 죽지도 못한 자들의 정신은 복잡하고 시끄럽다. 그래서 살아남은 자들은 그들을 따라 죽거나 아니면 미쳐버리게 된다. 5월의 그날에 그렇게 미친 이들을 다른 사람들은 "오일팔 또라이들"이라고 불렀다. 반복되어온 폭력의 역사가 입증하듯이 "난리 난 뒤끝에는 미친년, 미친놈 생기게 마련"이니까.(114쪽) 결국 미친 자의 말은 어딘가에 정착하지 못하고 바람처럼 허공을 떠돈다. 미친 말, 기의로 환수되지 못하는 잉여와 결핍의 언어, "그것은 대나무숲 속에 가라앉아 있다가 바람이 불면 일어나는 노랫소리다."(228쪽)

　　─내 노래는 어디에서 왔을까?

아직 이 세상에 오지 않은 것 같기도 하고 이미 이 세상 저 너머로 간 사람 같기도 한 목소리로 여자는 말했다. 나는 어디서 왔을까, 내 노래는 어디서 왔을까, 나는 어디로 갈까, 내 노래는 어디로 갈까…… 하면서 머리를 산발하고 때 묻고 해진 옷을 입은 여자는, 맨발의 여자는, 웃는 건지 우는 건지 알 수 없는 얼굴을 한 여자는, 비가 내리는 골목 밖으로 울음인지, 웃음인지, 알 수 없는 노랫소리를 흥얼거리며 갔다. 여자는, 골목 끝으로, 어둠 속으로, 빗속으로 멀어지면서 어느 순간 가뭇없이 사라졌다. 아아 아아아이이잉리리리리리링이이이이오오오이이이리리리리……

(259쪽)

이 여자의 얼굴은 모호하기만 하다. 그 노랫소리도 모호하다. 웃는지 우는지를 알 수 없는 얼굴과 웃음인지 울음인지를 알 수 없는 노랫소리. 모호함만 가득 남기고 어느 순간 떠나버린 여자. 그 자리에 기이한 소리만 덩그러니 남았다. 여자는 어디로 갔을까? 여자의 그 노래는 어디에서 왔을까? 이런 물음과 함께 남은 이상한 말. 아무도 해명하지 않고 짙은 여운으로 남은 그 소리. "그 노래는 어디서 왔을까?" 저 지랄 발광하는 자의 미친 목소리로 던지는 질문이 실은 어떤 고문임을 알겠다. 그러므로 역시 질문의 형식이란, 빤한 대답이 가져올 편안한 익숙함에 저항하는 기괴한 낯섦의 윤리적 실천이다.

IV. 치유의 서사학

1.
치료의 통치술과 자기 구제로서의 치유

이성의 지평에서는 그 시야 바깥의 모든 외부가 타자다. 그렇게 타자의 얼굴로 돌출하는 존재와 사건을 합리성의 신봉자들은 광기라고 몰아붙인다. 그래서 언제나 광기는 예외적인 사건이며 불법적인 소요사태다. 용산의 그날(2009. 1. 20.)이나 같은 해 여름의 평택—정부는 공권력을 투입해 평택 공장의 쌍용자동차 노조를 강경 진압했다—에서 그러했던 것처럼, 엉성하게 의도된 진압은 때때로 큰 참사를 부른다. 마찬가지로 광주의 그해 5월에 자행되었던 진압은 철저하게 의도된 것이었으나, 그 저항은 합리성의 외부에서 일어난 우발적 사건이었다. 광기가 이성의 타자로서 일종의 정신병이라면, 자기의 몫을 요구하는 '몫 없는 자들'의 저항은 역시 치유되어야 할 정신병이다. 그러므로 진압은 곧 진료이다. 푸코의 저명한 견해가 그러하듯, 광기를 다스리는 공간이 진료소라면 그때 치료는 권력이다.

법(합리성)을 앞세운 국가의 주권은 법에 의한 통치를 명분으로 법 바깥의 모든 사태를 불법화한다. 정상적인 법치의 외부, 그러니까 '예외상태'를 규정하는 것이 바로 주권의 역능이다. 주권으로부터 예외상태로 규정된 사건은, 이성으로부터 광기로 낙인찍힌 행동과 같다. 이따금 진료의 거부로 전개되는 권력에 대한 저항은, 치료에 의해 순치되어야 할 난동이며 강력한 항생제로 박멸되어야 하는 악성의 바이러스다. 그러므로 치료는 진정한 치유가 아니라 그저 주권의 발효인 것이다.

상징계의 문법서를 찢어버리고 실재계의 언어를 구사하려는 어떤 놀라운 순간, 대타자(주권)의 위엄은 나락으로 떨어진다. 1919년의 3월, 1960년의 4월, 1980년의 5월, 그리고 1987년의 저 푸르른 6월, 진정으로 정신병적인 그 광기의 순간들을 우리는 역사의 이름으로 기억한다. 역사는 그렇게 늘 반복하고 회귀하는 것으로써 자기의 존엄을 증명한다. 그런 의미에서 하위주체의 역사는, 자주 그렇게 편집증과 분열증의 반복적인 재현이었다. 그러나 모든 광기의 역사는 동시에 처벌의 역사다. 그리하여 그 처절한 저항으로 탄생한 해방의 시간은, 열병의 짧은 고통과 함께 다시 치료(진압)되기 마련이다. 결국 치료는 그렇게 치밀한 폭력과 다름없는 것이다.

광주의 5월은 무엇보다 노골적인 진압의 폭력과 그 결과로서의 상흔으로 유별난 사건이다. 한국의 근현대사에서 이른바 갑오동학농민전쟁과 여순사건을 겪었던 남도 사람들의 집단적 기억은, 잔학한 물리적 폭력과 살육의 참상으로 얼룩져 있었다. 그 집단적인 희생의 기억이 현존하는 가운데 광주의 5월은 또 다른 역사의 반복으로 재귀한 것이었다. 그때 광주의 사람들은 국민(동지)의 외부로 규정된 폭도(적)였고, 법률적 보호의 바깥에 놓인 '벌거벗은 생명'이었다. 아감벤에 따르면 현대의 정치는 조에와 비오스의 비식별적인 모호함으로 통치한다. 그러나 5월 광주의 저 주권은, 현대정치에 미달하는 취약함을 선명한 적대와 노골적인 폭력으로 노출했다. 합리적인 주권은 그 '권력'으로 치료하려 들지만, 취약하고 난삽한 주권은 그저 물리적인 '폭력'에 의존한다. 혼란을 잠재우는 것이 '권력'이라면, 혼란을 야기하는 것은 '폭력'이다. 다시 말해 혼란과 무질서를 야기하는 주권은 이미 권력이 아니다. "폭력과 혼란은 포괄적인 권력이 부재하는 곳에서, 권력의 담지자여야 할 정치적 혹은 사회적 심급과 기관이 붕괴하는 곳에서 확산되는 것이다. 긍정적 형태로서의 권력은 형성하고 산출해내며 질서를 부여한다. 권력은 폭력과는 반대로 생산적이다. 권력은 혼란이 생겨나는 것을 막는다."[1]

현대의 정치는 강제가 아닌 자발적 동의를 유도함으로써 '치안'을 유지한다. 자아의 자유를 고취함으로써 따르게 하는 것이 권력의 진정한 모습이다. 그러나 권력의 통치력은 대가 없이 그저 생성되지 않는다. '강요'가 아닌 '자유'로써 자기의지를 관철하려는 주권은, 그 권력의 행사를 위해 타자와의 소통을 매개하려는 노력과 비용을 부담해야 한다. 폭력이란 소통에 대한 노력이 없는 불성실과, 소통의 능력이 없는 무능 속에서 그렇게 발생한다.

커뮤니케이션적 맥락을 결여하면 폭력은 벌거벗겨진다. 이렇게 벌거벗은 상태에서 생겨나는 폭력은 섬뜩함이나 전율을 불러일으킨다. 그 어떤 커뮤니케이션적 지향성도 없이 무차별적으로 타자를 괴롭히거나 무의미하게 죽이는 행위는 바로 이런 벌거벗은, 의미가 상실된, 그래서 포르노그래피적인 폭력이다. 이런 폭력은 커뮤니케이션을 목표로 하지 않는다. 벌거벗은 폭력을 행사하는 자에게는 타자가 **무엇**을 행하는가는 중요하지 않다. 여기서는 복종 또한 아무런 의미를 갖지 못한다. 복종한다는 것은 이미 하나의 커뮤니케이션 행위인데, 여기서는 타자의 행동, 그의 의지, 나아가 그의 자유와 존엄을 **완전히 해소**시키려는 시도가 나타나기 때문이다. 벌거벗은 폭력의 목표는 **타자성**을 철저하게 제거하는 것이다.[2]

공수부대를 투입한 5월 광주의 고강도 진압은 고립된 광주의 사람들을 대화적 '소통'이 아닌 일방적 '진압'의 대상으로 전락시켰다. 그때 광주의 사람들은 대화의 당사자가 아니라, 다만 존재의 의미를 부인당한 폭력의 대상이었을 뿐이다. '벌거벗은 폭력'에 속절없이 유린되는 '벌거벗은 생명'의 스펙터클, 그것은 사랑이 결여된 성교처럼 그 리비도의 과잉 투여를 보여주는 일종의 포르노그래피였다. 광주의 5월은 이렇게 강제당한 성교의 기억처럼 참혹한 상처다. 좌절당한 '실재'에 대한 욕망은 신경증neurosis을 부르고, 억압으로 생긴 그 결여의 빈 공간에는 불안과 우울이 망상처럼 무성하게 증식한다. 대타자에게 굴복당한 주체는 그렇게 금지당한 욕망으로 고통받는다. 주권의 참혹한 폭력에 진압당한 저항은, 이처럼 그 저항의 주체를 퇴행의 고통 속에서 서서히 죽어가게 만든다.

'치료'가 주권의 폭력—푸코에 따르면 그것은 '생체권력'이다—이라면 '치유'는 자기의 통치다. 주권에 결박된 주체는 자기통치가 불가능하고, 그렇게 스스로 치유하지 못하게 된 주체는 정태적인 치료의 대상으로 전락한다. 제거해야 할 대상(적)으로 질병을 바라보는 근대의 서양의학은, 몸과 병을 적대의 정치로 바라본다. 그러나 의술보다는 예술에 가까운 한의학은, 생리학적 합리성의 차원을 넘어 병(타자)을 받아들이는 몸의 조화로 타자성의 윤리를 일깨운다. 다시 말해, 자기 몸의 주인으로 자기의 통치에 능한 사람은, 곧 타자를 받아들이는 윤리에서도 올바른 사람이다. "일상의 관계 안에서 스스로 자신의 기를 조절하는 주체가 되는 것. 그런 점에서 양생이란 철두철미 자기배려의 기술이라 할 수 있다."[3] 자기통치와 타자의 윤리를 통섭한 한의학은 이처럼 치료와 치유에 관해 전혀 다른 관점을 열어준다.

치료는 구호救護인 것처럼 보이지만 결코 구제救濟에 이르지 않는다. 그것은 오히려 조르조 아감벤이 말한 바의 '포함하는 배제'에 가깝다. 구호하는 것처럼 하면서도 구제하지는 않고, 구제하지 않으면서도 구호처럼 보이는 것. 이렇게 포함(동원)하면서도 배제(추방)하는 것은 현대 주권의 교활한 통치술이다. 동원의 구호口號는 자애롭지만 추방의 실행은 가혹한 것. 그것이 바로 자기통치로서의 치유를 어렵게 하는 현대 주권의 교묘한 권능이다. 푸코의 말을 빌리자면, "그것은 단지 생명의 억압만을 목표로 하는 것이 아니라 생명을 조절하고 통제하며 통치할 수 있게 하는 기능들이라는 것이다."[4]

국가의 폭력에 희생당한 자들을 국가가 다시 거두어 추모하는 역설, 그것이야말로 '포함하는 배제'의 극단적인 사례이며 '치료'라는 개념의 분명한 용례. 예컨대 "서울의 국립 4·19민주묘지와 경남 마산의 국립 3·15민주묘지, 그리고 광주의 5·18민주묘지는 국군 전사자 중심의 묘지가 아니라, 군사독재정권에 저항하여 봉기했다가 살해당한 사람들이 매장된 묘지이다".[5] 다카하시 데쓰야는 국가주의의 폐해에 지극히 예민한 연구자로서, 조국을 위한 국민의 희생을 포함(동원)함으로써만 근대국가는 그 존립의 정당성을 유지하고 강화할 수 있다고 말한다. 그리하여 그는 이렇게 묻는 것이다.

　　군국주의, 국가주의 국가에서나 민주주의 국가에서마저도 국가가 사망자들을 찬미하려 할 때, 마치 판에 박은 듯한 '희생' 논리와 레토릭을 작동시키고 마는 것은 왜일까? 희생 없는 국가 혹은 희생 없는 사회는 애당초부터 존립 불가능한 것일까?[6]

　　법치에 근거한 현대의 주권에 있어, 포함 없는 배제나 배제 없는 포함이 전혀 불가능한 것과 마찬가지로, 희생 없는 국가는 절대로 불가능하다. 그럼에도 주권의 내부에서 살아야 하는 것이 우리들에게 주어진 조건이라면, 그 희생의 불가능성에 대한 끊임없는 저항이야말로 가장 현실적인 불복종의 방법이다. "모든 희생의 폐기는 불가능하지만, 이 불가능한 것을 향한 욕망 없이는 책임 있는 결정이란 존재할 수 없다".[7] 그러므로 결국 주권에 의한 지배의 '구조'를 넘어서기 위해서는, 주어진 치료를 거부하고 '주체'의 자기 통치력을 기르는 것, 그 양생養生으로서의 치유가 무엇보다 중요하다.

치료가 '생명정치'를 함의한다고 할 때, 치유란 결국 그 '책임 있는 결정'의 다른 이름이다. 다시 말해, 치유는 책임질 수 있는 능력의 회복이다. 그러나 책임이란 언제나 무거운 것이고, 스스로 자기를 통치한다는 것 역시 쉬운 일이 아니다. 쉼 없는 공부와 수양, 그리고 홀로 몸을 사리는 신독愼獨의 과정 속에서도 치유는 아주 조금씩 이루어질 뿐이다. '책임'의 반대가 '예속'이라고 할 때, 자유의 가치를 앞세워 모든 비효율적인 규제들을 철폐하려는 듯 보이는 신자유주의는, 자유라는 알리바이로 책임을 해제시키면서 실재로는 사람들을 예속화하고 그 통치를 합리화한다. 그것은 푸코의 생각에 기댄 사카이 다카시의 다음과 같은 문장 속에 잘 정리되어 있다.

경쟁적으로 최적화를 이루려는 시장관계 및 행동이 통치적 개입의 한계를 규정짓는 데 그치지 않고 통치 그 자체를 합리화하는 원리로 기능할 수 있는 것은 어느 정도인가. 이와 같은 물음 속에서 시장 관념을 참조하며 통치를 합리화하려는 원리가 모색된다. 초기 자유주의와 다른 것은, 이들이 시장을 이미 존재하는 준자연적 현실로 간주하지 않는다는 것이다. 오히려 시장은 통치(정부)에 의해 적극적으로 구성되어야 할 특정한 정치적·법적·제도적 조건으로 존재하거나 그러한 조건의 근원으로만 존재할 수 있는 것이다.[8]

신자유주의는 사람들에게 욕망의 탕진과 과잉 소비 대신에, 역설적으로 자율적인 금욕과 절제를 통한 웰빙wellbeing을 요구한다. 다만 그 금욕과 절제는 가히 값비싼 것이다. 그것은 '자유'의 외양을 하고 있지만 실은 자율적인 금욕이 아니라 강요된 인내에 가깝다. 그렇게 주체는 자기의 통치력을 빼앗기고 점점 더 예속화되어 간다. 재독 철학자 한병철에 따르면, 현대사회는 사람들에게 자기 통치의 근간인 '사색적 능력'을 상실하게 함으로써 네거티브한 규율이 아니라 포지티브한 자유로 자기를 착취하게 만든다. 그러니까 지금 이 사회는 성과에 대한 강박으로 주체를 탈진하게 함으로써 우울증과 불안 등의 신경쇠약이 만연한 '피로사회'다.[9] 그의 말대로 "자유와 탈규제의 이념을 내세우는 오늘의 성과사회는 규율사회의 근간을 이루던 제한과 금지를 대대적으로 철폐한다."[10] 그러나 30여 년 전 신자유주의로 점진적인 이행을 하는 과정에 있던 한국의 상황은 이와는 전혀 다른 것이었다. 특히 절대 권력자의 돌연한 죽음과 이를 틈타 쿠데타로 집권한 군부권력의 취약성은 광주의 5월이라는 선명한 적대와 노골적인 폭력의 참상을 불러왔다. 그때 광주에서 벌어진 일들은 지극히 근대적인 사건이었으며, 지금도 현재진행형인 그 '이후'의 삶은 탈근대의 시공간 속에서 여전하게 펼쳐지고 있다. 이 겹침과 어긋남의 착종과 더불어 치유란 과연 무엇인가?

2.

훼손된 신체, 증언의 기호

취약한 권력의 벌거벗은 폭력은, 생명을 조절하는 생체권력과는 확연하게 다르다. 5월의 광주에서 선명하게 모습을 드러낸 그 폭력은, 푸코가 말한 바의 "죽게 만들고 살게 내버려두는 권리"에 가까운 것이었다. 하지만 생명정치적인 생체권력은 "살게 만들고 죽게 내버려두는 권리"로써 출현한다.[11] 따라서 광주에서의 폭력은 생명에 대한 통치라기보다, 생사여탈의 권한으로 생존의 권리를 말살하는 군주적인 폭력이었다고 할 수 있겠다. 훗날 그 폭력은 '5·18특별법'에 의해 사법처리의 대상이 되었다. 그렇게 노골적인 5월의 진압은, 잔학한 폭력을 의도적으로 가시화함으로써 주권의 힘을 과시하려 했다는 점에서 저질적인 포르노그래피의 폭력이었다. 다시 말해 그 폭력은 '정치적인 것'이라기보다는, 이권의 쟁탈을 위한 '조폭적인 것'에 지나지 않았다. 그리고 그 폭력이 그처럼 단순 무식한 것이었다는 점에서, 그것은 지극히 잔혹한 양상으로 표출되었다. 끔찍한 물리적 폭력은 피와 살과 뼈로 이루어진 유기적인 신체를 비유기적인 무기물로 해체했으며, 그리하여 '상처받은 몸들'은 그 참상의 가장 직접적인 표식이 되었다. 다시 말해 몸에 남은 상처, 그것은 장-뤽 낭시의 표현대로 '절대적으로 악'이다.

> 따라서 마찬가지로, 그리고 무엇보다도 이 상처는 단지 저 자신의 고유한 기호로서 그 어떤 것도 아닌 오직 몸이 오그라드는 고통, 제 활동 공간을 박탈당한 채 수축되고 집적되는 몸의 고통만을 기호화한다. 그것은 (이제는 해독할 수 없게 된 비극의 기호인) 불행malheur이나 (그 원인과 건강을 향해 신호를 보내는) 질병maladie(이 관점에서 붕대 없는 상처는 없다)이 아니라 악mal이다. 절대적으로 악이다. 즉 저 자신을 향해 벌어진 상처, 저 자신 속에 흡수되어 더 이상 기호도 자아도 아닌 지경에 이른 자기-기호다.[12]

"정신은 의미의 몸, 혹은 몸이 된 의미이다."[13] 장-뤽 낭시에게 몸을 '진정한 정신의 몸'으로 만들어주는 것은 바로 그 상처다. "살해당하고, 찢기고, 불타고, 끌려 다니고, 수용소에 갇히고, 학살당하고, 고문당하고, 살 껍질이 벗겨지는 몸들, 구덩이에 던져지는 살과 상처들에 대한 집착을 통해"[14] 몸들은 비로소 '세계성'을 공표한다. 왼쪽 눈에 최루탄이 박힌 모습으로 마산 앞 바다에 떠오른 김주열의 상처 입은 몸, 그것이 4월혁명의 도화선이 되었던 것처럼, '상처'는 단지 폭력의 기억을 보존하는 상흔이 아니라,

'더 이상 기호도 자아도 아닌 지경에 이른 자기-기호'로써 세계의 비참을 징후적으로 표현한다.

> 그것을 사람의 형체라고 하기에는 너무 끔찍했다. 그것은 서리를 맞아 시든 풀잎이나, 봄이 와도 잎이 피어나지 않는 고사목枯死木, 발부리에 채이는 돌멩이, 이 세상에서 가장 흔한 흙 한 줌보다 보잘것없고 추하고 쓸모없이 썩어가는 물체에 지나지 않았다. 그것들이 살아 있으면서 기뻐서 뛰고 춤추며, 슬플 때 울고, 화가 날 때 소리 지르고 싸우며, 즐거울 때 쓰다듬고 핥으며 노래할 수 있었다는 것이 믿어지지가 않았다.[15]

처참한 주검을 묘사한 어떤 소설의 이 대목은, 폭력으로 훼손된 육체를 사물화함으로써 정신(생명)의 결여를 가시화한다. 부어오르고 찢기어 부패한 살덩어리, 몸 밖으로 쏟아져 나온 내장, 부러지고 깨어진 뼈와 말라붙은 피의 자국들. 훼손된 육체는 그 부조리한 형상 자체로 폭력의 실상을 고발한다. 이렇게 한갓 무기물로 해체된 유기적 신체는, 절대적인 악으로서 그 상처들을 통해 폭력의 물질성을 증언하게 되는 것이다. 시간이 흘러 해체된 신체마저도 사라지고 없을 때, 사라진 주검(훼손된 신체)을 대신하는 것은 이제 타인들의 기억 속에 남은 추억 따위의 비가시적인 흔적들뿐이다.[16]

전시 중의 제노사이드genocide나 시위 진압과 같은 유형화된 국가폭력의 '공통성'과 함께, 5월 당시 우발적인 사건들의 '특이성'이 그 상해傷害의 상이함을 결정짓는다. 그러나 5월 광주의 피해

자들은 전쟁이나 반인권적인 고문을 경험한 사람들과 대체적으로 유사한 형태의 외상을 입은 것으로 조사되었다.[17] 1979년 10월의 부마항쟁과 1980년 4월의 사북탄광 노동항쟁은, 1980년 5월의 폭력진압을 가져온 계기적 사건들이다. 따라서 비상계엄의 해제와 전두환 퇴진을 요구하는 시위의 격화는, 신군부에게 시국의 수습이라는 명분으로 강경진압을 밀어붙이게 한 근거가 되었다. 전 보안사 정보처장 권정달의 진술 내용(1996년 1월 4일)을 보면, "부마사태 진압작전에 대한 평가 과정에서 시위의 대규모 확산을 미연에 방지하기 위해서는 초동 단계에서부터 공수부대 등을 투입해 강경진압을 하는 것이 효율적이라는 반성론이 제기"되었으며, "이에 따라 국민들의 저항과 시위를 진압하기 위한 계엄군 투입계획 등이 시국수습방안의 수립 및 그 준비 단계에서부터 전두환 보안사령관의 주도하에 황영시 참모차장, 정호용 특전사령관, 노태우 수경사령관 등 신군부 핵심 장성들 사이에 이미 수립되거나 실행되고 있었"음을 확인할 수 있다. "특히 시위 초동 단계에서부터 강경진압 등 위력 과시를 해 시위 군중을 위축시킴으로써 시위 확산과 격렬화를 미연에 방지한다는 것을 기본 방침으로 결정했"던 것이다.[18] 이처럼 철저하게 계획된 진압작전에 따라, 박달나무로 특수 제작된 곤봉과 착검한 M16 소총으로 무장한 최정예의 공수부대원들은, 대검으로 찌르고 소총으로 내려찍고 곤봉을 휘두르면서 시민들을 향해 무차별적인 폭력을 행사했다. 5월의 항쟁을 르포의 형식으로 기록한 글에는 그 폭력의 잔학한 내용이 이처럼 자세하게 묘사되어 있다.

공수대원은 3~4명이 1조가 되어 주변 건물들을 이 잡듯이 뒤졌다. 그들은 길가로 끌고 나온 시위대의 포로들을 가능한 한 많은 사람들이 보는 앞에서 발가벗기고 무리를 짓게 하여 군대 유격훈련장에서 실습하는 가혹한 기합을 주었다. 잡힌 사람들은 팬티만 입고 알몸으로 화염병 조각과 돌조각이 널려 있는 거리 한복판에서 손을 뒤로 묶인 채 엎드려서 아랫배로만 기어가게 하는 올챙이 포복과 통닭구이, 원산폭격 등 잔인한 방법으로 괴롭혔다. 여자라도 몇 명 붙들려 오면 여럿이서 겉옷은 물론 속옷까지 북북 찢어발기고는 아랫배나 유방을 구둣발로 차고 짓뭉개고 또는 머리카락을 휘어잡아 머리를 담벽에다 쿵쿵 소리가 나도록 짓찧었다. 손에 피해자의 피가 묻으면 웃으며 그 몸에다 쓱 닦는 식이었다. 그런 식으로 살육을 즐기다가 군용 차량이 오면 걸레처럼 희생자들을 던져버렸다.[19]

이런 식의 잔학한 폭력의 묘사는, 다른 많은 소설에서도 반복되는 일종의 전형적 서술이다. 사망자와 부상자의 상흔을 검토한 글들은 대개가 총상이나 대검에 의한 좌상, 구타에 의한 타박상이나 골절상 그리고 과다출혈과 장기파열 등의 소견을 제시하고 있다.《5·18 의료활동》이라는 백서에 따르면, 항쟁 초기인 18, 19, 20일에는 주로 머리 쪽의 타박상 환자가 많은데 이를 통해 곤봉에 의한 잔혹한 진압을 추측할 수 있다. 집단발포가 시작된 21일 오후 1시 이후의 총상 부위는 점차 가슴과 머리로 집중되었으며, 이로써 조준사격에 의한 살상을 분명하게 확인할 수 있다.[20] 이렇게 공수부대의 진압으로 직접 상해를 입거나 사망에 이른 경우가 아니더라도, 폭력 현장을 목격하거나 가족의 사망과 실종을 겪으면서, 그리고 수감 상황에서의 가혹행위(고문과 학대)로 몸과 마음에 상처를 입은 채 살아온 사람들은 또 얼마나 많은가.

정부로부터 공인받은 5월 관련자 4,493명 중 약 3,300명이 부상자다. 32년간 망월동 묘지에 묻힌 망자가 658명이며, 그 밖에도 고향의 가족묘에 안치된 이가 50여 명, 그러니까 지금까지 대략 700여 명이 죽었다. 이 중에서도 부상 후유증으로 죽은 이가 대략 380여 명인데, 자살은 무려 44명에 달한다. 이런 자살률은 일반인의 500배에 이르는 것이다.[21] 망자는 말이 없지만 살아남은 자들의 고통은 아직 끝나지 않았다. 부상자와 구속자 그리고 그들의 가족들은, 폭력의 아픈 상처로 여전히 힘들게 살고 있다.[22] 광주의 5월은 이미 지나간 시간이지만, 그 폭력의 상처는 아직 아물지 못하고 후유증으로 남아 엄혹했던 시간을 증명하고 있다. 그러므로 그 고통은 그 자체로 증언의 말이다.

양적 연구로 일상생활 변화사건에 따른 고통, 신체화 증후군, 그리고 외상 후 스트레스 증후군을 측정했고 1990년 당시 보상을 받기 위한 진단서와 사례연구로 이를 지지했다. 그 결과 부상자군에서 비교군보다 일상생활 변화사건에서 체험한 고통 점수는 4.1배, 신체화 증후군 점수는 2.1배, 1980년 당시 외상 후 스트레스 증후군 점수가 9.3배 높았다. 1990년 피해보상 진단서를 분석해본 결과 부상자 100%가 신체적·정신적 질환을 앓고 있었다. 사례연구 결과 총알 및 파편에 의한 사지마비, 통증 및 납중독 우려증, 마약성 약물남용, 심인성 통증장애, 외상 후 스트레스 증후

군, 사회에 대한 영구적인 불신, 심신자구책 부재, 실직과 부채 등
에 의한 경제적 어려움, 사회 부적응, 가족붕괴, 한과 화병에 의한
확대가족(부모 및 조부모)의 연쇄사망을 호소하고 있었다. 그러나
그 무엇보다 지난 15년 동안 간첩과 폭도로 매도되어 받아야 했
던 재희생의 고통이 컸음을 알 수 있었다. 결과적으로 질적, 양적
연구 모두에서 부상자들은 1980년 광주민주화운동 15년 후까지
신체적, 정신적, 가정 및 사회생활에서 안녕을 누리지 못하고 있
음을 알 수 있었다.[23]

몸에 남은 흉터는 일종의 '자기-기호'(장-뤽 낭시)로써, 살아 있
는 살 위에 저 5월의 봄날을 극적으로 기록한다. 그리고 그들의 정
신은 마찬가지로 상처받은 몸 그 자체다.[24] 프란츠 파농은 알제리
민족해방전쟁에서 비롯된 정신질환들을 보고하는 자리에서 다음
과 같은 문장을 남겨놓았다. "식민주의는 타인에 대한 체계적인
부정이며 타인의 인간적 속성 전부를 부인하려는 광포한 결단이
기 때문에, 피지배 민중으로 하여금 끊임없이 '실제로 나는 누구
인가?'를 자문자답하도록 강요한다."[25] 식민 지배가 원주민의 삶의
체계를 전면적으로 부정하는 것이라면, 5월의 광주에서 벌어진
유혈진압은 일종의 식민화였으며, 동시에 그들의 존재가치를 부정
당하는 가운데 일어난 거대한 저항의 반폭력은 탈식민화의 시작
이었다. 그러나 식민화를 관철하려는 그 막강한 폭력에 굴복당한
존재는, 식민권력이라는 대타자의 시선에 종속된 굴욕적인 주체
로 재구성될 수밖에 없었다. "그리하여 식민화가 성공적으로 진행
되는 차분한 시기에는 억압의 직접적 산물로서 일상적이고 중요

한 정신병리가 생겨난다."[26] 1980년 5월 27일 도청에서의 결사항전이 압도적인 화력에 의해 완전하게 진압된 다음 '식민화가 성공적으로 진행되는 차분한 시기'가 도래하자, '상처받은 몸들'은 발병과 함께 기나긴 고통의 시간 속으로 들어간다.

3.

봉합을 넘어 치유의 서사로

애도는 무엇보다 상실을 견뎌내는 정신의 계략이다. 애도는 초극하는 것이지 그저 떨쳐내는 것이 아니다. 다시 말해 "애도는 인간이 상실을 딛고 태어나 무로 돌아간다는 것을 일깨워주는 의식이다".[27] 상실로 인한 결여를 보충하기 위해서는, 먼저 상실의 대상에 고착되어 있던 리비도를 다른 대상으로 옮겨가야 한다. 진정으로 떠나보내기 위해서는, 잃어버린 것을 대체할 수 있는 또 다른 무엇이 필요한 것이다. 그러므로 애도하지 못하는 자는, 어쩌면 또 다른 애욕의 대상을 찾지 못하는 무능한 사람이다. 그러나 이런 설명이 서둘러 망각하는 것이 정신에 좋다는 말은 아니다. 기억에 붙들려 온통 과거의 시간에 사로잡혀 사는 것만큼이나, 오래 기억하지 못하고 쉽게 망각하는 것은 일종의 병리적 징후다. 상실로 인한 이런 극단들은 심리의 어떤 편향을 반영하며, 그것은 역시 회피하고 싶거나 사로잡고 싶은 것에 대한 방어와 집착의 유력한 증례인 것이다. "충분히 애도하지 못할 때 혼은 유령이 되고 우리는 신경증에 걸린다. 신경증이란 삶의 '덧없음'을 견디지 못하고 현실에 잘 적응하지 못하는 마음의 병이다. 애도는 덧없음을 이겨내고 다시 새살이 돋는 가장 근원적인 삶 충동이다. 상실의 아픔을 극복하지 못하면, 우리는 죽고 싶거나 남을 파괴하고 싶은 충동에 빠진다. 이것이 우울증이다."[28] 다시 말해, 애도의 실패가 우울을 부른다. 끝내 상실을 받아들이지 못함으로써 떠나보내는 애도에 실패할 때, 죄의식으로 충만한 자의식은 스스로를 고통스럽게 처벌한다. 실패한 애도는 상실의 고통을 죽음의 충동으로 대체하고, 그렇게 우울은 '신경증'[29]의 한 양상으로 발병한다.

주체는 감당하기 힘든 고통의 기억을 억압함으로써 심리적 안정감을 얻는다. 그러나 억압이라는 방어기제는 원외상의 고통을 단지 은폐하는 것에 불과함으로, 그것은 언제든지 굴절된 형태로 되돌아올 수 있다. 그래서 치료는 억압된 기억을 분석가의 도움으로 재구성하는 작업이다. 그러니까 "치료법은 처음에 그 사건이 일어났을 때 소산되지 않은 관념의 작용력을 제거해준다. 질식되어 있던 감정이 언어를 통해 표출되도록 함으로써, 그리고 그 관념을 정상 의식 상태(가벼운 최면)로 끌어들여 연상에 의해 수정할 수 있게"[30] 도와주는 것이다. 억압된 기억은 압축되고 치환되어 응어리진 형태로 무의식에 남는데, 이것을 '언어를 통해 표출'하는 것은 그 응어리를 의식의 수면 위로 풀어내는 일이다. 그러므로 고통의 기억을 서사화하는 것은, 곧 응어리진 고통을 풀어내는 치유의 과정이다.[31] 다시 말해 발설은 곧 애도인 것이다. 그러나 치료가 곧 치유인 것은 아니다. 억압된 고통의 기억을 분석가(작가)의 도움으로 재구성해내는 것은 치유가 아니라 치료이다. 치유는 그렇게 외부적인 힘으로만 해결되지 않는다. 피분석자(환자)가 스스로 그 기억을 받아들일 수 있도록 함으로써, 고통스런 증상을 기꺼이 견뎌낼 수 있도록 주체를 단련시키는 것이 치유이다.

대체로 5월의 소설들은 끔찍한 기억을 떠올리면서 그 기억으로 인한 심각한 죄의식과 부끄러움을 서사화한다. "최악의 사람들, 즉 적자(適者)들이 생존했다. 최고의 사람들은 모두 죽었다."[32] 프리모 레비의 이런 토로처럼, 그 상황에 타협하고 살아남았다는 적자 생존의 감각이 생존자와 희생자를 '최악'과 '최고'의 인간으로 분할하게 만든다. 죄의식과 부끄러움은 초자아의 작용으로 출현하는데, 이를 통해 주체는 기억의 고통을 상쇄한다. 죄의식과 부끄러움의 서사화는 5월을 증언하는 가장 다수적인 형식이며, 이는 죽은 자들의 원한에 대한 진혼과는 아무 상관없이, 다만 살아남은 자의 고통을 위로할 뿐이다. 그러니까 그 죄의식과 부끄러움이란 죽은 자에 대한 도리의 차원이 아니라, 자기 고통의 감쇄를 위한 양심의 알리바이라는 것이다. 그러므로 고통을 받아들이는 주체의 고투 대신에, 고통을 회피하려는 방어의 심리를 그리는 소설은 치유가 아닌 치료의 열망을 기술할 뿐이다. 진정으로 "예술적이어야 치유적이고 치유적인 것은 반드시 예술적"[33]이다. 예술과 치유는 이처럼 서로 결부되어 있다. 그러므로 트라우마적 사건 이후의 치유에 대한 성찰은 회피하지 않는 자의 결기와 예술적 고투 속에서 이루어질 수 있는 것이다.

원외상으로서의 5월은 잠재적 실재로서의 5월이 재현 불가능한 것처럼, 치유 불가능한 상처다. 5월의 상처를 치료함으로써, 그 처참한 과거와 말끔하게 단절하려는 욕망은 재현의 의욕처럼 가망 없는 소망이다. 치유될 수 없는 5월의 상처는 그 고통의 기억이 불러온 증상들로 표현될 수 있을 따름이다. 5월은 애도 불가능한 과거이고, 소설은 다만 현재의 증상으로써 증언할 수 있다. 다시 말해, 치유 불가능한 5월의 소설적 표현은 고통스런 증상 그 자체가 증언의 언어가 됨으로써만 가능한 것이다.

죄의식의 구조

살아남았다는 것은 축복일까? 아니, 그것은 축복이나 불운과 같은 말로 이야기되어야 할 진부한 사건이 아니다. 조르조 아감벤에 따르면, "결국 남은 자는, 이전에는 전체의 분할과 손실을 가리켰다면 이제는 바로 그 전체의 구원을 가능하게 해주는 구원장치로 나타난다."[34] 그들은 말 그대로 절멸한 자들 가운데 생존한 자를 가리키는 것이 아니라, "죽은 자도 아니고 살아남은 자도 아니며, 익사한 자도 아니고 구조된 자도 아니다. 그들은 그들 사이에 남은 것이다."[35] 살아남은 자들은, 살아 있어도 산 것 같지 않은 일종의 '산-주검'이다. 그들은 정신의 깊은 외상으로 자아 상실의 상태에 있다. "외상을 경험한 사람들은 자기의 기본 구성basic structures of the self에 손상을 입고 이로 인해 고통스러워한다. 그들은 자기 자신, 다른 사람, 그리고 신에 대한 신뢰를 잃어버린다. 모욕과 죄책감, 무력감을 경험함으로써 이들의 자존감이 공격당한다."[36] 그들이 증언할 수 있는 유일한 자들인 이유는, 그들의 상처가 그 자체로 일종의 고발이기 때문이다. 절멸한 자들에 대한 멀쩡한 증언보다도, 살아남았다는 죄의식에서 비롯되는 온갖 괴이한 증상들이 진실에 더 가깝다. 그러니까 그들의 그 증상이야말로 가장 신빙성 높은 증언이다.

임철우의 단편 〈봄날〉의 첫 단락은 이런 의문으로 시작한다. "오월, 그 마지막 날 새벽, 명부는 죽음을 당하기 바로 전에 정말 상주의 집을 찾아갔을까. 그리고 명부가 애타게 문을 두드리는 소리를 빤히 들으면서도 자신은 꼼짝 않고 이불 속에 누워 있었노라는 상주의 말은 과연 사실일까."[37] 동생 상희의 말에 따르면, 그날은 온 식구가 함께 안방에 있었고 상주의 방은 대문에서 가장 멀리 떨어져 있었기 때문에, 정말 누군가 문을 두드렸다면 가족들이 먼저 알았겠지만 아무도 그런 소리를 듣지 못했다는 것이다. 그렇다면 결국 저 내러티브는 상주의 피해망상이 만들어낸 환상에 불과하다. 그런데 상주의 어머니는 그날 새벽에 누군가가 다급하게 문을 두드렸지만 무서워서 문을 열어줄 수 없었다고 한다. 뒷방에 따로 떨어져 있던 상주만 그 소리를 듣지 못했을 거라고. 누구의 말이 맞는지 알 수 없지만, 중요한 것은 그 '문 두드리는 소리'가 일종의 '잔인하고 사나운 초자아'로 기능한다는 사실이다. "양심의 초자아의 활동이 행복을 촉진하는 데 참여하고 있는 반면, 잔인하고 사나운 다른 초자아는 자살과 살인, 파괴와 전쟁 등 인간의 고뇌와 터무니없이 잔인한 인간의 행동에 대한 주요한 원인이다."[38]

상주는 자기의 배신으로 명부가 죽었다고 여기며, 죄책감에 사로잡혀 있다. 정신병원과 기도원을 전전하며 쓴 일기장에는, 스스로를 아벨의 살해자 카인으로 묘사하고 있다. 명부가 죽은 지 2년이 지나고, 다른 친구들은 모두 저마다의 생활을 찾아 현실에 적응하며 살고 있었다. 그러나 상주만은 그 참혹한 시간들에서 여전히 깨어나지 못하고 있다. 말 그대로 상주는 애도하지 못하는 상주喪主/傷主로 과거의 기억에 고착되어 있다. 상주의 일기장엔 이렇게 적혀 있다.

> 살덩이를 흙 속에 묻고 나서 너는 나의 기억 속으로 살아 걸어 들어왔다. 그리고 너는 이제 내가 죽는 날까지 나와 함께 살아갈 것이다. 그것은 참으로 완전한 저주였다. 이제 영영 네 손아귀로부터 벗어나지 못할 것임을, 너로 하여 내 발에 채워진 족쇄로부터 영원히 자유롭지 못할 것임을 나는 알았다.(203쪽)

다른 사람들은 다시 상징계의 질서를 받아들이고, "모두들 전처럼 탈 없이 살아가고 있는 중이었다. 저마다 가슴속의 크고 작은 기억들을 지워내고 아물리고 꿰매는 방식을 나름대로 터득하며 살아가고 있었다."(194쪽) 정신병은 자아가 외상에 적절하게 대응하지 못하고, 병적인 방어 메커니즘이 작동할 때 일어나는 증상이다. 쉽게 말해, 받아들이기 힘든 것을 받아들이지 못할 때, 그러니까 애도하거나 승화시키지 못할 때 자아는 증상의 형태로 되돌아온 기억들 때문에 고통받는다. 상주는 지금 명부의 죽음을 받아들이지 못하기 때문에, 그 애도의 실패로 인해 자아상실의 처벌을 받고 있는 것이다. 그렇다면 왜 상주만 유독 명부의 죽음을 받아들이지 못하는 것일까.

상주는 허약했어. 뭐랄까, 행동하기보다는 늘 두어 발쯤 물러나서 멈칫거리며 저만치에서 벌어지고 있는 일들을 지켜보려고만 했던 거야. 혼자서 고통스러워하면서 말야……(207쪽)

허약한 자아는 폭군적인 초자아의 명령에 저항하지 못한다. 초자아는 상상적인 믿음을 통해 자아를 죄인으로 만들어 처벌한다. 그러므로 "만일 초자아가 존재하지 않는다면, 자아는 절대로 죄인이 되지 않을 것이다. 그런데 초자아는 존재하고, 그래서 자아는 스스로를 죄인이라고 생각한다. 그렇다. 죄의식은 자아의 상상적 믿음이며, 부분적인 주이상스밖에는 경험하지 못하면서도 완전한 주이상스를 경험한다고 하는 잘못된 믿음이다".[39] 명부의 문 두드리는 소리는 초자아가 내리는 명령의 소리이며, 이로써 상주(허약한 자아)는 죄의식의 주체로 다시 태어난다.[40]

이미란의 〈말을 알다〉는 먼저 간 자들에 대한 죄의식 속에서 끝내 치유되지 못하고 세상을 등진 이들을 통해, 죽은 자와 남은 자의 그 난해한 소통에 대하여 묻는다. 소설은 상하이에 교환교수로 와 있는 장형수의 시점으로 중국의 문화대혁명과 한국의 5월을 병치하면서, 5월 광주의 공통성과 특이성을 천착한다. 문화대혁명과 5월 광주, 중국과 한국, 과거와 현재, 옌쯔량의 아버지와 장형수의 친구들, 그러니까 이 소설은 이들의 같고 다름에 대한 탐구이며 그곳과 이곳의 소통에 대한 사색이다. 옆방의 옌쯔량이라는 여인은 문혁 때 헤어졌던 아버지를 찾기 위해 상하이에 머무르고 있다. 장형수는 그녀를 지켜보며 이렇게 생각한다. "행복은 서로 닮아 있고, 불행은 저마다의 얼굴을 가지고 있다고 하지만, 그네들의 삶과 우리의 삶을 지배했던 힘의 연원은 비슷한 것이 아니었을까."[41] 대학 시절 장형수는 박영선, 최성호, 김영희와 함께 대학신문 문학공모 당선자들이 만든 동인으로 함께 활동했다.

> 박영선은 일찍이 연극반 활동을 통해 학생운동을 시작한 사람이었고, 의과대학 학생회 임원으로 있었던 최성호는 의대 축제 때, 반정부 혐의로 감옥에 다녀온 작가를 초청할 정도로 당돌한 데가 있는 녀석이었다. 나, 나는 작가지망생으로서 기본적인 사회인식이 없다고 할 수는 없지만, 집단 활동에 대해서는 알레르기가 있는 편이었고, 김영희는 그저 평화주의자였다.(41쪽)

항쟁 마지막 날인 27일 다른 사람들과 합류해 도청으로 가기로 약속했던 장형수는 아버지에게 붙들려 약속을 지키지 못했다. 그래서 그는 오랫동안 죄책감에 사로잡혀 살아야 했다. "박영선과 만나는 건 내가 숨기고 있는 죄의 목격자를 만나는 것 같기도 하고, 내가 가해한 당사자를 만나는 것 같기도 했다."(42쪽) 하지만 항쟁지도부의 선전 일을 맡고 있었던 박영선도 그날 도청에 끝까지 머무르지 못했고, 그녀 역시 죄책감에서 벗어날 수가 없었다. 결국 그녀는 괴로움 속에서 살다가 과로로 인한 간암으로 죽었다. 김영희는 수녀가 되었고, 최성호도 함께하지 못했다는 죄책감에 시달리다 의료사고를 내고 끝내 자살하고 말았다. 그들은 글로써 맺은 인연이었으나, 소통하지 못하는 무능으로 결렬되고 만 사람들이다. 그러니까 남은 자의 죄의식보다도, 서로 소통하지 못한 대가가 그들을 죽거나 떠나게 만들었다. 장형수는 한국어를 가르치러 중국에 왔지만, 이웃 여인 옌쯔량의 사연에 대한 호기심으로 중국어를 배운다. 말을 안다는 것은 소통의 수단을 얻는 일이고, 소통을 통해 우리는 서로에게 근접할 수 있다. 그러나 말이 통해도 말을 나눌 이가 없다면, 남는 것은 그저 회한 가득한 그리움뿐이다. 그래서 이 소설은 실패한 소통의 고통에 대한 서술로 슬프다. 진실의 매개로서도 그러하지만, 말이란 치유의 도구로서 불가피한 것이면서도, 언제나 충족할 수 없는 불가능성의 지대에 머무를 수밖에 없다.

〈말을 알다〉의 네 젊은이들처럼, 박호재의 〈다시 그 거리에 서면 2〉도 도청에서의 마지막 날에 자기들만 빠져나왔다는 죄책감으로 괴로워하는 젊은이들을 그린다.[42] 한때의 열혈 동지들은 이제 저마다 일상에 적응하며 살고 있다. 다들 그렇게 많이 변해버렸다. "무엇이 그토록 주변의 사람들을 변하게 만들어버렸는가? 때로는 마치 자신의 존재를 학대라도 하는 것처럼 말이다."[43] 변화를 긍정하지 못하는 것은 과거에의 고착이 만들어낸 심리의 결과다. 살아남은 자에게는 애도가 필요하지만, 죄의식은 모든 것을 과거의 그 시간에 고착시켜버린다. 작은 아파트를 소망하는 것조차 소시민적 삶의 부끄러움으로 만드는 죄책감, 과거에 사로잡힌 죄의식은 이처럼 현재의 삶을 불모화시킨다. 이영옥의 〈남으로 가는 헬리콥터〉도 그런 소설이다. 전주에 사는 교사 희수를 통해, 고립된 광주의 사람들과 함께하지 못하는 죄책감, 거대한 힘 앞에서 꼼짝하지 못하는 초라한 자신에 대한 모멸감과 자괴감, 그리고 소시민적인 삶의 비겁함, 이런 부끄러움의 마음들을 고백하고 있다.

죄의식에 가까운 부끄러움의 정서는 채희윤의 〈어느 오월의 삽화〉에서도 볼 수 있다. 병원 직원으로 5월의 그 시간을 겪었던 이의 자기 고백을 통해, 평범한 소시민의 눈에 비친 광주의 참혹함과 비루함을 들추어낸다.[44] 광주가 거대한 공동체로 구성되고 있을 때, 남자가 일하는 병원의 원장과 인권변호사라는 그의 아들은, 그들의 이해관계에 따라 환자를 외면하는 비정함을 보여준다. "음, 지금 생각하면 부끄럽기도 하지만은 그때야 제가 그것밖에 안 됐지라우. 세상 보는 눈도 그라고, 가정형편도 그라고 사방이 꽉 막혀 으떻게 더 나아갈 수도 없었은께라."[45] 5월의 광주는 이처럼 평범한 사람들에게는 양심을 실험받는 장이기도 했다. 세속적인 일상의 공리가 가치의 척도가 되지 못하는 예외적인 상태에서, 사람들은 전에 없던 윤리적 선택의 순간에 직면하게 된다. "내전이란 정상적 상태와 반대되는 상태이기 때문에 가장 심각한 국내 갈등에 대한 국가 권력의 직접적 대응이 예외상태라는 점을 고려할 때 규정 불가능한 영역에 자리한다."[46] 광주의 5월은 이처럼 '규정 불가능한' 모호함 속에서 평범한 일상의 감각을 초월해 어떤 비범한 선택(결정)을 해야만 하는 시간이었다. 죄의식과 부끄러움은 바로 그 시간 속에서 강력한 도덕률로 양심적인 판단을 요구하는 초자아의 압박으로 출현한다. 저 폭군적인 초자아는 전체주의적인 권력과 깊은 관련이 있다. "현대의 전체주의는 예외상태를 통해 정치적 반대자뿐 아니라 어떠한 이유에서건 정치 체제에 통합시킬 수 없는 모든 범주의 시민들을 육체적으로 말살시킬 수 있는 (합)법적 내전을 수립한 체제"[47]라고 할 때, 10월 26일 이후 비상계엄하의 신군부는 바로 그 '현대의 전체주의'를 실행한 권력이었다. 박정희라는 초자아가 사라진 공간을 노골적인 폭력으로 다시 점거한 신군부는, 그야말로 새롭게 등장한 폭군적 초자아였던 셈이다. 초자아의 명령으로 금지된 욕망이 다시 돌아와 주체에게 가하는 일종의 복수가 죄의식이라고 할 때, 죄의식의 만연이란 그 사회 체제의 어떤 억압적인 면모를 반영한다고 할 수 있다. 그러므로 죄의식은 일개 주체의 문제를 넘어, 그 사회의 구조적 차원으로까지 연결된 문제라고 할 수 있다.

얼굴과 얼굴의 만남

이순원의 〈얼굴〉에서 그 제목이 가리키는 것은 무엇인가? 공수부대원이었던 김주호는 5월 광주의 그 살육의 시간 속에 있었다. 그는 "그때 그곳에 투입된 자신의 모습을 잡은 카메라가 있을 것이란 생각"[48]에 사로잡혀 정상적인 일상생활을 하지 못한다. 특히 수면장애가 문제인데, 그는 밤마다 잠을 이루지 못하고 〈어머니의 노래〉 〈광주는 말한다〉 따위의 비디오 자료를 열 번이 넘도록 되돌려 보고 있다. 그는 화면 속에 자기가 없다는 것을 확인하고도 불안을 떨치지 못한다. "아직 없다고 아주 없으란 법도, 또 실제 그곳에 가 있었던 지난 기억까지 그렇게 지워질 수 있는 게 아니라는 생각이 그 불안을 더욱 눈덩이처럼 키우는 것이었다."(108쪽) 외상을 경험한 사람들의 대부분은, 다시 그 고통스런 상황이 되풀이될 수 있다는 두려움에 신경이 극도로 예민해지는 경향이 있다. 그것을 '과각성hyperarousal'이라고 하는데, "외상후 스트레스 장애의 주요 증상인 이러한 과각성의 상태에서, 외상을 경험한 사람은 쉽게 놀라고, 작은 유발에도 과민하게 반응하며, 잠을 잘 자지 못한다".[49] 이런 그에게는 지금까지 살펴본 다른 정신병력자들과 마찬가지로 '술'이 그나마 위안이 되어줄 뿐이다. 잊고 싶지만 결코 망각되지 않는 기억들, 그 기억들이 망령처럼 김주호의 영혼을 잠식해버린 것이다.

그는 원하지 않았던 공수부대에 차출되어 입대했다. 입대 전 은행이라는 반듯한 직장에 취업한 상태였고, 전역을 하면 소박한 행복 속에서 살아갈 수 있을 거라고 여겼다. 공수부대의 훈련, 특히 충정훈련은 그들에게 '광포하고 거칠어도 좋을 어떤 특권' 같은 것을 부여했고, 잠재해 있던 적개심과 증오의 감정을 부추겼다. 그래서 "어쩌면 그날 정문에서의 첫 유혈 상황은 대원들 스스로도 모르는 사이 이미 오래전부터 집단적인 무의식 속에 그런 기회가 오길 기다려왔던 것인지도 모른다".(119쪽) 광주의 그날을 증언한 어떤 비디오에서 한 남자는 이렇게 말하고 있다. "저는, 그 당시 저희를 때렸던 공수부대의 얼굴을 역력히 기억하고 있습니다." (119쪽) 기억되는 '얼굴'이란 망각의 욕망을 가로막고, 가해의식의 강박 속에서 사람을 불안하게 만든다. 김주호는 그 '얼굴'의 주인공이 자기일지 모른다는 강박에 사로잡혀 있다. 그는 누구나 "그렇게 차출되어 그 자리에 서게 되면 집단적인 무의식 속에 누구라도 그런 짐승 같은 행동을 했을 것이라고 생각"(120쪽)하며 위안을 얻으려 한다. 하지만 그런 식의 자기 합리화로 가해자로서의 죄의식을 쉽게 벗어버릴 수는 없다. 그는 결국 병원을 찾아가 의

사에게 도움을 청한다. 그러나 그는 의사 앞에서도 자기가 했던 잔혹한 일들을 솔직하게 말하지 못한다. 다음과 같은 의사의 진단은 대단히 중요하다. "문제는 왜 지금까지 그걸 까마득히 잊고 있다가 갑자기 생각나면서 불안해졌는가 하는 건데 어떤 계기가 있을 거예요."(125쪽) 잠복해 있던 은폐된 기억은 증상으로 되돌아와 그를 괴롭히고 있다. 그렇다면 그 기억을 불러들인 그 '계기'란 과연 무엇일까?

증상이란 언제나 원체험을 환기시키는 어떤 유사한 사건의 경험을 계기로 출현한다. 김주호는 고향을 떠나 서울로 직장을 옮긴 1986년의 어느 겨울에 박영은을 만났다. 어느 중소기업의 경리를 보던 그녀는 하루에 두 차례 은행에 업무를 보러 왔다. 그리고 언젠가부터 그의 마음은 그녀에게로 이끌린다. 하지만 광주에서 여고를 나왔다는 여자의 말을 듣고 난 뒤, 그는 마음을 닫아버린다. 더군다나 그녀는 5월의 그날에 오빠를 잃었다. 그리고 이어진 그녀의 말.

"무서워서 집에만 있었어요. 우리 친구 중 어떤 애들은 헌혈도 하고 했는데, 헌혈하러 갔다 오던 길에 죽은 애도 있고요. 또 어떤 애들은 데모하는 데 나가보기도 했다는데, 그때 본 공수부대 얼굴도 안댔어요."(128쪽)

그는 이제 자기를 알아보지 못하도록 안경을 끼고, 사람들의 이목을 피하기 위해 창구 업무 대신 고객관리부로 자리를 옮긴다. 그러니까 은폐되었던 기억을 환기시킨 계기는 어쩌면 그 여자의 이야기를 들었던 순간이었는지 모른다. 그 후 그는 우연한 계기로 학살 진상 사진전에 가서, 어떤 사진 속에 있는 그의 옛 동료들을 발견하게 된다. "아마 그때부터였을 것이다. 그는 월부로 자기 방에 놓아둘 텔레비전과 비디오 세트를 구입하고, 구할 수 있는 대로 광주 비디오를 구해 복제하기 시작했다."(141쪽)

레비나스에게 윤리는 자기의 동일성을 뒤흔들어놓을 수 있는 이질적인 타자의 얼굴과 마주하는 것이다. "타인은 자아, 나가 아닌 것이다. 자아, 나는 강하지만 타인은 약하다. 타인은 가난한 자이며 '과부이고 고아'이다."[50] 김주호는 왜 그때 타인의 얼굴을 보지 못했던 것일까. 지금도 그는 자기의 얼굴에만 나르시시즘적인 애착을 보인다. 소설은 비디오 방송이라는 형식을 통해 그날의 끔찍한 학살을 계속해서 증언한다. 화면에는 수많은 얼굴들이 있다. 하지만 그들의 얼굴은 부인당한 얼굴들이다. "얼굴의 형상을 알아볼 수 없는 시신, 천으로 얼굴을 가린 시신, 얼굴 여기저기에 칼자국이 난 시신"(131쪽). 김주호는 그 화면들의 얼굴들을 보면서 진정으로 그 얼굴들과 마주하지 못한다. 그에게 중요한 것은, 죄의식에서 벗어나기 위해 그의 얼굴이 영상의 기록에 남아 있지 않다는 것을 확인하는 것일 뿐이다. 여전히 그는 자기에 사로잡혀 있고 타인은 안중에 없다. 그러므로 그의 고통은 사실 타자에의 배려 없는 이기적인 자기애로부터 발원하는 것이다. 그러면서도 그는 "분명 물리적 가해자였으면서도 또 다른 정신적 피해자라고 어느 누구에게 말할 것인가"(133쪽)라고 말하고 있다. 타자에 대한 윤리, 그러니까 타인의 얼굴과 진정으로 마주하지 못하는 한 김주호에게 평안은 없다. 그것은 비단 김주호뿐 아니라, 과거의 기억들로 고통받고 있는 모든 가해자들에게 해당하는 말이다. 과거와의 화해는, 결국 타인에 대한 윤리를 회복하는 일이다. 명령에 따를 수밖에 없었다는 말로는, 결코 자기의 그 끔찍한 살육의 시간들을 합리화할 수 없다. 한나 아렌트가 예루살렘의 아이히만을 지켜보면서 지적했던 바로 그 '순전한 무사유-sheer thoughtlessness', 그러니까 타인의 입장에서 생각하지 못하는 무능력이야말로, 우리 모두를 파괴할 수 있는 가장 무서운 악이다.[51] 악의 결과는 비범하지만 악의 실행은 그렇게 평범하다.

트라우마로 인한 증상들은 "세계 안에 놓인 인간의 취약성과 인간 본성 안에 놓인 악悪의 가능성"[52]을 동시에 드러낸다. 정찬의 〈새〉에서 박영일과 김장수를 통해 드러나는 것이 바로 그러한 인간의 이중성이다. 김장수는 공수부대원으로 광주의 진압작전에 참가했던 사람이다. "군복을 벗은 지난 7년 동안 그의 생활은 매끄럽고 평안했다."[53] 결혼도 하고, 자식도 낳고, 사업도 틀이 잡혀가고 있었다. 가끔 언론에서 광주의 그날에 대한 이야기들이 나올 때도, "약간의 곤혹스러움, 짧은 불안감, 더 나아가 대상이 분명하지 않는 혐오감까지 일기도 했으나 일상은 이내 그 감정들을 바람에 날리는 솜털로 만들어버렸다".(115쪽) 이처럼 평온한 일상 속에서 갑자기 발견된 '낡은 주민등록증'은, 망각되었던 기억을 다시 불러일으키면서 김장수의 평온한 일상을 송두리째 흔들어놓는다.

고된 충정훈련으로 시위대에 대한 증오심이 극에 달했을 때, 그들은 굶주린 맹수처럼 시위대를 유린했다. 김장수는 그 증오와 살육의 한가운데에서 '한 사람의 얼굴'을 보았다. 그것은 바로 박영일의 얼굴이었다. 진압 중에 그는 박영일의 호주머니를 뒤져 주민등록증을 꺼내 보았던 것이다. "젊고 앳된 얼굴이 그를 향해 웃음을 머금고 있었다."(114쪽) 바로 그 한 사람, 여태껏 김장수는 박영일이 죽었다고 생각하고 있었다. "그의 의식 속에 박영일은 완전히 죽어 있었다."(115쪽) 박영일은 그에게 원죄의 기억처럼 망각되어야 할 대상이었고, 그래서 무의식의 방어기제는 그를 죽은 존재로 기억하게 만들었을 것이다.

박영일은 죽어 있어야 했다. 그가 살아 있다는 것은 의식 속에 자연스럽게 자리 잡고 있는 그의 믿음을 송두리째 엎어버리는 것이다. 그것은 김장수를 몹시 불편하게 했다. 딱히 그 이유를 짚어낼 수는 없지만 마치 낯선 이물질이 머릿속에 들어 있는 것 같았다.(116쪽)

그래서 김장수는 그의 죽음을 확인하기 위해 광주를 찾는다. '낯선 이물질'은 사라져야 마땅하고, 그래야 그의 일상은 온전하게 유지될 수 있는 것이다. 그런데 놀랍게도, 수소문한 결과 박영일은 서울에서 살고 있었다. 그의 존재를 잊어버리려 했지만 "박영일의 웃는 얼굴이 어디서나 불쑥불쑥 나타나 일상의 평정을 흩트렸다. 공장에서 일을 하고 있을 때, 혹은 아이를 안고 있을 때, 심지어는 아내와 정사를 하고 있을 때도 그 얼굴이 슬며시 나타나 김장수를 내려다보며 웃고 있었다".(117쪽) 생활을 되찾기 위해서는 피투성이로 쓰러져 있던 그가 어떻게 살아났으며, 또 지금 어떤 삶을 살고 있는지를 확인해야만 했다.

김장수는 자기를 속이고 박영일에게 접근한다. 다시 만난 박영일은 비틀거리는 걸음걸이에 생기를 잃은 이상한 모습으로 변해 있었다. "생명의 어떤 부분이 결핍된 이들에게서 나타나는 허약함이라고나 할까. 주민등록증의 사진이 보여주는 눈빛의 총명함과 화사한 미소는 어디에도 없었다."(118쪽) 한때 환한 미소를 가졌던 젊은이는, 그날의 잔혹한 폭력으로 미소만 잃은 것이 아니라 그의 젊음과 생활 모든 것을 잃어버리고 겨우 살아만 있었던 것이다. 그는 그때 뇌를 크게 다쳤고, 깨어났을 땐 '시간을 잃어버린 낯설고 기이한 사람'이 되어 있었다. "뇌에 이상이 생기게 되면 갖가지 치명적 증상들이 일어난다. 신체가 마비되고, 언어 능력이 상실되고, 사람이나 사물의 모습을 제대로 보지 못하고, 지난날을 기억하지 못한다."(123쪽) 박영일은 그나마 심각한 정도는 아니었지만, 유독 그해 5월 16일 이후의 시간들이 깡그리 사라져버렸다. 그러니까 그는 "기억의 상실이라는 깊은 우물에 갇힌 고립된 존재"(126쪽)였던 것이다.

> "의사는 다각도의 진찰 결과 그 망각 현상에 대해 정신이 특정 부분의 기억을 억압하고 있기 때문일 거라고 했습니다. 말하자면 기억하고 싶지 않은 끔찍한 일들에 대한 정신의 무의식적 도피라고 할 수 있지요."(124쪽)

기억상실 외에도, 그는 평형감각이 파괴되어 똑바로 걸을 수가 없었고, 머릿속에 떠오르는 생각이 말로 나오지 않는 실어증까지, "그러니까 왼쪽 대뇌 반구에 있는 언어 중추의 장애로 언어

능력의 일부 혹은 전부를 잃은 상태"(125쪽)가 되었다. 그 감당할 수 없는 상처들을 견딜 수 있는 유일한 방법은 역시 '술'이었다. "술은 투명한 물이 되어 황폐한 머릿속을 적셨다. 그 물이 찰랑거릴 때 그를 향해 벌린 시간의 입은 멀어져갔다. 그리고 찰랑거리는 소리가 멈추었을 때 다시 다가왔다. 알코올 중독 증세가 노골적으로 나타나고 있었으나 그는 전혀 개의치 않았다."(126~127쪽) 그러다 결국 쓰러졌고, 병원에서 깨어난 그는 금단현상으로 지독한 고통을 겪어야 했다.

> 불안·초조·불면증·악몽·식사 거부 등의 증상으로 시작되는 전신섬망은 작은 벌레나 동물들이 보이는 환시 현상과, 그 벌레들이 몸에 달라붙는 환촉 현상을 일으킨다. 그래서 환자는 자신의 몸에서 벌레를 떼어내거나, 마룻바닥이나 벽에 붙어 있는 벌레들을 쓸어내는 동작을 하게 되는데, 심한 경우에는 온갖 짐승들이 우글거리는 것을 보게 된다.(128쪽)

그런 생활들이 반복되던 어느 날, 그의 어머니는 결국 스스로 목숨을 끊고 말았다.[54] 박영일을 만나 그의 이야기를 들으면서, 김장수는 내면에 잠복해 있던 폭력성을 다시 조금씩 드러내기 시작한다. 아내를 구타하고 집 안의 물건들을 부숴버렸다. "가난과 열등감으로 피폐되고 상처난 그의 삶 앞에 세계는 언제나 문을 닫고 있었다. 그는 버려진 존재였다."(131쪽) 그런 그에게, 5월의 광주는 그 버림받음의 상처, 억눌려 있던 외로움의 분노를 잔혹한 폭력으로 폭발시키는 장소였다. 그러니까 그 일방적인 가해의 시간은 그에게 황홀한 해방의 시간이었다. "그 황홀함은 해방감에서 오고 있었다. 돌연하고도 강렬한 해방감, 갇힌 영혼이 바깥으로 터져나오는 희열, 영혼을 위협하고, 짓누르고, 할퀴고, 찢었던 어떤 존재로부터의 자유였다."(131쪽) '그 처참한 피의 축제' 속에서 그는 어머니를 떠올린다. "가난과 세파에 찌든 늙은 여인의 얼굴." (132쪽) 어쩌면 그의 폭력은, 바로 그 어머니에 대한 그리움, 풍요의 여신으로서의 모성이 아닌 현실의 어머니가 불러일으키는, 그 채울 수 없는 결핍의 정서에서 발원하는 것인지도 모른다. "그동안 까마득히 잊어버렸던 피의 기억을 생생히 불러일으키는 이가 바로 박영일이었다."(133쪽) 그렇게 잠복해 있던 죽임의 충동을 되살려낸 것이, 그의 옛날 군복에서 아내가 찾아낸 '낡은 주민등록증'이었던 것이다. 어떤 기억의 흔적이 새겨진 사물의 힘이란 이렇게 질기고 무겁다.

하나의 기억이 망각의 지층을 뚫자, 이제는 더 깊숙한 곳에 은폐된 기억까지 되살아난다. 형체를 알아볼 수 없을 정도로 얼굴이 짓이겨진 두 명의 포로를, 그는 확인사살까지 하고 매장했던 것이다. 그때 그 모든 광경을 지켜보고 있던 어떤 '시선'이 있었다. 양심 아니면 도덕심, 어쨌든 그것은 초자아의 냉혹한 시선이었다.

시체 위로 흙을 덮다가 그는 어떤 시선을 느꼈다. 그는 고개를 들었다. 새였다. 새는 검은 나뭇가지에 앉아 그를 빤히 내려다보고 있었다. 그는 시선을 슬며시 내렸다. 흙에 반쯤 묻힌 시체가 눈에 들어왔다. 그는 허겁지겁 시체를 덮었다.(135쪽)

초자아는 충동의 만족에 반대하는 비판적 심급이다. 그러므로 여기서 '새'는 파괴적인 충동을 죄의식으로 전환시키는 초자아라고 할 수 있다. 오랫동안 잊고 있었던 그 '새'가 박영일이라는 존재의 출현과 함께 김장수의 의식으로 다시 날아 들어온 것이다. 되살아나는 양심, 그것을 김장수는 "일상의 평정을 깨뜨릴 뿐 아니라 그의 존재 자체를 파괴하려"(137쪽) 한다고 여기며, 제거해야 할 대상으로 억압한다. 되살아나는 죄의식을 억압하기 위해, 그는 스스로를 낯선 존재로 타자화시킨다. 그 "기괴한 존재는 기억이 만든 괴물이었다"(136쪽)고. 하지만 그 괴물을 만들어낸 것은 가난과 외로움이라는 자기의 어떤 결핍이었으며, 그의 잔혹한 파괴의 행동이란 사실 그 결핍을 채우는 남루한 몸짓이었다.[55] 그리고 그때 그는 자신의 양심, 그러니까 초자아로서의 '새'의 시선을 애써 외면했던 것이다. 그러나 스스로를 '기억이 만든 괴물'이었다고 함으로써, 모든 잘못의 이유(원인)를 벗어버리고 싶은 기억에 돌리게 될 때, 당연히 그 괴물을 잡는 방법은 상기想起의 대상을 제거하는 것이다. 그래서 김장수는 자기를 치유하지 않고, 타자를 제거하는 것으로써 다시 폭력을 반복한다. 스스로를 "박영일이가 만든 괴물"(142~143쪽)로 생각하는 김장수에게, 남은 것은 박영일을 살해하는 일뿐이다.

박영일은 드디어 황폐함의 끝에서 삶의 활력을 되찾을 수 있게 되었지만, 다시 그는 똑같은 폭력의 반복으로 김장수에게 살해당하게 될 것이다. 그는 마치 《광야》의 박태민이 생의 유한성(죽음)을 통해 영원한 혁명의 시간을 발견했던 것처럼, 충만한 사랑으로서의 '어린 생명'을 발견하게 되었다.

"제 고향 사람들의 그 처참한 몸은 바로 사랑의 모습이었습니다. 그들은 사람의 죽음을 분노하고, 역사의 죽음을 분노했습니다. 이 분노는 바로 사랑이었습니다. 사람과 역사를 향한 사랑이었습니다. 그것이 사랑이 아니라면, 그들의 몸이 차마 눈뜨고 볼 수 없을 정도로, 그렇게 처참해지도록 싸웠을까요? 그들의 사랑은 새로운 생명을 탄생시켰습니다. 수많은 사람들의 넋 속에서, 그 홍건한 핏물 속에서 어린 생명은 태어났습니다."(140쪽)

처참하게 훼손된 타인의 몸에서 사랑의 역설을 깨닫고, 그렇게 그 죽음들 속에서 겨우 되찾은 생명의 의지는, 그러나 김장수의 병리적인 폭력성으로 인해 다시 파괴되고 만다.

인간의 가슴에 웅크리고 있는 짐승적 충동을 분출시키는 마술의 생명이지. 박영일이 가지고 있다는 형체도 없고, 이해할 수도 없는 생명에 비해 그 생명은 얼마나 확실한가.(144쪽)

가해와 피해의 고리는 끊어지지 않고, 다시 비극적으로 되풀이된다. 김장수는 대검을 찾아들고 가서 기어이 박영일을 살해하고 만다. 그리고 여기서 '대검'이라는 사물은 중요하다. 그것은 자기 안의 폭력성을 사물화한 것이다. "박영일의 죽음이 친숙한 감각이 되어 그의 살에 닿고 있었다."(148쪽) 이 얼마나 끔찍한가? 김장수에게 "그 대검은 박영일의 몸과 함께 영원히 버려져야 할 것"(148쪽)이었고, 자기 일상의 평온을 위해 사라져야 할 '낯선 이물질'이었다. 이제 "김장수는 가슴 한구석에 끼어 있는 불안을 깨끗이 털어내었고, 일상은 평온히 흘러갔다".(149쪽) 그러나 평온한 일상이란, 그 이면에 엄청난 폭력의 역사를 은폐하고 있다. 이내 그에게는 악몽과 이명의 증상들이 찾아온다. 애도받지 못한 죽음처럼, 치유되지 않은 상처는 위험하다. 이 세상에 되풀이되는 폭력이란, 결국 애도 없는 죽음들과 치유 없는 상처들이 현실로 되돌아와 벌이는 어떤 증상으로서의 복수극이다.

반복과 회귀

사후의 폭력으로 되풀이되는 최초의 폭력은, 반복을 낳는 생성의 힘 그 자체로 충분히 가공할 만하다. 잠복되어 있던 트라우마는 사후의 어떤 우발적인 경험들로 일깨워져 다양한 증상을 낳는다. 역설적으로 증상은 오직 반복에 의해서 존재한다. 최초의 폭력은 언제나 기원의 자리에서 자기의 잔혹함을 은폐하거나 정당화한다. 되풀이되는 반복을 통해서 '상흔'의 의미가 구성된다고 할 때, '의미'가 생성되는 지점은 곧 '억압'이 발생했던 자리다.

한승원의 〈어둠꽃〉은 억압되었던 폭력의 기억이, 반복에 의해 환기되어 정신의 질환(증상)으로 다시 되돌아오는, 그런 사례의 주인공들을 다룬다. 순애와 종남은 부부이며 바로 그 사례의 주인공들이다. 특히 두 사람은 가해와 피해의 망상을 재현하는 주체라는 점에서 주의를 요한다. 밤에 집 밖으로 나가 골목길을 헤매곤 하는 순애, 그녀는 신경쇠약으로 불안하고 그래서 그 어떤 끈질긴 공포에 단단히 사로잡혀 있다. 자기의 비밀스런 과거를 남편이 모두 알고 있을 것이라는 공포로 인해, 순애는 정신착란 속에서 남편을 5월 광주의 그 공수부대원들과 자주 혼동한다. "남편 종남은 그녀의 모든 비밀을 알고 있을 것 같았다. 어쩌면 그 남편이 얼룩무늬옷을 입고 이 도회 안엘 들어온 사람이었는지도 모르고, 바로 그 이 군을 죽인 사람인지도 모른다 싶었다. 남편한테서는 찬바람이 날아왔다."[56] 억압된 기억에서 불안정한 자기를 보존하기 위해, 주체는 날조된 환상으로 자기를 처벌한다. 다시 말해, 증상이란 억압된 기억이 되돌아와 수행하는 자기처벌이다. 불안과 공포는 바로 그 처벌에서 비롯된다. "밤이면 무서워서 견딜 수가 없었다. 눈을 감고 누워 있으면 남편의 모습이 새까맣게 부풀어난 헛것으로 보였다. 목을 조여 죽일 것 같고, 그를 번쩍 들어서 문밖으로 내던져버릴 것 같았다. 칼로 심장을 찔러 죽일 것 같았다."(39쪽) 기억을 망각 속에 은폐하려는 강박이 이런 망상을 낳고, 그 망상이 다시 불안과 공포를 가져온다. "얼룩무늬옷의 남자들이 발소리를 죽이며 골목길을 걸어오고 있을 것 같았다. 그녀를 잡으러 올 것 같았다."(39쪽) 남편 종수는 공수부대의 사병으로 5월의 그날에 참여한 것은 사실이다. 하지만 그것을 아는 사람은 지금 아무도 없다. 그럼에도 순애는 왜 남편에 대한 두려움을 공수부대와 연결 짓는가? 그것은 결혼 전의 자기 행적을 남편에게 숨기고 싶은 의지가 강박이 되어 망상을 불러오기 때문이다. 결혼 전 순애가 사랑했던 남자는 도청에서의 마지막 항전에서 공수부대원들에게 사살되었다. 억압되어 있던 그런 일들이, 사후적인 어떤 사건들을 경험함으로써 기이하게 굴절된 형태로 의식의 수면 위로 출몰하는 것이다. 순애를 검진한 의사의 소견은 이렇다.

그것은 남자들에 대한 공포감이고, 그 고리는 얼룩무늬 옷하고 연결이 됩니다. 또 부인께서는 돌아가신 친정아버지에 대한 공포 감이 잠재되어 있어요. 다섯 살 되던 해에 부인께서는 땅바닥에 내동댕이쳐진 일이 있어요. 친정아버지가 던져버린 겁니다. 친정 어머니하고 싸운 끝에, 안고 있던 다섯 살 난 댁의 부인의 뺨을 호되게 때렸는데, 그 순간 댁의 부인은 오줌을 싸버렸습니다. 친 정아버지는 댁의 부인이 오줌을 싼다고 웃옷과 치마를 벗기고 엉 덩이를 철썩 갈기고 댁의 부인을 번쩍 들어 던져버린 모양이에요. 그리고 그 아버지는 술에 취해 오기만 하면 온 집안 식구들을 닥 치는 대로 두들겨 패고 살림살이를 두들겨 부시곤 한 모양이죠. 때문에 댁의 부인은 친정어머니의 등에 업힌 채 이웃집으로 도망 쳐 가서 숨곤 했답니다. 한번은 혼자서 아버지를 피해 도망을 가 서 이웃집 변소 옆의 두엄더미에 얼굴을 처박은 채 몸을 떨고 있 다가 잠이 들기도 했더라는군요.(42~43쪽)

어릴 때의 '낯익은 공포'는 시간이 흐른 뒤에 '기이한 낯섦 Unheimlich'으로 되돌아온다. 유아기에 겪었던 가정폭력의 기억은 남 자들에 대한 공포와 함께 무의식에 잠재되어 있었다. 훗날 공수부 대의 노골적인 폭력을 겪게 되면서, 잠재되어 있던 그 공포는 심리 적 외상으로 다시 표출된다. 아버지의 폭력이라는 최초의 외상적 기억은 억압되어 있었지만, 5월의 광주라는 또 다른 폭력에 무방 비로 노출됨으로써, 원외상은 실금失禁과 결벽증이라는 증상으로 되돌아온 것이다.

댁의 부인한테는 실금失禁이 있습니다. 오줌을 참지 못하는 심리적인 병이지요. 때문에 부인의 속옷은 늘 젖어 있는 것이지요. 그 젖어 있다는 것이 부인을 두렵고 불안하게 하는 것입니다. 부인은 밤마다 다섯 살짜리 아기가 되는 것이고, 거대한 남자가 속옷이 젖어 있는 자기를 들어 던져버릴 것만 같은 공포감에 젖어 있는 겁니다. 아니, 언제 어느 때든지 부인께서는 오줌을 옷에 저리고 안절부절하는 다섯 살짜리 어린아이가 되어 있는 겁니다. 밤에 잠을 못 자는 것, 무엇이든지 손댄 다음에 씻지 않고는 못 배기는 결벽증, 집 안을 쓸고 닦고 먼지를 털고, 살림 도구들을 제자리에 반듯반듯하게 놓고 정리를 해야만 직성이 풀리는 것도 다 그것 때문입니다.(43~44쪽)

증상은 사후작용을 통해 드러난다. 그러니까 증상이란 원외상의 재귀적 반복이다. 증상이 일어나기 위해서는 반드시 사후적인 사건이 필요하다는 것인데, 순애는 고등학교 때 해수욕장에서 불량배들에게 윤간을 당한 바 있었다. 다시 말해 윤간의 기억과 5월 광주의 체험이 사후적으로 작용하여, 억압되었던 최초의 폭력을 기괴하게 반복한 것이 바로 실금과 결벽증의 증상들이다. 그것이 '기괴한' 반복인 것은, 우리의 기억이란 있었던 그대로 과거를 똑같이 재현할 수 없기 때문이다. 역시 문제는 트라우마 그 자체가 아니라, 그것에 대한 기억의 작용이다.

순애가 폭력의 피해자로서 병리적이라면, 종남은 가해의식의 강박으로 고통스럽다. "그가 그때 광주 안에 얼룩무늬 옷을 입고 나타났고, 그날 광장을 향해 총알을 날렸고, 방망이를 휘둘러대던 사람이라는 것을 아는 사람은 아무도 없었다."(34쪽) 종남이 공수부대원으로서 그 진압작전에 참여했다는 것을 아무도 알지 못하지만, "그 비밀은 응어리가 되어 그를 자나깨나 아프게 고문하곤 했다".(34쪽) 발설하지 못하는 억압이 가해의식으로 인한 죄의식을 강화시킨다. 그 죄의식이 일종의 강박으로 작용하여, 정신질환을 앓고 있는 순애를 버릴 수 없게 만든다. "그는 반드시 순애를 아내로 맞아 살아야 할 것 같은 강박관념에 사로잡혀 있었다. 그 강박관념은 가슴을 울렁거리게 하고 숨을 가빠지게 하고 으스스한 전율과 함께 식은땀이 흐르게 했다."(28쪽)

종남의 죄의식은 아내 순애의 정신질환을 목격함으로써 재귀한 사후적 외상이다. 가해의식은 결국 죄의식이므로, 신경증의 증상들로 괴로운 종남은 역시 피해자다. 그는 고양이 소리를 듣고도 망상에 사로잡힌다. "누군가 우리집 안을 살피다가 가는 것인지도 모른다. 나한테 복수를 하려고 하는지도 모른다. 아니, 그때 내 총에 맞아 죽은 혼령이 저 암코양이로 환생을 했는지도 모른다. 그의 몸은 식은땀에 젖고 있었다."(30쪽) 어둠 속에서는 환영과 환청에 시달린다. "그는 눈을 뜨고 천정에서 수런거리는 어둠을 보았다. 그 어둠은 살아 있는 것처럼 움직거리고 있었다. 총에 맞거나 칼에 찔린 채 단말마 비명을 지르거나 몸부림을 치는 사람들의 몸짓들을 하고 있었다. 그는 '음' 하고 안간힘을 쓰며 몸을 뒤척였다."(30쪽) 그는 늘 소외감에 시달렸고, 불면증으로 잠을 이루지 못해 신경안정제를 복용했다. 자기의 비밀에 집착할수록 "점차 자신을 믿을 수 없다는 불안감이 중추신경을 움켜쥐고 있곤 했다. 어느 날 문득 발작을 하게 될 것만 같았다".(47쪽)

마침내 아내에게서 윤간당했던 과거의 비밀을 듣고, 오히려 이상하게도 종남은 반가운 마음이 든다. "자기가 저지른 죄악하고 어쩌면 상쇄를 시킬 수 있을지 모른다는 생각에서였다."(48쪽) 이것은 강박증자의 일반적인 심리를 반영한다. 라캉에 따르면 강박증자는 자기 존재의 보존을 위해 타자를 부정한다. "타자를 부정하거나 폐지시켜버리는 것은 그들에게서 흔히 볼 수 있는 현상이다."[57] 종남은 순애가 정신질환을 비롯한 어떤 한계 속에 있을 때, 그러니까 상징적인 죽음의 상태에 놓여 있을 때에만 그녀를 인정할 수 있다. 순애에게 흠결이 많을수록, 그의 죄의식도 그만큼 상쇄될 수 있다고 여기는 것이다. 그렇다면 세상 모든 사람이 광기에 사로잡혀 미쳐버린 상황이야말로, 그에게는 가장 유익한 순간이 아닐까? "이 도회지 안에 그렇게 헷가닥해버린 여자들 무지무지하게 많아. 남자들도 도라이 되어버린 사람들이 헤아릴 수 없이 많고…… 시내 정신병원이 대만원이란다. 그 일이 일어난 뒤로, 이 도회지 사람들 겉은 멀쩡한 것 같지야? 그렇지만 속은 다 흐물흐물 흔들려 있어."(33쪽) 매부의 이런 이야기가 아마도 그에게는 가장 큰 위로가 되었을 것이다. 상처받은 과거를 고백하는 아내를 향해 "미치지 않은 사람이 어디 있어? 더럽지 않은 연놈들이 어디 있어?"(48쪽)라고 안간힘을 다해 외치는 종남. 자기의 아픔을 견디기 위하여 모든 타자의 존재를 부정하는 강박증자의 해결법. 그것은 치유가 아니라 다만 증상일 뿐이다.

한승원의 〈어둠꽃〉에서 순애의 증상을 불러오는 원체험은 그녀가 고등학교 때 당했던 윤간의 고통스런 기억이었고, 종남의 죄의식은 역시 아내 순애의 정신질환을 목격함으로써 돌아온 사

후적 외상이었다. 정찬의 〈새〉에서 김장수의 일상을 붕괴시킨 것
은 갑작스럽게 발견한 박영일의 주민등록증이었다. 이순원의 〈얼
굴〉에서 김주호는 수면장애를 동반한 강박증에 시달리는데, 그
역시 광주 출신으로 그때 오빠를 잃었다는 박영은과의 만남이 원
체험을 환기시킨 결정적 사건이었다. 종남, 김장수, 김주호 이 셋은
모두 공수부대 출신으로 진압작전에 투입되었던 사람들이다.[58] 박
양호의 〈참새와 고래〉도 광주의 진압작전에 참가했던 공수부대원
김평후가 겪는 증상을 메타 소설적인 형식을 빌려 표현했다. 저
소설들의 주인공들은 모두 공수부대원으로 진압작전에 참가했
던 그 체험이 바로 원체험으로서의 외상적 사건이다. 그리고 대체
로 이들은 가해의식에 사로잡혀 일상적인 생활이 곤란하다. 하지
만 이들에게 외상적 사건을 환기시키는 계기적 경험들은 서로 다
르고, 그 치유의 방법들 역시 각양각색으로 드러난다. "외상사건
은 언어화된 이야기가 아닌 증상으로 떠오른다."[59] 그러므로 이들
의 증상과 고통은 한 시대의 폭력의 구조를 드러내는 증언의 언
어 그 자체이다 "심리적 외상을 이해하는 일은 역사를 재발견하
는 일"[60]이라고 한 것은, 그래서 결코 과장된 말이 아니다.

　　박양호의 〈참새와 고래〉에서 김평후는 공수부대를 다녀와
서 복학한 학생이다. 그는 지금 정신적 외상으로 인한 '언어장애'
를 증상으로 갖고 있다. 그는 긴장되는 상황에서는 자기가 한 말
을 곧바로 망각하고 기억하지 못한다. 그의 증상은 연인인 석미애
와의 혼사장애의 모티프로 작용한다. 그에게는 그녀와의 성관계
에 실패하고 결혼을 결심하는 것이 대단히 두려운 일이다. 군복무
시절 김평후는 대학에서 심리학을 전공했다는 오 대위의 도움을

받아, 일종의 자기분석을 수행한다. 그의 무의식에는 유년 시절 겪었던 할머니의 죽음이 자리 잡고 있다. 할머니는 열댓 살 때 소녀 과부가 되었다. 할아버지는 자손도 없이 갑자기 돌아가셨기 때문에 가문에서는 후사를 잇기 위해 양자를 들였고, 김평후는 바로 그 양자의 아들로 태어났다. 그러니까 그는 할머니와 혈육의 관계가 아니었다. 하지만 김평후는 할머니의 극진한 사랑을 받으며 자랐다. 그러나 "집안의 가통을 잇지 못한 죄, 할아버지가 갑자기 죽은 원죄 때문에 할머니는 늘 죄의식 속에서 살았고 그 의식들은 김평후 소년에게 자연스럽게 스며들었다".(20쪽) 어머니가 있었지만 그에게 할머니는 육친의 모성을 대신한 존재였다. 그런데 어느 날 할머니가 죽고, 그 죽음이 김평후에게는 결정적인 외상사건으로 작용한다. "할머니를 사랑했고, 그 할머니를 세상에서 제일 이쁜 여자라고 생각하면서 자라왔다. 그런데 그런 지고지순의 할머니가 돌아가시자 나는 결혼을 하지 않겠다는 일기를 썼다."(22쪽) 그때 그는 겨우 국민학교 1학년이었다. 김평후는 오 대위의 도움으로 다음과 같은 사실을 깨닫게 된다.

"나는 할머니를 사랑했다, 그런데 그 할머니는 너무 일찍 결혼을 해서 불행해졌다, 그러니까 나는 사랑하는 여자를 불행하게 만들지 않기 위해서 결혼을 하지 않는다, 그런 생각이지요."(23쪽)

이렇게 자기의 기억을 합리적인 언어로 풀어낼 수 있게 되면서, 김평후는 "글자 그대로 십년 묵은 체증이 내려가는 것 같았다. 속이 시원했고, 밥맛도 좋아졌으며, 살이 찌고 체중이 늘어났다".(23쪽) 이제 그는 석미애를 만나면 무엇이든 말할 수 있을 것이라고 생각한다. 그러나 바로 그 결정적인 상황에서 김평후는 광주의 5월을 맞이하게 된다. 그리고 동족을 향한 무차별적인 폭력으로 얼룩진 전쟁 같은 시간들. "폭력적인 죽음에 지속적으로 노출될 경우에 받게 되는 정서적 스트레스는 남성에게 히스테리아와 유사한 신경증적 증후군을 유발하기에 충분했다."[61] 그래서일까? 전역 후 그는 다시 여러 가지 이상 증상을 보인다. 할머니와 관련된 원체험마저도 더 심각한 사후증상이 되어 돌아온다.

"광주의 기억 자도 꺼내는 것은 금물이었다."(33쪽) 5월의 광주에서 있었던 일들은, 그렇게 억압한다고 쉽게 망각할 수 있는 정도를 넘어선 것이었다. 석미애와 함께 들른 술집에서, 김평후는 스탠드 바의 무희들이 나신으로 춤을 추는 모습을 보며 성적인 흥분보다는 오히려 '죽음'을 떠올린다. 아마도 그것은 여자들의 벌거벗은 몸이 광주의 벌거벗은 주검들을 떠오르게 했기 때문일 것이다. 그리고 그 술집에서 그는 옆 자리의 사람들에게 시비를 걸며 노골적으로 폭력성을 드러낸다. "뭘 쳐다봐, 새끼들아. 죽고 싶어?"(33쪽) 무엇이 김평후를 이렇게 만든 것일까? 석미애는 그의 그런 모습을 인정할 수가 없다. 그는 본래 이런 사람이 아니었으니까. "어둠 속에서도 그려낼 수 있는 얼굴, 아니 눈을 감고 어둠 속에서도 진흙으로 빚어낼 수 있는 이 남자의 그 친숙한 얼굴. 조금 전의 그 살기 어린 눈빛은 본래 이 남자의 것이 아니었어. 그런 눈빛과 온몸으로 쏘아대는 그 일촉즉발의 살기를 한 번도 본 적이 없었다."(37쪽)

김평후는 석미애가 처음 미니 스커트를 입고 나타났을 때,

그 옷차림에 반발하면서 한복 입기를 권유한다. 이런 이상한 요구는 성적인 취향을 드러내는 것이 아니라 병리적인 증상을 표현한다. 그는 또 나이트에서 무희들이 유방을 드러내자, 얼굴이 하얗게 질리며 토악질을 한다. "그래, 여자들, 여자들의 유방. 그걸 보는 순간 구역질이 났어. 그때도 그렇게 구역질이 나서 토했었어." (42쪽) 5월의 광주에서 그는 동료 병사가 대검으로 여자의 유방을 찌르는 것을 목격했던 것이다.

액자식으로 구성되어 있는 이 소설에서 김평후의 이야기는 내화이다. 그러니까 그것은 광주를 소재로 소설을 쓰려고 하는 작가가 동료 교수에게서 언어장애 상담 케이스로 듣는 외화의 내용인 것이다. 후반부가 갑작스럽게 마무리되어버린 것 같은 이 소설에서도, "젊은 청년으로서 국방의 의무를 다하기 위해서 군에 들어간 그런 청년에게 무슨 잘못이 있겠소"(46쪽)라며, 그들 역시 희생자라는 생각을 논평의 형식으로 제시하고 있다. 이순원의 〈얼굴〉에서 김주호가 자기를 합리화하는 논리도 그것이었다. 그러나 그것은 누가 이해해준다고, 또 스스로 합리화한다고 치유될 수 있는 심리적 외상이 아니다. 외상 후 스트레스 환자들이 대체로 그러한 것처럼, 의식에서 외상사건을 몰아내려는 그런 시도는 치유가 아니라 도피다. 황석영은 〈만각 스님〉에서 그 유령들(얼굴)의 출현을 회피나 도피가 아니라, 그것을 마주 보는 용기와 하루하루 성실하게 삶으로써 견뎌낼 수 있다는 것을 이렇게 표현했다. "내가 살아오면서 겪은 일들이며 쓰려고 하는 이야기가 당신들 같은 이들의 삶과 죽음을 위한 것이리라. 그러니 나를 조금 도와줬으면 좋겠다. 내가 아무것도 두려워하지 않고 당신들을 정면으로 바라보게 되기를."[62] 5월의 학살 이후를 배경으로 한 이 소설에서 작가인 남자는 베트남전 참전의 후유증으로 강박증과 불면증에 시달려왔다. 10년을 넘게 끌어온 글을 마무리하기 위해 머물게 된 절에서, 그가 겪는 일련의 일들이 소설의 대강을 이룬다. 소련 전투기에 의한 KAL기격추사건(1983)을 비롯해, 이 짧은 소설에는 기나긴 역사의 곡절과 함께 숱한 죽음들이 암시되어 있다. 만각 스님은 빨치산 토벌에 동원되었던 경찰 출신으로, 첫 부인에 이어 재가한 부인까지 박명하게 죽어버리자 출가를 했다. 토벌작전 당시에 죽은 동료들의 혼을 모신 절에서, 그는 사형수의 딸을 맡아 키우며 살고 있다. "하루도 빠짐없이 날마다 새벽 예불을 올리는 일이 별것 아닌 것 같지만 누구나 할 수 있는 일은 아니다. 누구에게나 일상을 견디는 일이 쉽고도 가장 어려운 것처럼."(220쪽) 기이하게 낯선 그것을 어떻게 마주할 수 있을 것인가? 유령과 함께 살아갈 수 있는 방법이란 무엇인가? 치유란 망각하고픈 그 사건을 다시 의식의 수면 위로 끌어올려 마주할 수 있을 때, 바로 그런 결단과 함께 하루하루의 삶을 성실하게 살아내는 것으로써만 가능할 수 있지 않을까?

4.

육체에서 신체로

죽음이란 유기적인 육체를 무기적인 신체로 되돌리는 허망한 사건이다. 그러나 들뢰즈와 가타리는 오히려 그 허망함 속에서 생성의 단서를 찾았다. "유기적인 것을 철저히 거부하고 무기적인 것에 머문 상태. 그들은 이런 상태를 '기관 없는 신체'라고 부른다."[63] 그러므로 죽음은 소멸이 아니라 생성의 계기다. 생존권을 위협하는 부패한 경찰의 단속에 대해, 분신으로 저항한 스물여섯 살 청년 모하메드 부아지지의 죽음이 중동의 연쇄 혁명(재스민혁명)을 가져온 것처럼, 어떤 죽음들은 때때로 새로운 생성의 탈주선을 그리기도 한다. 역설적이게도 죽은 신체, 그 상처받은 몸들은 타자로 변이하는 구성력으로서의 잠재성을 드러낸다. 광주의 5월 역시, 죽은 자들이 산 자들을 이끈, 그 처참한 시신들로부터 시작된 역사이다.

그렇지만 죽음을 향한 공포와 형제와 이웃을 잃은 비통함에 머물러 있었다면 애도는 죽은 자와 산 자의 거리를 만들어놓으며 질식할 듯한 침묵과 흐느낌 속에 파묻혔을 것이다. 그러나 광주의 시민들은 그런 '선택'을 하지 않았다. 죽은 자를 위해 산 자들이 곡을 하는 것이 아니라 죽은 자들이 산 자들을 향해 말을 건네는, 저 유명한 〈님을 위한 행진곡〉의 '앞서서 나가니 산 자여 따르라'라는 노랫말처럼, 산 자들과 죽은 자들 사이의 거리는 사라져버렸다. 결국 진정한 의미에서의 정치적 행위, 즉 반란이 시작되었다.[64]

지금도 시간은 광주의 5월로부터 멀어져가고 있다. 반란은 진압되었고, 아직 그 시간들을 애도하지 못한 자들은 여전한 고통 속에서 그저 죽지 못해서 살고 있다. 또 어떤 이들은 망각하거나 기념하기나 하면서, 추모를 배반하는 추문의 사역으로 바쁘다. 그러나 잊지 말아야 한다. 부패하거나 부러지고 찢겨나간 그 모든 상처받은 몸들을. 그 기관 없는 신체들을. 그리고 기억해두자, 애도란 망각이 아니라 전이라는 것을.

V. 순례의 형이상학: 막다른 길과 도주의 길

폭력의 원체험은 기억의 윤색을 거쳐 서술되고, 그리하여 고통은 하나의 서사적 텍스트로 완결된다. 그러므로 서사는 고통의 기억을 정화하는 순례의 여정이다. 살았으나 죽은 자들, 혹은 함께했거나 방관했던, 심지어는 그들에게 폭력을 행사했던 그 모든 살아남은 자들, 그리고 죽어서 말이 없는 자들, 이들에게는 그 험한 폭력의 체험으로 훼손된 몸과 마음과 넋이, 현전하는 고통 그 자체의 뚜렷한 증례이다. '산책'과 '보행', '부사적 태도'와 '동무'의 철학자 김영민에게도, 5월은 순례의 보행 속에서 견뎌내야 할 마음의 빚이었을까?

언젠가, 광주 5·18 민주화 묘역을 찾아간 일이 있었다. 새롭게 조성된 묘역으로 이장되기 직전이었으리라. 나는 '초월'하느라 혼자

바쁜 나머지 '민주화'를 위해 아무런 한 일이 없었고, '진리'를 구하기에 지쳐 '자유'의 확산을 위해 아무런 한 일이 없었으나, 시체로 누운 그들의 신화를 되새기며 익명의 '동지'를 찾으러 망월동으로 향했던 것이다. 붉은 꽃을 한 묶음 사서, 참배객이 뜸해 보이는 어느 외로운 무덤자리 앞에 놓고 잠시 묵념의 자세를 취했으나, 그 묵념은 공소했다. 그 묵념은 하늘을 향할 수도 없었고, 그렇다고, 동질의 경험을 반추하며 그 아픔의 통시通時를 공감의 공시共時로 바꿀 수도 없었던 것이다. 나는 그저 주변을 허허롭게 배회하며, 신도, 동무도 없는 묘역 사이에서 일없이 한동안 지체했다.[1]

이 고고한 자의식의 주체에게도 5월은 반성과 성찰을 요구하는 존엄한 '사건'이었나보다. 그가 무덤의 현존 앞에서 공소하게 지체할 수밖에 없었던 것은, 그의 '묵념'이 관념 이상의 아무것도 아니었기 때문이다. 그것은 아무리 뒤늦은 후회로 부끄러워할지라도, 다시 돌아가 참여할 수 없는 지나간 경험인 것이다. 그저 흔적과 파편으로 더듬어 느낄 수 있을 뿐, 영원히 사라져버린 '그 무엇la Chose'으로서의 5월은 결코 다시는 '실재the real'로 체험할 수 없다. 그도 그런 사실을 잘 알고 있었기에, 묵념을 그치고 그 이념의 허허로움 속에서 한동안 말없이 머물렀던 것이다. "구원과 해탈을 위한 성지 순례나 민주화의 열정을 되새기는 성묘省墓는, 아니, 최소한 그 표준화한 형태는 전술했듯이 아르케 콤플렉스arche complex라는 형이상학을 나름대로 의식화한 것으로서, 처음의 자리로 되돌아가서 정화淨化와 새로운 다짐을 의식화儀式化한 것에 비견할 수 있을 것이다."[2] 따라서 우리의 그 모든 기억의 행위들은, 그 의례와 내러티브의 정교함과는 별개로, 기원을 향한 동경 속의 형이상학이라는 근원적 제약을 벗어나기 어렵다. 그럼에도 의례와 서사의 인위적 장치들은 '정화'의 기능을 수행함으로써, 주체의 심리적 안정에 기여하는 치유의 효과로 유의미하다.

널리 알려진 대로, 서사의 구조는 '사건과 그것을 낳는 행위'로서의 스토리(원화)와 그것을 풀어 서술하는 행위인 담론(작화)의 층위로 구성되어 있으며, 제라르 주네트는 이 두 층위의 관계를 '서사담론'이라는 개념으로 종합하여 설명한다. "서술, 오직 서술만이 그것이 풀어놓은 사건과 그것을 낳는 행위 둘 다를 우리에게 알려준다. 다시 말하면 사건과 서술 행위에 대한 우리의 정보는 서사담론에 의해 간접적이며 피할 수 없이 중계된다."[3] 다시 말해, 폭력의 기억을 서사화한 텍스트들은 그것이 결여와 잉여를 은폐하고 있더라도, 주네트의 학문적 기획 안에서는 '서사담론'으로 충분히 분석 가능하다. 그러나 구조주의 서사학의 성쇠와 부침을 통해서 우리가 익히 아는 바와 같이, 서사의 구조란 그렇게 명백하게 투명한 객체가 아니다. 라캉에 따르면, 사라져버린 '그 무엇'이 봉인되어 있는 무의식은 언어Langage의 구조로 이루어진 암연이다. 그러므로 서사물에 대한 독해는 상징계의 균열과 일탈, 의지를 배반하는 무의식의 차원을 주목해야 한다. 서사를 분석한다는 것은, 결여의 빈자리를 채우고 있는 대체물들(대상 a)을 해명하고, 현실로부터 영원히 추방된 그 결여를 대하는 서술의 태도를 검토하는 것이다.

표현(하는 행위)의 이면에는 표현하는 주체의 욕망이 은폐되어 있으며, 재현(된 것)의 이면에는 독해 불가능한 사건의 원체험이 굴절되어 있다. 따라서 폭력의 기억을 서사화한 텍스트는 필연적으로 표현하지 '못한' 것과 재현되지 '않은' 것들을 포함한다. 그것은 흔히, "일어난 일들의 그 터무니없는 잔혹함을 말로는 표현할 수 없다는 이른바 표상 불가능성"[4]으로 표현되어왔다. "근원적인 폭력의 리얼리티라는 게 원리적으로 우리가 재현·표상할 수 있는 현실의 외부로 항상 넘쳐흐르는 것이라는 점"[5]에서 표현과 재현은 필연적으로 잉여와 과잉을 포함한다.

한국현대사사료연구소가 500여 명의 증언을 모아 펴낸《광주오월민중항쟁사료전집》(풀빛, 1999) 이래로, 5월의 기억을 다룬 수많은 구술 증언록이 발간되었다. 1987년의 민주화 이후, 5월은 민주화의 역사에서 기억의 성지였고, 새롭게 열린 1990년대는 '증언의 세기'였다. 동시에 문서기록 중심의 역사연구에 대한 비판의식이 구술 사료의 가치에 주목하게 했으며, 그렇게 때늦은 '음성중심주의'가 한국의 학계를 사로잡았다. 증언을 위해 끔찍한 과거의 기억과 대면하는 것은 용기를 필요로 하며, 의도적이고 조직적인 '기억의 말살'에 대항하기 위해 증언을 통한 '기억의 복원'을 기획한다는 것은 분명 정의로운 일이다. 하지만 그런 정의에 대한 신념이 '역사화의 폭력'을 조장할 수 있다는 사실은 역설적이다. 진실의 규명이라는 형이상학적 열망은, 신념의 형태로 굳어진 정치적 이념에 지나지 않는다. 그러므로 진실을 규명하기 전에, 먼저 진실을 요구하는 욕망의 주체에 대한 해명이 급선무다.

1988-89년도에 송기숙 선생의 입장은 정확하게 육하원칙에 의

해 사실을 기록해야 한다는 것이었습니다. 그런 작업의 결과로 나온 게 《광주오월민중항쟁사료전집》입니다. 500여 명의 증언을 받은 자료집이죠. 그때 이에 필요한 경비를 조달하느라고 송기숙 선생이 엄청나게 고생했어요. 그러나 증언이나 사진전이나 다큐멘터리를 통해 광주의 진실을 알게 되었다 하더라도 사람들이 모두 사회정의를 추구하게 되지는 않더군요. 그래서 구술이란 무엇인가에 대한 문제의식이 생겼죠. 나는 구술이 갖는 현장성과 시의성에 주목했어요. 육하원칙에 의해서 말하고 적는 것이 아니라 사람마다 실제 경험한 여러 기억을 저장하는 방식이 다르므로, 사람들이 자기 생각을 좀 더 적나라하게 드러내는 방식으로 면접과 기록이 이루어져야 하는 게 아닌가 했죠.[6]

'육하원칙에 의해 사실을 기록해야 한다는 것'(송기숙)이나 '사람마다 실제 경험한 여러 기억을 저장하는 방식'이 다르기 때문에 그 차이를 고려해야 한다는 것(정근식)은, 그것(진실)을 구하는 방법이 다를 뿐, '광주의 진실'을 선험적으로 상정하고 있다는 데서 그 둘은 하나다. 그러나 되풀이해 말하자면, 그 최초 경험으로서 원체험은, 현실에서 완전히 추방되어버린 '그 무엇la Chose'이며, 결국 그 시원적 '진실'은 도달 불가능한 목표다. 그럼에도 사람들은 저마다의 욕망으로 그 시원을 좇는데, 그것이 바로 '아르케 콤플렉스'다.[7] 5월에 관한 서사들은 대체로 저 시원적 진실에 대한 동경으로 치열하다. 대개 그 형이상학적 치열함이란 타자를 향해 열려 있으며, 레비나스의 문장을 빌려 인용한다면 "형이상학은 '다른 곳'을, 그리고 '다르게'를, 또 '타자'를 향하고 있다".[8] 이렇게 형이상학은 자연스럽게 윤리학과 만난다. 불의로 가득한 이 세계로부터 몸서리칠 때, 그 불의를 지양하는 가장 능동적인 태도는, 지금의 여기보다 좀 더 나은 '다른 곳'을 창안하려는 마음가짐이다. 아우슈비츠에서 가족을 모두 잃은 레비나스에게, 그 마음가짐이란 고통으로 일그러진 타자의 '얼굴visage'을 발견하는 것이었다. 동일성으로 환원할 수 없는 절대적인 타자의 얼굴을 똑바로 바라보는 것, 5월의 서사는 대개 이 같은 레비나스적 윤리학을 지향하고 있다.

유폐와 감금이라는 폭력적인 상황은 탈주의 서사를 구성하는 조건이다. 탈주는 그저 도망이 아니라 새로운 자아를 발견하는 고난의 여정이다. 떠나기 전의 자아는 돌아온 이후의 주체와 다르다. 그 다름은 시간의 경과를 통한 자아의 변화로 드러나는데, 대체로 그것은 성장이나 성숙으로 받아들여져왔다. 성장소설이나 교양소설이라는 용어는 바로 그런 사정을 반영하고 있는 말들이다. 탈주는 주로 모험이나 탐색의 절차로 이루어지는데, 그것은 흔히 질문과 응답, 자극과 반응의 형태로 자아의 의식에 재귀적으로 침투한다. 다시 말해, 탈주와 모험의 과정에서 부딪히게 되는 장애와 난관은 주인공에게 일종의 질문으로 주어지며, 그 질문에 대한 응답의 과정이 서사를 추진하는 동력이 된다는 것이다. 그러므로 서사 전개의 과정은 곧 주인공의 성장 과정이다. 길 위의 모든 서사가 고행의 서사인 이유가 여기에 있다.

모든 여정이 고행의 주인공에게 교양의 시간인 것은 아니다. 때로는 실패와 좌절로 인해 퇴행하는 경우도 얼마든지 있기 때문이다. 그리고 탈주의 서사가 모두 물리적인 길 위의 이야기는 아니다. 때로는 정신적 탈주의 과정을 신체적 속박의 상황으로 아이러니컬하게 표현할 수도 있다. 어쨌든 모든 떠남에는 이유가 있다. 대개는 무엇을 얻거나 되찾기 위한 떠남이지만, 이유 없는 떠남이라는 부조리한 여정의 서사도 있다. 이처럼 탈주의 서사는 다양한 경로로 열려 있다. 공동체의 위기로부터, 그 공동체의 소생을 소명으로 떠맡은 자, 그를 일컬어 영웅이라고 한다. 공동체는 안팎의 복합적인 요인으로 분열될 수 있는데, 그렇게 도래한 분열이 바로 공동체의 위기다. 따라서 영웅의 최대 과제는 저 분열을 봉합하는 것이고, 그리하여 그의 여정은 정체성의 회복을 노리는 시원 찾기의 서사로 구축된다. 바로 이런 식의 영웅의 행로는, 세계의 여러 신화에서 두루 볼 수 있는 원형적인 것이다.

> 영웅이 치르는 신화적 모험의 표준 궤도는 통과 제의에 나타난 양식, 즉 '분리', '입문', '회귀'의 확대판이다. 이 양식은 원질신화原質神話, monomyth의 핵심이라고 할 수 있다. 일상적인 삶의 세계에서 초자연적인 경이의 세계로 떠나고 여기에서 엄청난 세력과 만나고, 결국은 결정적인 승리를 거두고, 영웅은 이 신비스러운 모험에서, 동료들에게 이익을 줄 수 있는 힘을 얻어 현실 세계로 돌아오는 것이다.[9]

그렇다면 이 복잡한 현대에 왜 그렇게 오래된 서사의 틀(원형)이 자주 반복되는 것일까? 이른바 영웅의 고난과 승리라는 이야기의 구조는 드라마나 영화, 게임이나 애니메이션의 스토리텔링에 일종의 매뉴얼이 되었다. 그러니까 인류에게 가장 익숙한 이야기의 형식으로서 그것은 서사화의 낯선 실험들과는 관계없는, 다시 말해 대중을 고려한 독자 친화적인 서사로 주로 활용된다고 할 수 있겠다. 물론 영웅의 여정을 비틀어 독자들의 소망을 배반할 때, 어쩌면 그 이야기는 진짜 탈주의 서사가 될 수 있을지도 모른다. 시원 혹은 근원이란, 모든 무질서를 주류와 지류로 분류하여 정통성의 계보를 구축함으로써, 균열이 일어난 공동체의 틈새를 다시 봉합시키는 거멀못과 같다. 이런 식의 영웅서사는, 현실의 무정함을 오히려 동화적인 행복으로 전도시켜버린다. 균열을 봉합하고 분열을 안정시키는 것, 그것은 탈주가 아니라 귀순이다. 그러므로 독자의 소망을 충족시키는 환상 대신, 독자의 고뇌를 부추기는 불온한 이야기가 정치적으로는 더 유익할 수 있다. 예컨대 박솔뫼의 〈그럼 무얼 부르지〉에서 미국의 샌프란시스코에서 일본의 교토를 거쳐 한국의 광주에 이르는 여정은, 5월의 광주를 신성화하고 기념화하기 위한 것이 아니다. 오히려 그 여정은, 5월 광주의 정체성에 의문을 제기하는 불편한 질문의 과정이었다. 바르샤바에서 카토비체를 거쳐, 아우슈비츠와 크라코프를 경유해 다시 바르샤바로 돌아오는 여정 속에서 광주의 의미를 폴란드의 역사와 예술을 통해 반추하는 정찬의 〈슬픔의 노래〉. 이 소설의 여정은 5월 광주의 진실을 좇는 과정이면서, 그 진리의 불가능성에 이르게 되는 역설을 환기한다. 이에 반해 윤정모의 〈밤길〉은 광주의 진실을 사유할 여유도 없는 급박함 속에서, 그 어떤 실체로 간주된 광주의 진실을 고지하는 숭고한 사역의 여정을 다루었다. 이청해의 〈머나먼 광주〉는 더 노골적인 정체성 탐색의 서사로, 여기서 광주는 어떤 분명한 기원의 터로 자리 잡고 있다.

한국의 민주화, 그 기나긴 도정에서 5월의 광주는 자주 기원의 자리에 놓인다. 이제는 주류화 되어버린 이런 이야기들은, 비단 소설의 형태가 아니더라도 여러 자리에서 쉽게 마주할 수 있다. 어떤 자리(장소)가 신성화될 때, 그 자리에 이르는 이야기는 쉽게 순례의 서사가 될 수 있다. 로마 건국의 이야기라고 할 수 있는 베르길리우스의 《아이네이스》에서부터 중국 공산당의 창건신화라고 할 수 있는 장정長征의 대서사에 이르기까지, 고난의 여정을 통과하는 서사의 패턴은, 민족의 수난사를 통해 그 정체성을 강화하는 정치적 효과를 창출한다. 우리의 역사 서술에서도 국난 극복의 서사는 지류가 아니라 이미 주류다.

"권력은 관련된 서사가 만들어지기 전에 존재하고 그 서사가 생산되고 해석되는 데 개입한다."[10] 침묵을 강요당한 하위주체의 목소리는 권력에 전유되어 이야기 속에 그 흔적으로 남는다. 그러나 그 흔적은 전유되고 굴절된 형태로 전시되기 때문에 좀처럼 쉽게 파악되지 않는다. 희생자의 목소리로 재현되었다고 하는 이야기들의 대부분이, 실은 권력의 입장에서 기술한 희생자의 목소리다. 희생자의 고통을 대변하겠다는 의식 자체의 권력성에 대한 비판이 가능한 이유는, 그들의 도덕적 공명심이 희생자의 목소리를 심하게 왜곡하기 때문이다.[11] 누군가를 대신해 기록한다는 것은, 그 정의로운 의도와 별개로 일종의 권력 행사이다. 그러므로 희생자의 고통을 대의代議하겠다는 도덕적 대의大義 자체가 일종의 폭력이라는 사실에 대한 자각이 중요하다.

5월 광주의 서사들에서 그 여정의 성격을 묻는 일은 대단히 중요하다. 다시 말해 5월 광주의 서사에서 여정의 의미는, 그 길

위의 시간들에 대한 정치적 무의식을 읽어낼 수 있는 결정적인 누빔점quilting point이다. 그것은 5월을 영원한 혁명의 시간이라는 어떤 기원의 시간으로 보는가의 여부를 가려낼 수 있는 결절점이기 때문이다.

1.
봉합의 여정과 분열하는 도주의 길

여정이란 시간의 흐름 속에서 어떤 존재와 사건을 공간적으로 경험하는 과정이다. 여행자는 그 경험의 축적을 통해 흔히 성장하거나 성숙하게 되는 것으로 여겨진다. 호메로스의 《오뒷세이아》와 베르길리우스의 《아이네이스》에서부터 단테의 《신곡》에 이르기까지, 서사시의 여정에는 루카치의 그 유명한 '별'《소설의 이론》이 고독한 영웅들의 갈 수 있고 또 가야만 하는 길을 환하게 비춰주었다. 그러나 근대라는 '소설의 시대'는 저 하늘의 반짝이는 '별'이 의미하는 바의 그 완전한 초월이 더 이상 불가능한 세계다. 자아(문제적 개인)는 세계와 불화하며, 초월(신성) 없는 세계의 속악함이 자아의 여정을 훼방한다. 길은 시작되었지만 여행은 끝이 나버리는 '아이러니'가 소설 속 자아의 그 불가해하고 불가능한 여정을 규정한다.[12] 그러므로 소설은 언제나 실패할 수밖에 없는 여정의 치열한 기록이며, 그래서 그 여행은 늘 비극적이다. 세계와의 균열 속에서 벌어지는 주인공의 타락과 방황은 주체를 파열시키는 분열의 여정이 빚은 결과이다. 그러나 세계와의 불화를 화해로 수렴하려는 강력한 소망이 정합적이고 폐쇄적인 유사 서사시를 부른다. 이때 그 여정은 불화에서 조화로, 상실에서 회복으로, 균열에서 봉합으로 가는 목적 지향의 서사로 구성된다. 그것은 프랑코 모레티가 말하는 '근대의 서사시'[13]도 아니고, 다만 자아와 세계가 가짜 합일하는 복고적인 유사 서사시다. 고전적인 서사시를 반복하는 통속적 소설의 여정은 '총체성'과 같은 관념적 '본질'을 소망하는 형이상학적 서사를 지향한다. 따라서 세속의 시대에 신성을 지향하는 이런 소설은 시대착오적이라 할 것이다.

인물의 여정을 성장과 각성이라는 목적에 종속시키는 소설들은, 필연적으로 서사의 모든 구성 요소들을 그 목적의 달성을 위한 수단으로 만든다. 서사화의 과정에서 발생하는 우발적 요인들과 이질적 요소들을, 그 목적 종속의 과정 속에서 매끄럽게 통합해버리는 것이다. 그렇게 재현의 기획은 '그럴듯함'의 이데올로기적 효과를 극대화하기 위해, 개연성과 필연성의 담론적 구성에 적극적이다. 재현되어야 할 '진실'은 자아가 세계와의 균열을 봉합하는 '치료'의 과정과 맞물려 있다. 진실과 치료를 서사의 세부를 통어하는 일종의 목적인이라고 한다면, 각성과 성장의 여로를 통해 어떤 동일성의 세계에 이르는 정체성 탐색의 서사 역시, 그런 목적론적 구조와 상동관계에 있다고 하겠다. 그것은 자아가 세계를 알아가는 어떤 축적의 과정으로 전개되며, 그것을 우리는 '편집증적'이라고 부를 수 있다. 그렇다면 이와는 전혀 다른 '분열증적' 서사의 형식은 어떠할까?[14] 진실에 대한 명징한 확언을 회의하면서, 고통의 극복이 아니라 제거를 목표로 하는 치료의 한계를 들추고, 여정의 끝이 소망의 충족이 아니라 어떤 기묘한 불충분함으로 일깨워지는 단속적 흐름, 그것이 재현의 기획이 귀결될 수밖에 없는 편집증적 강박을 넘어서는 분열증적 탈주의 길이라고 할 수 있지 않을까?

프루스트, 조이스, 카프카, 마르케스와 같은 작가들의 소설은 이른바 개연성과 핍진성이라는 리얼리즘의 이데올로기에 대한 반란이었다. 그 소설들은 재현 너머의 표현에 대한 의지를 서사화했다. 모더니즘을 부정하는 모레티는 이를 '근대의 서사시'라는 이름으로 호명하면서, 그 서사들이 "이질적이지만 강제적으로 통합된 현실의 알레고리"[15]라는 형식으로써 자본주의 세계체제에서 상상할 수 있는 추상적 형태의 총체성을 지향한다고 설명한다. "서사시의 전체화하려는 의지와 근대 세계의 세분된 현실 간의 불균형"을 통해 드러나는 '근대의 서사시'의 그 '결함'이란, 실은 '차이화'로 도주하는 분열증적 서사의 한 증상이라 할 수 있을 것이다. 5월의 서사들은 대체로 그 봉합과 분열 사이에 있다.

5월을 증언하는 많은 소설들이 떠나고 되돌아오는 여정의 구조를 서사화의 구성적 원리로 채택했다. 그러나 그 소설들은 대체로 분열증적인 도주의 여정이 아니라, 동일화로 치닫는 합목적적 편집증의 서사로 재현되었다. 공선옥의 〈씨앗불〉은 바로 그런 유형의 여정을 통해 주체의 각성과 성장에 이르는 정합적 이야기의 전범을 제시한다. 그 원환적인 여정 안에서 주인공은 5월의 희생들이 역사의 변혁을 위한 작은 불씨(씨앗불)였음을 깨닫는다. 한편으로 그 여정은 폭력의 기억에 대한 '억압'의 기제로 발병한 신경증, 그것의 치유를 위한 도정이기도 하다. 그러니까 병든 주체의 치병治病의 여정은 동시에 미숙한 인간의 성장의 서사이기도 한 것이다.

기동타격대로 싸웠던 오위준은 도청에서의 마지막 그 항전의 시간을 끝까지 버텨냈다. 그날 위준은 동지들의 죽음을 지켜보았고, 진압이 완료된 뒤에는 상무대 영창으로 끌려가 끔직한 가혹행위를 당했다. 아내의 말처럼 "오일팔 구신에 단단히 물려가지고서",[16] 이제 다시 그는 트라우마 이전의 삶으로 되돌아갈 수 없다. 5월의 잔혹한 기억들에 고착된 리비도는 눈앞의 현실을 온통 의심의 대상으로 여기고, 이처럼 과거에 사로잡힌 현재는 그 의혹 속에서 온갖 증상들로 발병한다. 금지된 충동은 왜곡된 형태로 되돌아왔다. 위준은 자주 환청과 환영에 시달렸다. 비바람 속에서 들리는 소리, "그것은 날카로운 여자의 비명소리이기도 하고 노인의 구슬픈 통곡소리 같기도 하다".(12쪽) 환청은 주로 이명과 함께 찾아오는데, 그것은 아무리 떨쳐내려 해도 쉽게 떨어지지 않는다. 때로는 골목길에서 누군가 자기를 쫓고 있다는 강박에 빠지기도 한다. "죄가 있고 없고가 문제가 아니다. 쫓아오는 발길을 피하지 못하면 그 뒤에는 죽음이 있을 뿐이다."(13쪽) 5월이라는 폭력의 시간에 사로잡힌 그에게, 증상이란 이처럼 강박적인 형태로 되돌아온 섬뜩한 형벌이다. 다시 돌아온 그 '기이한 낯섦'을 받아들일 수 있는 주체로 거듭나는 것이 치유이다. 그래서 그는 치유의 길을 나선다.

여정은 먼저 그에게 5월이 무엇이었는가를 자각하는 것에서 시작된다. 위로받기 위해 찾아간 YWCA에서 정신과 검진을 권유받고, 그는 심한 수치심과 서러움을 느낀다. 언제나 그렇듯 사후적인 충격이 원외상을 환기시킨다. 지금의 그 수침심과 서러움은 "주방장, 시다, 하꼬비, 아라이, 웨이타, 조수, 때밀이, 악사, 삥키통, 넝마, 패싸움, 콜박스, 그리고 야숙野宿"(23쪽)으로 전전했던 자기의 '출신성분'에서 비롯된 과거의 수치심(콤플렉스)을 다시 환기시킨다. 그에게 5월은 그런 수치심을 떨쳐낼 수 있었던 기적 같은 해방의 시간이었다.

> 그때 오월이 왔고 맨 처음 총을 들었을 때 슬프고 암담하고 비루했던 자신이 새로 태어나는 듯 무기는 얼마나 신선하고 충격적이었으며 생명적이었던가. 그 총 한 자루에 그의 눈물과 사랑과 꿈이 한꺼번에 실려 있음을 확인하고 또 확인했었다.(76~77쪽)

위준에게 5월은 "그토록 누추하고 못나게 살았던 자기도 뭔가 이 세상에서 누군가 꼭 해야 할 일을 하고 죽었다는 자부심"(77쪽)을 느끼게 한 진정한 해방의 시간이었다. 그러나 바로 그 해방의 5월이 압도적인 폭력 앞에서 완전히 진압되었을 때, 출신성분의 콤플렉스에서 벗어날 수 있었던 그 해방의 환희도 함께 사라져버렸다. 동지들의 죽음과 그에게 가해진 고문은 단지 폭력의 잔혹함에 대한 지나간 기억이 아니라, 자기해방의 염원이 몰락하는 것을 받아들여야만 하는 생생한 고통 그 자체였다. "무참하게 짓밟혀버린 마지막 날 새벽 자신의 꿈이요 생명선이던 그 총을 빼앗겨버린 이후 위준은 다시 자기의 무기를 되찾으리라는 꿈을 꾸었다. 실제로 엉망으로 술에 취했을 때 낡았지만 소중한 총 한 자루가 그의 손에 들려 있는 것 같은 착각이 들기도 했다."(77쪽) 살상의 도구인 '총'은 죽음의 충동과 결부되어 있으며, 동시에 그것은 자기의 해방을 상징하는 사물이다. 그러니까 죽음이면서 삶인 그 총은, 대타자의 법으로부터 금지된 대상인 동시에 그 금지에 대한 위반의 욕망을 내장하고 있는 대상이다. 금지된 충동의 위반은 향락jouissance을 불러온다. 그러므로 그에게 '총 한 자루'는 금지된 충동의 위반에 대한 환유다. 그러나 금지된 '총'을 되찾지 못할 때 '술'이 그것을 대체한다. 다시 말해, 혁명의 실패를 온전하게 받아들이지 못할 때 광기가 찾아와 그를 사로잡는다. 술로 총을 대체하는 것은 치유가 아니라 무력한 도피일 뿐이다. 따라서 총이 금지된 그 억압적인 현실을 견디기 위해서는, 혁명의 실패를 역사적 승리로 전유할 수 있어야 한다. 그리고 다시 새로운 혁명의 상상에 리비도를 투여하는 것, 그것이 진정한 의미의 애도이며 치유이다.

> 위준은 그 씨앗불이 마침내 거대한 불길이 돼서 산화되는 모습을 몇 해 전 금남로의 홍기일에게서 보았고 한국은행 네거리에서 제 몸에 불을 지른 목원이 형에게서 보았으며 그리고 그 자신 종종 뜨거운 불길에의 예감을 느끼곤 하지 않았던가.(53쪽)

그러나 위준은 총(죽임)에서 분신(죽음)으로 비약해버림으로써, 불가능한 해방의 욕망을 자해의 충동으로 전도시킨다. 5월의 불씨, 그러니까 그 역사적 희생을 사적인 죽음충동으로 반복하는 것은, 자해적인 분신의 꿈으로 불가능한 소망을 상상적으로 충족시키려는 쓸쓸한 시도인 것이다. 그는 부산미문화원방화사건 발생 직후에 "온몸의 세포가 온통 거꾸로 서는 듯한 충격" 속에서 "어떤 강렬한 충동"을 느낀다. "그도 무엇인가 할 수 있다는, 무엇인가 오욕의 세월을 씻어낼 수 있는 일을 해야 한다는" 의욕을 갖게 된 것이다. 그리고 "위준은 날마다 제 몸을 화형식했다. 그 '분신'에의 꿈은 한동안 그를 놓아주지 않았다".(23쪽) 저 분신에의 강박적인 충동은 그 누구에게도 인정받아본 적이 없는 미천한 주체가 자기 파괴라는 극단적 행위를 전시함으로써, 이 세계로부터 인정받고 싶은 욕망을 역설적으로 가시화하는 것이다. 그것은 자해의 위협을 통해 세상의 관심을 이끌어내고, 그렇게 자기의 존재를 확인받으려는 그릇된 나르시시즘의 한 양상이다.

> 애도는 대상 상실이고 우울증은 자아상실이다. 애도는 자학에 빠지는 경우가 드물지만 우울증은 자신에 대한 비난과 처벌, 그리고 죄의식이 강해져서 세상과 자아에 대해 증오감을 품게 한다. 애도는 사랑의 아픔이고 우울증은 증오의 파괴욕이다. 우울증은 상상계에서 일어나기 때문에 나르시시즘이 강한 사람에게 나타난다. 애도는 나눔이고 우울증은 소유이다. 우울증은 대상과 자아를 일치시켜 대상을 얻지 못할 때 그 탓을 자아에게 돌려 자신을 증오하고 세상을 증오하는 현상이다. 자기 사랑이 강하거나 자아에 대한 기대치가 높아 슈퍼 에고가 자아를 심하게 나무랄 때 나타난다.[17]

이제 위준은 5월의 옛 동지들을 만나 힘겨운 그날의 기억을 대면하는 자기 치유의 순례를 시작한다. 그러나 다시 만난 동지들의 삶은 분신과 자해, 음주와 방황으로 얼룩져 있다. 역설적이게도, 죽지 못해서 살고 있는 "그들에게 가장 충격적인 일은 그들이 죽을 뻔했다는 사실이 아니라 죽지 못했다는 사실이다".[18] 남은 자들의 삶이란, 다시 말해 트라우마 이후의 삶이란 바로 그 부조리한 역설에 사로잡힌 삶이다.

　　보상금 문제로, 혹은 배우고 못 배웠다는 자격지심으로, 옛날의 동지들은 오늘의 적이 되어 서로 목소리를 높인다. 그러나 위준이 여정의 끝에서 그 씁쓸한 적대의 현실을 받아들이는 순간, 애도하지 못했던 그 이름들 "기석이, 상준이, 효남이 그리고 이름도 알 수 없는 그 소년"(79쪽)은 이제 다만 영령이 아니라 생의 열의로 되살아난다. 그리고 그는 "오일팔 귀신들이 이제는 영영 그의 한복판에 씨앗불로 남아 이글대고 있음을. 그 씨앗불의 힘으로 그가 살아갈 것임을"(79쪽) 다짐한다. 위준은 애초에 상처받은 자기의 마음을 위로받기 위하여 길을 떠났지만, 길 위에서 만난 5월 동지들의 비참한 현재는 그들이 함께 지나온 그 시간들을 역사의 어둠을 밝히는 회생의 시간으로 자각하게 해주었다. '씨앗불'은 어둠을 광명으로, 고통을 환희로, 무지를 앎으로 역전시키는 전회의 순간을 상징하는 메타포다. 그러므로 '씨앗불'을 발견하는 위준의 여정은 동지들의 고통(어둠)이 미래의 삶을 위해 뿌린 씨앗(밝음)임을 깨닫는 과정으로써, 희생을 통해 구제의 시간을 여는 정치신학의 메시지를 전한다. 그러나 희생을 구원의 절차로 환수하는 여정 끝의 이런 해결은 무망하다. 적대의 현실은 그대로인

데 위준의 다짐만이 홀로 비장하다. 지금의 그 끈질긴 고통이 자아의 극적인 각성으로 초극될 수는 없는 것이다. 그것은 초극이 아니라 초월일 뿐이며, 과거에 사로잡힌 현재만큼이나 미래에 저당 잡힌 현재는 막막하다. 자아의 각성으로 세계와의 균열을 일거에 봉합하는 것은 루카치가 주목했던 바의 '아이러니'를 배반하는 서사의 어떤 퇴행이 아닌가.

때로는 정신의 여정이 신체의 이동을 내신하는 서사도 있다. 정신은 그 여정 속에서 타락하거나 성숙하고, 망각하거나 자각한다. 5월 직후 북한의《조선문학》(1980년 8월)에 수록된 남대현의 〈광주의 새벽〉은 자각과 성숙에 이르는 정신의 그 도도한 역정을 그리고 있다. 4·19에 참여했던 유원일은 투쟁의 기억으로부터 멀리 떨어져, 이제는 사람들에게 '호원만'이라고 불릴 정도로 세속의 안일을 추구하는 사람이 되었다. 4·19가 5·16으로 역전되는 것을 지켜보면서, "그때부터 그는 일생 속히우며 살아야 하는 것을 자기의 숙명으로 받아들이게 되었고 어지러운 현실을 직시하는 것조차 귀찮아졌다".[19] 그런 원일이 새로운 주체로 거듭나는 극적인 반전의 자리에 5월의 광주가 배치되어 있다. 4·19 때 함께 거리에 있었던 동지 주진호의 아들 인수가 5월의 광주에서 처참하게 죽임을 당하자 그는 엄청난 충격을 받는다. 그리고 아들의 죽음에도 그 슬픔을 견디며 5월의 현장에서 봉기를 주도하는 권영옥을 보면서, 그는 이제 어떤 자각과 함께 지금까지의 그 안일한 삶을 지양하고 새로운 주체로 비약한다.

순간, 호되게 얻어맞은 것처럼 머리가 뎅— 했다. 새로운 충격이

커다란 해머가 되어 가슴을 쿵 울리는 것이었다. 놈들에게 희생된 인수, 그 아들을 잃고도 굳건히 투쟁을 지도하고 있는 영옥이. 그런 사람에 비해 자기란 과연 어떤 사람인가! 도대체 어떻게 살아온 인간이었던가! 이제야말로 그들과 자기 사이에 가로놓였던 커다란 장벽을 뚜렷이 느끼지 않을 수 없었다. 자기야말로 어지러운 세상이 보기조차 역겹다는 '지성인'의 미명 아래 그놈들이 이 땅에서 살판치게 만든 범죄적인 방관자가 아니고 뭔가! 바로 자기야말로 그 악착한 놈들이 독을 쏠 뿌리를 내리게 한 더러운 거름이 아니고 뭐였단 말인가! 현실을 도피한 변절자, 그 응달에서 피어난 사쿠라.(961쪽)

원일은 인수의 죽음과 그의 어머니 영옥의 투사적 행동을 목도하면서, 안일함에 젖어 있던 그동안의 자기를 비판하고 혁명의 주체로 거듭난다. 영옥과 함께 시위대에 합류해 거리로 나섰을 때, "먼동에는 벌써 광휘로운 새벽빛이 황홀하게 어려"(963쪽) 있다. 이렇게 그 여정은 자기의 내적인 한계에 대한 자각과 함께 투사로 성장하는 한 인간의 연대기로 그려진다.[20] 그리하여 소설은 일반적인 영웅서사의 원형적 궤적을 답습한다. 특히 그것은 《봄날》이나 〈씨앗불〉에서처럼 낙관적인 전망의 상투적 상징인 '불(빛)'의 이미지로 종합되고 있다. 이 역시 폐쇄적이고 봉합적인 결말의 상투적인 전형이라고 하겠다.

김하기의 〈침묵의 오월〉은 〈광주의 새벽〉과 마찬가지로 여정을 통한 자각과 거듭남의 서사를 구성하고 있다. 경상도(대구) 남자 황철민은 전라도(남원) 여자 송명순과 연인이다. 황철민은 5월의 난리통에 연락이 닿지 않는 명순을 만나기 위해 "어쩌면 영원히 돌아오지 못할지도 모르는 길을"[21] 나선다. 두 사람의 거리는 남자와 여자, 경상도와 전라도, 가진 자와 갖지 못한 자의 차이를 함의하며, 그러므로 남자의 여정은 그 불공정한 차별의 거리를 해소하기 위한 도저한 역정이기도 하다. "유복한 가정에서 태어나 가난의 아픔도 모르고 자랐고, 지금은 재벌회사에 취업해 탄탄대로를 보장받고"(121쪽) 있던 철민에게 명순의 이런 태도는 이해할 수 없는 것이었다.

> 그러나 부산에서 언니를 만나고 나서 그녀는 전혀 딴사람으로 변했다. 세상을 뒤바꾸는 것이 그녀의 일차적 과제였다. 철민은 그녀의 그러한 생각이 무모하고 비현실적이며 언니도 원치 않는 바라고 수차 설득하고 윽박지르기도 해보았으나 요지부동이었다.(123쪽)

사실은 명순 역시 언니를 찾아 떠난 여정 속에서, 매춘부로 전락한 언니를 발견하고 기존의 자기와는 다른 새로운 주체로 살아가게 된 것이다. 무력감과 죄책감에 빠져 있던 철민은 대구에서 부산으로, 부산에서 그녀에게로 가는 여정의 한가운데서, 드디어 자기의 소시민성을 자각하고 어떤 대의에 이른다. "네가 미워하는 사람들은 겉으론 도와주는 척하면서 실제로 온갖 범죄의 근원인 미국과 독점재벌 등 지배권력이라고 했었지. 그래, 난 비겁하지만 이제 너를 사랑할 수 있겠어. 네가 폭도가 됐건 불온분자가 됐건 널 공격해서 죽이려는 자들을 가만둘 수 없어. 네가 살아만 준다면 나도 너처럼 헐벗은 민중을 사랑하고 그들을 학대하고 착취하는 사람들을 미워할 거야."(122쪽) 여기서 자각과 성장에 이르는 서사의 구조는 북한 소설의 그 정형화된 도식과 그대로 일치한다. 소설의 마지막 구절마저도 〈씨앗불〉이나 〈광주의 새벽〉과 마찬가지로, 역시 빛의 이미지로 불의한 현실을 지극히 관념적인 희망과 낙관으로 반전시킨다.[22] 여정의 끝에서 이루어지는 이런 성급한 자각과 성숙은 마치 도주하다 마주친 막다른 길목처럼 폐쇄적이고 다급하다. 자각과 성숙이 서사의 최종적 목적으로 주어질 때, 유기적인 전체로서의 소설 안에서 인물은 그저 목적 지향적인 서사의 한 종속변수에 불과하다. 다시 말해 인물은 도식화된 성장의 기획 안에서 마치 정해진 여로를 따라 목적지에 도달하는 자동인형처럼 여겨진다.

5월을 주제로 한 서사들은 여정의 끝을 이렇게 단순하게 미봉하는 것이 대부분이다. 끝이란 그렇게 해결되어야 할 문제이며, 해답을 제시해야 할 질문인가? 섣부른 완결에의 의지에는, 바로 그 해결과 해답에 대한 강박적인 계몽의 충동이 작용하고 있다. 그것은 박상률의 〈나를 위한 연구〉에서도 다르지 않다. 택시 운전수였던 남자는 5월의 광주에서 총을 들었고, 왼쪽 팔을 잃어버렸고, 결국은 미쳐버렸다. '잃어버린 왼팔'은 영원히 해명될 수 없는 '5월의 진실'을 암시하고, 그 역사적 비참함을 훼손된 신체로 표상한다. 왼팔을 잃은 남자는 신체의 그 결여를 착란과 악몽으로 채운다.

실지렁이들이 내 몸으로 기어올라오더니 순식간에 내 몸을 덮어버렸다. 난 반항할 새도 없이 체포되었다. 실지렁이들은 점점 굵은 구렁이가 되어 내 몸을 칭칭 동여맸고, 마침내 나는 숨소리도 제대로 못 내게 되었다.[23]

이런 꿈들이 남자를 사로잡고 있다. 그의 삶은 5월의 기억에 '수배'당했고, 그래서 현재는 그에게 광기의 시간일 뿐이다. 남자가 잃어버린 왼팔을 찾아나서는 여정이 이 소설의 뼈대를 이룬다. 이 여행은 '수배'당한 광기의 시간을 해제하기 위한 것이다. 여정 중에 만난 여자는 마치 어머니처럼 그의 상처를 어루만진다. "아가씨가 꼭 어머니 같은 느낌이 들었다."(96쪽) 이는 《봄날》에서 신열로 쓰러져 있던 무석이 깨어나 미순을 어머니로 착각하는 장면과 미묘하게 겹쳐지기도 한다. 이렇게 혁명과 모성은 심원한 관계로 이어져 있다. 영원히 추방되어버린 어머니에 대한 강렬한 그리움이, 바로 그 결핍이 '실재'에 대한 동경을 일깨우고, 새로운 세계에 대한 열망을 불러일으킨다.

여자 역시 5월의 그날에 총상으로 한쪽 가슴을 잃었고, 여자는 신체의 결여를 남자에 대한 사랑으로 채운다. 남자의 여정은 여자의 임신, 출산과 함께 끝이 난다. 그들의 신체적 결여는 사랑으로 채워졌고, 아이는 그 충족한 결실로 태어났다. "나의 왼팔에 대한 수배령은 오늘을 찾음으로써 해제한다."(142쪽) 남자는 드디어 광기에서 벗어나고, 역시 여정의 끝은 사랑과 화해의 기운으로 충만하다. 과거는 꼭 이렇게 사랑과 화해로 지향되어야만 하는가? 대체로 여정의 끝에는 이처럼 행복한 치유의 시간이 기다리고 있다. 주체가 고통을 자기의 삶 안으로 오롯이 끌어안을 수 있게 되는 것이 치유다. 그러므로 고통은 지양되거나 제거되어야 할 무엇이 아니라 역설적인 생의 동력으로 전유되어야 할 대상이다.

최윤은 〈저기 소리 없이 한 점 꽃잎이 지고〉(《문학과사회》 1988년 여름호)로 소설가라는 이름을 얻었다. 비슷한 시기에 홍희담이 〈깃발〉(《창작과비평》, 1988년 봄호)을 발표한다.[24] 그러나 두 여성 작가는 전혀 다른 방식으로 5월의 광주를 인식했고, 그래서 그 소설들의 성격은 뚜렷하게 갈라진다. 〈깃발〉은 발표 당시의 그 선명한 계급적 당파성과 관련하여, 진보적 문학론의 뜨거운 관심과 더불어 그 도식성이 격렬한 논쟁을 불러일으켰다. 반면 최윤의 소설은 그런 선명한 정치적 의식과는 전혀 무관하다. 〈깃발〉이 당파성이라는 도덕적 전제를 지향함으로써 오히려 객관에서 멀어져버렸다면, 최윤의 소설은 객관적인 서술을 피해 인물의 심리적 내면을 기술하는 데 치중함으로써 5월의 광주를 서정적인 독백으로 만든다. 다시 말해 이 소설은 한 편의 시에 육박한다. 5월의 그 시간은 산문의 언어로 옮겨질 수 없는 '유일한' 사건이다. 그래서 "그림으로 그려낼 수도, 말로 엮어낼 수도 없는 그날"[25]의 5월은 어떤 언어로도 재현 불가능한 미학적 난제로 주어졌으며, 그것은 마치 광기 그 자체로 5월의 알레고리를 구성하는 소녀의 미친 말과도 같다.

문장이 되어나오지 않는, 끊겨진 몇 마디의 단어들, 그리고 끝내는 더 이상 발설할 수 없는 말, 발설되어 나오지 않는 말들 때문에 호흡이 찬 입을 벌리고 차의 좁은 공간 안에서 몸을 뒤틀었다. 죽은……, 오빠, 검은……, 구멍, 빨간 구멍…… 등의 단어들이 수없이 반복해서 튀어나왔지만 그것은 이미 독립된 단어가 되지는

못했다.(251쪽)

이 소설은 불문학 전공자인 작가의 이력에 기인한 바 크겠지만, 5월을 서사화하는 기교적 실험에 주의한 작품이다. 그 실험은 무엇보다 세 층위의 시점으로 구성된 형식으로 뚜렷하게 드러난다. 소녀의 시점과 남자(장)의 시점, 그리고 소녀의 뒤를 쫓는 죽은 오빠의 대학 친구들의 시점. 여기서 가장 중요한 것은 물론 소녀의 시점이다.

소녀는 5월의 그날 엄마의 죽음을 외면했던 기억 때문에 깊은 죄의식에서 헤어나지 못한다. '검은 휘장'은 바로 그 죄의식을 표현하고 있는데, 그 낱말의 빈번한 반복만큼이나 짙은 죄의식이 소녀의 마음 깊이 드리워져 있다. 엄마를 따라 집을 나섰던 소녀는 끔찍한 살육의 시간을 경험하고, 이제 다시는 옛날의 그 집(옛날의 자신)으로 돌아갈 수 없게 되었다.

이제 다시는 돌아가지 못하게 될 거야. 다시 돌아가려 해도……
안 돼. 돌아가면 안 돼. 이제는 엄마도 없는데 누가 나한테 말을 걸겠어. 엄마 뒤를 울면서 황급히 쫓아나가던 나를 본 동네 사람들이 많을 텐데 이제 와서 내가 혼자 돌아가면 모두들 뭐라고 손가락질을 하겠어. 난 이제 혼자야…… 그날 이후 난 혼자가 된 거야.(217쪽)

마치 유령과도 같은 이 소녀의 배회와 방랑은 역시 죄의식으로 인한 외로움의 자각과 깊은 관계가 있다. 검은 휘장을 벗겨내고 죄의식에서 벗어나기 위해 소녀는 '오빠'를 찾아 나선다. 그러니까 이 여행은 죄의식으로부터 놓여나기 위한 정화와 치유의 길이다. 하지만 오빠는 민주화투쟁의 과정 중에 이미 죽었고, 그러므로 소녀가 찾는 오빠는 육친의 오빠가 아니라 자기 안의 소망이 만들어낸 상상적 존재이다.

이 소설에서 소녀의 여정은 분열된 자아와 조우하는 과정이다. 5월의 날들은 소녀를 성장시키는 거세 위협의 시간이 아니라 죄의식을 형성하는 어떤 기원의 시간이다. 소녀는 기차를 타고 가다가 유리창에 비친 자기의 모습을 기이한 타자로 발견한다. 자기를 비춰 자아와 조우하는 것을 일종의 '거울상'에 비견할 수 있다면, 라캉은 거기에 비친 자기에 대한 인식이 결국은 오인일 수밖에 없음을 간파했다. 그러니까 거울 속의 나는 분열된 자아의 오인된 이미지이다.

> 그 얼굴은 여전히 근육을 씰룩거리며, 눈을 부릅뜨고 나를 향해 덤벼들었고…… 달콤한 유혹이 순간 손을 벌렸어. 저 얼굴이 내게 덤벼들어 단번에 말들을 쏟아내고 그리고 내 목을 졸라 하얀 평화의 나라로 나를 데려가게끔 나를 내맡기는 것. 그것은 순간이었고 하나 둘 모든 사람들의 희미한 모습이 창에 비치자 그 유혹보다 더 큰 힘, 수치의 힘이 내 몸을 온통 경련하게 했어. 주먹에 힘이 빠지고 나는 정말, 일 초라도 빨리 그 얼굴의 입을 막아야 했기에 머리로 유리창을 들이받았어. 점점 세게 한 번, 두 번, 세 번…… 몇 번인지도 모르겠어. 유리가 깨어져가는 투명한 소리와 함께 고함은 사라지고, 그 얼굴은 산산조각이 나서 보이지 않

왔어. 그 얼굴이 마침내 박살나버린 거야.(259쪽)

이 소설에서 '얼굴'은 중요하다. 자기의 얼굴을 타자의 얼굴로 발견하는 것은 자아상실과 자기분열의 한 증례이다. 소녀는 그 얼굴을 순순히 받아들이기 어렵다. 엄마와 오빠가 사준 꽃자주색 나들이옷을 입은 순수한 소녀는, 상처로 일그러지고 광기에 사로잡힌 소녀와 화해할 수 없다. 지금 소녀의 얼굴은 "엄마가 알아볼 수 있는 얼굴. 오빠가 알아볼 수 있는 얼굴"(260쪽)이 아니다. 오빠와 엄마는 죽어버렸고, 이제 소녀는 과거의 자기 모습으로부터 너무 멀어져버렸다. 소녀가 두려워하는 것은 그렇게 변해버린 자기의 얼굴을 엄마와 오빠가 알아보지 못하는 것이다. 그러므로 소녀의 그 변해버린 얼굴은 성장의 표지가 아니라 존재론적 상실의 표현이다.

5월의 거리에서 소녀는 끔찍한 타인의 얼굴들을 목격하고 말았다. "소리 지르는 얼굴, 쓰러지는 얼굴, 발가벗겨진 채 숭어처럼 팔짝거리며 경련하는 얼굴, 헉 하고 소리 지를 시간도 없이 사라져버리는 얼굴, 쫓기는 얼굴, 부릅뜬 얼굴, 팔을 내휘두르며 무언가를 외치는 얼굴, 굳어진 얼굴, 영원히 굳어진 보통 얼굴들. 깔린 얼굴, 얼굴 없는 얼굴, 앞으로 나아가는 옆얼굴, 빛나는 아름다운 이마의 얼굴, 꿈과 힘이 합쳐진 얼굴, 그리고 다시 모로 쓰러지는 얼굴, 뒤로 나자빠지는 얼굴, 다시 깔리는 얼굴, 그녀의 이름을 부르다 말고 꺼지는 눈빛의 얼굴……"(225쪽) 이 처참한 얼굴들을 보아버린 소녀는 더 이상 그 이전의 순수한 소녀일 수가 없다. 소녀는 그 끔찍한 시간들로 인해 성장을 초과해 조로해버렸다. "그날,

내가 정신을 잃고 까무라쳤던 바로 그날, 나도 모르는 새에 나는 40년 아니 50년이나 백년을 살아버렸던 거지."(237쪽) 그만큼 소녀는 죽음 가까이에 가고 싶은 것이다. 죽은 오빠를 만나야만 모든 것이 해결될 수 있다면, 죽음이야말로 구원에 이르는 유일한 방법이니까. 그래서 소녀는 자해를 거듭하고 남자들에게 강간을 허용하고 '장'의 폭행에 몸을 맡긴다. 그것은 자기의 몸을 폭력에 방치함으로써 속죄하려는 것이며, 동시에 죽음 가까이에 다가가려는 자해적 소망의 표현이다.

소녀가 육화된 5월의 상징성 그 자체라면, 소녀를 구조하기는커녕 오히려 소녀에게서 구원을 얻으려고만 하는 '장'이라는 남자는, 가닿을 수도 없는 연민으로 안심하려고만 하는 세속적인 우리들의 자화상으로 읽을 수 있다. 소녀의 행방을 뒤쫓는 오빠의 친구들 역시 소녀를 찾는 그 여정을 통해 자기들의 죄의식을 덜어내려는 간교한 사람들인지도 모른다. "그녀를 찾아내지 않고는 그녀를 찾기 이전의 생활로 돌아갈 수 없었다."(285쪽) 하지만 그들의 추적은 항상 조금 뒤늦은 도착으로 어긋날 뿐이다. 그렇다면 소녀는 그들에게 '얼굴'을 드러내지 않고 끝없이 차연差延, Differance되는 어떤 진리의 모습일까? 5월의 광주는 그렇게 손에 닿을 듯 말 듯 잡히지 않는 저 소녀를 닮았다. 도착할 수 없는 여정의 종착지처럼 아무리 찾아도 만날 수 없는 소녀의 그 떠돎은, 그 자체로 우리들의 비겁과 안일을 뒤흔드는 위협이다. 자이니치在日 김시종의 어느 시구처럼, 그렇게 "눈 감을 수 없는 죽음은/ 떠돌고 있어야 위협이 된다."[26] 고통을 사랑으로 역전시키는 가짜 치유의 여정이 아니라, 참혹한 고통으로 인해 분열되는 주체의 여정을 그대로 보여주는 최윤의 소설은 그렇게 진실에 바투 다가서는 작품이다.

류양선의 《이 사람은 누구인가》는 그 선명한 표제에 드러나 있는 것처럼, 5월을 질문에 붙임으로써 5월의 진실을 탐문하는 소설이다. 〈그럼 무얼 부르지〉가 또한 그러했지만, 5월은 질문 그 자체로 존재할 뿐이고, 결코 해명될 수 없는 진실은 그 질문으로 어렴풋하게 암시될 수 있을 뿐이다. 정체를 알 길이 없는 '이 사람' 이란, 규명할 수 없는 그 5월의 진상에 대한 메타포이다. 그가 누구라 단정할 수 없으나, 소설은 '한빈'이라는 인물의 실종과 그의 기이하고 정신분열증적인 행적을 통해 5월의 아포리아에 접근한다. 그는 마치 〈저기 소리 없이 한 점 꽃잎이 지고〉의 소녀처럼 미쳐서 떠돌고, 사라지고, 다시 나타나 유령을 만나고, 또 사라진다. 하지만 그의 뒤를 쫓는 친구 영섭은 그가 남긴 '흔적'들과 대면할 뿐 진정한 만남은 끝없이 유예된다. 그리고 그 여정의 끝에서 영섭은 깨닫는다. "이 사람은 누구인가? 그는 한빈일 수도 있고 나일 수도 있고 또 그 밖의 어느 누구일 수도 있었다."[27] 여러 개의 시점으로 분열된 소설의 구성 역시 5월의 진실이라는 형이상학을 해체하는 장치로써 기능한다. 〈저기 소리 없이 한 점 꽃잎이 지고〉의 소녀처럼 광기의 형태로 드러나는 5월이란 이처럼 견디기 힘든 아포리아로 제기된다.

《레가토》를 통해 권여선이 건드리고 있는 것이 바로 그 모순된 진실의 이면이다. 광주의 그날에 갑자기 사라져버린 한 여자. 아무리 수소문해도 찾을 수 없는 그 여자의 갑작스런 실종이란, 남은 자들에게는 그 무엇으로도 채울 수 없는 암연의 구덩이다. 그것은 최윤의 소설에서 보았던 미친 소녀의 실종에 비견될 수도 있으리라. 사라진 여자의 이름은 오정연이다. 남은 자들에게 이 여자의 고유명은 지울 수 없는 얼룩이자, 결코 해명될 수 없는 질문으로 남은 듯하다. "오월 하면 오정연이 생각난다 그러면 이해가 되겠다. 근데 금오신화? 그럼 뭐 오라질 욕하면서도 오정연이 생각해야겠네? 오미자차 시킬 때도, 오골계 오도리 오이지 먹을 때도, 오대산 갈 때도."[28] 이와 같은 언어적 착종으로써 표현되는 것처럼, 오정연은 그들을 장악하고 지배하는 초자아이다.[29]

이 소설은 멜로드라마의 형식을 차용한 통속적인 후일담의 서사다. 그럼에도 그 통속에 그냥 진저리칠 수 없는 것은, 쉽게 읽어버리기가 미안할 만큼 성실함으로 단단한 그 옹골찬 문장 때문이다. 그러나 그보다 나는 폭력에 짓밟힌 여자를 그저 '희생자'로 만들지 않았다는 사실에서 어떤 윤리적 태도를 감지한다. 꽃다운 이십대 여자는 이른바 운동권 선배에게 강간당하고, 5월의 광주에서 대검에 베이고 총 맞아 쓰러졌다. 그렇게 쓰러진 다음 여자는 사라져버렸고, 남은 사람들은 망각 속에서 그냥 안주하고 싶었다. 그러나 억압되었던 것은 반드시 되돌아온다. 바로 그 기이한 귀환이 이 소설의 윤리를 떠받히는 받침돌이다. 사소한 감정들을 견뎌내지 못한 대가는 가혹하다. 감정에 휘둘린 젊은 날의 우발적인 행동은 30년이 지난 어느 날 무서운 형벌로 되돌아온다. "편재하는 우연이 새처럼 날아들면 그 순간 인생은 단박에 뒤틀린다." (390쪽) 실종된 오정연의 망령처럼 박인하의 앞에 돌연히 나타난 유하연. 한때 치열했던 운동권의 투사는 국회의원이 되었지만, 그렇게 망각의 지층 위에서 일구어낸 성공이란 허망할 뿐이다. 가해는 피해를 구제해야만 한다. 그런 구제를 방기하고 망각 속에서 평안을 얻을 수는 없다. 작가의 말이 그렇다. "어떤 나쁜 짓을 해도 그 나쁜 짓이 자기에게 정확히 징벌로 돌아오도록 구조화되어 있는 인간이 제가 보기에는 가장 윤리적이에요."[30] 그렇다면 5월의 죄악은 어떤 징벌을 받아들였는가? 이 소설이 그 질문에 답하기는 어렵다. 젊은 날의 친구들이 어느덧 중년에 이르러 실종되었던 여자를 뒤늦게 발견했을 때, 그것은 이미 발견이 아니라 흔적으로만 남은 그녀의 얼룩을 디듬는 것에 지나지 않았다. 그 여자는 이제 정연이 아니라 아델이었기 때문이다. 자기의 '기억'과 '말'을 잃어버린 여자는 머나먼 파리에서 이방인이 되어버렸다. 더불어 유순덕과 권씨 여인이 고단한 여성의 삶을 전언하고, 순구라는 무구한 남자가 정연을 해한 공수부대원이라는 사실이 진정한 가해의 책임을 되묻지만, 이런 소설적 디테일이란 어쩌면 작가의 지나친 의욕에 지나지 않을지도 모르겠다. 소설은 끝에서 희망을 피력하고 있지만, 그런 소망이 결코 충족될 수 없다는 것을 작가도 모르진 않았을 것이라고 생각한다. 아델은 결코 정연으로 되돌아 올 수가 없기 때문이다. 회복 불가능한 오정연의 고유명이야말로 영원히 실종되어버린 5월의 그 어떤 진실이다.

2.
성장통과 입사식入社式

성장은 반드시 '성장통'을 수반한다. 어른의 세계에 입문하기 위해
서는 바로 그 고통의 과정을 견뎌내는 입사의 의식을 거쳐야 한
다.[31] 그러니까 입사식이란 곧 아버지의 법을 내면화하는 순종과
복종의 의례이다. 아버지의 세계로 들어가기 위해서는 어머니(고
향)의 상실을 견뎌내야 한다. 영원한 그리움으로 남을 어머니와의
분리, 그것은 보통 영웅서사의 원형에서 고향으로부터의 분리와
이탈로 드러난다. 영웅이야기는 문화인류학적인 원형으로서 아이
가 어른의 세계로 진입하는 입사식을 모험과 방황의 여정으로 서
사화한다. 영웅이야기의 시작은 대체로 주인공이 모험의 소명을
거부하는 것으로 시작된다. 주인공은 소속되어 있던 공동체와 분
리되는 상황을 앞두고 머뭇거릴 수밖에 없다. 이 머뭇거림을 떨치
고 길을 나설 때 여정은 시작되고, 세계와의 균열이 불러일으킨

시련(성장통)이 그 여정을 통해 자아를 단련시킬 것이다. 아이는 길 위에서 시련을 견디는 가운데 모르던 것들을 점차 알아가게 된다. 그렇게 지식의 축적 속에서 계몽됨으로써 아이는 어른으로 만들어진다. 여행이 끝났을 때 세계는 더 이상 낯설지 않고(고향의 보편화), 무지에서 해방된 자아는 환한 깨달음으로 아버지의 은총에 고개 숙이게 된다. 예컨대 5월을 주제로 한 만화《망월》은 바로 그런 성장서사의 한 전형이다.

어머니의 죽음에서 시작되는《망월》은, 아버지의 과거를 탐문하는 가운데 5월에 관련된 숨겨진 진실(비밀)에 이르게 되는 여정을 그린다. 서울에서 대학을 다니다 잠시 고향 광주에 내려왔던 아버지 윤필용은, 때마침 그때 5월을 맞아 엄청난 일들을 겪게 되었다. 그때 그는 엄기웅의 협박에 넘어가 내부 첩자가 되어 시민군을 계엄군에게 팔아넘겼고, 그 죄책감 속에서 평생 넋을 놓고 살아야만 했다. 은폐되었던 5월의 비밀이 밝혀지는《망월》의 종반부는, 윤석구가 아버지를 이해하고 용서하는 동시에 암매장되었던 시민들의 유해가 발굴되는 것으로 종결된다. 그러니까 그 끝에서 용서와 진실은 하나로 종합된다. "처음부터 줄곧 가까이 있었지만 열등감과 치기가 범벅이 되어 보려 하지 않았던 것, 아버지와 관련된 그 무엇……" 그것이 바로 5월의 숨은 비밀이었다. 뒤늦게 그는 "내 눈 밖의 30년 전의 역사가 그동안 계속 내 몸에 새겨지고 있었다는 사실"[32]을 깨닫는다. 그 깨달음에 이르기까지 고된 여정을 견뎌낸 주인공은, 아버지와의 화해와 더불어 드디어 이 엄혹하고 비정한 세계를 받아들인다.

한 소년의 시점으로 그 가족의 끔찍한 사연을 통해 5월의 광주를 풀어낸 장우의 《빼앗긴 오월》(사계절, 2015). 형의 죽음에 대한 나름의 적극적 행동으로써 가출을 감행한 소년은 끝내 집으로 돌아와 아버지의 곁에 주저앉는다. 이 소설은 술에 취해 폭군적인 가장의 모습을 보이던 아버지에 대한 미움을 거두고, 마침내 그의 따뜻한 부성을 이해하게 되는 자각의 서사다. 여기서 5월의 그날에 총 맞아 죽은 형은 이 가족의 비애이기는 하지만, 아버지를 중심으로 가족을 더 굳건하게 재건하는 계기적 존재이기도 하다. 이 가족이 민족이나 민중이라는 상상의 결사체로 비유될 수 있다면, 형의 비통한 희생은 그 결사체를 공고하게 통합하는 연합의 이념이라고 할 수 있겠다. 한편으로 폭력(국가)과 연합(가족, 마을)의 정치적 적대는 자연과 문명의 선명한 이항 대립으로 서사화되어 있다. 소년이 사는 곳은 대도시 광주에서의 그런 극악한 폭력을 모르는 아늑한 모성의 공간이다. 서울에서 전학 온 주미와 그 아버지의 깊은 슬픔은, 가난해도 안빈의 낙을 아는 마을 사람들과 대비를 이룬다. 새마을운동으로 큰길이 나면서 '등 너머 마을'의 친구들이 모두 전학을 가버리는데, 그렇게 개발근대는 유기적인 공동체를 해체하는 무서운 힘으로 표상된다. 형을 삼켜버린 5월의 광주는 바로 그런 개발 근대화의 폭력과 무관한 것이 아니다. 그렇지만 미운 아버지의 사랑을 뒤늦게 깨닫고 돌아온 탕자처럼, 결국 소년은 개발근대의 풍요 속에서 그 폭력의 기억을 잊고 세상의 질서에 순응하는 어른으로 자랄 것이다.[33] 성장통을 거쳐 각성과 성장에 이르는 입사식의 서사는 가장 전형적인 치료의 서사이자 재현의 서사이고, 5월이라는 사건의 '잠재적 실재'와는 거리가 먼 편집증의 서사이다.

이에 비할 때 《사슴 사냥꾼의 당겨지지 않은 방아쇠》는 그런 서사의 정합적 답습과는 구별되는 소설이다. 부모의 부재라는 조건 속에서 성장기를 거쳐온 한수는, 그 부재와 결핍을 복수라는 행동을 통해 충족시키려는 소년이다. 마이클 치미노의 〈디어 헌터〉(1978)에 착안한 소설은 한수의 누이 한숙, 그의 친구들인 우진, 민호, 소영이 겪어낸 청춘의 시간을 그린다. 그리고 그것은 영화에서 마이클과 스탠, 닉, 스티븐, 린다가 보냈던 청춘의 한 시질에 대응한다. 고향에서 평화로운 시간을 보냈던 영화의 청춘들은, 베트남전쟁에서 겪은 폭력적인 기억들로 인해 파탄에 이른다. 청춘의 시간을 파탄낸 그 베트남전이 소설에서는 개발독재의 폭정과 광주의 폭력으로 치환되어 있다. 그리고 닉의 발광처럼 한수의 정신적 분열은 상징계로의 평화로운 이행이 가로막힌 자의 비극을 암시한다. 한수의 광기는 소영의 사랑으로 진정될지도 모르지만, 그것으로 그의 성장이 완료될지는 미지수다. 그런 염려의 근거는, 서사의 비중이 크지 않은 한수의 어떤 사연에 의거한 것이다. "그렇게 중요한 것을 알아버린 우진에게 다른 것을 아는 일은 중요하지 않았다. 우진은 과외를 포함해 모든 수업에 흥미를 잃었다. 그것이 1980년 5월의 그날 이후 우진에게 일어난 진정한 변화였다. (중략) 우진은 스스로 성장했다고 느꼈다. 물론 착각도 성장일 것이었다."[34] 우진의 5월은 물론 짝사랑의 열병에 관련된 것이지만, 그것이 광주의 그날과 무관하지 않다는 것은 분명하다. 한수는 5월 광주의 학살로 부모를 잃었고, 우진의 이루어지지 않은 사랑은 끝내 부모와 재회하지 못했던 한수의 슬픔과 하나로 공명한다. 전장의 기억을 갖고 돌아온 마이클은, 다시 예전처럼 사슴 사냥에 나갔지만 끝내 방아쇠를 당길 수 없었다. 그런 변화는 성장인가, 퇴행인가? 아니면 길들여짐인가? 복수의 여로 끝에서 지쳐버린 한수도 결국은 가슴에 품었던 비수를 놓아버린다. 저항을 거두어들인 한수는 소영이라는 유사 어머니의 품에서 잠든다. 물론 그 품이란 이 세상에 실제로 존재하지 않는 신화적 모성의 환상적인 현전일 뿐이다. 그리고 이 소설이 지난 시대의 삽화들을 추억의 소품처럼 삽입함으로써 역사적인 것을 복고적인 분위기로 윤색하고 있는 것도, 그런 모성의 판타지와 무관하지 않을 것이다.

한창훈의 《꽃의 나라》는 고향에서 분리되는 것을 적극적으로 소망하는 주인공의 성장 이야기다. 소설에서 여정은 이 세계가 갖고 있는 어떤 파국의 조짐, 그 폭력성을 받아들임으로써 자아를 형성하는 주체화의 과정이다. 그것은 또한 세계의 폭력성에 눈뜨고 그 세계를 받아들이게 되는 순종적인 국민화의 과정이기도 하다. 아버지를 벗어나려고 떠났지만, 다시 아버지의 질서 안으로 회수될 수밖에 없는 그 여정은 체제화의 강력한 마력을 드러낸다. 그런 의미에서 '꽃의 나라'는 그 이름과는 달리 얼마나 무서운 세계인가.

소년은 이제 막 열일곱 살이 되었고, 고등학교에 진학하기 위해 고향(남쪽의 항구)을 떠나 도시(광주)로 왔다. 그에게는 이 세상의 모든 어른들이 이상하다. "지금까지 만나본 사람 중에 이상하지 않은 이는 없었다. 사람들은 모두 조금씩 이상했다."[35](11쪽) 먼저, 그에게 가장 이상한 사람은 아버지다. 그는 그 오이디푸스적인 반목을 거리낌 없이 고백한다. 아버지의 기분은 종잡을 수가 없었고 의례적인 외출이 아니면 늘 집에 있었기 때문에, 가족들은 늘 긴장과 불편 속에서 살아야 했다. 아버지는 마치 "누군가 멸시하고 화를 내기 위해 태어난 사람"(11쪽)처럼 보였다. 그래서 그는 심지어 이렇게까지 말한다. "아버지가 있다는 게 사람의 특징이라면, 나는 개로 변해버리는 게 훨씬 좋을 일이었다."(59쪽) 장래 희망이 항해사인 친구 인호는 아버지가 외국 배의 선원인 줄 알고 있었다. 하지만 사실 그의 아버지는 칼로 사람을 찌르고 교도소에서 복역을 하고 있었다. 사관학교에 입학해 장교가 되는 것이 꿈인 영기의 아버지는 옷가게를 하는 어머니를 대신해 집안 살림을 도맡고 있다. 그들에게 아버지는 그렇게 늘 기대를 배반하는 존재이다. "자식의 희망과는 전혀 다른 모습, 그게 아버지들의 공통점이었다."(111쪽) 그렇게 세 친구는 그들의 아버지들이 있는 항구를 떠나 도시로 나왔다. 폭군과도 같은 아버지에게서 벗어난 주인공은 잔뜩 해방감에 도취된다. 그는 마치 "문서가 불타버린 노비"(15쪽)와도 같았다. 그러나 고향을 벗어나 도착한 도시 역시 완전한 해방의 공간은 아니었다. 하숙을 얻어 처음 들어간 집에는 술만 퍼마시는 이상한 할머니와 벙어리 여자가 함께 살고 있었다. "그리고 해방감의 이면에 무엇이 준비되어 있는가를 알게 된 곳은 교회 뒤편 공터였다."(18쪽) 그는 도시로 온 그 첫날 저녁에 동네 건달들로 보이는 몇 명의 젊은 사내들에게 구타를 당한다. 억울한 마음으로 홀로 외롭게 있다가 고향을 떠올려보지만, 위안은커녕 더 고통스럽기만 하다. 그래서 그는 충동적으로 자해를 한다. "항구와, 그곳에 있는 집이 떠오르자 나는 들고 있던 담배를 충동적으로 손목에 눌렀다. 살 타는 냄새가 났다."(20쪽)

입학한 학교도 역시 '용도 폐기된 감옥'처럼 보였다. 그리고 그는 거기서 마치 수용소의 죄수와도 같다. "폭력의 횟수와 강도가 전국 3순위 안에 든다고 말했다. 다른 곳에서 제적당한 애들을 모두 받아주었기에 학교에는 바보 아니면 깡패, 또는 바보이면서 깡패인 애들로만 바글거린다는 것이다."(37쪽) 아이들은 폭력 서클의 여러 파벌로 나뉘어 대치하고 있었고, 그는 살아남기 위해 저녁밥을 먹기 전까지는 늘 눈싸움과 복싱 그리고 정권 단련을 했다. 어디를 가나 폭력이 만연했고, 살아남기 위해서는 힘이 필요했다. "스스로를 지켜내지 않으면 안 되는 곳이었다. 몇 달 사이 나는 변해가고 있었다. 이런 것도 성장이라면, 성장하고 있는 중이었다."(71쪽) 그가 항구의 중학교에서 교사들에게 가장 많이 들었던 이야기는 군대에서 구타당했던 경험담이었다. 이처럼 고향에서부터 지금 이 도시에 와서까지 구타와 폭력의 날들은 계속되었다. 항구를 벗어났지만 모든 곳이 항구였으며, 아버지를 벗어났지만 그 모두가 아버지였다. 학교는 군대였고 선생님은 아버지였으며, 그리고 이 나라는 거대한 병영이었다. 교련 선생은 그것을 이처럼 분명하게 정리해주었다.

내가 자세히 알려주겠다. 군은 임금, 그러니까 지금은 대통령 각하, 즉 그러니까 국가다. 사는 나처럼 교사, 그러니까 즉 선생님이다. 부는 그러니까 집안의 가장, 즉 아버지라는 소리다. 그러니까 군사부일체는 국가와 스승과 부모님은 하나이다, 이 말이다.(81쪽)

폭력은 아이들이 스스로 선택할 수 있는 그들의 수단이 아니다. 아이들은 다만 폭력에 의해 선택될 수 있을 따름이다. 가정과 학교는 주체가 만들어지는 공장이고, 아이들에게는 이것들을 거부할 수 있는 힘이 없다. 지금까지 그가 두들겨 맞았던 것은 "자신의 이해관계와 아무 상관이 없었다. 늘 다른 사람의 뜻에 의해 폭력 속으로 내던져졌다. 태어나보니 부모가 있는 것처럼 말이다. 나이가 차서 학교에 가는 것처럼 말이다."(108쪽) 우리가 이 세계에 내던져진 존재라면 폭력은 우리에게 주어진 조건이다. 가출과 자퇴는 탈출의 시도이기는 하지만, 집과 학교의 바깥이 폭력의 완전한 외부는 아니다. 따라서 폭력으로부터 완전히 벗어나는 것은 불가능하다. 아버지가 있는 집을, 그리고 항구를 벗어났지만, 폭력으로부터 완전하게 벗어나지 못하는 것은 바로 그런 이유 때문이다. 세상은 온통 폭력으로 만연해 있다. 그렇게 가정과 학교에서 맞는 데 이골이 난 아이들은 폭력의 잔혹성에 점점 둔감해지고, 어느새 그들은 폭력에 길들여져 맞고 때리는 것을 당연한 것으로 받아들이게 된다. 그러니까 폭력은 주체에게 힘의 당연한 규율인 것처럼 여겨지게 되는 것이다.

어느 날 대통령이 죽었다는 방송이 나오고, 대학생들은 연일 데모를 했다. 공수부대가 나타났고 그들의 만행에 사람들은 경악했다. 고등학교 2학년이었던 그도 역시 참혹함에 몸서리친다. 인호는 그들에게 잡혀 있다가 가까스로 도망을 쳐 나오고, 동네 건달 진구 형은 시민군으로 나서서 총을 들었다. 그리고 영기가 죽었다. 그는 처음으로 처참한 죽음들과 대면했고, 그것은 그 어떤 폭력에 비견할 수 있는 것이 아니었다. 친구의 죽음을 봐버린 그는 이제 다시 그전의 자기로 돌아갈 수 있을까?

내가 맞본 죽음의 공포는 그 어떤 주먹이나 매질과도 비교가 되지 않았다. 나의 떨림은 저 깊숙한, 맨 처음의 시작점에서 왔다. 죽어 있다는 것을 본다는 것. 죽어버린 생선, 죽어버린 나무, 죽어버린 새, 그리고 죽어 있는 사람. 그 사람의 세계가 정지되고 곧바로 소멸해간다는 것. 그리고 그게 나에게 찾아온다는 것.(228쪽)

폭력의 극한에 죽임이 있고, 그런 죽임의 힘 앞에 무참하게 죽은 것들을 본다는 것은 폭력의 절정을 경험하는 일이다. 그 경험은 구타의 통증에 비견되기 힘든 정신적 내상을 남긴다. 두들겨 맞아서 생긴 통증은 시간이 지나면 가시지만, 죽임의 힘이 가시화된 죽음의 현전은 한 존재에게 영원히 가시지 않는 관념론적 고통으로 남는다. 그러니까 지금 이 도시에서 자행되고 있는 폭력은 너무도 즉각적이고 육체적인 것이었지만, 그 폭력에 노출된 이들의 상처와 고통은 육체와 물질을 넘어 형이상학적인 것으로 영원히 남게 될 것이다. "이 도시는 그동안 중요하다고 배웠던 모든 것들이 한순간에 아무 짝에도 소용없는 곳이 되어버렸다."(257쪽) 영기는 죽었고 인호도 도시를 떠났다. 그는 혼자 남았고 외로웠다. 외로움은 다름 아니라, 이 무서운 세계에 대한 그의 느낌이고 반응이었다.

아는 얼굴이 하나도 없었다. 영기가 죽고 인호가 떠나버린 것처럼 박정화도, 진숙이도, 생물교사도, 범이도, 진구 형도, 쌍절곤도 모두 떠나버린 것만 같았다. 나만 이곳에 홀로 남아 있는 것 같았다. 모두가 같이 떠날 때에는 나도 같이 떠나버려야 했다고 생각했

다.(248쪽)

광주의 5월은 그에게 그 이전부터 당해왔던 그 모든 폭력의 의미를, 비로소 깨닫게 되는 결정적인 시간이었다.[36] 그러니까 5월의 광주라는 수난이 그에게는 일종의 극단적인 성장통이다. 얻어 터지던 아이가 때리는 어른이 되는 것, 그것이 성장이고 5월의 광주는 아이가 어른이 되기 위해 치르는 지독한 통과의례였다. 그는 이제 저 외로움 속에서 세계의 비정함에 눈뜨게 될 것이다. 정말 이런 것이 성장이라면, 차라리 아이는 어른이 되지 않는 것이 좋을지도 모른다.[37] 귄터 그라스의 소설 《양철북》의 오스카 마체라트처럼 난폭한 세상은 아이를 성숙한 어른으로 성장시키는 것이 아니라, 환멸을 경험하게 함으로써 길들이려 한다. 명민한 오스카는 성장을 거부할 수 있었지만, 세상의 많은 아이들은 저 끔찍한 폭력의 시간들을 성장하기 위해 감수해야 하는 당연한 고통으로 받아들인다.

아버지의 훈육 속에서 아이들은 리비도를 억압당한다. 아버지의 폭압적 권력은 성에 대한 아들의 죄의식으로도 드러난다. 항구에서의 어떤 죽음, 그 죽음이 엄밀하게 드러낸 성애적인 환상, 그리고 씻을 수 없는 죄의식.

그리고 소녀의 아랫도리가 드러났다. 분홍빛 틈이 거기에 있었다. 강렬한 유혹과 보아서는 안 되는 것을 자꾸 보고 있다는 죄의식이 뒤엉켰다.(73쪽)

소녀는 항구의 잔교에서 놀다가 실족해서 바다에 빠진 것이다. 어머니로 보이는 여자는 소녀의 젖은 옷을 벗기며 통곡했고, 그는 거기서 금지된 '분홍빛 틈'을 엿보고 말았다. 그 분홍빛은 에로스의 매혹이었고, 그 틈은 죽음의 심연이었다. 죽음은 그에게 이상한 매혹으로 찾아왔던 것이다. 얼마간의 시간이 흘렀고, 그는 키스가 너무 하고 싶어졌다. 좋아하는 여자에게 마음을 고백했지만 거절을 당하고, 결국 매음을 했지만 입은 맞추지 못하고 돌아온다. 그는 입맞춤에 집착하는데, 아마도 그에게 입은 그 '분홍빛 틈'일 것이다. '분홍빛 틈'은 폭력으로 만연한 아버지의 세계에서 아들에게 금지된 '어머니'이다. 아들은 거세의 위협으로 인해 그 '분홍빛 틈'에 대한 욕망을 억누를 수밖에 없다.[38] 벙어리 여자에게, 심지어는 영기의 여자친구 진숙에게, 그리고 결국은 박정화에게로, 그의 성적 환상은 대상을 달리하며 점점 크게 자란다. 하지만 그는 어떤 방법으로도 충족에 이르지 못하고, 5월의 광주를 겪고 진숙에게 '영원히 사라지지 않을 상처'(담배빵)를 남기고 나서야, 그는 겨우 그녀와 입을 맞출 수 있었다.

국가가 가정이라면, 독재자였던 대통령은 상징계의 대타자이며, 일종의 아버지이다. 대타자가 사라진 상징계는 문법이 통하지 않는 문장처럼 무질서로 혼란하다. 그래서 대타자의 공백은 이내 다른 대타자의 등장으로 채워지게 되는데, 신군부는 박정희의 자리를 대신한 바로 그 새로운 아버지였다. 다시 말해 5월의 광주는 아버지가 부재한 가운데 벌어진 어떤 반역이었고, 다시 돌아온 새 아버지는 더 큰 위엄(폭력)으로써 아들의 반란을 잠재워버렸다. 그러니까 5월의 광주는 거세를 실현함으로써 아들을 불구로 만드는 오이디푸스적인 과정과 다름없는 것이었다. 그러므로 진숙과의 입맞춤이란 '분홍빛 틈'에 대한 욕망의 충족이 아니라, 거세된 아들의 불가능한 성애적 몸짓이다. 그것은 사랑의 감정이 없는 애무로, 결코 쾌락에 도달할 수 없는 불구의 입맞춤이다. '분홍빛 틈'에 대한 욕망은 폭력에 대한 충동으로 대체되고, 그렇게 아이들은 폭력의 객체로 훈육되어 드디어 폭력의 주체로 다시 태어나게 되는 것이다.

《꽃의 나라》에서 소년의 여정은, 죽은 아버지(박정희)의 자리가 다른 아버지(전두환)의 출현으로 대체되는 그 과정 안에서 이루어진다. 아버지가 교체되는 그 짧은 시간이 아들에겐 해방의 시간이었고, 동시에 그것은 새로운 아버지가 아들을 길들이는 규율의 시간이었다. 그러므로 5월 광주의 압도적인 폭력은 아들을 어른의 세계로 소환하는 일종의 잔혹한 통과의례다. 그래서 성장은 영혼의 성숙이라기보다는, 결국엔 아버지의 세계를 받아들이게 되는 순종의 시간에 가깝다. 5월의 광주에서 벌어진 살육들은 아버지의 권능을 확인시켜주는 거세의 위협으로써, 아들(국민)에게는 일종의 끔찍한 훈육의 시간이었다.

《꽃의 나라》에서 육친의 아버지는 벗어나고 싶은 존재였다. 하지만 김연수의 《원더보이》에서 아버지는 죽은 아내를 잊지 못해 술에 의지하는 '세상에서 가장 나약한 남자'에 불과하다. 어머니의 부재라는 상황 속에서 펼쳐지는 소설의 전체적인 줄거리를 고려할 때, 어떤 의미에서 그 아버지는 폭군적인 대타자로서의 아버지가 아니라 모성의 결여를 공유하는 형제에 가깝다. 그러므로 이 소설에서 중요한 것은 무엇보다 어머니의 결여, 즉 모성의 결핍이다.

　정훈의 아버지는 정훈을 낳다 죽은 아내를 잊지 못해 술에 의지하며 살았다. 그러던 어느 날, 그는 교통사고로 세상을 떠난다. 이제 아버지마저 잃은 정훈은 세상에 홀로 남은 고아가 된 것이다. 아버지의 죽음이 불러일으킨 외로움에 대한 자각, 그것은 마치 《꽃의 나라》에서 소년이 5월의 광주에서 친구들을 잃고 외로움 속에서 세계를 다시 발견하는 장면을 떠오르게 한다. 정훈에게 아버지의 죽음과 함께 찾아온 외로움은, 집을 떠나 길을 나서게 되는 직접적인 원인이 된다.

> 허공에 떠 있던 하얀 눈송이 하나하나처럼 나는 혼자였다. 아빠는 이 별을 떠났다. 어쩌면 이 우주를. 아빠 때문에 나는 외로워졌다. 외로움이란 그런 것, 누군가가 없기 때문에 생기는 불필요한 감정이었다.[39]

　외로움이란 세계로부터의 이물감이다. 친숙했던 세계가 어느 순간 낯설게 느껴질 때 그 사람은 외로움의 한가운데 있는 것이다. 외로운 사람은 무엇이든, 아니면 누군가든 만나야 하고, 그래서 정훈은 집을 떠나 길을 나선다. 아버지가 일깨운 외로움은, 사실 어머니의 빈자리였고 모성의 결핍이었다.

　소설에서 펼쳐지는 여정의 시간은 정훈이 열다섯 살이던 1984년부터 열일곱이 되는 1987년까지이다. 결핍된 모성의 충족을 소망하는 고아의 이야기는 왜 하필 1980년대를 배경으로 하고 있는가? 아마도 그 시간은 2000년대를 살고 있는 어른들, 그들이 지금의 그들로 성장할 수 있었던 가혹한 성장기로 여기기 때문일 것이다. 민족사의 수난은 이처럼 주체형성의 중요한 계기로 작용한다. 이 소설 역시 정훈이라는 소년의 성장기를 민족의 수난사와 겹쳐 이야기함으로써, 분단과 독재의 현대사가 주체를 어떻게 주조하는가를 탐구한다.

5월의 광주는 분명 냉전체제의 이념적 분규와도 깊은 관련이 있다. 심지어 5월 광주의 살육전이 북한 특수부대의 침투로 이루어진 것이며, 그 모든 것이 북한의 연출이었다고 보는 수정주의적 견해[40]마저도 실은 분단체제의 산물이다. 5월을 반공주의의 맥락으로 전유하여 그 의미를 이념 대결의 차원으로 전도시키는 이런 억견들은, 5월을 민족(민중) 수난사의 계보에 등록함으로써 그 희생을 숭상하고 찬미하는 견해들과 마찬가지로 민족주의와 국가주의의 회로 안에 갇혀 있다.[41] 체제의 전복과 체제의 수호라는 '쌍형상화 도식'[42]은 대칭적인 사유구조로 고안된 이항 대립적인 담론이다. 5월의 광주를 다룬 많은 소설들은 대개 5월을 여순 사건이나 한국전쟁과 같은 민족 수난의 역사적 지평 위에 놓는다. 그 서사들에서 개인의 삶은 민족의 수난이라는 국민국가의 역사적 상상력에 결박되어 있다. 예컨대 채희윤의 〈어느 오월의 삽화〉에서 5월은 동학난과 여순사건으로까지 이어져 있다.[43] 정도상의 〈저기 아름다운 꽃 한 송이〉에서는, 인공 시절 빨치산으로 참가해 싸웠던 영규가 이제 중이 되어 다시 5월의 광주에서 총을 들고 싸운다. 한승원의 〈당신들의 몬도가네〉도 5월의 광주는 여순 사건과 연결되고, 김영현의 〈불 울음소리〉 역시 임철우의 《봄날》과 마찬가지로 한국전쟁 당시의 학살과 5월 광주의 살육을 병치한다. 김중태의 소설 〈모당〉의 아들은 5·16에 반대해 투쟁하다가 빨갱이로 몰려 죽임을 당한 아버지처럼 5월의 광주에서 맞서 싸웠고 지금은 수배를 피해 도피 중이다. 그러니까 이 소설들에서 5월의 광주는 민족 수난사의 장구한 지평 안에 있다. 인물이 역사와 접맥되는 방식이 간접적이고 상징적이라는 점에서 노골적이진 않지만, 《원더보이》 역시 그 계보와 전혀 무관하지는 않다. 아버지의 트럭이 들이받은 것은 남파 간첩의 차였고, 그래서 아버지의 죽음은 당국에 의해 순국으로 미화되었다. 어머니는 이북에 있는 아버지를 만날 수 없었다. 이처럼 분단은 현재의 삶을 구속하는 엄연한 역사적 현실이며, 반독재 민주화투쟁의 시대도 역시 숱한 개인들의 삶에 엄청난 영향을 미친 수난의 역사로 기억될 수 있다.

정훈이 열일곱 살이 되는 1987년은 《원더보이》의 결말이 되는 시간이다. 그것은 소설에서 성장의 주체가 민주화 세대―이른바 87년 체제 세대―라는 것을 암시한다. 그래서 특히 5월의 광주에 대한 서술은 민주화투쟁의 시원이 되는 사건으로서 중요한 비중을 차지한다. 예를 들면 이런 대목이다. 정훈은 사고를 당한 후에 다른 사람의 마음을 읽을 수 있는 능력을 갖게 되었고, 표창을 받으러 간 청와대에서 이상한 소리를 듣는다.

살인마! 다시 그 말이 들렸다. 그리고 어떤 마음이 느껴졌다. 그 마음의 소유자는 곤봉에 머리가 깨어지고 총알에 복부가 파열되고 대검에 겨드랑이가 찢겨나간 시체들 사이에 어떤 남자가 미동도 없이 누워 있던 장면을 떠올리고 있었다. 그 순간, 압도적인 슬픔이 나를 삼켜버렸다.(49쪽)

5월의 광주는 현재의 시간이 아니라 이처럼 초월된 시간으로써 이야기된다. 달리 말해 5월의 그 '압도적인 슬픔'은 희망이라는 반전을 위해 거쳐야 하는 예비적인 시련에 가깝다. 물론 그 희망은 절망으로 가득한 이 세상의 어떤 모순에 대한 비판을 내포한다. "힘이 있다면 누가 희망 따위를 바라겠는가. 이 세상에 이토록 많은 희망이 필요한 이유는 힘없는 자들이 너무 많기 때문이다."(12쪽) 그러므로 희망은 절망을 견디는 힘이라기보다 절망의 현실을 또렷하게 만드는 시약과도 같다. 이처럼 "가장 고통스러운 순간에 가장 행복했던 기억들을 떠올"(98쪽)리는 것이 세속의 이치라고 할 때, 사람들은 대개 '가장 행복했던 기억들'이라는 그 상상의 관념을 통해 세상의 고통을 회피한다. 이러한 현실 인식은 결국 이 소설이 세계의 폭력을 자아의 고통으로 온전하게 받아들이는 것이 아니라, 희망이라는 초월적인 기표로 모든 상황을 일거에 해소해버리고 있다는 것을 보여준다. 예컨대 "우리의 밤이 어두운 까닭은 우리의 우주가 아직은 젊고 여전히 성장하고 있기 때문입니다"(315쪽)와 같은 소설의 마지막 구절이 그렇다. 밤의 암흑(역사적 폭력) 그 자체에 대한 사유로 나아가기보다, 밤의 그 짙은 어둠이 빛나는 새벽을 예비하는 시간이라고 긍정하고 마는 것은, 터무니없이 싱거운 낙관처럼 느껴진다. 마찬가지로 지금의 고통이 아직 어리기 때문에 겪어내야 하는 성장통이라는 위로는, 비참한 현실에 비해 대책 없이 달콤하기만 하다.

　만약 우리가 다른 사람의 고통을 고스란히 느낄 수 있다면, 어떤 국가나 권력도 개인을 억압할 수 없었을 거예요. 타인의 고통을 공포보다 더 강하게 느껴야만 한다는 건 그런 뜻이에요. 지금과 다른 국가를 원한다면 우리는 타인의 고통을 자기 것처럼 여겨야만 해요.(191쪽)

어떤 의미에서 성장은 이렇게 타인의 고통에 참여할 수 있는 사람으로 자기를 변이시키는 과정이다. 정훈이 세상을 떠돌며 목격한 것은 폭력과 그 고통이었다. 드디어 정훈은 외로움이란 다른 누군가를 사랑함으로써, 그러니까 다른 이의 고통을 이해함으로써만 해결될 수 있다는 것을 알게 된다. "누군가의 슬픔 때문에 내가 운다면, 그건 내가 그를 사랑하고 있다는 증거"(168쪽)이다. 정훈이 강토 형, 아니 희선을 사랑하게 되는 것은, 그녀의 슬픈 과거를 진심으로 이해할 수 있게 되는 순간이다. "이해란 누군가를 대신해서 그들에 대해서 이야기하는 것, 그리고 그 이야기를 통해서 다시 그들을 사랑하는 일"(164쪽)이다. 사랑이란 결국 타자의 슬픔에 참여하는 일이므로, 역사를 서사화한다는 것은 이렇게 타인의 고통에 동참함으로써 그 사랑을 실천하는 일이다. 그리고 사람들은 이야기를 통해 고통스런 사연들을 공감하고 공유함으로써, 그 고통을 비로소 '우리'의 것으로 역사화할 수 있다. 그러나 이 소설에서 '타인의 고통'은 자기의 고통으로 생생하게 전이되지 못하고, 이해와 사랑이라는 낭만적 관념으로 수렴되는 추상적 대상일 뿐이다.

정훈에게 희선은 다시 되찾은 모성이다. 그녀가 "1980년 5월 이후의 종로란 내게 공포와 환희와 절망과 지복의 순간이 모두 지워지고 난 뒤의 흐릿한 공간, 무채색의 우울과 불투명한 멜랑콜리의 공간"(282쪽)이라고 했을 때, 그것은 광주의 그 비참함과는 전혀 무관해 보인다. "그때 나는 영원을 생각하고 있었어. 하늘이나 바다 같은 것. 혹은 시간이나 공간, 우주 같은 것. 어쩌면 사랑 같은 것."(283쪽) 그녀의 이런 감상은 5월의 광주라는 세속의 시간을 지극히 낭만화한다. 그것이 낭만적인 이유는 지금 여기의 고통을 '다른 세상'에 대한 몽상으로써 초월하려 하기 때문이다. 지금 여기에 없는 것에 대한 자각은 앞으로 있어야 할 어떤 것을 생성시키는 힘이다. "내게 없는 것들이 나를 계속 살아가게 만들며, 인생은 갈망의 대상을 향한 끝없는 투쟁의 길"(129쪽)이다. 가혹한 절망이 희망에 대한 집념을 만들어내는 것처럼, 다른 세상에 대한 몽상은 지금 이 세상에 대한 회의로부터 비롯된다. 그러므로 부재와 결핍이야말로 행복에 대한 간절함을 일깨우는 가장 명백한 동기이다. 이 소설에서 성장은 그렇게 부재와 결핍으로부터 사랑을 배우는 시간이다.

> 그 어떤 일도 내게는 일어나지 않는다고 해도, 그게 아주 황당한 몽상이라고 해도 나는 꿈꾸는 일을 멈추지 않을 생각이었다. 이 우주에서 일어나지 않은 일들, 어떻게 해도 할 수 없었던 일들, 불가능한 일들을 나는 계속 생각할 것이다. 왜냐하면 나는 양자론의 세계에서 살고 있으니까. 계속, 나는 쉬지 않고 생각할 것이다. 다른 우주에 사는 나를 위해서.(123쪽)

세상에 대한 불만이나 분노가 '다른 세상'을 욕망하게 하고, 그 욕망이 새로운 세계의 창안을 부추긴다. 그러나 여정의 끝에서 정훈은 현실의 변혁에 대한 욕망이 아니라 동화적인 몽상에 빠진다. 이 소설에서 성장은 다른 세계를 몽상하는 낭만적인 주체의 탄생과 연결되어 있다. 추방당한 어머니(모성)는 결코 상징계로 다시 돌아올 수 없다. 정훈에게 희선은 불가능한 모성의 현전이며, 그래서 그것은 어디까지나 환상일 뿐이다. 그러므로 정훈의 여정은 아버지의 세계를 향한 성장의 서사가 아니라 결핍된 모성을 회복하는 회귀의 서사다. 5월을 기원으로 하는 '민주화'의 험난한 여정은 꿈과 몽상으로 초월되고, 어느새 정훈은 희선이라는 유사 어머니로 모성의 결여를 보충해 그 품에서 오래도록 아늑할 뿐이다. 손쉬운 애도처럼 너무 쉽게 충족된 결핍은, 그 부재의 자리에 대한 고단한 사유를 가로막고, 세속의 고통을 낭만적으로 초월하게 만든다. 그것은 역시 치유가 아닌 치료에 불과하다.

윤정모의 《누나의 오월》(산하, 2011)도 여정의 길 위에서 어떤 각성에 이르는 성장의 서사다. 항쟁 당시 과도한 헌혈로 죽은 누나에 대한 기억을 회복함으로써, 소년은 그 죽음의 숭고한 의미를 깨닫는다. 광주에서 고향으로 향하는 여정 속에서 소년은 누나의 죽음과 연루된 진실을 밝히고, 꿈속에서 짝사랑하는 음악 선생님을 누나의 모습으로 동일화한다. 이 소설도 《원더보이》와 마찬가지로, 다시는 회복할 수 없는 모성의 결여를 몽상을 통해 환상적으로 충족시키고 있다. 목적지로서 '고향'(대지)과 '모성'(피)의 병치는 그 여정의 형이상학적 성격을 선명하게 드러낸다. 모성으로 회귀하는 이런 서사들과 달리, 박상률의 《너는 스무 살, 아니 만 열아홉 살》에서는 죽은 아들의 묘지로 향하는 미쳐버린 어머니의 여로를 그려보인다. 여정의 끝에서 무덤을 파헤쳐 폭력으로 훼손되고 이미 썩어 끔찍한 아들의 시신을 대면하는 장면은 섬뜩하다. 다시는 만날 수 없는 어미와 자식의 그 단절을, 이만큼 충격적으로 표현한 작품은 아마 없으리라.

어른으로 자라지 못하고 죽은 소년을 다시 역사의 지평으로 불러내어, 그 지리멸렬한 세속의 자리로 건너오게 만든 것이 한강의 《소년이 온다》이다. 이 소설이 심상치 않은 이유는 거기에서 여기로, 혹은 여기에서 거기로의 건너감 자체를 파고드는 그 집요함 때문이다. 그 초월적인 건넘/건넴의 도약이 어른이 되지 못하고 죽은 소년을 영원히 미완의 존재로 만든다. 그러나 그것은 미성숙이 아니라 완결되어야 할 미제未濟의 시간을 가리킨다. 5월의 '그날'은 겨우 중학교 3학년이었던 동호를 다른 세상으로 건너가게 만들었고, 자기가 겪어낸 것들을 죽은 혼의 말로 우리들에게 건네도록 했다. "지난 일주일이 실감되지 않는 것만큼이나, 그 다른 세상이 더 이상 실감되지 않았다."[44] 살상의 현장에 총상을 입은 친구 정대를 내버려두고 왔다는 죄의식이 동호를 어떤 적극적인 행동으로 이끈다. 평소에 겁이 많았던 아이는 코피를 쏟아낼 만큼의 시취를 맡으면서도 끔찍한 모습으로 부패하고 있는 주검들을 보살핀다. 그러니까 그 죄의식이 소년을 비약하게 만든 것이다. 세속적인 역사의 이런 끔찍함을 어린 소년이 감당할 수 있는가?

딸이나 여동생을 찾는 사람들을 위해 천을 걷어 보일 때마다 너는 부패의 속도에 놀란다. 여자의 이마부터 왼쪽 눈과 광대뼈와 턱, 맨살이 드러난 왼쪽 가슴과 옆구리에는 수차례 대검으로 그

은 자상이 있다. 곤봉으로 맞은 듯한 오른쪽 두개골은 움푹 함몰
돼 뇌수가 보인다. 눈에 띠는 그 상처들이 가장 먼저 썩었다. 타박
상을 입은 상처의 피멍들이 뒤따라 부패했다. 발톱에 투명한 매
니큐어를 바른 발가락들은 외상이 없어 깨끗했지만 시간이 흐르
며 생강 덩어리들처럼 굵고 거무스레해졌다. 정강이를 넉넉히 덮
었던 물방울무늬 주름치마는 이제 부풀어오른 무릎을 다 덮지
못한다.(12쪽)

　이런 것을 봐버린 소년은 그것을 보기 이전의 시간으로 되돌
아갈 수 있는가? "사람의 손, 사람의 허리, 사람의 다리가 어떤 일
을 할 수 있는지"(25쪽)를 봐버린 소년은, 사람의 손과 허리와 다리
를 그전처럼 무심히 바라볼 수 있을까? 다시 그 이전으로 되돌아
갈 수 없게 된 소년은, 그 폭력의 끔찍함을 견디기 위해 또 다른
곳으로 건너가야만 했다. 그것은 바로 도청에서의 마지막 밤이 지
나갈 때까지 항쟁의 한 중심으로 투신하는 것이었다. 소년 동호는
죽어가는 정대를 데리러 그 살상의 공간으로 건너가지 못했기에,
뒤늦은 자책만큼의 용기를 통해 스스로를 속죄해야 했다. 그러니
까 이 소설은 자기의 죄를 사하기 위한 자기 소멸의 여로를 그리
고 있는 것이다. 여러 개의 몸과 영혼들이 과거와 현재의 시간을,
그리고 죽음과 삶의 공간을 오가며, 함께 그리고 따로 그 여로를
걷는다.
　여섯 개의 장과 마지막의 에필로그는, 각각의 다른 시점과 초
점화자를 통해 분산하지만, 동시에 또 여럿이면서 유기적인 하나
로 결집한다. 동호를 '너'로 지칭하는 정대가 6장과 에필로그를

제외한 이 소설의 화자이자 서술자다. 1장에서 초점인물인 동호는 화자인 정대로부터 '너'로 불리는데, 그것은 곧 이승과 저승의 거리이자 죄책감과 억울함의 거리를 나타낸다. 그리고 그 2인칭은 죽은 정대가 죽은 동호를 다시 불러내는 초혼의 부름이기도 하다. '너'를 부름으로써 소년이 온다. 산 자가 죽은 자를 대신해 말하지 않고, 죽은 자가 죽은 자를 불러내는 그 부름으로써 말할 수 없는 어떤 것을 말하려 한다. 죽은 영혼을 서술자로 삼은 것은 미친 사람의 시점과 마찬가지로 불가해한 사건의 부조리를 응시하기 위해서일 것이다. 2장에서 정대는 죽은 자기의 몸이 추하게 부패해가는 모습을 지켜본다. 집에 들어오지 않는 누나 정애를 찾아서 나선 길이었다. 그리고 그는 이유도 모르고 구타당하고 총을 맞아 피를 흘리며 죽어갔다. 열다섯 살의 소년은 더 이상 이런 것들을 감각할 수가 없다. "늦은 밤 창문으로 불어 들어오던 습기 찬 바람, 그게 벗은 발등에 부드럽게 닿던 감촉."(55쪽) 어른이 되지도 못하고 죽은 소년은 다시는 돌아올 수 없는 저 무감각의 세계로 건너간 것이다.

5월의 그날에 동호와 함께 시신을 수습하고 보살폈던 김은숙은 3장의 초점인물로 등장한다. 은숙은 1980년 광주의 5월이 이유 없는 사건이 아니라, 그럴 수밖에 없는 시대의 산물이었음을 논증하는 인물이다. 5월의 사건 직후에 구속되었던 몇 안 되는 여성 중의 한 사람인 5장의 임선주 역시 마찬가지다. 선주는 은숙과 진수, 동호와 함께 시신을 관리했었다. 특히 선주가 당한 변칙적인 고문과 인권의 유린은 증언하기 힘든 고통의 질량으로 암시되고 있다.[45] 작가가 은숙과 선주를 통해 자기의 의도를 분명하게 관철시키려고 했다는 것은 어렵지 않게 확인할 수 있다. 그러니까 작가의 말은 이처럼 분명하다. "5장 〈밤의 눈동자〉는 마찬가지로 생존자의 이야기이긴 한데, 광주가 갑자기 생겨난 사건이 아니라는 생각으로, 1970년대의 인권탄압과 노동운동에 이어져 있다는 생각으로 썼어요."[46] 그래서 3장과 5장에서는 5월의 그날 이전과 이후의 시간을 거슬러 돌아보고, 다시 돌아와 서술한다. 검열과 노동운동의 탄압과 같은 시대의 정황을 자세하게 묘사함으로써, 5월의 광주를 독재정부에 대한 정치적 투쟁의 역사적 연대기 속에 자리매김하려 한 것이다. 3장을 다시 '일곱 개의 뺨'으로 나누어 서술하거나, 5장을 다시 시간의 경과를 따라가며 분별적으로 서술하는 것은, 그런 작가의 노골적인 의도의 개입이 가져오는 서사의 경직성을 유연화하려는 미묘한 전략으로 읽을 수 있다. 3장에서는 죽지 않고 살아남은 자의 치욕을 검열당하는 진실의 치욕과 병치한다. 검열당한 책과 감시당하는 연극이 진실의 의지에 대한 폭력적인 탄압을 보여준다면, 동지들과 함께 죽지 않고 살아남은 지금의 자기는, 역설적으로 그 죄의식과 피폐한 자의식으로써 증언하지 못하는 진실에 근접한다. "어떤 표정, 어떤 진실, 어떤 유려한 문장도 완전하게 신뢰하지 않았다. 오로지 끈질긴 의심과 차가운 질문들 속에서 살아나아가야 한다는 것을 알았다."(95~96쪽) 죽지 않고 살아남았다는 것은, 바로 그 '끈질긴 의심과 차가운 질문'을 계속해나간다는 것이다. 그러므로 살아남아서 치욕을 견딘다는 것은, 그 엄청난 고통을 감수함으로써 세상에 증언하는 하나의 방법이기도 한 것이다.

4장의 화자인 '나'는 살아남았지만 스스로 목숨을 끊은 김진수의 부고를 들어야 했고, 미쳐버린 김영재는 살인미수와 자살 시도 끝에 결국 정신병원에 입원했다. 항쟁 당시 김영재는 중학생이었다. 또 하나의 소년이 그렇게 어른으로 자라지 못하고 망가져버린 것이다. 이들은 모두 5월 직후에 '처리'된 항쟁의 가담자들이며, 살아남았지만 그날 이전으로 돌아갈 수 없는 사람들이다. 구속되어 감금된 그들은 법적 처리의 대상이었지만, 법을 초월한 폭력이 그들의 몸과 영혼을 갉아먹었다. 이른바 비녀 꽂기, 통닭구이, 전기 고문과 같은 반인권적인 폭력들이 자행되었다. 그 폭력에 노출된 그들은 사람이 아니라 "묽은 진물과 진득한 고름, 냄새나는 침, 피, 눈물과 콧물, 속옷에 지린 오줌과 똥"(120쪽)에 지나지 않았다. 그 속에서 유일한 것은 "몸이 사라져주기를, 지금 제발, 지금 내 몸이 지워지기를"(121쪽) 원하는 처절한 바람뿐이었다. 그러나 그들은 그 지옥에서 풀려난 이후에도, 절대 그전의 삶으로 되돌아가지 못했다. 사랑도, 일도 아무것도 제대로 될 리가 없었다. 폭력적인 트라우마는 그 여름의 조사실을 벗어나지 못하도록 그들을 단단히 묶고 가두었다. 술과 진통제로 견뎌내고, 수면제로 겨우 잠들 수 있는 이들이, 그 여름의 조사실을 벗어나는 거의 유일한 방법은 죽음뿐이었다. "내가 밤낮없이 짊어지고 있는 더러운 죽음의 기억이, 진짜 죽음을 만나 깨끗이 나를 놓아주기를 기다립니다."(135쪽)

동호와 정대와 영재. 이 소년들은 성장의 길목에서 5월의 그날을 만나 죽거나 미쳐버렸다. 그들은 어머니와의 결별을 예비하지 못했으며, 결국은 어른의 세계로 진입하지 못했다. 정대는 어머니의 자리를 대신했던 누이를 잃어버렸고, 동호는 어머니와 작별인사도 나누지 못했다. 정미는 죽었고 동생 정대도 죽었다. 선주와 은숙은 살아남았지만, 이 누이들은 도청에서의 마지막 날에 동호를 잃었다. 그날의 이전으로 되돌아갈 수 없기 때문에, 그들은 살아남았어도 살아 있는 것이 아니다. "그 여름 이전으로 돌아갈 길은 끊어졌다. 학살 이전, 고문 이전의 세계로 돌아갈 방법은 없다."(174쪽) 폭력적인 아버지는 상징계로의 진입로를 무참하게 봉쇄해버렸고, 소년들은 결국 건너야 할 길을 건너지 못했다. 이 소설에서 초자아는 규율하지 않고 파괴했다. 키우지 않고 죽여버렸다. 그럼에도 이 소설은 절멸당한 소년들의 미래를 다시 구제하려는 의지로 단호하다. 죽은 소년들을 불러내어 그 영혼의 언어로 발설하게 한다. "엄마아, 저기 밝은 데는 꽃도 많이 폈네. 왜 캄캄한 데로 가아. 저쪽으로 가, 꽃핀 쪽으로."(192쪽) 세속의 폭력은 소년들의 성장을 가로막았지만, 남은 어미들의 결사가 그 사악한 아버지와 무모한 대결을 벌인다. 그렇게 어미들은 소년을 불러들이고 마침내 소년이 온다. 죽은 소년이 건너온 세상은 아버지의 법으로 통치되는 세속이 아니다. 그 법치의 세계 너머에 세속의 신성이 가능한 자리가 있다. 그것을 '실재'라고 할 수 있고, 다른 표현으로 말할 수도 있으리라. 그것은 "'인계된consegna' 전통, (세상의 다른) 모든 전통을 실현하면서 (동시에) 폐기하는 전통이었다."[47] 다시 말해, 소년의 '건넘/건넴'은 곧 '인계'였던 것이다. 그러니까 아들이 어미에게 요청하는 '꽃핀 쪽'이란 캄캄하지 않은 밝은 쪽이고, 5월의 수난에 무너진 아이들을 다시 일으켜 그 밝음의 세계로 '인계'하는 것이 이 소설의 서사적 요지이다. 그렇게 건너온(인계된) 소년의 자리는 "사실의 세계가 진리의 세계를 재판하고, 지상의 왕국이 영원한 왕국에게 판결을 내린다".[48] 5월의 광주에서 죽은 소년을 지금 여기로 다시 오게 함으로써, 세속과 신성, 파국과 구원, 평상과 예외, 그러니까 신화적인 것과 신적인 것은 하나가 된다. 그것이 바로 실재이며, 꽃핀 쪽이며, 죽음 너머의 영원한 삶인 것이다. 이런 세계에서 언어의 기능은 무력화된다. 라캉이 "쓰이지 않기를 멈추지 않는 것ne cesse pas de ne pas s'écrire"[49]이라고 표현한 것은, 논리의 좌절이 항구화될 수밖에 없는 '실재'의 속성을 예시한다. 그래서 '나'(작가)는 에필로그를 통해 현실의 문장 속에 기입되지 않는 잉여의 지대를 고백할 수밖에 없었다. "아무도 내 동생을 더 이상 모독할 수 없도록 써"(211쪽)달라는 부탁은 어차피 들어줄 수가 없는 것이었다. 그래서 작가는 소년들의 무덤 앞에서 기도하지도 묵념하지도 않는다. 그런 허망한 기도나 묵념 대신에, 작가는 기꺼이 무덤 앞에 쌓인 차가운 눈을 느낀다. "젖은 양말 속 살갗으로 눈은 천천히 스며들어왔다."(215쪽) 물론 여기엔 작가의 윤리적 태도가 기입되어 있다. "그래서 결국 저에게는 같이 겪자는 마음만 남았어요. (중략) 그러니까 같이 고통을 느끼는 것, 초를 밝히는 것, 그 두 가지만 하자고 생각했어요."[50] 이런 소설 따위로는 불가능하다는 것을 알지만, 쓰이지 않기를 멈추지 않는 것이야말로 작가가 할 수 있는 최선의 행동이기를 알기에, 한강은 이 소설을 썼고, 그 쓴다는 행위의 고역을 겪어내는 것으로써 그들을 위한 한 자루의 초를 밝힐 수 있었다. 결국에《소년이 온다》는 그 촛불을 밝힘으로써 캄캄하지 않은 밝은 쪽(꽃핀 쪽)으로 우리들의 눈길을 돌린다.

3.

불가능한 애도의 길

상처로 얼룩진 과거의 시간이 악몽의 기억으로 고착되어 있을 때, 기억 속의 사건은 과거의 것일지 몰라도, 그 고통은 미래의 시간마저도 잠식하는 현재의 것이다. 상처는 상흔을 남기고, 상흔은 폭력의 기억을 그 흉한 형상으로 보존한다. 그러므로 과거와의 화해란 근원적으로 불가능하며, 위로하고 달래어 고통을 진정시키는 것이 겨우 가능할 뿐이다. 그럼에도 '명예회복'과 '보상' 따위의 국가적 치유의 프로젝트가 공공연한 것은, 어두운 과거로부터 벗어나 밝은 미래를 살고 싶은 성급한 생의 의지 때문이다. 그것은 과거를 진정으로 치유하는 것이 아니라 떨쳐내려는 것이고, 서둘러 과거와 결별함으로써 지난한 원한의 시간들을 끝장내려는 수작이다. "우리가 어떤 사회를 아름다운 사회라고 말할 때 거기에는 반드시 인간이 지닌 상처의 깊이에 대한 배려와 존중이 존재해야 하지 않을까?"⁵¹ 그럼에도 우리는 미래의 시간을 위한다는 명분으로, 현재의 그 지난한 시간을 견뎌내려 하지 않는다.

주인석의 〈광주로 가는 길〉은 10년이 지난 뒤에 다시 5월을 되돌아보면서, 그 추체험의 여정을 통해 어떻게 그것을 인식해야 할 것인가를 탐문한다.⁵² 김민수는 5월을 전후로 한 험악한 격동의 시간을 유학생활로 보냈다. 귀국 후 그가 대학에 자리를 얻게 된 것도 이른바 학내 민주화투쟁의 결과였다. 그래서 그에게 5월은 마음의 부채로 존재한다. 5월을 추모하는 10주년 행사에 참석하기 위해 제자인 준채와 함께 광주로 가는 여정은, 겪지 않았기에 알 수 없는 그 결여의 시간을 채우러 가는 길인 동시에, 5월의 진실을 뒤늦게 확인하러 가는 길이다. 그러므로 이 여정은 진실에 닿으려는 형이상학적 순례의 길이고, 함께하지 못했다는 부채감에서 벗어나기 위한 채무 변제의 길이다. 그래서 그것은 뒤늦은 애도의 길이기도 하다.

광주로 가는 길은 당국의 삼엄한 통제로 인해 험난하다. 여정의 목적지로서 광주는 해명하고 애도해야 할 기원의 자리이며, 동시에 그것은 형이상학적 인식론의 알레고리이다. 그러니까 그 험난한 여정은 인식론적 곤경을 반영한다. 소설은 귄터 그라스의 〈민중들 반란을 연습하다〉와 구로사와 아키라의 영화 〈라쇼몽〉이라는 두 개의 텍스트를 통해 인식론적 상대주의를 환기시킨다. 광주로 가는 길은 절대적인 하나의 길로 통하지 않고, 수없이 많은 길들로 열려 있다. 그럼에도 하나의 고정된 정체성으로 인식되지 않는 5월을, 거슬러 도달해야 할 목적론적 기원의 자리에 놓은 것은 패착이다. 길은 시작되었으나 여행은 끝나버리는 것, 그것이 루카치가 말한 '문제적 개인'의 여행이 갖는 아이러니다. 하지만 시작되자마자 실패할 수밖에 없는 그 여정을 이 소설은 기어이 완수하고 만다. 추체험의 여정으로 도착할 수 있는 5월이란 해명할 수 있는 형이상학의 에피스테메epistem다. 그러므로 김민수가 제자와의 동행으로 광주에 이르렀을 때, 그 광주는 5월의 고유성 내지는 잠재적 실재가 아니라 초월론적인 형이상학의 관념에 불과하다.

> 그건 그가 7년간이나 떠나 있던 이 땅의 역사 속으로 다시 들어
> 오기 위한 수고였다. 그는 비로소 7년간의 부채를 메우기 위한 첫
> 발을 내딛고 있는 것이었다. 그는 속으로 중얼거렸다. 이제야 귀국
> 한 것이라고.[53]

김민수는 광주에 도착함으로써 드디어 '귀국'했다고 말하고 있지만, 그 귀국으로 인해 여정은 닫혀버리고 여행은 끝나버린다. 그러니까 광주에 도착하는 것은 곧 5월의 본질에 도달(인식)했다는 착각이고, 그런 의미에서 귀국은 사실 인식론적 파국이다. 귀국할 수 없음에 이르는 여행, 그러니까 알 수 없음에 이르는 불가지론의 아포리아에 눈뜨는 여정이 아니라, 과거와 쉽게 화해하는 여정이란 일종의 자기 합리화이다. 귀국하지 못하고 알 수도 없는 그 심란한 고통을 받아들이지 않으면서도, '수고'를 말하며 다만 자기의 부채감을 면책하려는 것이다. 카프카의 《성》에서 토지측량사 K를 사로잡았던 그 불가해한 성城처럼 5월은 이해 불가능한 세계, 혹은 진입 불가능한 부조리의 사건이다. 그럼에도 '광주

　남은 자들의 말 - 오월 광주의 순수한 현시, 그 무릅씀에 대하여

로 가는 길'은 왜 그리 선명하고, 여정의 노고를 보상하듯 여행자들은 늘 그곳에 당도하게 되는가? 자아와 세계의 균열은 언제나 그렇게 안이하게 봉합되어야만 하는가? 왜 우리는 치유하려 하지 않고 당장의 치료에 급급하기만 한 것인가? 고통은 진통되어야만 하고 이해할 수 없는 진실은 꼭 그렇게 해명되어야만 하는 것인가?

송기숙의 《오월의 미소》는 단죄를 통한 청산과 화해를 통한 애도로 5월의 고통을 진정鎭靜하려 하는 자리에 놓여 있는 작품이다. 5월의 광주는 이성적인 논리 너머의 사건이었음에도 불구하고, 합리적이고 법리적인 절차에 따라 그것을 해결하려는 시도가 끈질기게 이어졌다. 법리의 적용과 행정적 처리라는 정치적 절차가 이루어지는 과정과 영역을 일컬어 '폴리스'라고 한다. 랑시에르가 말한 '치안the police'의 지대가 바로 그것이다. 치안, 그러니까 폴리스의 저편에 '노모스nomos'가 아른거린다. 그것이 폴리스의 건너편에 실체로 정립하지 않는다는 것을 강조하기 위해 '아른거린다'고 했다. "폴리스가 경계 짓고 테두리 짓고 안과 바깥을 나누는 반면, 노모스는 경계를 지우고 테두리를 허물며 안과 바깥을 넘나든다. 폴리스가 기계를 분할하는 반면, 노모스는 기계를 연결한다. 폴리스가 먹고 호흡하고 말하고 빨고 뱉는 입을 위계화해서 질서를 만드는 반면, 노모스는 먹고 호흡하고 말하고 빨고 뱉는 입이 다른 기계와 연결되는 양상 그 자체인 것이다."[54] 법이 무능하거나 무용한 자리가 폴리스의 한계를 노출하는 자리라고 할 때, 5월에 대한 법적 처리의 불가능성은 노모스에 대한 역사적 의지를 일깨운다. 5월의 서사에서 이른바 테러를 통한 단죄는 세속의 법을 능가하는 신성한 역능으로 요청된다. 그러나 테러의 서사는 자칫 폴리스의 한계에서 오는 답답함을 척살의 반폭력을 통한 통쾌함으로 단순명료하게 해소해버릴 소지가 있다. 예컨대 친일파 처단을 소재로 한 영화 〈암살〉(최동훈, 2015)의 흥행에서 그런 맥락을 유추할 수 있으리라. 영화의 끝에서 이루어지는 배신자 염석진에 대한 처단은, 반민특위의 무산과 친일파 척결의 실패라는 역사적 통한을 영화적 환상으로써 해원한다. 그러나 이런 해원의 서사는 미결의 역사적 과제를 상상적으로 봉합하고 완결 지음으로써, 관객이 응당 가져야 할 역사적 무게의 불편함을 너무 간단하게 해제시켜버린다. 그런 의미에서, 역시 테러리즘의 환상에 의거해 만들어진 김기덕의 〈일대일〉(2014)은 급진적이다. 부정의 역사를 중단시키는 힘이 가시적이고 물리적인 폭력의 행위behavior가 아니라 엄격한 정치적인 행동action이라고 했던 한나 아렌트의 의견을 참조한다면, 정치적 행동으로 지양되지 못한 테러는 적개심을 이기지 못한 분노의 행동에 머무를 수밖에 없다. 〈일대일〉의 결말은 그런 정치적 반성과 성찰을 함의하고 있다. 사상에 미달하는 일개 이념이 정치적 행동의 대의가 될 수 없는 것처럼, 감정의 격발로 분출되는 적대적 행위는 정치에 미달한다.

안중근의 이토 히로부미 저격에 '동양평화론'의 사상이 내재해 있었던 것처럼, 이념과 사상은 테러의 최소조건이다. 물론 9·11과 IS(이슬람국가)의 사례가 환기하듯 사상과 이념의 과소나 과잉이 테러로 나아갈 때, 그 폭력은 정의로운 대의를 잠식하는 퇴행적 폴리스의 비극적인 증례일 뿐이다. 척결되지 못한 역사의 앙금을 테러를 통해 해원하고 진정시키는 것, 그것을 폴리스의 한계에 대한 폴리스의 되먹임이 아니라 노모스의 난해한 과정으로 표현하는 것은 결코 쉬운 일이 아니다. 5월의 서사에서 테러는 어떻게 표현되는가? 《오월의 미소》가 표현하는 것이 그 난해한 노모스의 과정이라면 좋았겠다.

소설은 대선을 앞두고 "국민화합과 지역감정 해소를 위하여 전두환·노태우 전 대통령 사면"[55]이 이루어져야 한다는 정치권의 야합이 한참 야비한 때를 배경으로 하고 있다. 5월의 그 시간에 연루되어 있는 정찬우는 그때 첫사랑을 잃었다. 첫사랑 김미선의 언니 영선은 그해 5월에 공수부대원에게 겁탈을 당해 아이를 낳았고, 그 일로 정신을 놓아버렸다. "불행한 과거를 지닌 사람은 그 과거를 현재로 살고 있을 때 더 불행했다."(19쪽) 미선의 가족이 그러했고 그 역시 마찬가지였다. 정찬우는 항쟁 기간 중에 한 소녀를 오인사격하고, 시간이 흐른 지금까지 그 죄책감에서 벗어나지 못한다.[56] 그 일로 그는 자주 악몽을 꾸었고, 군대에서는 사격을 하지 못해 질책을 당해야 했다. 얼마 후 회사 사람들과 함께 바다낚시를 갔다가 이사였던 김성보가 익사해 죽는 사고가 벌어진다. 사고처리 과정에서 정찬우는 그가 5월의 현장에 출동했던 공수부대 장교 출신이었음을 알게 된다. 당시 그의 부했던 낚싯배의 선장 차관호는 이 사고로 구속된다. 하지만 김성보의 어머니는 재판부에 차관호의 선처를 바라는 탄원을 올리고, 소설은 이 죽음을 계기로 해원과 상생의 방향으로 나아간다. 때마침 자살한 영선은 사고로 죽은 김성보와 영혼결혼식을 올림으로써 대단원의 상징적인 화해를 연출한다.

한편, 소설의 한 장면으로 길게 삽입된 일종의 극중극이라고 할 수 있는 마당극 〈백범의 미소〉는 과거사 청산 문제를 제기한다. 극중 인물인 박호동은 백범의 살해범인 안두희를 처단해야 하는 것은 "과거를 올바로 정리하지 못한 나라는 올바른 미래도 없기 때문"(217쪽)이라고 일갈한다. 소설의 결미에서 5월 당시 항쟁파였던 김중만은 마침내 하치호를 살해한 뒤에 경호원의 총탄을 맞고 죽는다. 하치호가 누구인지 분명하게 드러나 있진 않지만, 경호원을 두고 있는 것으로써 그가 누구인가를 충분히 추정할 수 있을 것이다.[57]

《오월의 미소》는 화해와 함께 단죄를 통한 청산을 짚어냄으로써, 역사적 과오가 화해라는 이름으로 타협의 대상이 될 수 없음을 역설한다. 5월은 이른바 '생극生剋'되어야 하는 아픔인 것이다. 소설은 신명으로 한을 푸는 전통연희의 원리를 통해, 굿판(영혼결혼식과 마당놀이)을 무대로 5월의 원한을 풀어 과거와의 화해를 주선한다. 공수부대 장교로 5월의 현장에 있었던 김성보와, 그 현장에서 계엄군에게 겁탈당했던 영선의 영혼결혼식이 화해를 통한 원한풀이라면, 마당극 〈백범의 미소〉는 단죄를 통한 청산의 해원을 의례화한 것이다. 영혼결혼식과 함께 영선이 겁탈당해 낳은 아이 '김준일'[58]을 김성보의 양자로 입적하는 것이 역시 화해를 통한 역사의 앙금을 청산하는 것이라면, 김중만이 하치호를 살해한 것은 과거사의 청산을 함의한다.

과거는 청산의 대상이 아니며, 결코 단죄나 화해로 해결될 수는 없다. 단죄하거나 용서해버리면 응어리진 원한은 풀릴지도 모른다. 그러나 그것은 치유될 수 없는 상처이고 기억해야만 하는 아픔이다. 원한은 제거해야 할 과거의 치욕이 아니다. 오히려 원한은 오래 보전되어야 할 역사의 시간 그 자체이다. 주인석의 〈광주로 가는 길〉이 광주에 도착함으로써 그 모든 여행을 폐쇄해버리는 것처럼, 《오월의 미소》는 청산함으로써 오히려 진정한 의미의 화해와 단죄를 가로막는다. 표현하거나 재현하려 했지만, 봉합적인 서사의 구조가 정합적인 주제로 귀결될 뿐이었다. 잠재적 실재로서의 5월은 그렇게 해소되어야만 하는 명백한 실체가 아니다. 김경욱의 《야구란 무엇이가》에서 읽을 수 있는 것이, 바로 그 '실재'에 도달하려는 욕망의 난감함이다.

야구野球란 무엇인가?[59] 홈HOME을 떠나려는 필사적인 힘과 그 떠남을 저지하려는 완강한 힘의 대결. 그 공방은 깨어남과 성숙을 달성하기 위한 지극히 위험한 여정을 두고 벌어지는 힘의 대결이다. 홈을 떠나 세 번의 단계壘를 돌파하여 다시 홈으로 되돌아오는 자기완성의 길은 험난하다. 그 과정은 혼자만의 힘으로 이룩되지 않으며, 반드시 자기가 소속된 공동체의 도움과 헌신 속에서 협력적으로 이루어진다. 그런 협업을 통해 이룩한 성숙의 과정은 득점으로 표시된다. 득점되지 못한 야구의 여정은 완결되지 못한 여행처럼 안타깝다. 득점을 향한 필사적인 기투가 야구의 본질이기는 하지만, 그것이 일종의 게임인 이상 득점과 승패는 그 필사적인 기투를 유인하고 견인하는 본질적인 계기인 것이다. 저지하는 힘인 수비의 철옹성을 격파함으로써, 떠남과 되돌아옴의 원환적인 반복을 성공적으로 수행할 때만 타자는 주자가 되고, 드디어 주자는 득점에 이를 수 있다. 변신(타자→주자)에 성공하고 마침내 떠난 자리로 되돌아온 생환자만이, 자기가 소속한 공동체에 득점이라는 기여로써 헌신할 수 있다. 그러나 이와 같은 공수의 대결이 함의하는 성숙과 각성의 변증법은 병살倂殺의 위협과 장 밖으로의 퇴출OUT이라는 항존하는 위험 속에서 대단히 위태롭게 이루어진다. 그러니까 드넓은 들판野에서 하나의 공球을 두고 벌어지는 치열한 쟁투는, 그 공을 꿰맨 108개의 실밥처럼 힘겨운 번뇌로 가득한 공방攻防이다.

김경욱의 소설은 1980년 광주의 5월을 이야기하되, 그 사건을 명백한 실체로서 실증하려 하지 않는다. 그것은 다만 일종의 간접화법인 셈이다. 그럼에도 그해의 5월은 서사의 전체를 통어하는 원사건으로서 강력하다. 5월의 그날에 아들을 잃은 아비는 화병을 앓다가 죽었고, 그의 형은 역시 울분과 비탄 속에서 힘들게 살았다. 가난한 집안의 유일한 희망이었던 아이는 5월의 그날에 머리가 깨어지고 어깨가 부서지고 폐가 찢어진 채로, 죽어야 하는 이유도 모른 채 억울하게 죽었다. 그리고 살아남은 형(김종배)은 30년이 지나는 동안에도 여전히 그날의 기억과 죄의식에서 헤어나지 못했다.[60] 내내 환청에 시달렸고, 이상행동으로 여자를 떠나게 했으며, 기억력이 비상한 그의 아들은 노란색에 집착하는 이상한 아이로 자랐다. 그 '이상한' 아들이야말로 5월의 상흔 그 자체이다. 5월의 꽃들, 그 노란 빛깔에 고착된 아이의 비상한 기억력이란 지워버릴 수 없는 그날의 지독한 상처다. 그리고 그의 이상행동을 이해할 수 없었던 여자는, 논리와 합리의 차원으로 그날을 이해하려는 모든 게으른 자들의 역사의식을 대리하는 존재다. 말할 수 없어서 신음하고, 드러낼 수 없어서 드러나는 남자의 증상은 그 누구와도 소통되지 못하는 고립된 고통이었다. 그러므로 광주의 5월은 고독한 아픔이다. "어떤 자가 겪었거나 여전히 겪고 있는 그 몸의 죽음(몸의 죽어감)은, 그 사람의 폐쇄적인 생물학적 몸(자신만의 감각기관들의 몸) 내부에서 전개되기에, 다른 사람들에게 절대적으로 소통될 수 없지는 않더라도, 원칙적으로 그들의 접근을 불허하는, 즉 그들의 언어로 번역되기를 거부하는 고독한 것이다."[61] 번역될 수 없는 고통과 공유되기 난해한 기억은 오직 그 일을 겪어낸 자들의 몸에만 고독하게 내재한다. 그들의 몸 안에 폐색閉塞되어 있는 그 고독한 것들을 어떻게 바깥으로 끌어내어 공유하거나 분유할 수 있는가? 역시 그것은 난문제이며, 김경욱의 소설은 다만 그 고독한 고통의 부조리를 항변할 따름이다. "처음에는 자신의 고통이 외톨이라는 사실이 견디기 힘들었는데 나중에는 자신의 고통이 무시당한다는 생각에 참을 수 없었다."[62] 나눌 수 없는 고독한 고통은 처절한 분노로 비등한다. 그러니까 이 소설에서 야구의 타자는 주자로 올라서서 복수의 길을 완주하려는 의욕으로 가득한 사람이다.

"마침내 길을 나선다. 복수의 길을 나선다. 이번만큼은 끝장을 볼 것이다."(86쪽) 송기숙의 《오월의 미소》나 강풀의 《26년》에서 그러했던 것처럼, 복수함으로써 단죄하겠다는 심리가 남자의 마음을 사로잡는다. 복수의 다짐은 결연하고 적의는 맹목적이다. "애당초 이 가난한 복수의 길에 '필요' 같은 것이 끼어들 자리는 없다. 그저 해야만 하는 일을 하는 것뿐이다."(174쪽) 남자의 안주머니에는 동생을 죽인 '염소'라는 자를 심판할 '주사위'와 그를 죽일 '칼', 그리고 일을 끝낸 다음 자기의 목숨을 끊을 '청산가리'가 들어 있다. 적의 파멸(칼)이 불러올 자멸(청산가리). "어머니가 동생의 억울함을 부처님께 호소했다면 아버지는 법에 호소했다."(182

쪽) 그러나 지금 남자를 사로잡은 것은 법도 신도 해결하지 못하는 이 난문제가 공멸로써만 끝날 수 있다는 쓸쓸한 믿음이다. 법적인 해결이 요원하자 아버지는 화병으로 죽었고, 종교적인 구원이 무망하자 어머니는 권선징악의 사극으로 빠져들었다. 그리고 어머니마저 죽고 나서, 남자는 무능하고 무력한 폴리스의 법 앞에서 노모스의 질서를 입안한다. 법의 형식을 모방한 게임의 규칙이 그것이다. 그러니까 주사위놀이가 그렇고 야구의 룰이 그렇다. 그 둘은 노모스의 질서에 대한 알레고리다. 그러나 게임을 하려고 찾은 염소는 이미 교통사고로 식물인간이 되어 있다. 동생을 죽인 남자, 그러니까 이 남자의 삶도 만만치는 않았다. 식물인간이 된 그 몸은 불한당들에 의해 장기를 적출당하고 버려지는 신세가 된다. 그 남자는 쫓기며 떠돌다 비참한 주검이 되었다. 그렇다면 진짜 가해자는 누구인가. 적의 정체를 단정할 수 없게 되자 단죄도 난망해진다. 실체 없음에 도달한 남자는 그럼에도 영원히 지연될 수밖에 없는 단죄의 실행에 대한 의욕을 거두지 않는다. 홈으로 돌아가야만 한다는 의지가 없다면 야구는 불가능한 게임이다. 홈런HOMERUN! 집으로 가야 한다. "그래, 집에 가자. 무사히, 살아서 집에 돌아가자."(251쪽) 홈은 태어나기 전에 있었던 곳이며, 죽고 나서야 되돌아갈 수 있는 곳이다. 그러므로 복수의 욕망이 도달한 끝 아닌 끝에서 남자는 마침내 실재The Real를 예감한다. 그것은 상징계를 가능하게 하는 토대이면서 동시에 상징계의 질서를 넘어서는, 이른바 '두 죽음 사이'에 걸쳐진 세계이며 부재의 출현으로서의 '누빔점'이다. '염소'의 죽음 이후에도 꺼지지 않는 복수의 열의, 그 단죄의지의 반복은 죽음의 충동과 이접한다. "이런 반복으로서의 역사는 죽음의 충동의 출현이다. 그것은 지배자의 역사 즉 상징계의 죽음이며 이를 통해 역사 속에서 무의미한 텅 빈 흔적으로 남아 있던 기억이 자신을 반복적으로 실현한다."[63] 김경욱의 소설이 끝나는 자리, 그러니까 남자가 뒤쫓던 원수의 자리는 다름 아닌 조에와 비오스, 노모스와 폴리스의 사이, 바로 그 두 죽음 사이가 아니었을까? 영원히 유예될 수밖에 없는 복수(테러)의 이야기는 그렇게 '실재'를 예감하며 끝이 났다. 말할 수 없는 말, "입에 올리면 혀가 타버릴 것 같"(92쪽)은 그 말로써 할 수 있는 이야기란 무엇인가라는 물음. 진중한 소설의 결말이 가닿는 곳은 언제나 이런 물음이다.

마찬가지로 이해경의 《사슴 사냥꾼의 당겨지지 않은 방아쇠》를 복수의 서사로 읽는다면, 여기서의 복수는 격정적인 적의나 이성적인 청산의 논리가 아니라 정신병적이다. 죽은 여자(미자)의 환각에 사로잡힌 한수의 정신분열증적인 복수욕은 일종의 알레고리로 읽을 수 있겠다. 빈곤한 생활과 억압적인 현실에 더해 지연되고 어긋나는 소영과의 사랑은 모두 그놈(전두환) 탓이다. 그러나 그놈에 대한 이런 적의의 바탕에는 깊은 죄의식이 내재해 있다.[64] 부모 없는 미영의 죽음과 5월의 그날에 광주에서 벌어진 한수의 친부모의 죽음은, 한수의 죄의식을 일깨우는 사후적인 경험이자 원경험이다. 그의 발광과 분열증적인 복수의 의지는 바로 그 '두 죽음 사이'에서 발생한 것이다. 그리고 1988년 9월 19일 월요일 새벽 네 시의 서울 어느 동쪽에서, 드디어 소영은 한수와 입을 맞추고 이 소설도 끝이 난다. "어둠이, 포개진 몸을 삼켰다."[65] 그 '어둠'이 한갓 소설적 수사일지는 모르지만, 다른 한편으로 그

'어둠'은 '두 죽음 사이'에서 미처 싸돌 수밖에 없었던 한수를 포근하게 끌어안는다. 그러나 이 포옹이 그의 분열을 치유할 수 있다고 믿지는 말아야겠다. 작가의 성실성을 가늠하는 자리가 바로 그 자리라면, 이 작가는 그 '어둠'으로 만족하지 말았어야 했다.

《너는 스무 살, 아니 만 열아홉 살》이 묘지를 찾아가 아들의 무덤을 파헤치고 관 뚜껑을 열어 부패한 아들의 시신과 마주하는 실성한 어머니의 섬뜩한 성묘의 여정을 서사화했다면, 심상대의 〈망월〉은 그와는 달리 지극히 애틋한 모성으로 아들의 죽음을 애도하는 성묘의 여정을 그린 소설이다. 그해의 일이 있고 16년이 지난 어느 날 저녁, 어머니는 만월滿月의 청청한 달빛이 비추는 길을 따라 아들의 묘소가 있는 망월동으로 향한다. 그 길에서 학교에 나오지 않은 친구를 찾아갔다 되돌아오는 어떤 소년을 만나 음식을 나누는 것은, 생명을 거두어 키우고 상처를 어루만지는 세상 모든 어미의 마음이다. 어머니의 그 나눔은 죽임과 살림, 폭력과 사랑의 대비 속에서 월인천강月印千江의 깊은 뜻을 헤아리게 한다. 그러니까 그 여정은 망월望月과도 같은 모성의 지극한 사랑으로, 여전히 원한 가득한 5월의 넋을 진혼하는 애도의 길이다. 아들의 묘역에 봉숭아꽃을 심고 어머니는 새로운 생명의 부활을 염원한다. "요놈들을 요리 밤에 심어사 새북이슬을 흠뻑 맞음시롱 아침에 쌩쌩이 살아날 것이여."[66] 그러나 그 애틋함에도 불구하고, 저 하늘의 별이 사라져버린 시대에 달이 그것을 대신한다는 것은 과연 가능하기나 한 발상일까? 어머니를 진혼과 애도의 사제로 불러들이는 서사들이 대체로 모성의 신화화로 기우는 것은 그 불가능성의 유력한 증례이다. 씨앗불이나 횃불 같은 혁명의 불빛은 아니지만, 역시 그 여성적인 달빛의 이미저리는 현실의 모순들을 일거에 지양하는 루카치의 그 초월적 '별'과 다름 없는 것이다.

전성태의 〈국화를 안고〉는 〈망월〉과 같은 헌화의 모티프로 광주의 참혹했던 시간들을 떠나보내는 숭고한 애도의 서사다. 여자는 "어느 날 산책길에 우연히 남자의 무덤을 보았고, 무덤의 주인이 광주에서 군인들에게 희생당한 청년이라는 사실을 알게 되었다."[67] 그해의 살육은 그녀에게 어떤 피해도 주지 않았지만, "그의 무덤은 자신이 악몽으로부터 도망치지 못했다는 사실을 다시금 환기시켰다."(155쪽) 그래서 여자는 지난 5년 동안 그 남자를 생각하며 일기를 썼고, 매해 기일이 지난 이틀 뒤에는 무덤에 국화를 가져다놓았다. 시간이 많이 흘렀고 여자는 이제 떠나야 한다. 그래서 여자는 그 남자에 대해 썼던 지난 5년간의 일기와 편지를 모두 불사른다. 그 소지燒紙는 물론 부정을 정화하는 신성한 의례이다. 죽은 자에 대한 애도의 길은 동시에 죽인 자들에 대한 분노를 거둬들이는 용서의 길이기도 하다. 그러나 기득권에 붙어 살아온 오 의원을 향한 태도는 이해와 멸시 사이에서 모호하다. 오 의원은 실연을 당하고 스스로 목숨을 끊은 딸의 영혼을 5월의 광주에서 죽은 그 청년과 맺어주려 했지만, 결국 그 영혼결혼은 이루어지지 못한다. 이처럼 화해나 용서란 얼마나 어려운 일인가? 애도의 긴 시간을 보낸 여자는 이제 새로운 관계의 배치 안에서 또 다른 삶을 살게 될 것이다. "여자는 오랜 여행에서 돌아온 기분이 들었다. 여기저기서 큰 죄를 짓고 돌아온 기분이었다."(171쪽) 쉽게 화해하지 못하는 모호한 마음과 함께 정성을 다해 결별을 준비한 뒤의 이런 죄의식은 대단히 인상적이다. 죄의식을 해소하는 여정이 아니라 죄의식을 일깨우는 여정. 책임감에서 벗어나기 위한 여정이 아니라 책임을 다하기 위한 여정. 탱자나무 울타리 가시 틈에 박힌 테니스공을 빼내며 가시에 찔려 손등에 맺힌 피를 닦는 여자. 고통을 받아들임으로써 고통을 순치할 수 있다는 것, 자기로부터 고통을 제거하고 분리하려는 것이 아니라 고통과 함께함으로써 고통을 받아들이는 것, 그것이 바로 치료가 아닌 치유이다. 헌화를 중지하고 결연하게 떠나는 여자의 마음에는, 그렇게 애도를 기도했던 시간의 공덕 속에서도 다 씻어낼 수 없는 죄의식이 남았다. 남은 자들의 그 숱한 말들이, 애도함으로써 살고 싶은 어떤 회피의 욕망으로 가져다놓은 그 국화라면 어떠할까. 덩그렇게 놓인 그 꽃이 우리들의 간사한 마음을 아프게 찌른다. "날이 지나도 꽃만 놓여 있다면/ 애도는 이제 그저 꽃일 뿐이다"[68]

VI. 결론

역사를 절대정신이 성숙하는 진보적 절차로 정립한 헤겔 이후의 서구 역사학은, 그 정합적이고 위계적인 발전의 도식으로 제국의 권능을 합리화하다가 막장에 이르렀다. 라나지트 구하는 서구 역사학의 바로 그 막장에서 탈식민의 새로운 역사학을 구상했다. 그것은 "문학과 역사서술을 결합시켜 문학의 창조적 통찰력이 역사를 풍요롭게 하는 일"[1]에 힘을 쏟았던 시인 타고르의 여러 시도들에서 착안한 것이었다. 문학의 예술적 창조성은 사료의 객관성에 집착하는 역사학의 오만과 뻣뻣함을 유연하게 타이른다. 그러나 서구의 서사적 전통은 '경험'이 '진리'를 보증한다는 객관성의 신화에 오랫동안 사로잡혀 있었다. "경험을 서사의 중심에 놓음으로써 소설에 대해서는 리얼리즘과 있음직함이라는 이름으로, 역사서술에서는 확실함과 정확성의 이름으로 진리를 주장했다."[2] 5월의 진실에 근접하려 했던 많은 소설들이 그 경험의 진리에 대한 증언의 욕망에 사로잡혀 있었다. 서술하는 자아의 그 욕망은 진실의 주체로서 자기를 세우려는 일종의 나르시시즘이라 할 수 있다. 아우슈비츠를 겪어버린 유럽에서도 그들이 만들어낸 모더니티의 중핵인 그 나르시시즘적 주체의 파열을 견뎌내지 않을 수 없었다. 아직까지도 경험이 진실을 표상한다거나 그 경험을 재현할 수 있다고 믿는 사람이 있다면, 그는 시대의 추세를 모르는 둔한 사람이거나, 지독한 아집에 붙들린 가여운 사람이다. 그렇다면 결국 5월 광주의 그 아포리아는 새로운 '주체'의 구성이라는 난제와 만난다. 다시 말해, 5월 광주의 서사정치학이라는 "문학의 문제는 '사건' 이후의 문학적 주체들을 재정립하는 문제"[3]를 정면으로 마주해야만 한다.

　사건 이후의 문학적 주체는 증언의 확신에 들린 계몽적 주체도 아니고, 타자의 고통을 동정하는 공감의 주체도 아니다. 사후적으로만 사건에 참견할 뿐이면서도, 그 모두가 타자를 능가하는 시혜의 주체로 서겠다는 숨은 야욕이 그들의 선한 의지의 표면 아래에서 꿈틀거린다. 우리는 결코 그 사건에 가닿을 수 없으며, 그래서 죽은 자들에 공감하거나 그들을 대신해 증언할 수 있다는 순진한 마음은 허황된 의욕일 뿐이다. 왜냐하면 "인간은 결코 타인의 입장이 되지 못하기 때문이다".[4] 사건 이후에 남은 주체에게는 아무것도 없다. 사건 이후에 그들이 소유한 것들은 오로지 부담이며 부끄러움으로 되돌아오기 때문이다. 사건 이후의 문학적 주체는 그런 사적 소유의 박탈을 겸허하게 받아들인 자들로서만 살 수 있다. 모든 것을 박탈당한 이들에게 마지막으로 겨우 허용된 것이 있다면 말하고 먹는 입이다. 그러니까 다 빼앗기고 아무것도 없는 공허는 오직 남은 그 입을 통해서만 가까스로 채워질 수가 있다. 남은 자들의 말이 필사적인 것은 그 때문이다. 그러나 그 말은 결코 자기의 것이 될 수 없는 익명의 말이다. 자기 것이 아닌 말로써 말해야만 하는 운명을 걸머지고 살아가야 하는 자가, 사건 이후의 문학적 주체이다. 그들의 "말은 이미 빼앗긴 사상事象에서조차 멀어져 있고/ 의미는 말에서 완전히 박리剝離된 다".[5] 사건의 진상으로부터 멀어져 의미가 박리된 그런 말은, 정체를 알 수 없는 모호한 기표이며 소음에 가까운 웅얼거림이다. 진상의 규명은 끝없이 지연되면서도 숱한 말들이 사건 이후에 어지러이 쏟아져 나오는 것은, 구조되지 못한 자들이 미처 말하지 못한 것들을 복원하려는 의욕과, 그것을 덮어버리려는 의욕 사이에서 일어나는 정치적 분쟁 때문이다. 그런 분쟁이 말의 소음화를 부추기는 또 다른 요인이기도 하다. 제대로 된 말이 되지 못한 그 소음들로, 먼저 간 자들이 미처 다 하지 못하고 만 말들을 어떻게 건드릴 수가 있을까. 결국 남은 자는 입이 있어도 말하지 못하는 그 무능으로써만 속죄하거나 견뎌낼 수 있다. 그것이 남은 자들의 말이 이룩할 수 있는 최소한의 윤리인 것이다.

공지영은 용산참사를 다룬 〈두 개의 문〉(김일란·홍지유 연출, 2011)이라는 다큐멘터리에서 경찰특공대에게 무참하게 진압당하는 쌍용자동차 노동자들의 참상을 보고 광주의 그날을 떠올린다. "나는 내가 왜 그것을 잘 기억하는지 안다. 내 삶을 영원히 바꾸어놓았던 광주의 무자비한 군홧발과 폭력, 한 번 보고 끝내 잊을 수 없었던 영상과 그것은 아주 닮아 있었다."[6] 이처럼 5월은 봉기와 혁명의 역사에서 공통성과 함께 특이성을 갖는 사건이다. 그것은 단독성의 사건이면서 보편적인 사건이다. 증언의 윤리가 책임의 강박에 사로잡힌 도덕률로 변질될 때, 대의代議의 신념은 재현의 이념으로 비등해 진실의 해명에 몰두하게 된다. 그런 서사들은 대체로 폐쇄적인 구조 안에 정치적 신념이나 이념을 구겨 넣는다. 그 때 5월은 단독성의 사건이 아니라 그 신념과 이념의 매개체에 불과하다. 진리를 대의하고 재현하는 '진리의 정치'를 극복하는 것이 '삶의 정치'라고 할 때, 재현을 넘어서는 증언의 열망은 타고르가 바랐던 예의 그 문학적 표현의 창의성을 요청한다.[7] 문학의 창의적 통찰력은 역사적 서술을 도와 5월을 익명의 말인 그 어떤 소음의 웅얼거림으로 감싸고 펼쳐낸다. 그런 무능의 급진을 통해서만 구조되지 못하고 먼저 간 자들의 말은 역사적으로 현상할 수 있다.

　삶이란 거세의 위협에 민감하게 반응하는 주체가 억압을 받아들이고 욕망을 조절함으로써만 탈 없이 유지된다. 현실은 이처럼 굴욕적인 타협을 조건으로 겨우 지탱된다. 그러나 혁명이란 그런 굴욕들의 벡터가 한계에 달했을 때 일어나는 일종의 발작이다. 세상의 많은 혁명들이 그러했던 것처럼, 5월의 발작은 무자비한 폭력의 진압으로 곧 진정되어버렸다. 그러나 발작은 진정되었어도 사후적인 증상들은 여전히 계속되고 있다. 그러므로 5월은 과거의 사건이면서 현재의 시간 안에 있다. 그렇다면 그 증상은 어떻게 다루어져야 하는가? 저항과 진압이 격렬하게 교전했던 5월은, 무엇보다 그 '폭력'의 이미저리로 생생한 사건이다. 그러므로 증언은 대개 그 폭력의 잔혹한 결과들을 폭로한다. 폭력에 수반되는 고통을 어떻게 할 것인가가 윤리적 문제로 떠오를 때, 역시 증언은 재현하거나 표현하는 것처럼 치료하거나 치유하려 한다. 치료가 고통을 제거하는 것이라면 치유는 고통을 감내하는 주체의 능동적 각성이다. 진리가 해명될 수 없는 것과 마찬가지로 고통은 완전하게 제거되지 않는다. 그러므로 재현이 불가능한 것처럼 치료란 그저 기만에 불과하다. 그래서 표현하는 서사는 차라리 주체가 겪어내는 그 고통 자체에 주목한다. 다만 봉합에 불과한 치료가 아니라 고통 그 자체의 절절함을 감싸고 펼치는 치유가 필요한 것이다. 5월의 소설들은 대체로 떠나고 다시 돌아오는 여로의 이야기들이다. 그것은 아마도 5월의 광주를 기원을 배태한 근원적인 장소로 신성화하는 혁명의 형이상학과 관련 있을 것이다. 근원으로서의 5월을 목적으로 하는 여정은 그 여정 끝에서 주체에게 합리성과 동일성의 정체성을 부여한다. 여정이 끝나는 자리에서 그들은 진실을 해명하거나 고통을 치료하고, 때로는 각성과 함께 성장한다. 이런 식의 폐쇄적인 여정이 재현과 치료의 서사로 봉합된다면, 표현과 치유의 서사는 목적지를 알 수 없는 방황과 여정 끝의 파국을 통해 주체의 분열과 진실의 불가해성을 암시한다.

사건에 대한 '기억'은 아무리 또렷하게 현상되더라도 결국은 그 근원적인 모호함을 벗어나지 못한다. 그러나 명백하게 정립된 '역사'는 정제된 과거를 확신에 찬 편견에 힘입어 정태적으로 서술한다. 독일어에서는 일어났던 사실로서의 역사Geschichte를 기록된 이야기로서의 역사Historie와 따로 구분한다. '사실'은 '기억'의 적극적인 왜곡을 통과함으로써만 그렇게 '기록'으로 남는다. "기억이 언제나 현재 일어나고 있는 현상이고 우리를 영원한 현재에 묶는 끈이라면, 역사는 과거에 대한 하나의 표상이다."[8] '역사'는 이처럼 역동적인 '기억'을 특정한 관점으로 포착함으로써 지나간 시간을 지금의 시간 속에 고착시킨다. 기억이 지금 일어나고 있는 '현상'이고 역사가 과거의 '표상'이라면, 그 시간의 흔적을 더듬어 미래를 현전하는 문학은 얼마나 '진상'에 근접할 수 있는가? "때로 진실은 미치지 않고서는 다가갈 수 없는, 필사적인 어떤 것"이라는《오월의 신부》의 한 구절을 근거로 이렇게 정리해볼 수 있으리라. 진실은 쉽게 해명될 수 없고, 고통은 완전히 제거될 수 없으며, 여행은 목적지에 도착함으로써 완료되지 않는다. 그렇다면 미쳐야만 가능한 그 필사적인 표현은 어떻게 가능한가? 진실에 대한 의무로부터 해방되고, 고통의 제거를 치유라 오해하지 않으며, 어느 곳에 도착하려는 의지보다는 여정 그 자체의 흐름이 변이시키는 주체를 탐구하는 것, 이를 통해 사건의 특이성들이 산란하는 의미의 운동에 주의를 기울일 때, 잠재적 실재는 '감각의 문턱'을 넘어 그 자취를 조금씩 드러낼 것이다. 하지만 결국 표현을 매개하는 것은 언어이고, 그것이 갖는 불미함은 부득이 그 언어를 부려 쓰는 요령들을 창발創發하게 한다. 그러므로 흔히 오해하듯 미적 전위가 언어적인 책동인 것만은 아니다. "'이야기'에 도달하지 못한 중얼거림, 외침, 웅성거림이나 그 밖에 여러 가지 소리, 심지어는 침묵조차도 '역사 육체'의 일부다."[9] 문학은 그렇게 남은 것이 말밖에 없는 자가 그 미쳐버린 최후의 말로써 역사의 기억을 육체로 만드는 장치이다.

　　5월은 기억으로 보존된 과거의 기념비가 아니라, 지금도 여전히 그날의 통각에 몸서리치는 남은 자들에게 힘겨운 대답을 요청하는 현재이다. 따라서 그 역사의 공유共有와 분유分有는 언제나 새로운 기억과 사유의 도전들 속에서 아프게 갱신된다. 그러나 그 도전들이 멈칫거릴 때 5월은 한갓 진귀한 이야깃거리의 대상으로 전락한다. 나태함에 굴복당한 사유는 애초의 좋은 의도를 배반하고, 일상에 안주하는 마음들은 그렇게 5월을 안이하고 평안하게 더럽히게 될 것이다. 강풀의 웹툰을 원작으로 한 영화 〈26년〉은 자크 리베트가 질로 폰테크르보의 〈카포Kapo〉(1960)의 마지막 장면을 보고 쏟아냈던 격정적인 분노와 같은 감정을 불러일으킨다. 아우슈비츠의 전기 철조망에 몸을 던져 자살한 여인의 축 늘어진 손을 정확하게 포착하기 위해 그것을 트래킹 숏으로 연출한 감독에 대해 리베트는 이렇게 적었다. "바로 이 순간, 마지막 프레임의 앵글에서 정확하게 〔시체의〕 올려진 손을 잡으려고 갖은 신경을 쓰면서 시체를 잡기 위해 앙각으로 트레블링-인을 하기로 결심한 사람, 바로 이 사람은 가장 깊은 경멸만을 받을 수 있을 뿐이다." [10] 치열한 자기반성을 통과하지 않은 채 장면의 아름다움에 대한 욕망에 굴복해버린 연출자에 대한 리베트의 분노는 윤리를 결여한 미학주의의 해로움과 끔찍함에 대한 가장 분명한 반대의 표명이었다. 세기의 시네필 세르쥬 다네는 자신을 비평으로 이끌었던 리베트의 그 글을 다시 거론하며, 그 감상을 이렇게 축약했다. "아름답기를 원했지만 그렇지 못했던 영화가 〈카포〉이다. 나는 올바름과 아름다움을 좀처럼 구별하지 못한다. 아름다운 이미지들 앞에서 내가 항상 느끼는 곤란함 혹은 일상의 권태가 거기에서 기인하는 것이다." [11] 윤리적인 올바름을 능가하는 미학적인 아름다움에 대한 야욕이 역사의 재현과 표현에서 불행한 결과들을 초래하기도 한다. 그리고 그 야욕이 역겨운 것은 공적인 역사의 공통성을 그 표현의 특이성으로 되살려내지 못하고, 다만 표현의 차이화를 통해 자기를 드높이겠다는 사적 의욕으로 그 공통의 역사를 파쇄해버리기 때문이다.

〈26년〉이 불러일으키는 공분公憤은 역사의 공통성을 훼손하는 사적 의욕이 아니라, 그보다 더 노골적인 상업적인 야심이다. 영화는 5월의 그날 이후 26년간의 응축된 원한을 '그 사람'에 대한 단죄의 복수극으로 해소한다. 애니메이션으로 표현된 초반부의 이야기는 참혹한 폭력의 벌거벗은 실상을 자극적으로 묘사함으로써 야만적인 가해와 희생자의 수난을 지켜본 이들에게 격정적인 정념을 야기한다. 그 정념은 희생자의 고통에 동화됨으로써 적극적으로 조장된 공분이다. 최대치로 끌어올려진 공분은 그 임계점에 도달할 때 가장 극적인 방식으로 해소되어야 한다. 통속극의 상투적 서사는 악질적인 대상에게 공분의 정념을 완벽하게 집중시키고, 그 대상에 대한 확실한 응징과 단죄를 통해 극단적인 감정적 해방감을 선사한다. 이 영화가 5월의 그 모든 분노의 정념을 '그 사람'에게 몰입시키는 것은 이 때문이다. 그리하여 어느새 5월의 희생에 대한 슬픔은 오로지 '그 사람'에 대한 가혹한 응징의 요구로 빠르게 전도된다. 영화는 단죄의 순간을 지연시키는 서스펜스로 관객들의 긴장감을 고조시킨다. 그렇게 지연된 응징은 드디어 결정적인 순간에 극적으로 실행됨으로써 응축되었던 긴장을 일거에 해방시켜줄 것이다. 그러나 영화는 그 마지막 단죄의 순간마저도 결국 유예함으로써, 공분의 해소라는 예견된 결말을 거부하고 원한의 악한 '전두환'의 실존을 환기시킨다. 응징의 성공

여부를 모호한 의문으로 남긴 원작 웹툰과는 달리, '그 사람'에 대한 단죄의 실패로써 '전두환'이라는 악한의 실존을 일깨우는 연출의 의도는 너무도 명백하다. 그러나 그렇게 청산되지 않은 역사적 사건으로서의 5월을 이야기하기 위해 동원된 기교들은 충분히 사려 깊지 못했으며, 그래서 그것은 천박하고 야비했다고 하겠다. 〈카포〉의 한 장면에 대한 자크 리베트의 분노처럼, 그렇게 연출하기로 결심한 사람과 그것을 부추긴 사람들은 경멸받을 수밖에 없으리라.

5월의 기록과 증언에 전제되어야 하는 것은, 미학의 정치적 급진을 포괄하는 바로 그 윤리적 복잡성에 대한 사유이다. 그 사유는 지적인 분석만으로 만족할 수 없으며 미학적인 고투만으로 구체화되지 않는다. 사건 이후의 삶을 결박하고 있는 트라우마적 기억은 말을 불능에 빠뜨리고 이야기를 불가능하게 한다. 그러나 말하지 못하는 무능한 삶을 역설적으로 만드는 것은, 말하지 않을 수 없는 그 마음의 욕동이다. 말할 수 없지만 말을 해야만 하고, 말해야 하지만 말을 할 수가 없는 그 무력함이 트라우마 이후의 삶을 집요하게 지배한다. 그러나 바로 여기에서 문학이 개입할 수 있는 틈새가 열린다. 문학은 그 소음에 가까운 웅얼거림으로써 말하고 싶으나 말할 수 없는 무능의 역설을 흔적으로 남긴다. 그 흔적은 불가능한 것의 기록이므로 영원히 불완전할 수밖에 없다. 문학이 할 수 있는 최대치는 그 불완전함에 가까스로 도달하는 것이고, 문학으로써 도달하지 못한 잉여의 공백을 우리는 삶으로써 채워야만 한다. 그러니까 문학으로 다 할 수 있다는 의욕은 가당찮은 오만에 지나지 않으며, 결국 우리는 문학의 막다른 끝에서 생생한 지금의 삶으로써 그 한계를 돌파해야만 하는 것이다. 다시 말해, 예술의 막다른 끝은 윤리적인 삶이 개시되는 지점이다.

이 글의 끄트머리에서 지금까지의 긴 논의를 하나의 문장으로 집약해야 한다면 저 앞에 적었던 문장을 다시 불러와 이렇게 반복할 수밖에 없다. "진실은 쉽게 해명될 수 없고, 고통은 완전히 제거될 수 없으며, 여행은 목적지에 도착함으로써 완료되지 않는다." 남은 자들의 말은 이렇게 무능하다. 그러나 굳이 유능함으로 자기를 돋보이려 하지 않는 적극적인 무능의 그 유능함 속에서, 남은 자들의 말은 먼저 간 자들이 남긴 흔적에 가까스로 닿을 수 있다. 먼저 간 자들과의 연합은, 그렇게 남은 자들의 무능한 열정에 힘입어 반드시 이루어내야만 하는, 우리 모두의 역사적 과제로 남았다.

I. 서론

1) 1980년 5월의 그 사건들은 '죽임'과 '살림'이 맞서는 투쟁이었다는 점에서 꽃을 피우는 봄날의 시간과 밀접하다. 그러니까 그 살육의 장소에서 꽃피는 봄날은 무엇보다 살아 있는 생명의 시간이다. 최윤의 〈저기 소리 없이 한 점 꽃잎이 지고〉에서, 훼손당한 소녀의 몸과 마음은 광주의 처참한 상처 그 자체이며, 그것은 지는 꽃잎의 메타포로 표현된다. 죽은 오빠의 친구들은 소녀의 행방을 찾아 헤매지만 그들이 뒤늦게 만나는 것은 언제나 소녀의 흔적뿐이다. 공간의 차이와 시간의 지연 속에서, 소녀는 마치 피우지 못한 꽃잎처럼 '흔적'으로만 현상한다.

2) 오승용·한선·유경남 지음, 《5·18 왜곡의 기원과 진실》, 5·18기념재단, 2012, 240쪽.

3) 대표적인 것이 독실한 반공주의자 지만원이 내놓은 '북한군 침투설'을 비롯한 일련의 주장들이다.(지만원, 《솔로몬 앞에 선 5·18》, 시스템, 2010 참조) 1985년에 북한의 조선노동당출판사가 발간한 《광주의 분노》는 지만원이 북한 개입설을 주장하는 주요 근거로 활용하고 있는 텍스트다. 그 텍스트에 대한 상세한 소개와 더불어 여러 반박 자료들을 제시하며 지만원의 주장들에 대해 조목조목 비판을 가하고 있는 저작으로는 안종철의 《5·18 때 북한군이 광주에 왔다고》(아시아문화커뮤니티, 2016)가 있다. 지만원의 북한 개입설은 5월의 광주를 '광주폭동'으로 바라보는 보수 언론인 조갑제도 '사실'이 아니라고 비판했다.(조갑제, 《조갑제의 광수사태》, 조갑제닷컴, 2013, 43~45쪽 참조)

4) 김현, 〈보이는 심연과 안 보이는 역사전망〉, 《전체에 대한 통찰》, 나남출판, 1990, 416쪽.

5) 희생에 대한 이런 이념적 신화화는 1980년 5월로부터 발원한 이른바 민중미술에서도 오랫동안 전형적으로 드러났다. "그동안 5월 광주는 지난 30년 동안 보다 성스럽게 미화되고 권력화되었다. 우리의 민중미술은 5월 광주를 예찬하고 성스럽게 표현하는 그림들만 30년간 그려왔다."(장경화, 《오월의 미학, 뜨거운 가슴이 여는 새벽》, 21세기북스, 2012, 59쪽)

6) 보수 논객을 자처하는 소설가 복거일의 다음과 같은 지적은 그 극단적인 환원논리—한국의 진보세력을 파시즘이나 전체주의와 동일시하는 것—에 문제가 없는 것은 아니지만 문학에서 그 선명한 적대의 이분법적 구도가 한국 진보의 이념적 성격과 무관하지 않음을 보여준다. "여기서 주목할 것은 우리 사회에서 민족사회주의가 '악마화된 적들(demonized enemies)'을 자양으로 자라났다는 점이다. 파시즘이나 나치즘이 '악마화된 적들'을 표적으로 삼아서 세력을 키웠다는 사실은 잘 알려져 있다. 우리 사회에서 악마화된 내부의 적들은 친일파, 군부정권, 그리고 재벌이었고 악마화된 외부의 적들은 일본과 미국이었다." (복거일, 〈전체주의 사회에 예술이 존재할 수 있는가?〉, 《자유주의, 전체주의 그리고 예

술〉, 복거일·장재원 엮음, 경덕출판사, 2007, 70쪽)

7) 민중이라는 이데올로기적 대상을 역사의 주체로 구성하고, 해방 이후 한국의 탈식민화 과정을 실패한 역사로 인식했던 한국 운동권 지식인들의 정치적 담론을 이남희는 '역사 주체성의 위기'라는 개념으로 설명한다. 특히 그 주체성의 위기에 대한 자의식은 "1980년 광주항쟁과 같은 구체적인 역사적 사건들을 중심으로 추동되거나 더욱 고조되었다."(이남희, 《민중 만들기》, 후마니타스, 2015, 27쪽)

8) 식민통치의 폭력적 조건 속에서 빚어진 삶의 비참함, 해방 직후의 이념 대립과 일제 청산 과정의 속악한 논란들, 한국전쟁의 참상과 분단체제의 모순에서 발생하는 사회적 갈등, 급격한 산업화의 과정 속에서 드러난 노동계급에 대한 가혹한 착취와 탄압. 한국문학사는 그 주류적 흐름 속에서 저 폭력의 세기를 문학적으로 형상화하는 데 몰두해왔다. 역사성과 정치성의 과잉으로까지 여겨지는 폭력에 대한 예민한 자의식은 한국문학의 뚜렷한 특징이다. 특히 한국전쟁의 문학적 형상화는, 작가들을 "구세대·체험 세대·유년기 체험 세대·미체험 세대"(김윤식, 《한국현대현실주의소설연구》, 문학과지성사, 1990, 346쪽)로 세분할 수 있을 만큼 다양한 층위에서 이루어져왔다. 한국전쟁을 다룬 소설에 비할 바는 아니지만, 특정 지역에서 짧은 기간에 걸쳐 일어난 사건임에도 불구하고, 여순사건을 포함한 제주의 4·3사건과 광주의 5월을 다룬 소설들은 적지 않은 수가 발표되었다. 이 중에서도 제주의 4·3은 2003년까지 24명의 작가가 103편의 소설을 발표한 것으로 조사되었다. 제주의 4·3과 광주의 5월은 한정된 시공간에서 고강도의 국가폭력이 자행된 사건이라는 점에서 서로 비교되어왔다. 여순사건으로 이어지는 제주의 4·3은 해방 이후 좌우의 이념투쟁을 반영하고 있다는 점에서 한국전쟁과 연결된다. 그러나 광주의 5월은 이념투쟁의 성격보다 한국전쟁 이후 분단체제의 고착 속에서 형성된 근대화의 모순이 폭발한 사건이라는 점에서 그것과 구별된다.

9) 김은하, 〈유령의 귀환과 비통한 마음의 서사〉, 《한국문화》 2015년 3월, 126쪽.

10) 여기서 '재현'과 '표현'은 들뢰즈의 개념을 참조한다. 이 개념들의 차이는 이른바 '변증법적 문학론'(리얼리즘)과 '형식주의 문학론'(모더니즘)의 논쟁적 차이를 내포한다.

11) 질 들뢰즈, 《스피노자와 표현의 문제》, 이진경·권순모 옮김, 인간사랑, 2003, 23쪽 참조.

12) 최성만, 《발터 벤야민 기억의 정치학》, 길, 2014, 176쪽 참조.

13) 이정하, 〈옮긴이의 말: 유목하는 사유, 철학의 예술의지〉, 안 소바냐르그, 《들뢰즈와 예술》, 이정하 옮김, 열화당, 2009, 316쪽.

14) 문광훈, 《가면들의 병기창》, 한길사, 2014, 294쪽.

15) 같은 책, 400쪽.

16) 5월에 대한 여러 갈래의 연구들은 5·18기념재단에서 모두 세 권으로 발간한 《5·18민중항쟁 연구의 현황》(2006)에 분과학문별로 상세하게 정리되어 있다.

17) 방민호, 〈문학의 정치성에 대하여―'5·18문학'에 관한 논의를 재검토함〉, 《납함 아래의 침묵》, 소명출판, 2001, 542쪽.

18) 양진오, 〈5월 광주와 유혹받는 불혹의 세대〉, 《전망의 발견》, 실천문학사, 2003, 108쪽.

19) 민중신학자 김진호는 김상봉의 《철학의 헌정》을 서평하는 자리에서 비판적 시민사회의 5·18담론이 직면한 문제를 다음과 같이 지적한다. "민주화 정권들이 규정하여 제도화한 정치적 해석들이 마치 정전(Canon)적 진리처럼 군림하고 있고 시민사회는 더 이상의 생각을 멈춰버린 듯, 공론의 장에는 거의 아무런 논의가 다뤄지지 않는 양상이다. 특히 철학이나 신학 분야는 죽어버린 주제가 된 것처럼 보이기까지 한다."(김진호, 〈"그들이 말한다"

—5·18담론에서 우리가 잊은 것〉,《녹색평론》143호, 2015년 7~8월, 213쪽)

20) 김태현은 〈5월 민중항쟁의 문학적 수용〉,《열린 세계의 문학》(문학과지성사, 1988)에서 《오
월시》와 《시와경제》의 동인들을 중심으로 시 갈래에 국한하여 작품들을 개관하는 한편,
〈광주민중항쟁과 문학〉,《그리움의 비평》(민음사, 1991)에서는 범위를 확대해 시와 더불
어 소설까지 분류하고 정리했다. 신덕룡의 〈광주체험의 소설적 수용양상〉,《문학의 진실
과 아름다움》(새미, 1998)은 나름의 분류 기준에 따라 소설 작품들을 네 가지 성격(상처
로 인한 삶의 부조화, 광주항쟁의 주체 탐구, 왜곡된 삶의 실상, 집단의 폭력과 개인의 상
처)으로 나누어 정리했다.

21) 정명중, 〈'5월'의 재구성과 의미화 방식에 대한 연구〉,《5·18민중항쟁과 문학·예술》, 5·18기
념재단, 2006, 270쪽.

22) 같은 책, 271쪽.

23) 같은 책, 271쪽.

24) 김형중, 《《봄날》 이후〉,《5·18민중항쟁과 문학·예술》, 5·18기념재단, 2006, 267~268쪽.

25) 하정일, 〈다시 일어서야 할 땅, 광주〉,《분단 자본주의 시대의 민족문학사론》, 소명출판,
2002 참조.

26) 방민호, 〈문학의 정치성에 대하여—'5·18문학'에 관한 논의를 재검토함〉, 앞의 책 참조.

27) 정경운, 〈소설과 폭력—5·18항쟁소설을 중심으로〉,《문학, 서사, 기호》, 문학들, 2005 참조.

28) 김정숙, 〈5·18 기억의 재현과 치유의 윤리학—8·90년대 중편소설을 중심으로〉, 김화선 외,
《노동, 기억, 연대—문학을 읽는 세 개의 시선》, 청운, 2008 참조.

29) 장일구, 〈역사적 원상과 서사적 치유의 주제학—5·18관련 소설을 사례로〉,《한국문학이론과
비평》20집, 2003년 9월 참조.

30) 권두좌담 〈민족문학 주체 논쟁〉,《오늘의 소설》(현암사, 1988) 참조. 〈깃발〉에 대해 비판적
입장을 견지하면서 이 좌담의 논쟁을 정리하고 있는 글로, 이강은의 〈광주민중항쟁에 대
한 소시민적 문학관을 비판한다〉,《5·18민중항쟁과 문학·예술》(5·18기념재단, 2006)을
참조할 수 있다.

31) 임규찬, 〈'오월'의 역사와 함께한 영혼의 기록〉,《깃발》, 창작과비평사, 2003, 307쪽.

32) 최원식, 〈광주항쟁의 소설화〉,《생산적 대화를 위하여》, 창작과비평사, 1997 참조.

33) 김형중, 〈세 겹의 저주—〈저기 소리 없이 한 점 꽃잎이 지고〉 다시 읽기〉,《5·18민중항쟁과
문학·예술》, 5·18기념재단, 2006 참조.

34) 양진오, 《임철우의 《봄날》을 읽는다》, 열림원, 2003 참조.

35) 서영채, 《《봄날》에 이르는 길—임철우론〉,《문학의 윤리》, 문학동네, 2005 참조.

36) 성민엽, 〈불의 체험과 그 기록〉,《문학과사회》1998년 여름호 참조.

37) 5월의 문학에 대한 본격적인 연구라 할 수 있는 학위논문은 그 질량이 대단히 미약하다. 사
회적인 상황의 변화에 따른 소설 생산의 관계를 연구한 김남옥의 《광주민중항쟁의 소설
적 형상화에 대한 일 연구》(고려대 석사학위 논문, 2004)는 사회학과에서 제출된 논문
이다. 그 논의의 요지는, 1980~1983년 말까지를 탄압 국면과 소설적 형상화의 공백기로,
1987년 6월항쟁 이후를 광주의 5월을 정면으로 다룬 작품들이 어느 정도 생산된 시기로,
그리고 1980년대 후반에서 1990년대 초반에 이르는 시기를 동구권의 몰락과 포스트모더
니즘의 득세로 인해 한국소설에서 5월 광주의 위상이 후퇴하는 때로 각각 분석했다. 그러
나 이런 방식의 시기 구분은 사회적 상황이 문학 생산에 미치는 영향을 소박한 인과론으
로 서술함으로써, 작품의 발생을 사회적 상황의 필연적인 귀결로 환원하게 만든다. 이지

현의 《악의 문제와 광주민중항쟁: '광주' 소설에 나타난 악의 문제에 대한 신학적 고찰》(이화여대 석사학위 논문, 2006)은 기독교학과에서 제출된 논문으로, '악'과 '원죄'에 대한 신학적인 해석을 통해, 주로 정찬의 소설을 중심으로 5월 광주의 살육을 인간의 근원적 본성으로서의 악과 죄의식에 연결시킨다. 그러나 이 작업은 문학을 신학적인 관점으로 해석하는 것이었다기보다는, 신학적 개념을 소설로 확인하려는 의도가 노골적이다. 선험적인 의제 설정으로 5월의 소설들을 연역하는 일종의 환원론적 해석으로 기울었다. 국문학 분과의 학위논문으로는 심영의가 제출한 《5·18민중항쟁 소설 연구》(전남대 박사학위 논문, 2008)가 있다. 1980년 5월 당시 광주교도소에 수감되기도 했던 필자는 〈그 희미한 시간 너머로〉라는 단편으로 2006년 제1회 5·18문학상에 당선된 이력이 있다. 저자의 이런 경험의 간섭 때문인지는 모르지만, 논문은 5월을 서사화한 작가들의 노고에 대한 인정 속에서 그 성과를 소박하게 추수하는 방향으로 기울었다.

38) 이성욱, 〈오래 지속될 미래, 단절되지 않는 '광주'의 꿈—광주민중항쟁의 문학적 형상화에 대하여〉, 《비평의 길》, 문학동네, 2004, 330쪽.

39) 같은 글, 331쪽.

40) 사건 당일의 시간을 지칭하는 '5·18'이라는 기표는 재고할 만한 여지가 있다. 발생론적 맥락을 강조해 그 기원적 의의를 표시하는 '5·18'이라는 용어보다는, 사건의 때와 장소를 가리키는 '5월'이나 '광주의 5월'이 그 사건의 역사적 복잡성을 제한하지 않는 표현이라고 여겨진다.

41) 서사화는 치료의 최종적 방법이 아니라 치료를 매개하는 하나의 과정이다. "결국 치료의 관건은 단순히 트라우마를 언술화하는 것이 아니라 환자가 자신에게 통합된 증상들을 끄집어내 의문을 던지게 하고 그 트라우마를 환자 자신의 삶 속에 위치시켜 맥락화하는 데 있다."(맹정현, 《트라우마 이후의 삶》, 책담, 2015, 150~151쪽)

42) 수전 손택, 《타인의 고통》, 이재원 옮김, 이후, 2004, 168쪽.

43) 5월의 기념행사들이 역사적 '재현'에서 시민적 '체험'의 양상으로 변이하고 있는 것에 대해, 의례체제의 관점에서 분석한 연구로 다음의 논문을 참조할 수 있다. 정근식, 〈항쟁기억의 의례적 재현—'5월행사'와 전야제를 중심으로〉, 《민주주의와 인권》 제5권 1호, 2005년.

44) 마리 매클린, 《텍스트의 역학: 연행으로서 서사》, 임병권 옮김, 한나래, 1997, 44쪽.

45) 조지형, 〈포스트모던 시대의 기호학적 역사학—화쟁기호학을 중심으로〉, 김기봉 외, 《포스트모더니즘과 역사학》, 푸른역사, 2002, 129쪽.

46) '잠재적 실재'의 '재현'과 '표현'에 대해서는 질 들뢰즈, 《스피노자와 표현의 문제》, 이진경·권순모 옮김 참조.

47) "'표현'의 관점에서 볼 때 언어는 단순한 의사소통의 매체이거나 정보전달 수단이 아니라 그야말로 인간의 구체적 실존을 생성하는 어떤 것입니다."(정남영, 〈시와 언어, 그리고 리얼리즘〉, 《창작과비평》 2000년 겨울호, 46쪽) 정남영은 굳이 리얼리즘이라는 개념을 폐기하지 않으면서도 '표현'의 생성하는 힘을 적극적으로 받아들임으로써 리얼리즘의 그 의미와 가능성을 넓혀나갈 수 있다고 본다.

II. 5월의 역사학과 정치학

1) 조지 카치아피카스, 《한국의 민중봉기》, 원영수 옮김, 오월의봄, 2015, 270쪽.

2) "1979년 10월, 박정희 정권이 붕괴하고 유신헌법의 발전주의적 독재가 위기에 처했을 때 이 상황에 대처하는 세 가지 입장과 태도가 나타났다. **호헌**과 **개헌**과 **제헌**이 그것이다. 호헌 적 입장은 전두환에 의해 대표되었고, 개헌적 입장은 김대중·김영삼에 의해 대표되었다. 제헌적 입장은 명시적이었다기보다 비가시적이었고 유령적이었지만 드물게 개헌적 입장 의 날개 밑에서 그 모습을 드러냈다. 그것이 뚜렷하고 생생한 모습으로 나타난 경우가 있 다면, 그것은 '난동을 부리는 폭도들'로 내몰려 웃옷이 벗긴 채 포승줄에 묶여 끌려가고, 사냥당한 짐승의 모습처럼 길바닥에 버려진 시체의 모습으로, 요컨대 사회로부터 추방된 '벌거벗은 인간'(아감벤)의 모습으로였다."(조정환, 〈메트로폴리스촛불과 공장점거 파업 속의 광주항쟁〉, 《공통도시》, 갈무리, 2010, 25~26쪽)

3) "한편 유신체제하에서 차별받고 기본적 권리조차 보호받지 못한 노동자들은 10·26사태 이후 노동운동의 탄압이 약해진 권력 재편기를 맞아 그동안 억눌렸던 불만을 격렬하게 표출해 냈다. 이들의 불만이 얼마나 컸는지는 1980년 1월부터 4월 말까지 발생한 노사분규 발생 건수가 1979년 한 해 발생한 105건의 8배에 달하는 809건이라는 노동청 통계가 잘 대변 하고 있다."(최영태, 〈5·18항쟁의 배경〉, 최영태 외, 《5·18 그리고 역사》, 길, 2008, 52쪽)

4) 윤소영, 《일반화된 마르크스주의 개론》(개정판), 공감, 2008, 30쪽. 조지 카치아피카스도 광 주의 봉기를 신자유주의와의 관련해 논의했다. "수천 쪽에 이르는 미국의 공식 문서를 읽 어보면 1980년 미국 정부가 인식한 주된 위협은 이 가운데 어떤 것도 아니었다. 오히려 박정희 암살과 광주봉기 이후 대한민국 정부가 불안정해질까 우려한 미국 투자가들의 자 본 이탈이었다. 미국 은행들을 진정시키기 위해 미국 관리들은 1980년 체제의 안정성을 증명할 필요가 있었고, 그 이유 때문에 전두환 독재를 승인했다."(조지 카치아피카스, 《한 국의 민중봉기》, 356~357쪽)

5) 민중의 봉기와 반란이 가진 저항의 힘에 대해서는 피터 라인보우·마커스 레디커, 《히드라》, 정남영·손지태 옮김, 갈무리, 2008 참조.

6) 조정환, 〈메트로폴리스촛불과 공장점거 파업 속의 광주항쟁〉, 앞의 책, 27쪽.

7) "나아가서 이곳에는 개인의 죽음의 공포로부터 자유로운 이상 유한성(finitude)이 극복되고 시간이 아무런 의미를 갖지 않는 영원의 공간이었다. 또한 죽음의 공포를 절대공동체로 극복하는 경험은 모든 세속적 감각과 번뇌로부터의 해방이었다. 여기에는 우리의 일상생 활의 모든 욕망과 이상은 아무런 의미가 없는 전체적인 삶, 그 자체만이 있을 뿐이었다." (최정운, 《오월의 사회과학》, 오월의봄, 2012, 186쪽)

8) 조지 카치아피카스, 〈역사 속의 광주항쟁〉, 《5·18민중항쟁에 대한 새로운 성찰적 시선》, 한울, 2009, 317쪽. 광주봉기와 파리코뮌에 대한 정교한 비교는 조지 카치아피카스, 《아시아의 민중봉기》, 원영수 옮김, 오월의봄, 2015의 12장을 참조할 수 있다.

9) 같은 글, 321쪽.

10) 조지 카치아피카스, 《한국의 민중봉기》, 271쪽.

11) 카를 마르크스, 《프랑스 혁명사 3부작》, 임지현·이종훈 옮김, 소나무, 1991 참조.

12) 김상봉, 《철학의 헌정》, 길, 2015, 129쪽.

13) 김진호, 〈"그들이 말한다"—5·18담론에서 우리가 잊은 것〉, 앞의 책, 218쪽.

14) 물론 김상봉도 혁명적 주체성으로서 공동체에서 '차이'와 '타자성'을 간과해서는 안 된다는 점에서 최정운의 '절대공동체'에 아쉬움을 표현한다. "저는 5·18에 참여한 사람들이 동질 적인 계급이나 계층으로 분류되지 않는다는 것, 그러니까 그들 속에 차이와 타자성이 보존 될 수 있었다는 것이야말로 5·18의 중요한 가치 중의 하나라고 생각하거든요."(김상봉·고

명섭, 《만남의 철학》, 길, 2015, 609쪽) 그는 1980년 5월의 광주를 차이에 대한 고려와 함께, 타자의 고통에 대한 진정한 응답으로서 만남이 어떻게 가능한지를 보여주었던 진리의 사건으로 받아들였다. 그러나 '타자성'과 '차이', 그리고 '사랑'과 같은 추상성이 높은 개념을 동원한 그의 서술들은, 끝까지 실감의 차원으로는 육박하지 못하고, 예의 그 모호한 관념성에 머문다. 5월의 광주에 헌정된 김상봉의 언설이 육화된 리얼리즘이나 고도의 형이상학으로 비약하지 못하고, 다만 낭만적인 수사들로써 반짝일 뿐인 것은, 아마도 그가 예민하게 견지하고 있는 '서로주체성'의 의욕 때문인 것으로 여겨진다. 5월을 파리코뮌에 견주었던 조지 카치아피카스에 대한 비판과 더불어, 유물론적 태도를 비롯해 서구의 이론들을 매개로 한 5월의 담론화에 대한 그의 거부는, 유의미하기는 하지만 별로 설득력은 없어 보인다. 서구의 사상과 이론으로는 설명할 수 없는 5월의 단독성이란 무엇인가? 그것을 인식할 수 있는 주체적 사유로서 '만남의 철학'과 이른바 진리의 보편성을 주장하는 서양 철학의 이상은 어떻게 조우하고 또 결렬하는가? 고유성의 사건과 보편적 사유의 '만남'에서 동서의 분별이란 무엇인가?(이상의 논점은 《만남의 철학》 제3부를 참조)

15) 알랭 바디우에게 '사건'은 진리가 드러나고 진리를 촉발시키는 우발적이고 예외적인 시간을 의미한다. 변하지 않고 고정되어 있는 '존재'는 우발적이고 예외적인 사건 속에서 정치적으로 재구성됨으로써 일종의 진리로 현현한다.

16) 폴 드 만, 《독서의 알레고리》, 이창남 옮김, 문학과지성사, 2010, 33쪽.

17) 월간조선, 《총구와 권력: 12·12, 5·18수사기록 14만 페이지의 증언》, 《월간조선》 1월호 별책 부록, 1999, 7쪽.

18) 이진경·조원광, 〈단절의 혁명, 무명의 혁명〉, 조희연 외, 《5·18민중항쟁에 대한 새로운 성찰적 시선》, 한울, 2009, 132쪽.

19) 가라타니 고진에 따르면 '특수성'이 '일반성'의 한 표현인 것처럼 '단독성'은 '고유명'을 통해서 드러난다. 가라타니 고진, 〈고유명을 둘러싸고〉, 《언어와 비극》, 조영일 옮김, 도서출판 b, 2004 참조.

20) "5·18은 구조주의적으로 이해할 수 있는 사건이 아니라 구조를 만든 사건이었고 모든 인간적·사회적 요인들을 다시 배열시킨 사건이었다. 5·18은 우리의 몸에서 출발하여 영혼을 일깨운 사건이었다."(최정운, 《오월의 사회과학》, 26쪽)

21) 같은 책, 171, 173쪽.

22) 조정환, 〈광주민중항쟁과 제헌권력〉, 조희연 외, 《5·18민중항쟁에 대한 새로운 성찰적 시선》, 193쪽.

23) 자유북한군인연합, 《화려한 사기극의 실체》, 광명기획, 2009, 431~432쪽.

24) 조정환은 신자유주의로 전일화된 세계(제국)의 구조를 탈구축하는 주체로서 안토니오 네그리의 개념인 '다중(multitude)'에 주목한다. 그의 모든 역량은 제국의 구조에 대한 비판적 분석과 함께 다중이라는 새로운 혁명적 주체에 대한 낙관적인 신념의 표현에 바치고 있다고 해도 과언이 아니다. 그런데 때로 '제국'과 '다중'이라는 구도는 자주 기계적인 이분법으로 드러나고, 무엇보다 다중에 대한 신념은 혁명에 대한 그의 뜨거운 소망과 열정을 너무 소박하게 추수한다. 제국을 비판할 때 그는 이론가의 모습처럼 보이지만, 다중을 말할 때 그는 혁명적 낭만주의에 닿든 시인에 가깝다. "광주항쟁의 제헌적 지향을 살려내는 문제는 오늘날 신자유주의화한 자본주의에서 발생하고 성장하는 새로운 주체 구성의 운동을 살피고 그 운동에 내재하는 글로벌 코뮤니즘적 제헌의 경향을 **다중의 탈주권적인 삶정치적 공동체**로 결집시킬 새로운 대안적 제헌운동을 전진시키는 문제로 주어진다. 이것은

전례 없는 **새로운 인간 형상을 창출**하는 문제, 즉 다중이 (개체의 발전이 인류의 발전으로 되고 인류의 발전이 개체의 발전으로 되는 비종속적 선순환 속의) **인류인**(homarano)으로 도약하는 문제에 다름 아니다."(조정환, 〈해방도시에서 공통도시로〉, 《공통도시》, 갈무리, 2010, 132~133쪽)

25) "5·18광주혁명 참가자들이 1948년에 대한민국을 건국할 때 헌법의 아버지들이 그려준 청사진인 '대한민국헌법'을 찢어버리고 대한민국을 살해한 사람들이라는 것이다. 대한민국이 사망하여 이 땅에 국가가 존재하지 않을 경우에만 새 국가를 세울 수 있다는 것을 우리는 모두 알고 있는데, 바로 5·18민주화운동이라고 알려진 5·18광주혁명 참가자들이 대한민국을 멸망시킨 장본인이었다는 것이다."(조문숙, 〈전두환특별법에 국회는 고민한다〉, 도서출판be, 2010, 290쪽) 체제와 질서에 앞서는 주체의 활력을 긍정하는 조정환과는 달리, '헌법'이라는 질서를 최종의 심급으로 삼는 조문숙에게 '혁명'이란 당연히 반역이다.

26) 국가는 "국가를 '위해' 죽은 사람들"(국립서울현충원, 국립대전현충원)과 "국가에 '의해' 죽은 사람"(국립4·19민주묘지, 국립5·18민주묘지)들 모두를 같이 추모하는 역설을 드러내기도 한다. 국가는 그 역설을 해결하기 위해 "국가에 '의해' 죽은 사람"을 '민주화운동'이라는 명분으로 결국 "국가를 '위해' 죽은 사람들"로 동일화한다. 이런 정체성 정치를 통해 국가는 그들의 잔혹한 폭력을 교묘하게 전도시키고 은폐한다.(김백영·김민환, 〈학살과 내전, 공간적 재현과 담론적 재현의 간극: 거창사건추모공원의 공간 분석〉, 전진성·이재원 엮음, 《기억과 전쟁》, 휴머니스트, 2009, 382~385쪽 참조)

27) "이렇듯 용어가 다양하게 제기되고 갈등해온 것은, 5·18이 예를 들어 4·19나 5·16에 비해 대단히 복잡한 경험이며 한 가지 말로 규정하기 힘든 사건이었기 때문이다."(최정운, 《오월의 사회과학》, 29쪽)

28) "고유명에 의해 지시되는 단독성은 하나밖에 없다는 의미에서의 단독성이 아닙니다. 하나밖에 없기 때문에 그것을 고유명으로 부르는 것은 아닙니다. 단독성은 우리가 그것을 고유명으로 부를 때에만 출현합니다."(가라타니 고진, 〈고유명을 둘러싸고〉, 앞의 책, 조영일 옮김, 도서출판b, 2004, 454쪽)

29) 오카 마리, 《기억·서사》, 김병구 옮김, 소명출판, 2004, 25쪽.

30) 박은정·한인섭 엮음, 《5·18, 법적 책임과 역사적 책임》, 이화여자대학교출판부, 1995 참조.

31) '5·18특별법'의 입법 자체의 한계에서부터 정치적 맥락에 의한 실효성 확보의 부족 등 제반 문제에 대한 비판적 논의는 최재천, 〈광주특별법의 의의와 한계〉, 《동아시아와 근대의 폭력 2》, 삼인, 2001을 참조할 수 있다.

32) "최근 교육부는 각 시도 교육청을 통해 5·18 관련 계기수업 때 교사들이 5·18을 민중항쟁이라 부르지 말고 민주화운동이라 부르도록 지시하도록 요구했다고 한다."(김상봉, 〈그들의 나라에서 우리 모두의 나라로〉, 최영태 외, 《5·18 그리고 역사》, 길, 2008, 333쪽.)

33) 발터 벤야민, 〈폭력 비판을 위하여〉, 《역사의 개념에 대하여, 폭력 비판을 위하여, 초현실주의 외》, 최성만 옮김, 길, 2008 참조.

34) 김상봉, 〈그들의 나라에서 우리 모두의 나라로〉, 앞의 책, 320쪽.

35) 오수성·신현균·조용범, 〈5·18 피해자들의 만성 외상 후 스트레스와 정신건강〉, 《한국심리학회지》 제25집, 2006 참조. 5·18 피해자들의 실태와 그 대책에 대한 논의에 대해서는 변주나·박원순 편, 《치유되지 않은 5월》, 다해, 2000을 참조할 수 있다.

36) 칼 슈미트, 《정치적인 것의 개념》, 김효전 옮김, 법문사, 1992, 62쪽.

37) 샹탈 무페, 《정치적인 것의 귀환》, 이보경 옮김, 후마니타스, 2007, 12쪽.

38) 최장집, 《민주화 이후의 민주주의》(개정판), 후마니타스, 2002, 142쪽.

39) 에티엔 발리바르, 《폭력과 시민다움》, 진태원 옮김, 난장, 2012 참조.

40) 공식적인 언론이 무력화된 상황에서 등사판으로 배포된 《투사회보》는 저항 미디어의 역할을 떠맡았다. 윤상원과 전용호가 문안작성조로, 박용준이 필경조로, 김성섭과 나명관, 윤순호가 등사조로, 김경국이 물자조달조로 각각의 역할을 분담하며 조직적으로 회보를 제작했다. 저항적 미디어로서 《투사회보》는 이후 민주화운동 과정에서 언론전의 테크놀로지에 어떤 영감을 부여했다. "대학생들에게 복사기가 지(知)의 유통망으로서뿐만 아니라, 부정한 정권에 대항하는 미디어로 재발견, 재발명될 수 있었던 것은 1980년 5월 광주의 비극 때문이었다. 그해 봄, 공수부대원들의 총칼에 시민이 무참히 유린당하는 동안, 매스미디어는 침묵하거나 사실을 왜곡했다. 1980년대 모든 형태의 대항 미디어 운동은 고립무원의 광주를 향한 뒤늦은 참회의 형식이라 해도 과언이 아니다."(임태훈, 《우애의 미디올로지》, 갈무리, 2012, 223~224쪽)

41) 도미야마 이치로, 《폭력의 예감》, 손지연·김우자·송석원 옮김, 그린비, 2009, 323쪽.

42) 김항, 〈말하는 입과 먹는 입〉, 《말하는 입과 먹는 입》, 새물결, 2009, 38쪽.

43) 사카이 다카시, 《폭력의 철학》, 김은주 옮김, 산눈, 2007, 9쪽.

44) 사카이 다카시는 현재의 지배질서에 반대하면서 원폭력에 대항하는 맨몸의 저항을, 비폭력이나 폭력에 대해서 폭력으로 되갚는 대항폭력(counter-violence)과 구분해 반폭력(anti-violence)으로 정의한다.(같은 책, 25쪽)

45) 사르트르의 존재론에서 폭력은 인간 존재를 규정하는 본질적인 것이다. "사르트르의 존재론에서 타자에 대한 승리는 원천적으로 불가능하며, 우리의 대타관계는 서로 상대방을 대상으로 만들기 위해 필사적으로 시선의 싸움을 벌이는 영원한 절망적 투쟁일 뿐이다."(김희봉, 〈사르트르의 폭력론〉, 장욱 외, 《폭력에 대한 철학적 성찰》, 철학과현실사, 2006, 284쪽)

46) 사르트르, 〈1961년판의 서문〉, 프란츠 파농, 《대지의 저주받은 사람들》, 남경태 옮김, 그린비, 2004, 44~45쪽.

47) 황석영 기록, 전남사회운동협의회 편, 《죽음을 넘어 시대의 어둠을 넘어》, 풀빛, 1985, 47~48쪽. 5월의 광주를 르포르타주의 형식으로 고발한 최초 저작으로 알려진 이 책의 원저자는 황석영이 아니라 당시 전남대 경제학과에 재학 중이었던 이재의였다. 원저자를 보호하기 위해 황석영이 대신 이름을 올렸고, 이 때문에 그는 '10일간 구류'를 당하기도 했다. 이 책은 원저자의 이름을 밝힌 영문판으로 다시 출간되었다. Lee, Jae-eui, *Kwangju Diary: Beyond Death, Beyond the Darkness of the Age*(Kap Su Seol & Nick Mamatas, trans) Los Angeles: UCLA Asian Pacific Monograph Series, 1999.

48) "공수부대 병사들은 마음껏 모든 가능한 폭력을 행사했다. 첫날부터 대검을 사용했고, 지나친 폭력에 항의하는 할머니, 할아버지들에게 입에 담지 못할 욕을 해대며 무지막지하게 구타하고, 여성들에게 폭행하고 옷을 찢고 심지어 젖가슴을 대검으로 난자했다. 이러한 행위들은 사악한 폭력극장을 타락시켰다. 이러한 공수부대의 광적인 폭력행사를 상부의 지시나 명령에 의한 것으로 볼 근거는 없다."(최정운, 《오월의 사회과학》, 155쪽.)

49) "공수부대원들의 얼굴이 붉어져 있었고 눈은 술기운과 살기로 벌겋게 충혈되어 있었다. (22일에 시민군에 의하여 포로가 된 몇 명의 공수부대원의 진술에 의하면, 이들은 이때 출동하기 전에 독한 술에다 환각제를 타서 마신 상태였으며 수통에는 빼갈을 담고 있었다.)" (황석영, 《죽음을 넘어 시대의 어둠을 넘어》, 50쪽.)

50) 같은 책, 165쪽.

51) 최정운, 《오월의 사회과학》, 158쪽.

52) 5월의 원인과 배경에 대한 다방면의 논의를 정리한 저작으로 다음의 책을 참조할 수 있다. 5
·18기념재단, 《5·18민중항쟁과 정치·역사·사회 2》, 심미안, 2007.

53) 이진경·조원광, 〈단절의 혁명, 무명의 혁명〉, 앞의 책, 132~133쪽.

54) 칼 슈미트, 《정치 신학》, 김항 옮김, 그린비, 2010, 24쪽.

55) 조르조 아감벤, 《예외상태》, 김항 옮김, 새물결, 2009, 17쪽.

56) 같은 책, 14쪽.

57) 슬라보예 지젝, 《폭력이란 무엇인가》, 이현우 외 옮김, 난장이, 2011 참조.

58) 정화열, 《몸의 정치》, 박현모 옮김, 민음사, 1999, 243쪽.

59) 조희연 편, 《국가폭력, 민주주의 투쟁, 그리고 희생》(함께읽는책, 2002)은 국가폭력과 관련
된 전반적인 개념 규정에서부터 그 유형과 양태의 서술에 이르기까지 광범위한 논의들을
담고 있다. 하지만 이들의 작업은 국가폭력과 민주화투쟁이라는 대결의 프레임을 소박하
게 추인하고 실체화함으로써 주권과 지배의 복잡한 정치적 맥락을 너무 쉽게 단순화한다.

60) 슬라보예 지젝, 《폭력이란 무엇인가》, 284쪽.

61) 야니 스타브라카키스, 《라캉과 정치》, 이병주 옮김, 은행나무, 2006, 323쪽.

62) "시민 여러분, 지금 계엄군이 쳐들어오고 있습니다. 사랑하는 우리 형제, 우리 자매들이 계
엄군의 총칼에 숨져 가고 있습니다. 우리 모두 일어나서 계엄군과 끝까지 싸웁시다. 우리
는 광주를 사수할 것입니다. 우리를 잊지 말아주십시오. 우리는 최후까지 싸울 것입니다.
시민 여러분 계엄군이 쳐들어오고 있습니다……"(황석영, 《죽음을 넘어 시대의 어둠을 넘
이》, 236쪽)

63) 한나 아렌트, 《폭력의 세기》, 김정한 옮김, 이후, 1999, 46쪽.

64) 같은 책, 38쪽.

65) 같은 책, 85쪽.

66) Fredric Jameson, *The Political Unconscious: Narrative as a Socially Symbolic Act*, London:
Methuen, 1981, p. 35.

67) 해리 하르투니언, 《역사의 요동》, 윤영실·서정은 옮김, 휴머니스트, 2006, 60~66쪽 참조.

68) 자유북한군인연합, 《화려한 사기극의 실체》, 광명기획, 2009, 13쪽.

69) 이런 유의 외부세력 원조설은 촛불집회, 용산참사, 강정 해군기지 건설 반대, 밀양 송전탑 건
설 반대 등에 여전히 적용되고 있는 담론으로서, 시위와 투쟁의 논점을 반전시키는 그 이
데올로기적 효과는 막강하다.

70) 우리는 그 일례를 김근태의 수기 《남영동》(중원문화, 2007)을 저본으로 한 영화 〈남영동
1985〉(정지영 감독, 2012)에서 생생하게 엿볼 수 있다. 불법구금과 야만적인 고문을 그린
임철우의 〈붉은 방〉 역시 같은 맥락에서 한 시대의 야만에 대한 기록으로 읽을 수 있을 것
이다.

71) 하비 케이, 《과거의 힘》, 오인영 옮김, 삼인, 2004, 224쪽.

72) 김종인의 《무등산》(열사람, 1988)은 1980년 5월을 장편의 규모로 서사화한 첫 번째 소설이
다. 장명규라는 대학생을 초점인물로 하여 그의 시각에서 5월의 광주를 반독재 민주화투
쟁의 대의에 입각해 그려냈다. 그의 동료들인 김정택과 한민을 비롯해, 정동준 교수와 최
선우 박사 등 지식계급의 이념적인 태도가 두드러지고, 그래서 대단히 관념적인 언어들이
직설적으로 서술되고 있다. 특히 정 교수의 정치적 각성과 명규의 연인 은애가 정치적으

로 자각해나가는 과정은 교조적인 도식성으로 규제되고 있다. 대의를 위해 목숨을 내놓겠다는 아들을 이해하고 뒷바라지하는 명규의 어머니 최은옥 역시, 이념적인 관념성으로 재단된 인물형이다. 그것은 어떤 면에서 일제가 총동원체제하에서 모성을 동원하는 논리였던 총후 부인의 이데올로기를 떠오르게 한다. 징병으로 전장에 나가는 자식을 기꺼이 반기는 강인한 모성성은 '군국의 어머니'로 형상화되었다.(권명아, 《역사적 파시즘》, 책세상, 2005, 179~189쪽 참조.) 이 소설의 여성들은 비단 최은옥뿐 아니라, 간호사 윤정숙과 정은애, 그리고 신문팔이로 항쟁에 참가해 목숨을 잃은 민철의 어머니에 이르기까지 자식이나 연인의 희생을 이념적으로 극복하는 멸사봉공의 인물들로 그려지고 있다.

73) 박준상, 〈무상(無想)과 무상(無償)—5·18이라는 사건〉, 《빈 중심》, 그린비, 2008, 185쪽.

74) 최정운, 《오월의 사회과학》, 24쪽.

75) 김석범·김시종·문경수 편, 《왜 계속 써왔는가 왜 침묵해왔는가》, 이경원·오정은 옮김, 제주대학교출판부, 2007, 157~158쪽.

76) 같은 책, 158쪽.

77) 가야트리 스피박, 《스피박의 대담》, 이경순 옮김, 갈무리, 2006, 117쪽.

78) 같은 책, 103쪽.

79) 라울 힐베르크, 《홀로코스트, 유럽 유대인의 파괴 2》, 김학이 옮김, 개마고원, 2008, 1691쪽.

80) 서경식, 《시대의 증언자 쁘리모 레비를 찾아서》, 박광현 옮김, 창비, 2006, 268쪽.

81) 프리모 레비, 《이것이 인간인가》, 이현경 옮김, 돌베개, 2007.

82) 프리모 레비의 글쓰기는 홀로코스트에 대한 증언의 일반적 범주를 크게 벗어나지 않지만, 가히 해부학적이라 할 만한 그 증언의 분석적 엄격성과 증언 그 자체에 대한 섬세한 성찰이 그 고유성을 특징짓는다. "레비의 증언은 이를테면 생각기억(thinking memory)이 감각기억(sense memory)과 끊임없이 상호작용하면서 '아우슈비츠'에 대한 온갖 착잡한 상념들을 거의 수학적 정리라고 해도 좋을 만큼 명쾌하게 풀어내는 특이함이 있다."(유희석, 〈프리모 레비와 증언〉, 《자음과모음》 2016년 봄호, 185쪽)

83) 에릭 홉스봄, 〈전통을 발명해내기〉, 에릭 홉스봄 외, 《만들어진 전통》, 박지향·장문석 옮김, 휴머니스트, 2004, 21쪽.

84) 5·18과 4·3의 문화적 재현 양상에 대한 연구로 정근식·나간채·박찬식 외 저, 《항쟁의 기억과 문화적 재현》, 선인, 2006 참조.

85) 임지현, 〈바우만과의 대담: 악의 평범성에서 악의 합리성으로〉, 《적대적 공범자들》, 소나무, 2005, 83쪽.

86) 4·3의 문화적 재현에서 특히 세대와 젠더의 문제에 대한 검토는 권귀숙, 《기억의 정치》, 문학과지성사, 2006 참조.

87) 도미니크 라카프라, 〈역사와 기억: 홀로코스트의 그늘에서〉, 육영수 엮음, 《치유의 역사학으로》, 김택균 옮김, 푸른역사, 2008, 111쪽.

88) 같은 글, 113쪽.

89) 〈클로드 란츠만과의 대담〉, 《르몽드》(1997. 6. 12.), 이상빈, 《아우슈비츠 이후 예술은 어디로 가야 하는가》, 책세상, 2001, 111쪽.

90) "제노사이드의 자행에 알맞은 조건들은 이렇게 특별하지만 결코 예외적인 것은 아니며 드물지만 유일무이한 것은 아니다. 그것들은 현대 사회의 내재적 속성은 아니지만 그렇다고 이질적인 현상도 아니다. 현대(성)에 관한 한 제노사이드는 비정상적인 것도 또 오작동의 사례도 아니다. 그것은 현대(성)의 합리화, 공학화 경향이 견제되지 않고 완화되지 않았

을 때, 만약 사회 권력들의 다원주의가 정말로 잠식된다면 목적의식적으로 디자인되고 완전히 통제되며 갈등이 없고 질서정연하며 조화로운 사회라고 하는 현대적 이상이 지배할 경우 무엇을 할 수 있는가를 보여준다."(지그문트 바우만, 《현대성과 홀로코스트》, 정일준 옮김, 새물결, 2013, 198쪽)

91) 임지현, 〈바우만과의 대담: 악의 평범성에서 악의 합리성으로〉, 앞의 책, 96쪽.

92) Tzvetan Todorov, *Facing the Extreme: Moral Life in the Concentration Camps*, New York: Henry Holt & Co, 1997, p. 274.

93) 오카 마리, 《기억·서사》, 39쪽.

94) 광주전남여성단체연합이 기획하고 이정우가 편집해서 펴낸 《광주, 여성》(후마니타스, 2012)은 5월의 현장에서 주먹밥을 만들고, 부상자를 치료하고, 시신을 수습하는 등의 역할을 맡았던 여성들의 구술을 정리한 책이다. 5월에 대한 젠더적 시각의 복원이라는 점에서 주목할 만한 작업이라고 하겠다.

95) 사이토 준이치, 《민주적 공공성》, 윤대석·류수연·윤미란 옮김, 이음, 2009, 76~77쪽.

96) 김형중, 〈세 겹의 저주〉, 앞의 책, 230~231쪽.

97) 김태현, 〈5월 민중항쟁의 문학적 수용〉, 앞의 책, 106쪽. 이 외에 5월을 형상화한 시 전반에 대한 개관을 시도한 글로 이황직, 〈'5·18시'의 문학사적 위상〉, 《5·18민중항쟁과 문학·예술》, 5·18기념재단, 2006을 참조할 수 있다.

98) 황석영, 〈항쟁 이후의 문학〉, 《창작과비평》 1988년 겨울호, 55쪽.

99) 오카 마리, 《기억·서사》, 63~64쪽.

100) 김항, 〈국가의 적이란 무엇인가―광주의 기억과 에티카〉, 《말하는 입과 먹는 입》, 314쪽.

101) 김태현, 〈광주민중항쟁과 문학〉, 《그리움의 비평》, 민음사, 1991, 79~80쪽.

III. 기억의 윤리, 기록의 형이상학

1) 노에 게이치, 《이야기의 철학》, 김영주 옮김, 한국출판마케팅연구소, 2009, 114쪽.

2) 맹정현, 《리비돌로지》, 문학과지성사, 2009, 117~118쪽.

3) 오카 마리는 기억의 주체는 사람이 아니라 기억 그 자체라고 본다. "기억이라는 것에 대해 무언가를 알게 되었다. 그것은 사람이 무언가를 '떠올린다'고 할 때, '사람'이 생각해내는 것이 아니라, 기억이 사람에게 도래하는 것이라는 사실이다."(오카 마리, 《기억·서사》, 48쪽)

4) 도미니크 라카프라, 〈역사와 기억: 홀로코스트의 그늘 아래서〉, 《치유의 역사학으로》, 김택균 옮김, 푸른역사, 2008, 74쪽.

5) 같은 책, 66쪽.

6) 채희윤, 〈아들과 나무 거울〉, 《한평 구흡의 안식》, 민음사, 1993, 94쪽. 이하 인용은 인용문 옆에 쪽수를 병기.

7) 보상금 문제를 다루고 있는 임철우의 〈어떤 넋두리〉도 남편과 자식을 잃은 아낙의 1인칭 넋두리로 서술되었다. 그러나 그 넋두리는, 아들의 진실에 대한 의욕을 반박하면서 속악한 세속의 논리를 내세우는 〈아들과 나무 거울〉과는 달리, 5월의 선험적 진실을 계몽하려는 의지로 맹렬하다. 그래서 〈아들과 나무 거울〉이 1인칭이면서도 대화적이라면, 임철우의 소설은 독백적이라고 할 수 있다.

8) "현실적인 공간들 사이에는 모든 개별적인 것들을 포함하고 감싸고 있는 잠재적 실재가 내재한다. 사물들이 특정한 지속의 속도와 수축의 경향을 띠고 현실적인 것이 되어 서로 상대적 체계를 이루는 것은 바로 그 잠재적 실재가 있기 때문이다. 잠재적 실재는 바로 그 현실화의 조건이며 모든 현실적 존재들은 잠재적 실재의 단일성 속에서 공존하고 있다."(조성훈, 《들뢰즈의 잠재론》, 갈무리, 2010, 136쪽)

9) 김윤식, 《전위의 기원과 행로》, 문학과지성사, 2012, 75쪽.

10) 같은 책, 76쪽.

11) 지금까지 1980년 5월의 광주를 서사화한 많은 문제작들이 출판사 '문학과지성'에서 출간되었다. 그 이유가 무엇일까? 최정운을 문지그룹에 속하는 지식인으로 보기는 어렵겠지만, 그가 어느 대담에서 한 다음의 발언은 문지의 입장과 미묘하게 공명한다. "저는 반지성주의 비판이 중요하다고 생각한 게 우리가 지성을 차단하면 폭력밖에 나올 게 없기 때문이다. 그동안 우리가 폭력의 사이클에 있었던 것이 사실이고 지금 5·18을 계기로 해서 그 폭력의 악순환을 극복할 공간이 좀 열렸다."(최정운·임철우, 〈5·18광주민주화운동 34주년 기념 대담: 절대공동체의 안과 밖―역사, 기억, 고통 그리고 사랑〉, 《문학과사회》 2014년 여름호, 380쪽) 그리고 '문지'를 하나의 '에콜'로 파악하고 본격적으로 논의한 것은 이른바 '문학권력' 논쟁에서였다.(권성우, 《비평과 권력》, 소명출판, 2001 참조.) 그러나 이런 식의 규명이란, 그것을 호명하는 주체의 의지가 반영된 지극히 정치적 의도의 소산임을 밝혀둔다.

12) 세상의 모든 좋은 예술에서, 미학과 정치는 반목하는 것이 아니라 서로 삼투한다. "플로베르에서 베케트에 이르기까지, 어떤 사회권의 인간관계들을 그 본질적인 점에서 포착할 줄 알았던 모든 소설가들은 한결같이 소설을 미학적 대상으로 구성하고 또 소설을 그렇게 생각한 사람들이었다. **이런 작가들에게는, 미학적 요구와 사회학적 정확성이 어깨를 나란히 하고 있다.**"(미셸 제라파, 《소설과 사회》, 이동렬 옮김, 문학과지성사, 1977, 110쪽, 강조는 인용자의 것임)

13) 심영의의 〈그 희미한 시간 너머로〉(《그 희미한 시간 너머로》, 화남, 2007)는 마치 후일담처럼 이제는 서로 적이 되어버린 5월 당시의 동지들을 이야기한다. "이젠 정말 누가 그날의 진실을 묻고 간직하고 전할 것인가, 벌써 아무렇지도 않다는 듯 세상은 딴청"(31쪽)이다. 희미한 과거가 되어버린 5월에 대한 애틋한 향수는 '진실을 묻고 간직하는' 예의 그 형이상학의 당연한 심사다.

14) 양진오, 《임철우의 《봄날》을 읽는다》, 열림원, 2003, 38쪽.

15) 임철우·황종연 대담, 〈역사적 악몽과 인간의 신화〉, 《문학과사회》 1998년 여름호, 662쪽.

16) 같은 책, 662쪽.

17) 같은 책, 669쪽.

18) "사후 경험인 B가 그전에 일어났던 트라우마 A를 깨우면서 증상이 나타나는 것이다."(임진수, 《환상의 정신분석》, 현대문학, 2005, 22쪽)

19) 조르조 아감벤, 《아우슈비츠의 남은 자들》, 정문영 옮김, 새물결, 2012, 37쪽.

20) 윤정모의 〈밤길〉(문순태 외, 《일어서는 땅》, 인동, 1987)은 5월의 광주를 서사화한 초기 작품으로, '증언의 책임'에 대한 작가의 자의식이 깊이 새겨져 있는 소설이다. "요섭아, 우리도 지금 안전한 곳으로 대피하고 있는 게 아니란다. 거기에도 장벽은 있다. 그 장벽을 깨뜨려 달라는 임무가 우리에게 주어진 거야. 우린 그걸 해내야 돼. 비록 이 밤길이 영원히 끝나지 않는다 해도 이젠 서둘러야 한다."(112쪽) 여기서 고지(告知)의 책임은 마치 종교적 소

명처럼 숭고하다. 그리고 김 신부가 전하려고 하는 5월의 진실은 종교적 진실처럼 의심할 수 없이 절대적이다. 마찬가지로 홍인표의 〈부활의 도시〉(한승원 외,《부활의 도시》, 인동, 1990)도 작가의 자전적 경험—교도관으로 근무하면서 계엄군이 교도소의 관사 뒤 비탈에 시신을 암매장하는 것을 목격—을 근거로 증언의 소명에 충실한 소설이다. "이런 것도 우리의 눈으로 봐둘 필요가 있어. 누군가의 증언이 필요한 시대가 분명히 돌아올 거야."(104쪽) 이 소설 역시 5월의 소설화에서 초창기라고 할 수 있는 1982년에 〈오월의 도시〉라는 제목으로 초고를 완성한 작품이다. 그리고 그것은 "1988년 국회 5·18광주민주화운동 특별조사위원회가 광주교도소로 조사를 나왔을 때에 국회의원들 앞에서 진술했던 내용"(홍인표, 〈작가의 말〉,《오월의 도시》, 한국소설가협회, 2004, 5쪽)이기도 하다.

21) 조르조 아감벤,《아우슈비츠의 남은 자들》, 21쪽.

22) 같은 책, 15쪽.

23) 같은 책, 51쪽.

24) "사실과 상상력—그 둘 사이에서, 적어도 이번 소설에 관한 한, 나는 최대한 사실성에 의지하려 했다."(임철우, 〈책을 내면서〉,《봄날 1》, 문학과지성사, 1997, 13쪽. 이하 인용은 인용문 옆에 쪽수를 병기.)

25) 문순태는 임철우와 마찬가지로 진실의 증언에 대한 강박으로《그들의 새벽》(전2권, 한길사, 2000)을 집필했음을 '작가 후기'(〈그들은 땅속의 별이 되었다〉)를 통해 밝히고 있다. "진실 드러내기와 문학적 형상화 사이에서 나는 그동안 많은 갈등을 겪었다. 진실 드러내기보다 소설 미학에 치중하게 된다면 영령들의 죽음을 욕되게 할 수도 있기 때문이다."(347쪽) 이런 도덕률의 강박이 '진실 드러내기'와 '소설 미학'을 갈라놓고 5월의 서사화를 진실에 대한 사명에 종속시킨다. 그리고 그 사명은 사회의 밑바닥 인물(구두닦이 손기동을 중심으로 억척 소년 장영구와 미쳐서 유린당하는 월선, 음식점 배달원 영철, 술집 호스티스 현숙, 양아치 순철 등)에 초점을 맞춘 노골적인 계급의식과 결합해 인물의 성격을 평면적으로 만들고 서사 전반을 단순하게 이끈다.

26) 오카 마리,《기억·서사》, 81쪽.

27) 같은 책, 53쪽.

28) S. 채트먼,《이야기와 담론》, 한용환 옮김, 푸른사상, 2003, 89쪽 참조.

29) 이성민, 〈가족이란 무엇인가〉,《사랑과 연합》, 도서출판b, 2011, 53쪽.

30) 1970년대 한국 여성 노동자들의 자매애에 대한 분석으로는 김원,《여공 1970, 그녀들의 反역사》(이매진, 2005)의 9장을 참조.

31) 신지영, 〈욕망의 문제로 보는 자본과 가족〉,《들뢰즈로 말할 수 있는 7가지 문제들》, 그린비, 2008, 144~145쪽. 강조는 인용자의 것.

32) 권명아, 〈여성 수난사 이야기와 파시즘의 젠더 정치학〉, 김철·신형기 외,《문학 속의 파시즘》, 삼인, 2001, 280쪽.

33) 나리타 류이치,《'고향'이라는 이야기》, 한일비교문화세미나 옮김, 동국대학교출판부, 2007, 37쪽.

34) 한원구가 고향 낙일도를 떠나 광주로 이주한 것은 20년 전이다. 낙일도는 비단《봄날》뿐 아니라 임철우의 여러 소설에서 중요한 모티프로 등장한다. "임철우의 소설 세계에는, 광주 못지않게 중요한 비중을 차지하고 있는 낙일도라는 의미 공간이 있다는 사실 또한 지적되어야 할 것이다. 낙일도란 그의 실제 고향인 평일도의 다른 이름이며,《붉은 산, 흰 새》(1990)나《그 섬에 가고 싶다》(1991), 〈붉은 방〉(1988), 〈물 그림자〉(1990) 등의 무대이

고, 그 자체로 하나의 모티프 구실을 한다. 그의 세계에서 낙일도는 일차적으로, 분단의 비극이 깃들어 있는 곳으로 형상화된다."(서영채, 〈《봄날》에 이르는 길〉, 《문학의 윤리》, 문학동네, 2005, 341쪽) 김신운의 〈낯선 귀향〉(한승원 외, 《부활의 도시》) 역시 가진 자들의 횡포에 의해 고향에서 쫓겨나야만 했던 어떤 가족의 이야기다. "할아버지도 자기 땅에서 쫓겨났고 아버지도 고향에서 쫓겨왔어요. 형님도 할아버지처럼 개한테 물려 절뚝발이가 되었구요. 그런데 이젠 총칼로 위협하며 우릴 또 쫓아내려 하고 있어요!"(184쪽) 할아버지는 도둑으로, 아버지 달중은 살인미수로, 그렇게 고향 버드실을 떠나야 했다. 모두 가난 때문에 일어난 일이었고, 이제는 뿌리를 내려 살고 있는 이 도시(광주)에서마저 공수부대의 살육으로 유린당하는 처지가 되었다. 인수는 그들에 맞서 싸우다 결국은 처참한 주검으로 발견된다. "그날 밤부터 달중 씨는 숨넘어가는 천식의 발작으로 괴로워하기 시작했다."(175쪽) 천식 발작은 아들의 죽음이라는 정신적 외상에서 비롯된 증상이다.(실제로 외상 후 스트레스 장애를 겪은 사람의 성인 천식 발병률이 보통 사람보다 두 배 이상 높다고 한다.) 그리고 어느 날, 달중은 아들 병수를 불러 고향의 바리봉 산비탈에 있는 조그만 옹달샘이 생각나 갈증으로 미치겠다는 말을 하고, 동생 인수의 유골을 내밀며 바리봉 양지바른 곳에 묻어달라고 부탁한다. 《봄날》의 조양재 영감이 그랬던 것처럼, 결국 그들은 주검이 됨으로써만 고향으로 돌아갈 수 있었다.

35) 이현식, 〈1980년의 봄날로 가는 기록: 임철우의 《봄날》론〉, 《실천문학》, 1998년 여름호, 398쪽.

36) 김현, 《행복한 책읽기》, 문학과지성사, 1992, 281쪽.

37) 프리모 레비, 《가라앉은 자와 구조된 자》, 이소영 옮김, 돌베개, 2014, 24쪽.

38) "지난 반년 동안 수없이 반복해왔던 그 지겹고도 혹독한 진압 훈련, 장교와 하사관들의 더러운 욕설과 기합, 형편없는 식사, 불편한 잠자리, 만성화된 수면 부족, 장기간 금지된 외출 외박……"(2권, 55쪽)

39) 론 버텔슨·앤드루 머피, 〈일상의 무한성과 힘의 윤리〉, 멜리사 그레그·그리고리 시그워스 편, 《정동이론》, 최성희·김지영·박혜정 옮김, 갈무리, 2015, 267쪽.

40) 어떤 공동체를 유기적인 전체로 구성하려는 욕망은, 결국 그 공동체를 동일성이 관철되는 죽음의 결사로 변질시킨다. "코뮨은 항상 이견과 불화로 가득 찬 곳이고, 그런 갈등과 대립으로 인해 분열의 위험이 상존하는 집단이다. 왜냐하면 연대를 위해 자발적으로 다가오는 외부적 요소들, 뜻하지 않은 요소들에 열려 있는 한, 코뮨은 이질적인 것들이 만나고 섞이는 곳이며, 그 이질성으로 인해 충돌과 불화가 끊이지 않는 곳일 터이기 때문이다."(이진경, 《코뮨주의》, 그린비, 2010, 261쪽)

41) 권명아, 《무한히 정치적인 외로움》, 갈무리, 2012, 104쪽.

42) 가라타니 고진, 〈고유명을 둘러싸고〉, 앞의 책, 조영일 옮김, 446~447쪽.

43) 같은 책, 450쪽.

44) 이러한 측면은 신문의 보도와 재판 조서 등의 문서들을 바탕으로 아우슈비츠 이후의 재판정을 기록극의 형식으로 포착한 페터 바이스의 《수사(Die Ermittlung)》(국역본, 《아우슈비츠 강제수용소》, 황성근 옮김, 한국문화사, 2003)의 작법에 견줄 수 있다.

45) 광주항쟁 35주년을 맞아 서울 조계사(2015년 5월 18일 저녁 7시)에서 공연된 임진택의 창작 판소리 〈오월 광주〉(1990년 초연)는 사건의 진행 과정을 연대기적으로 전달하면서, 이따금 소리꾼의 논평을 더해 5월의 그날을 사실적으로 재구성하는 데 치중한다. 이런 평면적이고 노골적인 서사 운용에도 불구하고, 판소리 특유의 형식적 성격 덕분에 소리꾼은 고

정된 대본을 유동적인 텍스트로 개편하기도 하고, 적극적인 관객들은 극의 흐름을 타며 서사의 안팎에 수시로 참여한다. 그 내용은 비극적임에도 그 서사의 연행은 해학적이다. 소리꾼은 대사를 다 외우지 못하는 등의 실수를 연발하면서도 특유의 재담으로 관객들의 박수와 웃음을 유도한다. 서사적 내용과 연행적 형식의 이런 어긋남이 빚어내는 아이러니는, 증언과 기록의 강박을 극복하는 데 있어 예술의 미학적 형식에 대해서 숙고하게 한다. 그것은 공연의 배경으로 걸린 걸개그림을 보면서도 드는 생각이었다. 초연 때부터 무대 배경으로 걸린 그 그림은 민중미술협의회 소속의 김중권과 유연복이 그린 것이다. 전남도 청 앞의 분수대를 앞에 두고 시위대와 진압군이 대치하고 있는 구도는 단순명료하게 적 대의 전선을 표현하고 있다. 이 작품의 창작 과정에 대한 자세한 설명은 임진택, 〈판소리 〈오월 광주〉 창작 단상〉, 《민중연희의 창조》(창작과비평사, 1990)를 참조할 수 있다.

46) 정과리, 〈신부(神父)에서 신부(新婦)로 가는 길〉, 《오월의 신부》, 문학과지성사, 2000, 222쪽.

47) 김영민, 《김영민의 공부론》, 샘터, 2010, 53쪽.

48) 박혜강, 〈작가의 말〉, 《꽃잎처럼 1》, 자음과모음, 2010, 291쪽. 이하 인용은 인용문 옆에 쪽수 를 병기.

49) 5월의 광주를 다룬 서사들 중에, 이른바 '민족모순'(반제국주의)의 관점에서 노골적인 반미 의식을 드러낸 작품들이 드물지 않았다. 영화제작소 장산곶매가 제작한 〈오! 꿈의 나라〉 (1988)는 1980년 광주의 5월을 다룬 독립장편극영화이면서, 민족해방의 지평에서 반미의 시각을 예각화한 노골적인 정치색의 영화이다. 영화는 과거(5월의 광주)와 현재(동두천), 관념적인 인텔리(전남대생 종수)와 하루하루의 생존에 매인 하층민(밀거래 업자 태호와 기지촌 여성들)의 극명한 대비를 통해 지식계급의 무기력과 변두리 인생의 비참한 조건 을 고발한다. 특히 미국인을 극적 파국의 주모자로 설정함으로써 민족주의와 반미(반제) 의식을 분명하게 드러냈다. 〈황무지〉(김태영, 1988) 역시 기지촌 여성의 비극적인 시련을, 광주에 투입되었다가 탈영을 한 청년의 시각으로 그려냄으로써, 5월 광주의 문제를 반제 적 관점에서 미국과 연결시켰다. 이 영화들에서 기지촌의 양공주는 미국인에게 성적으로 유린당하고 버림받는, 피식민지 민족을 의인화하는 일종의 전형으로 등장한다.

50) '학출'은 대학생 출신의 위장취업자를 가리키는 운동권의 용어다. 오하나, 《학출》, 이매진, 2010 참조.

51) 신형기, 《이야기된 역사》, 삼인, 2005, 221~222쪽.

52) 김정한, 〈소설로 읽는 5·18, 그 언어의 세계〉, 《실천문학》 2015년 봄호, 157쪽.

53) 손정수, 〈역사에 접근하는 최근 장편의 형식과 그 정치적 무의식〉, 《세계의문학》 2015년 여 름호, 303쪽.

54) 김정한, 〈소설로 읽는 5·18, 그 언어의 세계〉, 앞의 책, 155쪽.

55) 발터 벤야민, 〈이야기꾼: 니콜라이 레스코프의 작품에 대한 고찰〉, 《서사·기억·비평의 자 리》, 최성만 옮김, 길, 2012, 423쪽.

56) 루이스 밍크, 〈모든 사람은 자신의 연보 기록자〉, 《현대 서술 이론의 흐름》, 윤효녕 옮김, 솔, 1997, 219쪽.

57) 정찬, 《광야》, 문이당, 2002, 12쪽. 이하 인용은 인용문 옆에 쪽수를 병기.

58) 장 아메리, 《자유죽음》, 김희상 옮김, 산책자, 2010, 249쪽.

59) 〈아늑한 길〉(정찬, 《아늑한 길》, 문학과지성사, 1995)에서, 김인철은 당대의 예수가 민중들 과 소통하는 데 사용했던 아람어에 관심을 갖고 있었다. 그런 아람어가 지금은 문명화와

함께 사어가 되어가고 있는데, 김인철은 그렇게 사라져버린 아람어처럼 5월의 광주에서 사라져버렸다. "보이지 않는 것을 본다는 것은 여전히 두려운 일이지만 때로는 그와 나란히 걷고 싶다는 생각도 한다. 그가 소리 없이 내려와 길을 열면 나는 가만히 그의 길 속으로 들어갈 것이다. 그 길은 어떤 모습일까? 그 속으로 한없이 들어가면 무엇이 보일까? 바람에 휘어지는 나무들 사이로 하얀 길이 떠오르고 있었다. 그 길 위로 한 사람이 긴 그림자를 드리우며 홀로 걷고 있다. 길의 끝은 하늘에 닿아 있었다."(222쪽) 하늘로 닿은 길을 걸어가는 그는 김인철일까? 아마도 김인철이란 광주의 그 모든 희생자들의 다른 이름일 것이다. 그 희생이 하늘에 닿아 있다면, 그것은 곧 그들의 죽음이 부활과 구원에 닿아 있다는 것이다. 그렇다면 사라져버린 김인철은 인류를 대속해 십자가에 못 박힌 예수가 아니겠는가? '아늑한 길'은 그러니까 구원의 길이다. 마찬가지로 〈완전한 영혼〉(공선옥 외, 《꽃잎처럼-5월광주대표소설집》, 풀빛, 1995)에서 회상의 주인공인 장인하의 죽음 역시 구원을 예감하는 죽음이다. "그것은 세상에 드러나지 않는 조그만 죽음이었다. 이 조그만 죽음이 회상 속에서 완전한 영혼의 모습으로 떠오를 때 나는 그것을 받아들여야 하는가. 지상에서 존재하지 않는, 시간 저 너머에서 지상으로 흘러내려오는 그 비현실적 영혼의 모습을."(103쪽) 5월의 광주를 다룬 정찬의 소설들은 대체로 이렇게 메시아주의와 깊이 연결되어 있다. 쉽게 말하자면, 정찬은 그 엄청난 폭력으로부터 발생한 희생들을, 그러니까 그 심란한 죽음들을, 역사의 구원을 가져올 '역사의 천사'(발터 벤야민)로 전유하고 있는 것이다. 그러므로 그에게 혁명의 시간은 곧 구제의 시간이다.

60) 알랭 바디우, 《사도 바울》, 현성환 옮김, 2008, 새물결, 136쪽.

61) 같은 책, 143쪽.

62) 최정운, 《오월의 사회과학》, 187쪽.

63) 안토니오 네그리, 《욥의 노동》, 박영기 옮김, 논밭출판사, 2011, 140쪽.

64) "신체 자체와 '신체를 표현하는 것'은 분명 같은 의미가 아니다. 전자는 자연이며 후자는 인공이다. 자연으로서의 기형은 문학에서 묘사되는 것을 금지당하지 않는다. 그러나 현실적으로는 이 신체라는 표현 자체, 기형 그 자체가 사회에서는 실질적으로 금지되어 있다고 할 수밖에 없다. 나아가 성행위는 실질적으로는 금지되어 있지 않다. 그러나 표현으로서는 금지되어 있다."(요로 다케시, 《일본 문학과 몸》, 신유미 옮김, 열린책들, 2005, 163쪽)

65) 장-뤽 낭시는 《무위의 공동체》(박준상 옮김, 인간사랑, 2010)의 〈한국어판을 위한 지은이의 말〉에서 이렇게 적고 있다. "만일 '행동agir'이 하나의 '작품oeuvre'과 같은 어떤 것을, 즉 만든 사람과 독립적인 '사물'(그것은 예를 들어 한 운동선수의 경우라면 자신의 몸이 될 수도 있습니다)과 같은, 세계에 존재하는 어떤 것을 '생산하고' '실현시키는' 방법을 가리킨다면, '무위'에 분명 '비-행동non-agir'이 있다고 말하고 싶습니다. 만일 반대로 아리스토텔레스가 말하는 ('포이에시스poiesis'〔여기서 의미하는 바는, '생산'〕에 반대되는) '프락시스praxis'의 의미로 '행동'을 이해한다면, 아무것도 생산하지 않지만 그 고유의 주체를 변형시키는 어떤 행동이 문제가 될 것입니다."(11쪽)

66) "문학은 바로 그 지적 사랑의 능력을 통해 다중의 생성에 참여할 수 있고 바로 이로써 권력에 대항하는 다중의 활력, 그 생성의 능력을 표현하는 **삶문학**으로, 그들의 특이하고 삭제 불가능한 시간적 현재성을 드러내는 **카이로스의 문학**으로 된다. 이것은, 지난 시간을 재현하는 것이기보다 그때그때의 삶시간의 완성과 '장차 올 것'의 열림 사이에 존재하는 순간의 관점에서 존재를 바라보고 경험하면서, 그것을 삶 속에 표현함으로써 **공통적 삶을 새롭게 구성하는 일**에 참여하는 문학이다."(조정환, 〈카이로스의 시간과 삶문학〉, 《카이

　　로스의 문학》, 갈무리, 2006, 90쪽)

67) 장-뤽 낭시, 《무위의 공동체》, 43쪽.

68) 같은 책, 45쪽.

69) "언어철학에서는 이것이 근원적 '언어'와 (그것을 드러내려고 차이의 놀이를 벌이는) '번역들' 사이의 관계로 나타난다. 예술비평에서는 그것이 근원적 '진리'와 (울림의 관계로써 그것을 드러내는) '이념들' 사이의 관계로 나타난다. 문학사적으로는 아마도 괴테가 말하는 '원현상'과 이상들의 구별, 철학적으로는 하이데거의 '존재'와 '존재자'의 차이가 거기에 해당할 것이다."(진중권, 《진중권의 현대미학 강의》, 아트북스, 2003, 57쪽)

70) 이 소설을 '2인칭 서사'에 착안해 그 서술 특성을 검토하고 있는 연구로 황국명, 〈2인칭 서사의 서술 특성과 의미 연구〉, 《현대소설연구》(41호, 2009년 8월)를 참조할 수 있다. 2인칭으로 서술되고 있는 5월 소설로는 박상률의 《너는 스무 살, 아니 만 열아홉 살》(사계절, 2006)도 있다. 박상률의 소설에서 호명되고 있는 '너'는 만 열아홉에 영문도 모르고 죽은 소년의 넋이다. 이 소설은 부재하는 자를 호명함으로써, 대답 없는 그 죽음의 부당함을 역설한다. 한강의 《소년이 온다》(창비, 2014)의 몇 개 장에서도 2인칭의 서술이 활용되었다. 그러나 2인칭은 서술자의 시점이 아니라 호칭이기 때문에, 엄밀하게 말하자면 서사학적으로 2인칭 시점이란 성립하지 않는다.

71) 유서로, 《지극히 작은 자 하나》, 살림, 1993, 326쪽. 이하 인용은 인용문 옆에 쪽수를 병기.

72) 김신운, 《청동조서》, 문학과의식, 2001, 180쪽.

73) 황지우, 《오월의 신부》, 문학과지성사, 2000, 214쪽.

74) 헨리크 구레츠키의 교향곡 〈슬픔의 노래〉는 자연스럽게 윤이상의 교향곡 〈광주여 영원히!〉를 떠오르게 한다. 〈광주여 영원히!〉는 악곡의 내용상 "크게 세 부분으로 나뉜다. 첫 부분(1~110마디)은 시위 군중이 형성되어나가는 장면과 군사 진압으로 인한 학살 장면, 둘째 부분(111~170마디)은 민중들의 공포에 대한 무감각과 죽음에 대한 흐느낌, 그리고 대량 학살 후에 묘지에서의 애도와 침울함, 셋째 부분(171~268마디)은 남한에서 정의와 민주를 위한 계속적인 노력과 분투를 호소하며 정의를 추구하는 정신의 승전적인 분위기를 암시한다."(변지연, 〈국가폭력에 대한 음악 텍스트―윤이상의 〈광주여 영원히!〉, 한국음악학회·윤이상평화재단, 《윤이상의 창작세계와 동아시아 문화》, 예솔, 2006, 155쪽)

75) 정찬, 〈슬픔의 노래〉, 《아늑한 길》, 243쪽. 이하 인용은 인용문 옆에 쪽수를 병기.

76) 조르조 아감벤, 《아우슈비츠의 남은 자들》, 232~233쪽.

77) 국가 수반의 불참이라는 상징적 실행을 통해 국가적 공인의 의의를 퇴색시키려는 이런 시도들은, 국가로부터 희생된 자들을 국가가 기념하는 역설 안에 이미 내장되어 있던 갈등을 표면적으로 가시화한다. "그것은 과거 국가의 기억 독점에 의해 정당화되었던 사람들과, 국가의 기억 독점의 균열에 의해 새롭게 정당화된 사람들 사이의 갈등이다."(김민환, 《한국의 국가기념일 성립에 관한 연구》, 서울대 석사학위 논문, 2000, 64~65쪽) 그러니까 그것은 진압하다가 '전사'한 사람들과 그 진압에 '희생'된 사람들이 국가로부터 동격의 인정을 받는 역설적인 제도의 절차 안에 잠복하고 있는 갈등이다.

78) K. J. 노(Noh), 〈혁명적 러브스토리―'임을 위한 행진곡'〉, 김종철 옮김, 《녹색평론》 143호, 2015년 7-8월, 100쪽.

79) 〈임을 위한 행진곡〉의 내력과 그 문화정치적 함의에 대해서는 정근식의 연구가 상세하다. 정근식, 〈〈임을 위한 행진곡〉―1980년대 비판적 감성의 대전환〉, 《역사비평》 2015년 가을호 참조.

80) 광주 운암동에 있는 소설가 황석영의 집에서 이 노래극 〈넋풀이굿〉(1982년 5월)을 만들어서 녹음하는 과정과, 윤상원과 박기순의 영혼결혼식 장면은 박혜강의 장편소설 《꽃잎처럼》(자음과모음, 2010)의 제5권 111~121쪽에 자세하게 묘사되어 있다.

81) 한강, 《소년이 온다》, 창비, 2014, 17쪽. 이하 인용은 인용문 옆에 쪽수를 병기.

82) 공선옥, 《그 노래는 어디에서 왔을까》, 창비, 2013, 181쪽.

83) 지크프리트 크라카우어, 《역사─끝에서 두 번째 세계》, 김정아 옮김, 문학동네, 2012, 171쪽.

84) 어떤 뛰어난 작가론은 박솔뫼의 증언이 갖는 특이성을, 좀 과장되긴 했지만 이렇게 단단하게 표현했다. "박솔뫼는 트라우마적 사건을 서사화하는 새로운 방식 하나를 추가로 만들어냈다. 사건의 트라우마적 성격을 겪게 하진 않지만, 사실을 기록하는 것도, 사건의 증언 불가능만을 이야기하는 것도 아닌 증언. 어떤 사건을 표시화해 증언을 끝없이 만들어내는 새로운 증언의 방식. 이는 트라우마적 사건에 의해 억압된 언어를 해방시키는 작업이다. 이제 우리의 언어는 말을 잃게 만드는 트라우마적 사건, 신음이나 비명만을 강제하는 트라우마적 사건의 제약에서 풀려나게 되었다."(김주선, 〈증언의 아카이브─박솔뫼론〉, 《문학과사회》 2015년 여름호, 569~570쪽)

85) 박솔뫼, 〈그럼 무얼 부르지〉, 《작가세계》 2011년 가을호, 199쪽. 이하 인용은 인용문 옆에 쪽수를 병기.

86) 돌아가신 아버지의 발자취를 따라 광주에까지 이르는 아들의 여정을 그리고 있는 이청해의 〈머나먼 광주〉(《빗소리》, 민음사, 1993)는 그런 의미에서 〈그럼 무얼 부르지〉와는 대조적인 작품이라고 할 수 있다. 〈머나먼 광주〉의 아들은 출생지도 나이도 심지어는 이름도 명확하지가 않다. 그는 자기의 모호한 정체성에 의문을 갖고, 돌아가신 아버지의 삶의 궤적을 따라 광주에까지 이르게 된다. 아버지는 일제강점기에 동맹휴학(광주학생운동)을 주도하고, 해방 후엔 좌익운동에 관련하는 등 한국 근현대사의 굴곡을 몸으로 살아낸 사람이다. 그의 삶은 모진 고문과 구속과 수감의 시간들이었다. 광주에 이르는 아들의 여정은 자기 정체성을 찾아가는 시원으로의 여행이었고, 동시에 그 모호한 정체성으로 인해 혼란스러웠던 시간을 치유하는 여행이기도 했다. 그의 출생과 관련된 여러 의문들, 그러니까 그의 출생일과 출생지 그리고 이름은, 한국 근현대사의 격동을 함께한 아버지의 험난한 삶 속에서 자식들의 안전을 위한 어떤 위장이었음을 알게 된다. 아들은 이제 자기의 기원을 확인했고, 여정의 끝에서 광주는 자기의 고향으로 새롭게 발견된다. 결국 이 소설은 우리 역사의 어떤 시원으로서 광주의 의미를 드러내려 한 것이다. 여기서 광주는 기원으로서의 공간이며, 의심할 바 없는 투명한 실체로 전제되어 있다. 그런 의미에서 광주는 형이상학적인 공간이다. 그것은 아마도 《봄날》의 낙일도나 〈낯선 귀향〉의 버드실과 같은 의미일 것이다.

87) 모리나카 타카아키, 〈산종으로서의 번역〉, 《흔적4호: 번역, 생정치, 식민지적 차이》, 윤여일 옮김, 문화과학사, 2012, 57쪽. 모리나카 타카아키는 패권적인 언어에 대응하면서도 언어적 내셔널리즘에 빠져들지 않는 방법으로서 '산종으로서의 번역'이라는 개념을 제안한다.

88) 지크프리트 크라카우어, 《역사─끝에서 두 번째 세계》, 177쪽.

89) 공선옥, 〈광주, 그리고 내 인생의 수난기〉, 《역사비평》 1995년 가을호, 166쪽.

90) 공선옥, 《그 노래는 어디에서 왔을까》, 창비, 2013, 32쪽. 이하 인용은 인용문 옆에 쪽수를 병기.

91) 묘자의 남편 박용재의 말(89~91쪽)이 그렇고, 오랜만에 만난 묘자를 보고 하는 정애의 말(108쪽)이 그렇고, 5월의 그날에 공수부대 무전병으로 참가해 국난극복기장이라는 훈장

까지 받은 용순의 남편 오만수의 미친 노래(146쪽)가 그렇다. 그 모두는 일상의 논리를 초월하고 실재의 구멍을 맴도는 미친 소리이다.

IV. 치유의 서사학

1) 한병철, 《권력이란 무엇인가》, 김남시 옮김, 문학과지성사, 2011, 6쪽.
2) 같은 책, 42쪽.
3) 고미숙, 《동의보감, 몸과 우주 그리고 삶의 비전을 찾아서》, 그린비, 2011, 158쪽.
4) 미셸 푸코, 《안전, 영토, 인구》, 오트르망 옮김, 난장, 2011, 540쪽.
5) 다카하시 데쓰야, 《국가와 희생》, 이목 옮김, 책과함께, 2008, 251쪽.
6) 같은 책, 253쪽.
7) 같은 책, 263쪽.
8) 사카이 다카시, 《통치성과 '자유'》, 오하나 옮김, 그린비, 2011, 104쪽.
9) 한병철, 《피로사회》, 김태환 옮김, 문학과지성사, 2012 참조.
10) 같은 책, 92쪽.
11) 미셸 푸코, 《사회를 보호해야 한다》, 박정자 옮김, 동문선, 1998, 278~279쪽.
12) 장-뤽 낭시, 《코르푸스》, 김예령 옮김, 문학과지성사, 2012, 80쪽.
13) 같은 책, 76쪽.
14) 같은 책, 77~78쪽.
15) 문순태, 〈일어서는 땅〉, 문순태 외, 《일어서는 땅》, 47~48쪽.
16) "너의 흔적들, 그것들은 너다. 너는 이제 흔적으로만 만날 수 있다. 너에 대한 다른 사람들의 기억, 그것도 너의 흔적이다. 너는 그들의 기억 속에 흔적으로 스며들었다. 열이면 열, 다 다른 모습으로 너를 기억할지 모른다. 그렇다면 너는 여러 사람에게 여러 모습으로 기억되리라. 그 기억 속에 너는 남아 있으리라."(박상률, 《너는 스무 살, 아니 만 열아홉 살》, 18~19쪽) 5월의 죽음들에는 모두 저마다의 사연이 있다. 단지 그 난리통의 한가운데 있었다는 이유만으로 죽은 사람들도 적지 않다. 왜 죽어야 했는지 알 수 없는 그 부조리한 죽음들이야말로, 어쩌면 5월의 부조리에 대한 가장 확실한 증거인지도 모르겠다. 박상률의 소설은 바로 그 5월의 부조리성에 대한 항변이다.
17) 1980년 5월 광주의 부상자 및 희생자들에 대한 의학적인 분석과 치유 대책의 제시는, 전북대 의대 간호학과의 변주나 교수에 의해 처음으로 이루어졌다.(변주나, 〈광주 5·18민주화운동 부상자들의 15년 후 후유증에 관한 연구〉, 《한국문화인류학》 29집 2호, 1996년 11월 참조) 이 외에도 변주나 외 여럿이 쓴 《치유되지 않은 5월》(다해, 2000)이 항쟁 20년 후의 시점에서 부상자의 실상과 치유 대책을 논의하고 있다. 이후로도 5·18기념재단의 주도로 여러 차례 후유증 실태조사가 이루어졌다.
18) 《5·18사건 수사기록-한국의 뒤흔든 광주의 11일간》, 《월간 조선》, 2005년 1월호 별책부록, 25쪽.
19) 황석영, 《죽음을 넘어 시대의 어둠을 넘어》, 59쪽.
20) 이런 사실은 정찬의 《광야》(문이당, 2002)에 다음과 같이 묘사되어 있다. "M16 자동 소총은 화력이 높아 신체의 일부를 도려낸다는 것을 그는 잘 알고 있었다. 더구나 탄환 속에는 납이 들어 있어 인체에 치명적이다. 의사의 증언에 의하면 환자들의 총상 부위가 시간

에 따라 달랐다고 한다. 발포 초기에는 허벅지 아래 부위 부상자들이 대부분이었는데, 차츰차츰 총상 부위가 상체로 이동하면서 머리가 날아가 버린 사망자들이 들어왔다는 것이다. 화약가루가 이마에 연소되지 않은 채 붙어 있는 시체도 보았다고 했다. 그것은 총구를 이마에 대고 쏘았거나, 0.6미터에서 1미터 이내 거리에서 쏘았음을 의미한다. 법의학에서 말하는 확인 사살이었다."(101쪽)

21) '이털남 98회 인터뷰—송선태 5·18재단 상임이사', 《오마이뉴스》 2012. 5. 18. 참조.

22) 백성우의 〈불나방〉(한승원 외, 《부활의 도시》)은 도청에서 살아 돌아온 형의 부상으로 가족들이 겪는 고통을 그리고 있다. "도청이 함락되던 그 새벽에 총 맞아 죽지 못한 것을 형은 두고두고 통탄해 마지않았다. 그것은 어쩌면 그동안에 치른 형과 가족들의 고통이 그만큼 끔찍했다는 것을 의미하기도 했다."(303쪽)

23) 변주나, 〈15년 후 심신 충격〉, 《치유되지 않은 5월》, 139~140쪽.

24) 트라우마는 정신의 문제인 것만이 아니라 육체의 기능장애로 연결된다. "환자들은 트라우마 자체에 대한 반응으로, 그리고 트라우마를 겪은 후 오랜 세월 지속된 두려움에 대처하기 위해 신체의 직관적인 느낌과 감정을 전달하는 뇌 영역의 기능을 정지시키는 법을 습득한 것이다."(베셀 반 데어 콜크, 《몸은 기억한다》, 제효영 옮김, 을유문화사, 2016, 156쪽)

25) 프란츠 파농, 《대지의 저주받은 사람들》, 남경태 옮김, 그린비, 2004, 281~282쪽.

26) 같은 책, 282쪽.

27) 권택영, 《라캉·장자·태극기》, 민음사, 2003, 127쪽.

28) 권택영, 《감각의 제국》, 민음사, 2001, 133쪽.

29) 라캉의 진단구조는 정신증, 도착증, 정신병의 세 가지 범주로 정리되며, 그것은 각각 억압(repression), 부인(disavowal), 폐제(foreclosure)라는 세 가지의 주요한 부정 양식과 결부된다. 이 중에서도 특히 정신병과 신경증은 많은 부분에서 대조적이다. "신경증자는 이미 언어의 기본 구조를 습득한 자이며 확실성보다는 의심에 지배받는 자이다. 충동들이 제한 없이 행위하는 경우가 정신병이라면, 신경증은 충동이 상당 부분 금지된 경우로서, 직접적인 성적 접촉보다는 환상을 통해 쾌락에 도달하려는 성향이 강하다. 그리고 신경증은 정신병의 폐제와는 반대로, 억압의 구조를 갖기 때문에 억압된 것이 내부로부터, 말하자면 프로이트가 얘기한 말실수, 실수 행위, 증상의 형태로 되돌아온다."(브루스 핑크, 《라캉과 정신의학》, 맹정현 옮김, 민음사, 2002, 196~197쪽)

30) 지그문트 프로이트, 〈히스테리의 심리 치료〉, 《히스테리 연구》(재간), 김미리혜 옮김, 열린책들, 2003, 333쪽.

31) 광주트라우마센터의 기획으로, 수면장애에 시달리고 있는 5월 생존자를 대상으로 8회에 걸쳐 수행한 '그룹투사 꿈작업'은, 개인적인 문제로 치부되었던 그들의 정신적 고통을 공론장에 소개함으로써 사회화했다는 점에서 대단히 의미 있는 시도였다고 하겠다. 고혜경, 《꿈에게 길을 묻다》, 나무연필, 2016 참조.

32) 프리모 레비, 《가라앉은 자와 구조된 자》, 97쪽.

33) 정혜신·진은영, 《천사들은 우리 옆집에 산다》, 창비, 2015, 228쪽.

34) 조르조 아감벤, 《아우슈비츠의 남은 자들》, 241쪽.

35) 같은 책, 241쪽.

36) 주디스 허먼, 《트라우마》, 최현정 옮김, 플래닛, 2007, 106쪽.

37) 임철우, 〈봄날〉, 문순태 외, 《일어서는 땅》, 187쪽.

38) 쥬앙 다비드 나지오, 《정신분석학의 7가지 개념》(개정판), 표원경 옮김, 백의, 2002, 171쪽.

39) 같은 책, 180쪽.

40) "라캉의 관점에서는 주체를 형성하는 권력의 장소로서 드러나는 것은 바로 기표이다."(야니 스타브라카키스, 《라캉과 정치》, 이병주 옮김, 은행나무, 2006, 61쪽) 그러니까 명부의 문 두드리는 소리는 죄의식의 주체를 형성하는 일종의 '기표의 권력'이다.

41) 이미란, 〈말을 알다〉, 《꽃의 연원》, 전남대학교출판부, 2009, 48쪽. 이하 인용은 인용문 옆에 쪽수를 병기.

42) 항쟁의 도화선이었던 대학생들은 본격적인 진압이 이루어지기 전에 이미 예비검속되거나 광주를 빠져나가 도피함으로써 항쟁의 주축이 될 수 없었다. 〈말을 알다〉에서 그들은 집에 숨어 있었고, 〈다시 그 거리에 서면 2〉에서 그들은 결국 도청에서 나온다. 김남일의 〈망명의 끝〉(문순태 외, 《일어서는 땅》)은 다른 지역에서 도피 중인 대학생이 그곳에서 광주의 소식을 전해 듣고 무력감을 느끼는 내용이다. "저 아래 남도의 핏빛 노을이 지는데, 도시는 완전히 차단되어 끝없는 공포에 잠겨 있는데…… 아아, 무엇을 위해 그 세월을 허이허이 헤쳐왔던가……"(147쪽) 임철우의 〈동행〉(《그리운 남쪽》, 문학과지성사, 1985)도 역시 도피하는 대학생의 이야기다.

43) 박호재, 〈다시 그 거리에 서면 2〉, 한승원 외, 《부활의 도시》, 151쪽.

44) 〈남으로 가는 헬리콥터〉의 교사 희수나 〈어느 오월의 삽화〉의 남자와 마찬가지로, 이명한의 〈저격수〉(한승원 외, 《부활의 도시》)에서 송달수는 전형적인 소시민의 캐릭터다. 그러나 앞의 두 작품에서는 그 소시민성이 죄책감의 이유가 되지만, 〈저격수〉의 송달수는 자기의 소시민성을 극복하고 항쟁에 적극 가담하게 되는 좀 더 적극적인 인물이다. "그는 시장과 도지사는 물론, 내무장관과 대통령 표창까지를 받은 모범 통장이었다. 어떤 이유건 간에 떠들어서 세상을 시끄럽게 구는 짓은 악으로 규정하는 일에 그는 익숙해 있었다."(77쪽) 이렇게 시위대에 비판적이었던 송달수는, 계엄군의 잔학한 폭력을 지켜보면서 결국은 시위대에 참여해 총을 들게 된다. 이처럼 자아의 각성을 통한 새로운 주체(항쟁/혁명의 주체)의 구성은 5월 소설의 한 유형이라고 할 수 있다.

45) 채희윤, 〈어느 오월의 삽화〉, 임철우·최인석 엮음, 《밤꽃》, 이룸, 2000, 268쪽.

46) 조르조 아감벤, 《예외상태》, 15쪽.

47) 같은 책, 15쪽.

48) 이순원, 〈얼굴〉, 공선옥 외, 《꽃잎처럼—5월광주대표소설집》, 107쪽. 이하 인용은 인용문 옆에 쪽수를 병기.

49) 주디스 허먼, 《트라우마》, 71쪽.

50) 엠마누엘 레비나스, 《존재에서 존재자로》, 서동욱 옮김, 민음사, 2003, 161쪽.

51) "이러한 무사유가 인간 속에 아마도 존재하는 모든 악을 합친 것보다도 더 많은 대파멸을 가져올 수 있다는 것, 이것이 사실상 예루살렘에서 배울 수 있는 교훈이었다."(한나 아렌트, 《예루살렘의 아이히만》, 김선욱 옮김, 한길사, 2006, 392쪽) 물론, 일개 공수부대원들을 관료였던 아이히만과 등치해서 논의하는 것에는 어폐가 있을 수 있다. 하지만 여기서 중요한 것은 지위를 넘어선 주체의 심성과 윤리적 행동이다.

52) 주디스 허먼, 《트라우마》, 25~26쪽.

53) 정찬, 〈새〉, 《아늑한 길》, 115쪽. 이하 인용은 인용문 옆에 쪽수를 병기.

54) 박영일과 김장수의 어머니를 생각하면, "여성은 수난(적의 침투로 상징되는)의 역사 속에서 가장 큰 피해자이자 항쟁의 내조자"라는 말이 딱 들어맞는다.(권명아, 〈여성 수난사 이야기와 파시즘의 젠더 정치학〉, 《문학 속의 파시즘》, 김철·신형기 외 지음, 280쪽) 박영일

의 어머니가 미쳐버린 아들로 인해 자살로 생을 마감한 '항쟁의 피해자'라면, 김장수의 어머니는 아들의 내면에 폭력성을 낳은 원초적 결핍의 존재로서 '항쟁의 내조자'라고 할 수 있다. 이런 맥락에서 본다면 문순태의 〈일어서는 땅〉(문순태 외, 《일어서는 땅》)도 중요한 작품이다. 이 소설은 아들의 실종으로 인해 정신질환을 앓는 아내와, 여순사건 때 형을 잃고 정신을 놓아버린 어머니를 병치하면서, 불행한 역사의 비참한 반복 속에서 어머니(들)의 수난을 주제화했다. "계절만 다를 뿐, 삼십이 년 전의 과거와 오늘이, 살아 움직이는 모든 것들의 통행이 차단된 대로(大路) 위에서 일치하고, 더구나 두 여인이 똑같은 모습으로 하나가 되고 있다는 엄연하고도 슬픈 사실이었다."(43쪽) 그의 아버지는 일제 때 징용으로 끌려가 이국땅에서 죽었고, 어머니는 형을 아버지로 혼동하고 있는 것처럼 보였다. "아버지는 노무자로 끌려가 죽은 것이 분명한 듯싶었는데, 죽은 아버지를 다시 만날 수 있다고 생각하는 어머니. 어쩌면 어머니는 형과 아버지를 혼동하고 있는 것인지도 모른다고 생각했다."(29쪽) 이렇게 민족사의 수난과 함께 '어머니'는 언제나 가장 큰 피해자로 재현된다. 김중태의 〈모당〉(문순태 외, 《일어서는 땅》) 역시 아버지와 아들의 대를 이은 투쟁을 통해 역사의 비극적인 반복을 드러내는 동시에, 도피 중인 아들을 향한 모성의 절절함을 그리고 있다. 한승원의 〈당신들의 몬도가네〉도 이념 대립의 역사(여순사건) 속에서 반목하는 사람들, 그리고 대를 이은 비극을, 광주에서 두 아들을 잃고 미쳐버린 어머니(안순누님)의 모습으로, 그러니까 항쟁의 피해자로서 형상화했다.

55) 박원식의 〈방패 뒤에서〉(한승원 외, 《부활의 도시》)는 광주의 5월에 경찰기동대(전투경찰)로 참가한 오치일을 통해 병리적인 파괴의 충동을 이야기한다. 《봄날》의 기룡이라는 인물을 통해 볼 수 있었던 것처럼, 전경은 가해자라기보다는 피해자에 가깝다. 아니, 어쩌면 그들은 공수부대와 시민들 사이에 낀 어중간한 존재들이다. 그래서 그들의 시각은 진압하는 쪽에 기울어 있으면서도 공수부대의 가혹한 진압 방식에는 거리를 둔 제3의 관점을 형성한다. 오치일은, 시위대의 편을 들며 자기와는 전혀 다른 생각과 행동을 보여주는 김상수 상경에 대해 분노와 적개심을 드러내는데, 그것은 그의 학력 콤플렉스에서 비롯된 것이었다. "대학에서 미팅이니 데모니 꿈꾸는 호시절을 보내다 온 놈들은 병역특혜를 주고, 바닥에서 땀나게 헤매던 놈들은 꼭 채운 33개월이라?"(273쪽) 5월의 그날 이후 다른 부대의 소초장으로 전출된 오치일은, 군생활 말년의 전출이 달갑지 않았던데다가, 그곳에서 부하들에게 따돌림을 당하자 결국은 폭발하여 소총으로 부대원들을 살상한다. 이처럼 "외상사건은 개인과 공동체 사이의 연결을 부수고, 신뢰를 위태롭게 한다."(주디스 허먼, 《트라우마》, 103쪽) 오치일이 남긴 '자전적 소설'에 따른다면 소초에서의 그 살상사건은 필연적인 인과성을 갖고 있다. 그의 '자전적 소설'에는 5월 광주의 참상과 함께 그의 정신적 상태를 엿볼 수 있는 내용들이 담겨 있었다. 그는 '방패 뒤에서' 광주의 5월을 겪으면서 새롭게 태어났다. 공수부대원들의 살육을 지켜보며 그는 깨달았다. 공격적인 힘이 가장 중요한 것이라고. "힘! 문제는 힘이다. 오로지 공격적인 힘만이 승리한다. 쟁취한다. 정복한다. 그리하여 그것은 아름답다!"(282쪽) 다시 말해, 오치일의 총기 살상은 마치 공수부대원들이 시위대에게 했던 것처럼, 아름다운 힘의 행사였을 뿐이다. 자기에게 대항하는 동료들을 살상한 것은 그래서 정당하다는 것이다. "광주의 계엄군들은 구국의 차원이고 치일이의 그것은 인격파탄자의 난행이란 말인가."(294쪽) 그리고 그는, 〈새〉의 김장수가 자기의 폭력성을 '기억이 만든 괴물'이라고 타자화함으로써 책임을 전가하는 것처럼, 이런 말로 자기를 합리화한다. "그건 내가 한 짓이 아닐세. 내 안의 다른 뭔가가 나를 그렇게 부추겼던 것뿐이라네. 나는 악마의 존재를 깨닫게 된 거지."(293~294쪽)

56) 한승원, 〈어둠꽃〉, 한승원 외, 《부활의 도시》, 39쪽. 이하 인용은 인용문 옆에 쪽수를 병기.

57) 브루스 핑크, 《라캉과 정신의학》, 219쪽.

58) 2장에서 살펴 본 정찬의 〈슬픔의 노래〉도 그렇고, 공수부대원을 등장 시킨 작품으로는 이 밖에도 정도상의 〈십오방 이야기〉(문순태 외, 《일어서는 땅》)가 있다. 공수부대원으로 진압 작전에 참가해 도청 지하실에 있는 폭발물의 내관 제거 임무를 수행하기도 했던 김만복은, 작전 중에 시위대로 참여한 동생 만수가 자신의 눈앞에서 사살되는 장면을 본다. 그는 전역 후 동생을 죽인 그 소대장을 뒤쫓다 살인죄로 구속된다. 동생의 죽음이라는 외상은 반복적인 기억의 상실이라는 증상으로 나타난다. "때로는 며칠씩 지난 일을 기억 못하는 경우도 있었다. 어디서 무엇을 했는지 도통 기억이 나질 않았다. 오히려 살아 있다는 것이 신기할 정도였다. 한잠 푹 자고 일어난 것처럼 맑은 정신으로 깨어나 보면 일주일이 사라져 없어지곤 했다."(311쪽)

59) 주디스 허먼, 《트라우마》, 17쪽.

60) 같은 책, 18쪽.

61) 같은 책, 47쪽.

62) 황석영, 〈만각 스님〉, 《창작과비평》 2016년 겨울호, 201쪽. 이하 인용은 인용문 옆에 쪽수를 병기.

63) 사토 요시유키, 《권력과 저항》, 김상운 옮김, 난장, 2012, 69쪽.

64) 서동진, 〈민주주의와 그 너머: 애도의 문화정치학〉, 《아부 그라이브에서 김선일까지》, 생각의나무, 2004, 201~211쪽. 정찬의 《광야》에서는 다음과 같은 구절로 그 '반란'의 의미를 표현하고 있다. "광주 공동체를 기억하는 이들에게 죽은 자는 먼 존재가 아니었다. 죽은 자는 산 자에게 계엄군과 싸워야 하는 절대적 근거였고, 산 자는 스스로 절대적 근거가 되기 위해 죽음 속으로 뛰어들었다. 산 자와 죽은 자의 거리는 그토록 가까웠다."(138쪽)

V. 순례의 형이상학: 막다른 길과 도주의 길

1) 김영민, 《보행》, 철학과현실사, 2001, 57~58쪽.

2) 같은 책, 65~66쪽.

3) 제라르 주네트, 《서사담론》, 권택영 옮김, 교보문고, 1992, 18쪽.

4) 서경식·타카하시 테츠야, 《단절의 세기 증언의 시대》, 김경윤 옮김, 삼인, 2002, 34쪽.

5) 오카 마리, 《기억·서사》, 68쪽.

6) 정근식 인터뷰, 〈정근식: 사회과학의 시대, 그 속살과 결〉, 김항·이혜령, 《인터뷰 한국 인문학 지각변동》, 그린비, 2011, 69쪽.

7) '5·18'이라는 호명 자체에 기원에 대한 강박이 묻어 있다. 우리는 대체로, '사건'을 그 발발의 기점으로 호명하고 기억한다.

8) E. Levinas, *Totalité et infini* (Martinus nijhoff, 1961), p. 3. 서동욱, 《철학 연습》, 반비, 2011, 121쪽에서 재인용.

9) 조셉 캠벨, 《천의 얼굴을 가진 영웅》, 이윤기 옮김, 민음사, 2004, 45쪽.

10) 미셸 롤프 트루요, 《과거 침묵시키기》, 김명혜 옮김, 그린비, 2011, 70쪽.

11) 아도르노는 예술작품으로 잘 만들어진 아우슈비츠의 역설에 대하여 이렇게 적었다. "희생자들의 적나라한 육체적 고통이 예술적으로 표현된다면, 아무리 거리를 둔다고 해도 그 속

에서 쾌락의 가능성이 배어나게 마련이다."(Theodor W. Adorno, "Engagement"(1961), *Notes to Literature*, ed. Rolf Tiedmann, New York: Columbia University Press, 1991, p. 88) 예컨대 공지영의 《도가니》(창비, 2009)와 이를 원작으로 한 영화(《도가니》, 황동혁, 2011)는 대중들의 공분을 불러일으켰으며, 이로써 사법처리가 끝난 것처럼 보였던 이 사건을 재수사하게 만드는 놀라운 일련의 변화들을 이끌어냈다. 그러나 가해와 희생의 장면을 재현하는 데는 언제나 세심한 윤리적 고려가 필요하다. 자칫 그런 재현이 그 의도와는 관계없이 가해/피해의 선명한 사건을 일종의 선정적인 볼거리로 전시할 수 있기 때문이다. 그러므로 희생의 재현이란 언제나 섬세하고 심각하게 고려되어야 할 난제라고 하겠다.

12) 게오르그 루카치, 《루카치 소설의 이론》, 반성완 옮김, 심설당, 1985 참조.

13) 프랑코 모레티는 흔히 '모더니즘'으로 설명되는 서사의 제 현상을 비판적으로 성찰하는 가운데 '근대의 서사시'라는 개념에 가닿는다. 모레티에 의하면 그것은 무엇보다 "서사시의 전체화하려는 의지와 근대 세계의 세분된 현실 간의 불균형"을 통해 드러나는 '결함'으로 설명되는 서사다. 프랑코 모레티, 《근대의 서사시》, 조형준 옮김, 새물결, 2001, 24쪽.

14) 아사다 아키라는 지금의 시대를 패러다임의 전환기로 바라보는 가운데 "'편집증적 인간'으로부터 '분열증적 인간'으로, '정주하는 문명'에서 '도망치는 문명'으로의 대전환이 계속 진행되고 있다"고 설명한다. 아사다 아키라, 《도주론》, 문아영 옮김, 민음사, 1999, 11쪽.

15) 프랑코 모레티, 《근대의 서사시》, 353쪽.

16) 공선옥, 〈씨앗불〉, 임철우·최인석 엮음, 《밤꽃》, 34쪽. 이하 인용은 본문에 쪽수를 병기.

17) 권택영, 《감각의 제국》, 134쪽.

18) 맹정현, 《트라우마 이후의 삶》, 책담, 2015, 37쪽.

19) 남대현, 〈광주의 새벽〉, 신형기·오성호·이선미 엮음, 《문학과지성사 한국문학선집 1900~2000—북한문학》, 문학과지성사, 2007, 949쪽. 이하 인용은 인용문 옆에 쪽수를 병기.

20) 서사의 이런 상투성은 북한 소설의 일반적 성격이다. "성장의 이야기에서 주인공이 성장하기 위한 조건은 바르고 분명한 선택이다. 길은 극단적으로 상반된 두 방향, 즉 수령을 좇느냐 아니면 혼돈 속에 남거나 혁명의 길을 거스르느냐가 있을 뿐이다. 성장의 과정은 흔히 주인공이 회의를 물리치며 여러 유혹과 난관을 극복하는 수련의 과정으로 나타나지만, 애당초 '바른' 선택은 하나뿐이다. 선택과 이를 통한 성장의 과정이 어떠해야 할 것인가의 내용이 이미 규정되어 있으므로 수련의 의미는 단순화되지 않을 수 없다."(신형기, 《북한소설의 이해》, 실천문학사, 1996, 220쪽)

21) 김하기, 〈침묵의 오월〉, 《은행나무 사랑》, 실천문학사, 1996, 105쪽. 이하 인용은 인용문 옆에 쪽수를 병기.

22) "멀리 총검을 든 계엄군들의 검고 긴 그림자들이 뚜벅거리며 움직이기 시작했고 철민은 섬진강 너머 핏빛 노을에 잠긴 땅으로 거침없이 걸어가고 있었다."(125쪽)

23) 박상률, 〈나를 위한 연구〉, 《나를 위한 연구》, 사계절, 2006, 59쪽. 이하 인용은 인용문 옆에 쪽수를 병기.

24) 여성 작가들의 5월 광주 소설들을 젠더적인 시각으로 검토하는 일은 중요하다. 윤정모는 〈밤길〉로 비교적 이른 시기에 광주를 소설에 담았다. 그리고 "'광주'는 공선옥에게 '역사'의 은유"(한수영, 〈여성, 역사의 타자〉, 《소설과 일상성》, 소명출판, 2000, 249쪽)라고 할 만큼, 그의 소설들은 오랫동안 광주에 머물러 있었다. 어떤 연구자는 "젠더화된 문화적 기

억으로 직조된 서사는 공적 기억의 서사와는 달리 세부묘사(detail)에 주의를 기울인다"
(류양선, 〈광주민중항쟁 이후의 문학과 문화〉, 《근대문학의 탈식민성과 젠더정치학》, 역
락, 2009, 344쪽)고 그 특징을 꼬집었지만, 과연 그것이 5월의 광주를 서사화한 소설들을
젠더적인 층위에서 논의할 수 있는 근거가 될 수 있는지는 회의적이다. 여성 작가들의 작
품들이, 이른바 젠더정치에서 기인하는 어떤 성격이라고 할 만한 차이들을 이야기할 만
큼, 그렇게 뚜렷하게 하나의 자리를 차지하고 있는 것은 아니기 때문이다. 하지만 자매애
라고 부를 만한 여성들의 연대로 5월의 상처들을 서로 어루만지며, 또 함께 치유해나가는
공선옥의 〈목마른 계절〉은, 역사의 갈증을 해갈하는 여성적 주체의 어떤 '촉촉함'을 보여
주고 있다는 점에서 눈길을 끈다. 다시 말해 젖(모성)과 눈물(동정)은 삭막한 역사의 시간
(목마른 계절)을 적시는 생명의 단비와 같다. "역사가 이어지는 건 살기 때문이야. 죽어서
는 안 돼. 죽음으로는 아무것도 이룰 수 없고 이을 수도 없는 거야." 이렇게 죽음에 대항하
는 살림의 역능을 여성성의 본질로 실체화하는 것은 물론 위험하다. 그러나 그것을 '여성
성'이 아닌 '여성적인 것'의 어떤 것으로 사유할 수는 있을 것이다.

25) 최윤, 〈저기 소리 없이 한 점 꽃잎이 지고〉, 《저기 소리 없이 한 점 꽃잎이 지고》, 문학과지성
사, 1992, 279쪽. 이하 인용은 인용문 옆에 쪽수를 병기.

26) 김시종, 《광주시편》, 김정례 옮김, 푸른역사, 2014, 51쪽.

27) 류양선, 《이 사람은 누구인가》, 현암사, 1989, 280쪽.

28) 권여선, 《레가토》, 창비, 2012, 198쪽.

29) 조연정은 이 소설을 '초자아로서의 광주'에 대한 증언으로 읽는다. 〈'광주'를 현재화하는 일
—권여선의 《레가토》(2012)와 한강의 《소년이 온다》(2014)를 중심으로〉, 《대중서사연구》
제20권 3호, 2014년 12월 참조.

30) 심진경, 〈권여선과 함께 '레가토'를〉(인터뷰), 《창작과비평》 2012년 여름호, 357쪽.

31) 엄밀히 구분하자면, 이런 입사의 과정을 다룬 소설을 입사소설(initiation story)이라고 하며,
성장소설의 한 유형으로 분류하기도 한다.

32) 김성재(글), 변기현(그림), 《망월 5》, 5·18기념재단, 2011, 151쪽.

33) 이처럼 각성을 통한 성장이 세상에 대한 화해와 순응의 서사로 귀결되는 것은 성장소설의
일반적 형식이다. "성장소설은 청년 주인공이 자아의 내적 성숙을 통해 사회적 공동체와
의 화해를 모색하는 소설이다. 정신분석학적으로 보면 이는 미성숙한 주인공(소년, 청년)
이 상상계에서 상징계로 옮겨가는 과정에서 겪는 사회화(성장)의 경험으로 나타난다."(나
병철, 《가족로망스와 성장소설》, 문예출판사, 2007, 289~290쪽)

34) 이해경, 《사슴 사냥꾼의 당겨지지 않은 방아쇠》, 문학동네, 2013, 124쪽.

35) 한창훈, 《꽃의 나라》, 문학동네, 2011, 11쪽. 이하 인용은 인용문 옆에 쪽수를 병기.

36) 이 소설에는 역사적인 사실로서의 고유명이 가려져 있다. 광주라는 지명도, 박정희나 전두
환이라는 인명도, 1980년이라는 연대도 분명하게 제시되어 있지 않다. 물론 그렇게 가려
진 고유명과 구체적 시공간은 문맥을 고려하여 충분히 복원해서 읽을 수 있다. 그러나 폭
력과 그에 대한 저항은 고유명을 숨김으로써 특정의 지명과 인명에 '소속'되지 않고 어느
곳에서나 '소재'하는 그 보편성의 의미를 강화한다. 물론 그 보편성은 이 소설에 함의되어
있는 광주의 5월이라는 역사적 사실로부터 발생한다.

37) "이처럼 '영원히 아이로 굳어버린' 성장의 중단은 어른의 세계에 대한 거부이자 밖과 집에
대한 부정이며 진정한 성장을 불가능하게 하는 제도적 발전에 대한 정지명령이다."(나병
철, 《가족로망스와 성장소설》, 444~445쪽)

38) 과도한 성적 억압이 신경증을 낳을 수 있다. 전체주의적인 국가일수록 금욕을 강요함으로써 그 사회를 병리적으로 만든다. "물이 오른 청년의 신체적 요구를 충족시키는 것이 문제다. 사춘기는 무엇보다도 성적 성숙에 다름 아니기 때문이다. 우아한 심리학자들이 말하는 이른바 '문화적 사춘기'는 좋게 말해서 공허한 잡담이다. 성숙해가는 청소년들의 성적인 삶 행복을 보장하는 것이 신경증 예방의 핵심이다."(빌헬름 라이히, 《오르가즘의 기능》, 윤수종 옮김, 그린비, 2005, 236~237쪽)

39) 김연수, 《원더보이》, 문학동네, 2012, 118쪽. 이하 인용은 인용문 옆에 쪽수를 병기.

40) 지만원의 《솔로몬 앞에 선 5·18》(시스템, 2010)이 대표적이다.

41) 《광야》를 비롯해 정찬의 몇몇 소설들과, 박솔뫼의 〈그럼 무얼 부르지〉는 일국주의의 협애한 차원에서 벗어나 있다. 이들 작품은 5월의 정체성을 반공주의나 민족(민중) 수난사의 계보를 통해 서사화하지 않는다. 오히려 이 소설들은 트랜스내셔널한 전망 속에서 5월의 정체성을 끊임없이 의심함으로써 그 정체성의 동일성을 탈구축한다. 이렇게 볼 때, 이 소설들에서 역사의 굴곡은 주체를 성장에 이르게 하는 도정이 아니라 주체를 분열시키는 탈구축의 과정이다. 그 작품들은 성장이라는 논리에 완전히 포섭되지 않는 어떤 잔여로서의 혼란을 질문의 형식으로 끊임없이 환기시킨다. 그러나 《꽃의 나라》와 《원더보이》는 잔여 없는 명백함으로 이 세계의 비극성과 희망을 피력한다. 가혹한 폭력에 노출됨으로써 이 세계의 폭력적 본질을 깨닫게 되는 것이 《꽃의 나라》에서 성장의 의미라면, 《원더보이》에서는 사랑이라는 낙관적인 희망을 통해 세계의 폭력성을 초월할 수 있다는 믿음에 이르는 것이 성장이다.

42) 자아와 타자의 변증법은 정체성 형성의 전제다. 그리고 그것은 상상의 작용으로 구성된 것이다. 사카이 나오키는 '일본 대 서양'이라는 '쌍형상화 도식'을 비판적 맥락에서 검토한다.(사카이 나오키, 《번역과 주체》, 후지이 다케시 옮김, 이산, 2005, 118~133쪽 참조) 마찬가지로 반공주의와 민중주의는 서로의 정체성을 유지하고 강화하는 '적대적인 공범 관계'(임지현)로 결탁한다.

43) "그 혁명이 있기 바로 전인디 우리 외할메가 급작스럽게 찾아와서 지한테 아주 뜬금없는 소리로 아야, 대꽃이 피어 부렸당게. 뒷밭에 있는 대나무가 꽃을 확 피어 부렸으니 난리가 날 것이여. 느그 할아버지가 그란디 대꽃이 피면 난리가 난 디여. 암사. 거시기 동학란이 나던 때도 대꽃이 급살맞게 많이 피었고 인공이 나던 해도 그랬다고 안허야이."(채희윤, 〈어느 오월의 삽화〉, 임철우·최인석 엮음, 《밤꽃》, 261쪽)

44) 한강, 《소년이 온다》, 창비, 2014, 24쪽. 이하 인용은 인용문 옆에 쪽수를 병기.

45) "삼십 센티 나무 자가 자궁을 끝까지 수십 번 후벼들어왔다고 증언할 수 있는가? 소통 개머리판이 자궁 입구를 찢고 짓이겼다고 증언할 수 있는가?"(166~167쪽)

46) 김연수, 〈사랑이 아닌 다른 말로는 설명할 수 없는―한강과의 대화〉, 《창작과비평》 2014년 가을호, 320쪽.

47) 조르조 아감벤, 《빌라도와 예수》, 조효원 옮김, 꾸리에, 2015, 54쪽.

48) 같은 책, 30쪽.

49) 김석, 《프로이트 & 라캉》, 김영사, 2010, 154쪽.

50) 김연수, 〈사랑이 아닌 다른 말로는 설명할 수 없는―한강과의 대화〉, 321쪽.

51) 문부식, 《잊어버린 기억을 찾아서―광기의 시대를 기억함》, 삼인, 2002, 117~118쪽.

52) 추체험의 여정으로 현재를 이해(합리화)하게 되는 과정을 그리고 있는 작품으로 구효서의 〈더 먼 곳에서 돌아오는 여자〉(《현대문학》 2001년 5월호)가 있다. 여자는 그 여정의 끝에

서 자기의 불행한 삶의 기원이 21년 전 그날(5월)의 일이었음을 알게 된다. 21년 전 그녀를 보육원으로 데려가기로 했던 청년은 5월의 그날에 죽었고, 그 때문에 여자는 입양이 되어 양아버지에게 겁탈을 당하고 급기야 포르노 배우로까지 전락하게 되는 지독한 고통의 시간을 보내야 했던 것이다.

53) 주인석, 〈광주로 가는 길〉, 《검은 상처의 블루스》, 문학과지성사, 1995, 222쪽.

54) 김항, 《말하는 입과 먹는 입》, 24쪽.

55) 송기숙, 《오월의 미소》, 창작과비평사, 2000, 9쪽. 이하 인용은 본문에 쪽수를 병기.

56) "생머리 여자를 쏘았던 일이 머리에서 떠나지 않았다. 나는 분명히 그가 여자라는 걸 직감하면서도 쐈다. 왜 그랬는지 알 수 없었다."(129쪽)

57) 2006년 인터넷에 연재되었던 강풀의 만화 《26년》(재미주의, 2012)은 법으로 처벌하지 못한 5월의 책임자(전두환)를 26년이 지난 후에 사적인 폭력(테러)으로 단죄한다는 내용이다. 가해의 책임을 묻지 않고 쉽게 사면이나 용서를 남발할 때 남은 자들의 고통은 더 커진다. "올바르게 살고 싶어도…… 계속 이어져 내려오는 이 슬픔은 어떻게 해야 하나!!"(《26년》, 2권, 317쪽) 대체로 5월의 서사에서 테러는 해소되지 못한 원한의 대물림을 정지시키기 위한 적극적 행동으로 표현된다.

58) 소설에서는 거의 언급되지 않았고 성격화되지도 않았지만, 5월의 원한과 화해를 동시에 의미하는 김준일의 상징성은 대단히 중요하다. "치한의 거친 욕정에 덜미를 잡힌 가냘픈 여자의 허리야 꺾이든 말든, 처녀를 빼앗기는 비통이 가슴을 찢든 말든, 치한의 거친 욕정은 칼날처럼 몸을 뚫고 들어갔고, 자궁 속에 쏟아질 것은 쏟아질 대로 쏟아져서, 그 속에 차근히 자리를 잡고 자라면서 제 어미한테 입덧도 내고 배내짓도 하며 멋대로 자라, 또 이 세상에 나올 적에는 제 할미와 주변 사람들의 수치와 혐오가 하늘을 찌르든 말든, 원한과 한숨에 땅이 꺼지든 말든, 제 목청껏 소리를 지르며 당당하게 태어나, 이 세상 여느 아이와 조금도 다를 것 없이 저렇게 자라버린 아이, 그 아이가 이제 상주가 되어 제 할미를 부축하고 죽은 어미의 넋이 돌아오기를 기다리고 있었다."(송기숙, 《오월의 미소》, 280쪽)

59) 이해경의 장편 《사슴 사냥꾼의 당겨지지 않은 방아쇠》와 영화 〈스카우트〉(김현석, 2007)는 1980년 5월의 광주를 다루되, 야구를 중요한 서사적 모티프로 한다는 점에서 김경욱의 소설과 같은 맥락에서 볼 만한 여지가 있다. 그러나 그 알레고리적 의미는 야구를 표제로 내세운 김경욱의 소설에 비할 바는 아니다. 손정수는 역사를 다룬 최근의 소설들에 "역사적 사건이 등장하지만 그것은 후면에 부분적으로만 자리 잡고 있어서 나머지 부분은 거의 공백 상태로 비워져 있는 것이나 다름없다"(손정수, 〈역사에 접근하는 최근 장편의 형식과 그 정치적 무의식〉, 《세계의문학》 2015년 여름호, 390쪽)고 설명하고 있는데, 두 작품에서 야구는 아마도 그 공백을 채우는 일종의 삽화라고 할 수 있을 것이다.

60) 종배의 복수욕은 동생에 대한 죄의식에서 발원한다. 그리고 동생의 죽음에 대한 책임은 '염소'라는 한 개인을 초과한다. 염소의 죽음 뒤에도 종배가 여전히 복수의 다짐을 거두지 않는 것은, 복수의 의지가 다른 대상으로 이행했기 때문이다. "죄의식이 고개를 바깥으로 돌리는 순간 그것은 이미 복수가 된다. 죄의식이 복수로 변할 때, 책임은 한 개인의 밖으로 뛰쳐나와 그가 상상하는 공동체의 영역으로 이행해간다."(서영채, 〈광주의 복수를 꿈꾸는 일―김경욱과 이해경의 장편을 중심으로〉, 《문학동네》 2014년 봄호, 253쪽)

61) 박준상, 〈죽음과 마주하는 무감각―광주를 다시 응시하며〉, 《인문예술잡지 F》 15호, 2014년 11월, 32쪽.

62) 김경욱, 《야구란 무엇인가》, 문학동네, 2013, 77쪽.

63) 이병창, 《두 죽음 사이》, 먼빛으로, 2013, 131쪽.

64) 대체로 복수의 의지는 근친의 생명을 지키지 못한 죄책감에서 비롯된다. "강박증 환자들은 대개 죄책감에 시달린다. 특히 근친을 여의었을 때, 그 책임이 마치 자기에게 있는 양 괴로워한다."(임진수, 《애도와 멜랑콜리》, 파워북, 2013, 126쪽) 따라서 복수라는 행위는 근친의 죽음에 대한 적극적인 애도의 방법으로써, 강박적인 죄책감을 떨치려는 심리적 대응이라고 하겠다.

65) 이해경, 《사슴 사냥꾼의 당겨지지 않은 방아쇠》, 문학동네, 2013, 300쪽.

66) 심상대, 〈망월〉, 《창작과비평》 1998년 가을호, 197쪽.

67) 전성태, 〈국화를 안고〉, 《2011 이상문학상 작품집》, 문학사상사, 2011, 155쪽. 이하 인용은 인용문 옆에 쪽수를 병기.

68) 김시종, 《광주시편》, 49쪽.

VI. 결론

1) 라나지트 구하, 《역사 없는 사람들》, 이광수 옮김, 삼천리, 2011, 185쪽.

2) 같은 책, 117쪽.

3) 이광호, 〈남은 자의 침묵〉, 인문학협동조합 기획, 《팽목항에서 불어오는 바람》, 현실문화, 2015, 85쪽.

4) 프리모 레비, 《가라앉은 자와 구조된 자》, 69쪽.

5) 김시종, 《광주시편》, 41쪽.

6) 공지영, 《의자놀이》, 휴머니스트, 2012, 45쪽.

7) '진리의 정치'에서 '삶의 정치'로의 전회에 대해서는 윤평중, 〈삶의 정치와 급진자유주의〉, 《급진자유주의 정치철학》, 아카넷, 2009을 참조할 수 있다. "삶의 정치는 독단적인 진리 정치의 반대항이므로 자신의 형상을 분명하게 구상화하지 않는다. 그것은 투명하고 확정적인 방식으로는 자신의 모습을 드러내지 않는다."(200쪽)

8) 피에르 로라, 〈기억과 역사 사이에서: 기억의 장소들에 대한 문제제기〉, 《기억의 장소 1》, 김인중 옮김, 나남, 2010, 34쪽.

9) 다카하시 데쓰야, 《역사/수정주의》, 김성혜 옮김, 푸른역사, 2015, 96쪽.

10) 자크 리베트, 〈천함에 대하여〉, 《사유 속의 영화》, 이윤영 옮김, 문학과지성사, 2011, 363쪽.

11) 세르쥬 다네, 《영화가 보낸 그림엽서》, 정락길 옮김, 이모션북스, 2012, 28쪽.

참고문헌

1. 기본자료

소설

공선옥 외, 《꽃잎처럼—5월광주대표소설집》, 풀빛, 1995

공선옥, 《그 노래는 어디에서 왔을까》, 창비, 2013

구효서, 〈더 먼 곳에서 돌아오는 여자〉, 《현대문학》, 2001년 5월

권여선, 《레가토》, 창비, 2012

김경욱, 《야구란 무엇인가》, 문학동네, 2013

김신운, 《청동조서》, 문학과의식, 2001

김연수, 《원더보이》, 문학동네, 2012

김종인, 《무등산》, 열사람, 1988

김하기, 〈침묵의 오월〉, 《은행나무 사랑》, 실천문학사, 1996

남대현, 〈광주의 새벽〉, 신형기·오성호·이선미 엮음, 《문학과지성사 한국문학선집
    1900~2000—북한문학》, 문학과지성, 2007

류양선, 《이 사람은 누구인가》, 현암사, 1989

문순태, 《그들의 새벽》(전2권), 한길사, 2000

박상률, 《나를 위한 연구》, 사계절, 2006

박상률, 《너는 스무 살, 아니 만 열아홉 살》, 사계절, 2006

박솔뫼, 〈그럼 무얼 부르지〉, 《작가세계》, 2011년 가을호

박혜강, 《꽃잎처럼》(전5권), 자음과모음, 2010

송기숙, 《오월의 미소》, 창작과비평사, 2000

심상대, 〈망월〉, 《창작과비평》, 1998년 가을호

심영의, 〈그 희미한 시간 너머로〉, 《그 희미한 시간 너머로》, 화남, 2007

유서로, 《지극히 작은 자 하나》, 살림, 1993

윤석원, 《광주에 가고 싶다》, 새미, 2011

윤정모, 《누나의 오월》, 산하, 2005

이미란, 〈말을 알다〉, 《꽃의 연원》, 전남대학교출판부, 2009

이해경, 《사슴 사냥꾼의 당겨지지 않은 방아쇠》, 문학동네, 2013

임철우, 〈동행〉, 《그리운 남쪽》, 문학과지성사, 1985

임철우, 《붉은 산, 흰 새》, 문학과지성사, 1990

임철우, 《봄날》1-3, 문학과지성사, 1997

임철우, 《봄날》4-5, 문학과지성사, 1998

장우, 《빼앗긴 오월》, 사계절, 2015

전성태, 〈국화를 안고〉, 《세계의 문학》, 2010년 봄호

정찬, 《아늑한 길》, 문학과지성사, 1995

정찬, 《광야》, 문이당, 2002

주인석, 〈광주로 가는 길〉, 《검은 상처의 블루스》, 문학과지성사, 1995

채희윤, 〈아들과 나무 거울〉, 《한평 구흡의 안식》, 민음사, 2009

최윤, 〈저기 소리 없이 한 점 꽃잎이 지고〉, 《저기 소리 없이 한 점 꽃잎이 지고》,
    문학과지성사, 1992

최인석·임철우 엮음, 《밤꽃—5·18 20주년 기념 소설집》, 이룸, 2000

한강, 《소년이 온다》, 창비, 2014

한강, 〈눈 한송이가 녹는 동안〉, 《창작과비평》, 2015년 여름호

한승원 외, 《일어서는 땅—80년 5월 광주항쟁소설집》, 인동, 1987

한승원 외, 《부활의 도시—광주항쟁 10주년 기념작품집》, 인동, 1990

한창훈, 《꽃의 나라》, 문학동네, 2011

홍인표, 《오월의 도시》, 한국소설가협회, 2004

홍희담, 《깃발》, 창작과비평사, 2003

황석영, 〈만각 스님〉, 《창작과비평》, 2016년 겨울호

시

고은 외, 《하늘이여 땅이여 아아, 광주여—5·18광주민중항쟁 10주년 기념시집》, 황토,
    1990

고정희, 《광주의 눈물비》, 동아, 1990

김남주·김준태 엮음, 《마침내 오고야 말 우리들의 세상》, 한마당, 1990

김남주, 《나의 칼, 나의 피》, 인동, 1987

김남주, 《학살》, 한마당, 1990

김사인·임동확 엮음, 《꿈, 어떤 맑은 날—5·18 20주년 기념 시선집》, 이룸, 2000

김시종, 《광주시편》, 김정례 옮김, 푸른역사, 2014

문병란·이영진 엮음, 《누가 그대 큰 이름 지우랴-5월광주항쟁시선집》, 인동, 1987

황지우, 《새들도 세상을 뜨는구나》, 문학과지성사, 1993(재판)

황지우, 《나는 너다》, 풀빛, 1987

시극

황지우, 《오월의 신부》, 문학과지성사, 2000

르포

황석영 기록, 전남사회운동협의회 편,《죽음을 넘어 시대의 어둠을 넘어》, 풀빛, 1985

증언록

광주전남여성단체연합,《광주, 여성》, 후마니타스, 2012

한국현대사사료연구소,《광주오월민중항쟁사료전집》, 풀빛, 1990

홍희윤,《5·18항쟁증언 자료집》, 전남대학교 출판부, 2003

만화

강풀,《26년》(전3권), 재미주의, 2012

김성재(글), 변기현(그림),《망월》1-3, 5·18기념재단, 2010

김성재(글), 변기현(그림),《망월》4-5, 5·18기념재단, 2011

영화

〈오! 꿈의 나라〉(이은·장동홍·장윤현, 1988)

〈황무지〉(김태영, 1988)

〈부활의 노래〉(이정국, 1991)

〈꽃잎〉(장선우, 1996)

〈박하사탕〉(이창동, 2000)

〈스카우트〉(김현석, 2007)

〈화려한 휴가〉(김지훈, 2007)

〈26년〉(조근현, 2012)

〈미쓰 리의 전쟁 더 배틀 오브 광주〉(이지상, 2015)

다큐멘터리 〈과거는 낯선 나라다〉(김응수, 2008)

다큐멘터리 〈오월愛〉(김태일, 2010)

단편 〈칸트씨의 발표회〉(김태영, 1987)

단편 〈꽃피는 철길〉(김래원, 2013)

총서

5월문학총서간행위원회,《시》, 5·18기념재단, 2012

5월문학총서간행위원회,《소설》, 5·18기념재단, 2012

5월문학총서간행위원회,《희곡》, 5·18기념재단, 2013

5월문학총서간행위원회,《비평》, 5·18기념재단, 2013

2. 국내 논저

고미숙, 《동의보감, 몸과 우주 그리고 삶의 비전을 찾아서》, 그린비, 2011

고혜경, 《꿈에게 길을 묻다》, 나무연필, 2016

공선옥, 〈광주, 그리고 내 인생의 수난기〉, 《역사비평》, 1995년 가을호

공지영, 《의자놀이》, 휴머니스트, 2012

구모룡, 〈오월문학의 범주에 대하여〉, 《지역문학과 주변부적 시각》, 신생, 2005

권귀숙, 《기억의 정치》, 문학과지성사, 2006

권명아, 〈여성 수난사 이야기와 파시즘의 젠더 정치학〉, 김철·신형기 외 지음, 《문학 속의
　　　파시즘》, 삼인, 2001

권명아, 《역사적 파시즘》, 책세상, 2005

권명아, 《무한히 정치적인 외로움》, 갈무리, 2012

권택영, 《감각의 제국》, 민음사, 2001

권택영, 《라캉·장자·태극기》, 민음사, 2003

김근태, 《남영동》, 중원문화, 2007

김남옥, 《광주민중항쟁의 소설적 형상화에 대한 일 연구》, 고려대석사학위논문, 2004

김동윤, 〈4·3의 기억과 소설적 재현의 방식〉, 《기억의 현장과 재현의 언어》, 각, 2006

김민환, 《한국의 국가기념일 성립에 관한 연구》, 서울대석사학위논문, 2000

김백영·김민환, 〈학살과 내전, 공간적 재현과 담론적 재현의 간극: 거창사건추모공원의
　　　공간 분석〉, 전진성·이재원 엮음, 《기억과 전쟁》, 휴머니스트, 2009

김상봉, 《철학의 헌정》, 길, 2015

김상봉·고명섭, 《만남의 철학》, 길, 2015

김석, 《프로이트 & 라캉》, 김영사, 2010

김영민, 《김영민의 공부론》, 샘터, 2010

김연수, 〈사랑이 아닌 다른 말로는 설명할 수 없는—한강과의 대화〉(인터뷰),
　　　《창작과비평》, 2014년 가을호

김영민, 《보행》, 철학과현실사, 2001

김원, 《여공 1970, 그녀들의 反역사》, 이매진, 2005

김윤식, 《한국현대현실주의소설연구》, 문학과지성사, 1990

김윤식, 《전위의 기원과 행로》, 문학과지성사, 2012

김은하, 〈유령의 귀환과 비통한 마음의 서사〉, 《한국문화》, 69집, 2015

김정숙, 〈5·18 기억의 재현과 치유의 윤리학—8·90년대 중편소설을 중심으로〉, 김화선
　　　외, 《노동, 기억, 연대-문학을 읽는 세 개의 시선》, 청운, 2008

김정한, 《1980 대중 봉기의 민주주의》, 소명출판, 2013

김정한, 〈소설로 읽는 5·18, 그 언어의 세계〉, 《실천문학》, 2015년 봄호

김종배, 〈이털남 98회 인터뷰—송선태 5·18재단 상임이사〉, 《오마이뉴스》(2012. 5. 18.)

김주선, 〈증언의 아카이브—박솔뫼론〉, 《문학과사회》, 2015년 여름호

김진호, 〈"그들이 말한다"—5·18담론에서 우리가 잊은 것〉, 《녹색평론》 143호, 2015년
　　7-8월

김태현, 〈5월 민중항쟁민중항쟁의 문학적 수용〉, 《열린 세계의 문학》, 문학과지성사, 1988

김태현, 〈광주민중항쟁과 문학〉, 《그리움의 비평》, 민음사, 1991

김항, 〈국가의 적이란 무엇인가—광주의 기억과 에티카〉, 《말하는 입과 먹는 입》, 새물결,
　　2009

김항, 〈말하는 입과 먹는 입〉, 《말하는 입과 먹는 입》, 새물결, 2009

김현, 〈보이는 심연과 안 보이는 역사전망〉, 《전체에 대한 통찰》, 나남출판, 1990

김현, 《행복한 책읽기》, 문학과지성사, 1992

김형중, 〈세 겹의 저주〉, 《5·18민중항쟁과 문학·예술》, 5·18 기념재단, 2006

김형중, 〈《봄날》 이후〉, 《5·18민중항쟁과 문학·예술》, 5·18기념재단, 2006

김희봉, 〈사르트르의 폭력론〉, 장욱 외 지음, 《폭력에 대한 철학적 성찰》, 철학과현실사,
　　2006

나간채 편, 《광주민중항쟁과 5월운동 연구》, 전남대 5·18연구소, 1997

나병철, 《가족로망스와 성장소설》, 문예출판사, 2007

남송우, 〈〈저기 소리 없이 한점 꽃잎이 지고〉에 나타난 광주사건의 해석과 시대적
　　부채의식〉, 《겨레문학》, 1989년 가을호

류양선, 〈광주민중항쟁 이후의 문학과 문화〉, 《근대문학의 탈식민성과 젠더정치학》, 역락,
　　2009

맹정현, 《트라우마 이후의 삶》, 책담, 2015

문부식, 《잃어버린 기억을 찾아서—광기의 시대를 기억함》, 삼인, 2002

민주화운동기념사업회, 《윤상원》, 오름, 2003

민주화운동기념사업회 한국민주주의연구소, 《한국민주화운동사》3, 돌베개, 2010

박남훈, 〈역사와 텍스트의 사이〉, 《겨레문학》, 1989년 가을호

박준상, 〈무상(無想)과 무상(無償)—5·18이라는 사건〉, 《빈 중심》, 그린비, 2008

박준상, 〈죽음과 마주하는 무감각—광주를 다시 응시하며〉, 《인문예술잡지 F》(15호,
　　2014년 11월)

박은정·한인섭 엮음, 《5·18, 법적 책임과 역사적 책임》, 이화여자대출판부, 1995

박호재·임낙평, 《윤상원 평전》, 풀빛, 2007

방민호, 〈문학의 정치성에 대하여—'5·18문학'에 관한 논의를 재검토함〉, 《납함 아래의
　　침묵》, 소명출판, 2001

변주나, 〈광주 5·18민주화운동 부상자들의 15년 후 후유증에 관한 연구〉,
　　《한국문화인류학》(제29집 2호, 1996년)

변주나·박원순 편저, 《치유되지 않은 5월》, 다해, 2000

변지연, 〈국가폭력에 대한 음악텍스트—윤이상의 〈광주여 영원히!〉〉, 《윤이상의
　　창작세계와 동아시아 문화》, 예솔, 2006

복거일, 〈전체주의 사회에 예술이 존재할 수 있는가?〉, 복거일·장재원 엮음, 《자유주의,

전체주의 그리고 예술〉, 경덕출판사, 2007

서동욱, 《철학 연습》, 반비, 2011

서동진, 〈민주주의와 그 너머: 애도의 문화정치학〉, 《아부 그라이브에서 김선일까지》, 생각의나무, 2004

서영채, 〈《봄날》에 이르는 길〉, 《문학의 윤리》, 문학동네, 2005

서영채, 〈광주의 복수를 꿈꾸는 일―김경욱과 이해경의 장편을 중심으로〉, 《문학동네》, 2014년 봄호

서용순, 〈5·18의 주체성과 후사건적 주체의 미래에 대한 소고〉, 《민주주의와 인권》(제7권 2호, 2007년)

손정수, 〈역사에 접근하는 최근 장편의 형식과 그 정치적 무의식〉, 《세계의문학》, 2015년 여름호

손호철, 〈'5·18광주 민중항쟁'의 재조명〉, 《진보평론》, 1995

신지영, 〈욕망의 문제로 보는 자본과 가족〉, 《들뢰즈로 말할 수 있는 7가지 문제들》, 그린비, 2008

신형기, 《북한 소설의 이해》, 실천문학사, 1996

신형기, 《이야기된 역사》, 삼인, 2005

심영의, 《5·18민중항쟁 소설 연구》, 전남대박사학위논문, 2008

심영의, 《5·18과 기억, 그리고 소설》, 한국문화사, 2009

심진경, 〈권여선과 함께 '레가토'를〉(인터뷰), 《창작과비평》, 2012년 여름호

안종철, 《5·18때 북한군이 광주에 왔다고》, 아시아문화커뮤니티, 2016

양진오, 《임철우의 《봄날》을 읽는다》, 열림원, 2003

양진오, 〈5월 광주와 유혹받는 불혹의 세대〉, 《전망의 발견》, 실천문학사, 2003

오수성·신현군·조용범, 〈5·18 피해자들의 만성 외상 후 스트레스와 정신건강〉, 《한국심리학회지》(제25집, 2006년)

오승용·한선·유경남 지음, 《5·18 왜곡의 기원과 진실》, 5·18기념재단, 2012

오월여성회, 《오월 여성의 이야기들》, 광주광역시, 2003

5·18기념재단, 《5·18민중항쟁 연구의 현황》(전3권), 2006

오하나, 《학출》, 이매진, 2010

우정아, 《남겨진 자들을 위한 미술》, 휴머니스트, 2015

유희석, 〈문학의 실험과 증언〉, 《창작과비평》, 2014년 겨울호

유희석, 〈프리모 레비와 증언〉, 《자음과모음》, 2016년 봄호

월간조선, 《총구와 권력: 12·12, 5·18 수사기록 14만 페이지의 증언》(《월간조선》 1999년 1월호 별책부록

월간조선, 《5·18 사건 수사기록―한국의 뒤흔든 광주의 11일간》(《월간조선》 2005년 1월호 별책부록)

윤소영, 《일반화된 마르크스주의 개론》, 공감, 2008

윤평중, 《급진자유주의 정치철학》, 아카넷, 2009

이강은, 〈〈깃발〉과 현실주의문제〉, 《겨레문학》, 1989년 가을호

이경재, 〈소년이 우리에게 오는 이유〉, 《자음과모음》, 2014년 가을호

이광호, 〈남은 자의 침묵〉, 인문학협동조합 기획, 《팽목항에서 불어오는 바람》, 현실문화, 2015

이남희, 《민중 만들기》, 후마니타스, 2015

이병창, 《두 죽음 사이》, 먼빛으로, 2013

이상빈, 《아우슈비츠 이후 예술은 어디로 가야 하는가》, 책세상, 2001

이성민, 〈가족이란 무엇인가〉, 《사랑과 연합》, 도서출판b, 2011

이성욱, 〈오래 지속될 미래, 단절되지 않는 '광주'의 꿈—광주민중항쟁의 문학적 형상화에 대하여〉, 《비평의 길》, 문학동네, 2004

이윤영, 《사유 속의 영화》, 문학과지성사, 2011

이지현, 《악의 문제와 광주민중항쟁: '광주' 소설에 나타난 악의 문제에 대한 신학적 고찰》, 이화여대석사학위논문, 2006

이진경·조원광, 〈단절의 혁명, 무명의 혁명〉, 《5·18 민중항쟁에 대한 새로운 성찰적 시선》, 한울, 2009

이진경, 《코뮨주의》, 그린비, 2010

이현식, 〈1980년의 봄날로 가는 기록: 임철우의 《봄날》론〉, 《실천문학》, 1998년 여름호

임경규, 〈문화산업과 5/18의 재현〉, 《라깡과 현대정신분석》(제12권 2호, 2010년)

임낙평, 《광주의 넋 박관현》, 사계절, 1987

임지현, 〈바우만과의 대담: 악의 평범성에서 악의 합리성으로〉, 《적대적 공범자들》, 소나무, 2005

임진수, 《환상의 정신분석》, 현대문학, 2005

임진수, 《애도와 멜랑콜리》, 파워북, 2013

임진택, 〈판소리 〈오월 광주〉 창작 단상〉, 《민중연희의 창조》, 창작과비평사, 1990

임철우·황종연 대담, 〈역사적 악몽과 인간의 신화〉, 《문학과 사회》, 1998년 여름호

임태훈, 《우애의 미디올로지》, 갈무리, 2012

자유북한군인연합, 《화려한 사기극의 실체》, 광명기획, 2009

장경화, 《오월의 미학, 뜨거운 가슴이 여는 새벽》, 21세기북스, 2012

장일구, 〈역사적 원상과 서사적 치유의 주제학—5·18관련 소설을 사례로〉, 한국문학이론과 비평학회, 《한국문학이론과 비평》(20집 2003년)

전남사회문제연구소 편, 《들불의 초상: 윤상원 평전》, 풀빛, 1991

정경운, 〈소설과 폭력-5·18항쟁소설을 중심으로〉, 《문학, 서사, 기호》, 문학들, 2005

정근식, 〈항쟁기억의 의례적 재현—'5월행사'와 전야제를 중심으로〉, 《민주주의와 인권》(제5권 1호, 2005년)

정근식·나간채·박찬식 외 공저, 《항쟁의 기억과 문화적 재현》, 선인, 2006

정근식 인터뷰, 〈정근식: 사회과학의 시대, 그 속살과 결〉, 《인터뷰 한국 인문학 지각변동》, 그린비, 2011

정근식, 〈임을 위한 행진곡〉—1980년대 비판적 감성의 대전환〉, 《역사비평》, 2015년
　　가을호

정남영, 〈시와 언어, 그리고 리얼리즘〉, 《창작과 비평》, 2000년 겨울호

정동년 외, 《5·18 그 삶과 죽음의 기록》, 풀빛, 1996

정명중, 〈증오에서 분노로〉, 《민주주의와 인권》(제13권 2호, 2013년)

정명중, 〈'5월'의 재구성과 의미화 방식에 대한 연구〉, 《5·18민중항쟁과 문학·예술》,
　　5·18기념재단, 2006

정문영, 〈'부끄러움'과 '남은 자들': 최후항전을 이해하는 두 개의 키워드〉, 《민주주의와
　　인권》(제12권 2호, 2012년)

정혜신·진은영, 《천사들은 우리 옆집에 산다》, 창비, 2015

조갑제, 《공수부대의 광주사태》, 조갑제닷컴, 2007

조갑제, 《조갑제의 광수사태》, 조갑제닷컴, 2013

조문숙, 《전두환특별법에 국회는 고민한다》, 도서출판be, 2010

조성훈, 《들뢰즈의 잠재론》, 갈무리, 2010

조연정, 〈'광주'를 현재화하는 일—권여선의 《레가토》(2012)와 한강의 《소년이
　　온다》(2014)를 중심으로〉, 《대중서사연구》(제20권 3호, 2014년)

조정환, 〈카이로스의 시간과 삶문학〉, 《카이로스의 문학》, 갈무리, 2006

조정환, 〈광주민중항쟁과 제헌권력〉, 《5·18민중항쟁에 대한 새로운 성찰적 시선》, 한울,
　　2009

조정환, 《공통도시》, 갈무리, 2010

조지형, 〈포스트모던 시대의 기호학적 역사학—화쟁기호학을 중심으로〉, 김기봉 외 지음,
　　《포스트모더니즘과 역사학》, 푸른역사, 2002

조희연 편, 《국가폭력, 민주주의 투쟁, 그리고 희생》, 함께읽는책, 2002

지만원, 《솔로몬 앞에 선 5·18》, 시스템, 2010

차원현, 〈5·18과 한국소설〉, 《한국현대문학연구》(제31집, 2010년)

천유철, 《5·18광주민중항쟁 '현장'의 문화 연구》, 성균관대석사학위논문, 2013

천유철, 《오월의 문화정치》, 오월의봄, 2016

최성만, 《발터 벤야민 기억의 정치학》, 길, 2014

최영태 외 지음, 《5·18 그리고 역사》, 길, 2008

최장집, 《민주화 이후의 민주주의》(개정판), 후마니타스, 2002

최장집, 〈한국 민주주의와 광주 항쟁의 세 가지 의미〉, 《아세아연구》(제50권 2호, 2007년)

최재천, 〈광주특별법의 의의와 한계〉, 《동아시아와 근대의 폭력》2, 삼인, 2001

최정운, 《오월의 사회과학》, 오월의봄, 2012

최정운·임철우, 〈5·18광주민주화운동 34주년 기념 대담: 절대공동체의 안과 밖—역사,
　　기억, 고통 그리고 사랑〉, 《문학과사회》, 2014년 여름호

맹정현, 《리비돌로지》, 문학과지성사, 2009

문광훈, 《가면들의 병기창》, 한길사, 2014

하정일, 〈다시 일어서야 할 땅, 광주〉, 《분단 자본주의 시대의 민족문학사론》, 소명출판, 2002

하창수, 〈회의와 진실〉, 《겨레문학》, 1989년 가을호

한수영, 〈여성, 역사의 타자〉, 《소설과 일상성》, 소명출판, 2000

황국명, 〈2인칭서사의 서술특성과 의미 연구〉, 《현대소설연구》(제41집, 2009년 8월)

황석영, 〈항쟁 이후의 문학〉, 《창작과비평》, 1988년 겨울호

3. 국외 논저

동양

가라타니 고진, 〈고유명을 둘러싸고〉, 《언어와 비극》, 조영일 옮김, 도서출판b, 2004

김석범·김시종, 문경수 편, 이경원·오정은 역, 《왜 계속 써왔는가 왜 침묵해 왔는가》, 제주대학교출판부, 2007

나리타 류이치, 《'고향'이라는 이야기》, 한일비교문화세미나 옮김, 동국대학교출판부, 2007

노에 게이치, 《이야기의 철학》, 김영주 옮김, 한국출판마케팅연구소, 2009

다카하시 데쓰야, 《국가와 희생》, 이목 옮김, 책과함께, 2008

다카하시 데쓰야, 《역사/수정주의》, 김성혜 옮김, 푸른역사, 2015

도미야마 이치로, 《폭력의 예감》, 손지연·김우자·송석원 옮김, 그린비, 2009

모리나카 타카아키, 〈산종으로서의 번역〉, 《흔적4호: 번역, 생정치, 식민지적 차이》, 윤여일 옮김, 문화과학사, 2012

사이토 준이치, 《민주적 공공성》, 윤대석·류수연·윤미란, 이음, 2009

사카이 나오키, 《번역과 주체》, 후지이 다케시 옮김, 이산, 2005

사카이 다카시, 《폭력의 철학》, 김은주 옮김, 산눈, 2007

사카이 다카시, 《통치성과 '자유'》, 오하나 옮김, 그린비, 2011

사토 요시유키, 《권력과 저항》, 김상운 옮김, 난장, 2012

서경식·타카하시 테츠야, 《단절의 세기 증언의 시대》, 김경윤 옮김, 삼인, 2002

서경식, 《시대의 증언자 쁘리모 레비를 찾아서》, 박광현 옮김, 창비, 2006

아사다 아키라, 《도주론》, 문아영 옮김, 민음사, 1999

오카 마리, 《기억·서사》, 김병구 옮김, 소명출판, 2004

요로 다케시, 《일본 문학과 몸》, 신유미 옮김, 열린책들, 2005

한병철, 《권력이란 무엇인가》, 김남시 옮김, 문학과지성사, 2011

한병철, 《피로사회》, 김태환 옮김, 문학과지성사, 2012

서양

가야트리 스피박, 《스피박의 대담》, 이경순 옮김, 갈무리, 2006,

게오르그 루카치, 《루카치 소설의 이론》, 반성완 옮김, 심설당, 1985

도미니크 라카프라, 〈역사와 기억: 홀로코스트의 그늘에서〉, 《치유의 역사학으로》, 김택균 옮김, 육영수 엮음, 푸른역사, 2008

K. J. 노(Noh), 〈혁명적 러브스토리―'임을 위한 행진곡'〉, 김종철 옮김, 《녹색평론》(143호, 2015년 7-8월)

라나지트 구하, 《역사 없는 사람들》, 이광수 옮김, 삼천리, 2011

라울 힐베르크, 《홀로코스트, 유럽 유대인의 파괴2》, 김학이 옮김, 개마고원, 2008

루이스 밍크, 〈모든 사람은 자신의 연보 기록자〉, 《현대 서술 이론의 흐름》, 윤효녕 옮김, 솔, 1997

마리 매클린, 《텍스트의 역학: 연행으로서 서사》, 임병권 옮김, 한나래, 1997

멜리사 그레그·그리고리 시그워스 편저, 《정동이론》, 최성희·김지영·박혜정 옮김, 갈무리, 2015

미셸 롤프 트루요, 《과거 침묵시키기》, 김명혜 옮김, 그린비, 2011

미셸 제라파, 《소설과 사회》, 이동렬 옮김, 문학과지성사, 1977

미셸 푸코, 《사회를 보호해야 한다》, 박정자 옮김, 동문선, 1998

미셸 푸코, 《안전, 영토, 인구》, 오트르망 옮김, 난장, 2011

발터 벤야민, 《역사의 개념에 대하여, 폭력 비판을 위하여, 초현실주의 외》, 최성만 옮김, 길, 2008

발터 벤야민, 〈이야기꾼: 니콜라이 레스코프의 작품에 대한 고찰〉, 《서사·기억·비평의 자리》, 최성만 옮김, 길, 2012

베셀 반 데어 콜크, 《몸은 기억한다》, 제효영 옮김, 을유문화사, 2016

브루스 핑크, 《라캉과 정신의학》, 맹정현 옮김, 민음사, 2002

빌헬름 라이히, 《오르가즘의 기능》, 윤수종 옮김, 그린비, 2005

사르트르, 〈1961년판의 서문〉, 《대지의 저주받은 사람들》, 프란츠 파농, 남경태 옮김, 그린비, 2004

샹탈 무페, 《정치적인 것의 귀환》, 이보경 옮김, 후마니타스, 2007

수전 손택, 《타인의 고통》, 이재원 옮김, 이후, 2004

슬라보예 지젝, 《폭력이란 무엇인가》, 이현우 외 옮김, 난장이, 2011

S. 채트먼, 《이야기와 담론》, 한용환 옮김, 푸른사상, 2003

안 소바냐르그, 《들뢰즈와 예술》, 이정하 옮김, 열화당, 2009

안토니오 네그리, 《욥의 노동》, 박영기 옮김, 논밭출판사, 2011

알랭 바디우, 《사도 바울》, 현성환 옮김, 2008, 새물결

야니 스타브라카키스, 《라캉과 정치》, 이병주 옮김, 은행나무, 2006

에릭 홉스봄 외 지음 〈전통을 발명해내기〉,, 《만들어진 전통》, 박지향·장문석 옮김, 휴머니스트, 2004

에마뉘엘 레비나스, 《존재에서 존재자로》, 서동욱 옮김, 민음사, 2003

에티엔 발리바르, 《폭력과 시민다움》, 진태원 옮김, 난장, 2012

자크 데리다, 《신앙과 지식/세기와 용서》, 최용호·신정아 옮김, 아카넷, 2016

장-뤽 낭시, 《무위의 공동체》, 박준상 옮김, 인간사랑, 2010

장-뤽 낭시, 《코르푸스》, 김예령 옮김, 문학과지성사, 2012

장 아메리, 《자유죽음》, 김희상 옮김, 산책자, 2010

정화열, 《몸의 정치》, 박현모 옮김, 민음사, 1999

제라르 주네트, 《서사담론》, 권택영 옮김, 교보문고, 1992

조르조 아감벤, 《아우슈비츠의 남은 자들》, 정문영 옮김, 새물결, 2012

조르조 아감벤, 《예외상태》, 김항 옮김, 새물결, 2009

조르조 아감벤, 《빌라도와 예수》, 조효원 옮김, 꾸리에, 2015

조셉 캠벨, 《천의 얼굴을 가진 영웅》, 이윤기 옮김, 민음사, 2004

조지 카치아피카스, 《한국의 민중봉기》, 원영수 옮김, 오월의봄, 2015

조지 카치아피카스, 《아시아의 민중봉기》, 원영수 옮김, 오월의봄, 2015

주디스 허먼, 《트라우마》, 최현정 옮김, 플래닛, 2007

쥬앙 다비드 나지오, 《정신분석학의 7가지 개념》(개정판), 표원경 옮김, 백의, 2002

지그문트 바우만, 《현대성과 홀로코스트》, 정일준 옮김, 새물결, 2013

지그문트 프로이트, 〈히스테리의 심리 치료〉, 《히스테리 연구》, 김미리혜 옮김, 열린책들,
2003(재간)

지크프리트 크라카우어, 《역사―끝에서 두 번째 세계》, 김정아 옮김, 문학동네, 2012

질 들뢰즈, 《스피노자와 표현의 문제》, 이진경·권순모 옮김, 인간사랑, 2003

칼 마르크스, 《프랑스 혁명사 3부작》, 임지현·이종훈 옮김, 소나무, 1991

칼 슈미트, 《정치적인 것의 개념》, 김효전 옮김, 법문사, 1992

칼 슈미트, 《정치 신학》, 김항 옮김, 그린비, 2010

페터 바이스, 《아우슈비츠 강제수용소》, 황성근 역, 한국문화사, 2003

폴 드 만, 《독서의 알레고리》, 이창남 옮김, 문학과지성사, 2010

프랑코 모레티, 《근대의 서사시》, 조형준 옮김, 새물결, 2001

프리모 레비, 《이것이 인간인가》, 이현경 옮김, 돌베개, 2007

피에르 로라 외, 〈기억과 역사 사이에서: 기억의 장소들에 대한 문제제기〉, 《기억의 장소1》,
김인중·유희수 외 옮김, 나남, 2010

피터 라인보우·마커스 레디커, 《히드라》, 정남영·손지태 옮김, 갈무리, 2008

하비 케이, 《과거의 힘》, 오인영 옮김, 삼인, 2004

한나 아렌트, 《폭력의 세기》, 김정한 옮김, 이후, 1999

한나 아렌트, 《예루살렘의 아이히만》, 김선욱 옮김, 한길사, 2006

해리 하르투니언, 《역사의 요동》, 윤영실·서정은 옮김, 휴머니스트, 2006

Jameson, Fredric, *The Political Unconscious: Narrative as a Socially Symbolic Act*, London:
Methuen, 1981

Lee, Jae-eui, *Kwangju Diary: Beyond Death, Beyond the Darkness of the Age*(trans, Kap Su
Seol & Nick Mamatas), Los Angeles: UCLA Asian Pacific Monograph Series,

1999

Theodor W. Adorno, "Engagement"(1961), *Notes to Literature*, ed. Rolf Tiedmann, New York: Columbia University Press, 1991

Tzvetan Todorov, *Facing the Extreme: Moral Life in the Concentration Camps*(trans, A. Denner & A. Pollak), New York: Henry Holt & Co, 1997

찾아보기

남은 자들의 말

오월 광주의 순수한 현시, 그 무릎씀에 대하여

ⓒ 전성욱, 2017

초판 1쇄 펴낸날 2017년 5월 12일

지은이   전성욱
펴낸이   박재영
편집   강혜란, 임세현
디자인   당나귀점프
제작   제이오

펴낸곳   도서출판 오월의봄
주소   서울시 마포구 양화로 133, 1605호
등록   제406-2010-000111호
전화   070-7704-2131
팩스   0505-300-0518

이메일   maybook05@naver.com
트위터   @oohbom
블로그   blog.naver.com/maybook05
페이스북   facebook.com/maybook05

ISBN   979-11-87373-18-6-93800

• 책값은 뒤표지에 있습니다. 잘못된 책은 바꾸어 드립니다.